日本文学を読む・日本の面影

ドナルド・キーン

新潮選書

日本文学を読む・日本の面影　目次

日本文学を読む　9

日本の面影 271

日本文学を読む

二葉亭四迷

二葉《ふたば》亭《てい》四《し》迷《めい》の『浮雲《うきぐも》』（明治二十―二十二年）は日本最初の近代小説であるということになっているが、まず誤りはなかろう。ところが、「近代」的といっても特殊な意味があるであろう。自然主義派の文学や夏目《なつめ》漱石《そうせき》の小説と較べると、近代的でない面もかなり目立つのである。著者の名前の二葉亭――仮にくたばってしめえという洒落《しゃれ》を頭に置かなくても――は、いかにも戯作者《げさくしゃ》らしく、小説の中の人物にも戯作を思わせる名前がある。文三《ぶんぞう》は文の男で、儒教をよく覚えて礼を知っている武士である。昇は明治時代の新しい社会の中で成功して上へのぼる式の新型の日本人である。お勢《せい》はいきおい――つまりその時のはずみ――で動く主体性のない女性で、その母親のお政も、あるいは当時の道徳や価値観を定めた政府の象徴であるかも知れない。要するに、艶《えん》二郎《じろう》、喜之介《きのすけ》、志庵《しあん》のような戯作に登場する人物と余り変らない。

『浮雲』は言文《げんぶん》一致の文体という点で歴史的な意義が深い。ところが、冒頭の文章は果して言文一致の例だろうか。

「千早振る神無月《かんなづき》も最早《もはや》跡二日の余波《なごり》となッた二十八日の午後三時頃に、神田見附《かんだみつけ》の内より、塗渡《とわた》る蟻、散る蜘蛛《くも》の子とうよ〳〵ぞよ〳〵沸出《わきい》でゝ来るのは、孰《いづ》れも頤《おとがひ》を気にし給ふ方々」

それよりも明和《めいわ》七年（一七七〇）刊といわれている『遊子方言《ゆうしほうげん》』という洒落本《しゃれぼん》の文体の方が言文一致に近いのではないかと思う。

「『あゝ今夜も又、此《この》やうなせまい所へ、とうとう入れられた。いッその事寝ようぞ。あゝ酔もさめる。あぢな心持に成つた』と夜着《よぎ》半ぶん程着て、寝ころび、寝入りもせずに、寝入つたやうにしてゐる」

無論、『浮雲』を書きながら、二葉亭はだんだん言文一致の文体に上達したのであるが、十返舎一九《じっぺんしゃいっく》や式亭三馬《しきていさんば》や為永春水《ためながしゅんすい》より生き生きした会話を書けたとは思わない。地《じ》の文はより口語的であるが、後期の戯作文学には地の文が非常に少ないので、言文一致の文体は一般に考えられているほど革命的な進歩だったとは思わない。

それなら、『浮雲』の意義は何処《どこ》にあるかと問われたら、まずその真面目さにあるであろう。諷刺的な面もあるし、駄洒落（興《きょう》も明日《あす》も覚める）などもあるし、時々、為永春水のように、読者に話しかけることもあるが、滑稽本《こっけいぼん》と違って、人々の短所をあげて読者を笑わせるという単純な意図の代りに、当時の社会を描いて、その理想や進行方向が狂っていると指摘する志が二葉亭にはあったと思う。

小説の中で明治時代の理想像に一番近い人物は昇であろう。全く憎い存在ではあるが、当時のバイブルだった『西国立志編《さいごくりっしへん》』をよく勉強した男で、立身出世のこつを完全に覚えているほどであった。生真面目な、おべっかを言えない文三はくびになるが、如才の無い昇は昇級する。昇にとっては、文三が文明開化の新時代になったにもかかわらず古い封建的な道徳に泥《なず》むことは全く不可解な時代遅れだとしか思えない。かのクラーク先生は「若者よ、野心を抱け《ボーイズ・ビー・アンビシャス》」と言ったではないか。古い道徳に束縛された文三は、野心のことを「非望を企てる心」としか考えられないので、新しい時代では決して成功しない。教養があっても、正直そのものの人間であっても、くびになっては、二度と立ち上がることはできなかっただろう。町人精神の権化《ごんげ》である叔母に軽蔑されても、他所《よそ》へ行こうとはしない。お勢のことを心配しているからだと自分に言い聞かせる。あるいは引越ししない本当の原因は、彼の惰性であるかもしれないが、いずれにしても、彼の行動の原動力は、微々たるものであっても野心ではなくて礼儀正しさである。

文三が信じている倫理学はたしかに時代遅れだが、昇の近代的合理性よりもわれわれの納得のいくものである。二葉亭が『浮雲』を書き出した時、ゴンチャロフ作『オブローモフ』を頭に置いたには違いないし、消極的な主人公たちに類似点もあるが、著者の人物に対する態度はまるで違う。ゴンチャロフは、明らかに、生活そのものに倦怠《けんたい》を感じていて社会のために一本の指も動かさない貴族階級の代表であったオブローモフを軽蔑していた。オブローモフが動かない理由は、古い倫理にこだわるからではなく、単なるものぐさだからだ。文三は無力な人間だけれども、行動はいつも正しいし、二葉亭自身の自画像の性格をほのめかしている。文三は二葉亭の分身でなければ兄弟である。

『浮雲』の人物の中でお勢は一番謎めいている。何人かの評論家が指摘したように、彼女こそ題名の「浮雲」であり、物のはずみによって、あちこち動いていく人物なのだ。言い換えると、お勢は明治中期の日本の象徴のような存在で、鹿鳴館《ろくめいかん》の時代の直ぐ後には正反対の方向即ち国粋主義へと向うのである。お勢は文三と昇との間に立って動揺して、古い道徳と新しい野心との魅力に迷わされる。二葉亭が『浮雲』を書き出した動機はお勢を書くためだったようである。『浮雲』の評判がよかったので、二葉亭は他の小説を書くように奨められたが、なかなか書く気がしなかった。硯友社《けんゆうしゃ》（尾崎紅葉《おざきこうよう》らの文学結社）が隆盛をきわめた時代、『浮雲』は無視されたが、自然主義の運動が天下を取った時、『浮雲』の再発見がなされた。『浮雲』の写実性をほめる人は多くなったが、いうまでもなくそれは現代的な写実主義と相当違うものであった。戯作文学の人物と比べると、たしかに立体性があって、不自然な趣向などは全然ないが、同年に発行されたゾラの『大地』やチェーホフの『イヴァーノフ』やストリンドベリの『父』と比べるとまだ幼稚なものだったといわねばなるまい。西洋文学をよく知った二葉亭は自分の作品はまだまだ外国の小説や戯曲に及ばないことを知っていたので、筆を投げたのかも知れない。が、『梅児誉美《うめごよみ》』の丹次郎《たんじろう》と文三を比較すると、二葉亭がどんなに遠く戯作の世界から離れて自分一人の才能で近代文学の世界に近づいたか自明である。

二葉亭が文三を描写した時、自画像を描いたと言ったが、自己嫌悪もあれば、自分の階級の理想への郷愁もあったと思われる。二葉亭が想像した通り、世界は昇のものとなった。日本はお勢のように、経済成長と公害問題との間に立って迷っている。そして現在の文三たちは——私は恐らくその一人だろうが——不安な眼で傍観している。

尾崎紅葉

日本近代文学のことを書く場合、硯友社を無視できない。けれども、文学史を書いている私にとってあれほど無視したいと思う連中は他にはいない。機関誌「我楽多文庫《がらくたぶんこ》」の悪ふざけや硯友社社則の重ぐるしい軽薄さはどうしても私の趣味に合わない。無視できたらどんなに助かるだろうと思って、いやいやながら硯友社の文学に対決する身構えをとってみた。

正直に言うと、それまでに硯友社の文学として尾崎紅葉の『金色夜叉《こんじきやしゃ》』の他には何も読んでいなかった。天下の愚作という辛い点数しか上げられなかったが、紅葉の大傑作だと断定する評論家もいるので、硯友社の二流の作品はどんなにひどいかと推測してぞっとした。

ところが、驚いたことには紅葉に紛れもない傑作があることを発見した。残念ながら私一人の発見ではなかった。中村光夫《なかむらみつお》は『多情多恨《たじょうたこん》』（明治二十九年）について「これは紅葉の随一の傑作であるだけでなく、明治大正の小説のなかでも屈指の名作と云へませう」と書いたが、同じ小説について「作者が心理描写に深入りすればするほど、それは『細い筆致』たるにとどまり、写実主義という立場から考えれば、皮相なものにすぎなかった」と非難する評論家もいる。その上、一般の読者の評価の反映として、現在、どの文庫にも入っていないし、ほとんどの全集から落伍している。発見ないし再発見という意味でなくても、『多情多恨』のすばらしさに感銘したことは事実である。

『多情多恨』は鷲見柳之助《すみりゅうのすけ》という大学教授が愛妻のお類《るい》に死なれてからの半年の描写である。友人の葉山や義母は鷲見を慰めようとするが、少しも効果がない。悲しみに耽《ふけ》っている彼は明らかに救われたくない。紅葉が『多情多恨』を書く直前に『源氏物語《げんじものがたり》』を読んでいたことに鑑《かんが》みると、もし桐壺更衣《きりつぼのこうい》の死を悲しんだ天皇をモデルにして鷲見の哀痛を書いたと言われているが、もし影響が影響があったとしても、わずかのものだったろう。小説のもっとも滑稽な場面であるが、葉山は鷲見の異常な思慕を和らげるために、待合茶屋《まちあいぢゃや》へ連れて行って、お類にそっくりだという芸者に会わせる。桐壺更衣に死なれてからよく似ていた藤壺《ふじつぼ》に慰めを得ていた天皇の前例に従ったのだろうが、芸者に慰められるどころか、鷲見は始終空腹を訴え、葉山に「肖《に》てゐるのが解《わか》らない？」と問われても全然葉山の言う意味が分らない。「お類に肖ている」と言われると、大いに笑う。世の中に類のないお類に似ている女がいる筈がない。

が、お類は果してそんなに理想的な女性であったのだろうか。「お類は殆《ほとん》ど放出《はふりだ》して置いて、現在給仕に付いてゐながら、自分の気儘《きまま》に手を塞《ふさ》げてゐる時には『おい、飯！』と言ふのを、『貴方《あなた》、手があるぢやありませんか』と見向《みむ》きもせぬ」。お類が完璧な偶像になったのは死んだ後のことであって、崇拝者の鷲見は悲嘆の花束を捧げることを怠らない。『多情多恨』はモームの『人間の絆』の明治版だとも言えるが、この表現は前者に不公平であろう。

ところで、紅葉の作品から『金色夜叉』を除外すれば、他の作品には現在でもわれわれの興味をそそるような要素が大いにあると思う。出世作となった『色懺悔《いろざんげ》』には紅葉独特の美文体がみごとに誇示されている。『多情多恨』では生き生きとした口語体を駆使しているが、『色懺悔』の、

「客の比丘尼《びくに》は凍る手のもどかしく。笠の紐《ひも》とくとく椽《えん》に立寄り。草鞋《わらぢ》とつて主人《あるじ》が勧むる微温湯《ぬるまゆ》に足を濯《すす》ぎ。導かれて炉に近く坐を占め。初対面の挨拶。やがて渋茶一椀《ぱい》。饗応《もてなし》ぶりにさしくべる榾《ほだ》の。焚上《もえあが》る炎に客は背ける顔。主人は何心《なにごころ》なく見るに。俗に在りし昔の我ならば。ねたましく思ふほどの容色。今さへも見て。臭骸《しうがい》の上を粧《よそほ》ふて是とは覚えず――地水火風空も。よく形造らるればかほどの物か」

等の文章を読むと、紅葉が美文体をなかなかあきらめ切れなかった理由がよく分る。言文一致の必然性を嫌々ながら認めていた紅葉は、みやびのない日常生活の言葉は文学の媒体としてよりも商談に向いていると思い、魅力を感じなかった。二十世紀における口語体の発達を予想できなかったため、紅葉は言文一致を見くびってしまった。しかし、紅葉の見解が誤っていたとは言えないだろう。口語体を完成することによって、日本の作家たちは伝統から断絶してしまったとも言えるからである。語彙《ごい》が少なくなり、過去の文学との連想も切れた日本語は、『色懺悔』の日本語とはかけ離れてしまい、よっぽどの物好きでなければ、この小説を読まないだろう。勿論、現代語を以て立派な小説を書けるようにしたのは、二十世紀作家の手柄であるが、これは鉄筋コンクリートを以て立派な建築が出来るようにしたのと同じ現象である。二十世紀の日本の建築家には世界的な名声があり、建物のところどころに日本的な美が残っているとは言え、在来の日本建築とは余り関係がなさそうである。

結果から判断すると、言文一致運動は日本近代文学の発展のために非常に役立ったが、同時に犠牲になった面も忘れてはいけない。シェイクスピア戯曲に登場する人物の台詞《せりふ》が当時の日常的な言葉に限られていたとすれば、数々の詩劇は成り立たなかっただろう。日本における新劇の挫折は言語の問題と大いに関係があると思う。

ところが、紅葉の文学は純粋であるとは言えない。言文一致の文体で書かれた最初の作品の一つだった『冷熱《れいねつ》』はボッカチオに基づいていると言われ、ゾラの影響も受けたらしい。死の床でダンヌンツィオ、トルストイ、イプセン等を飽きずに熱心に読み、ツルゲーネフ風の散文詩を書いてみたいと弟子の小栗風葉《おぐりふうよう》に語ったそうである。佐藤春夫《さとうはるお》がいつかツルゲーネフこそ近代日本文学の白楽天《はくらくてん》であると書いたが、日本文学の伝統を守ろうとした紅葉さえツルゲーネフに惹かれたということは驚くに当らない。硯友社の連中がいくらがんばってみても、戯作文学の時代は終り、また、純和風の文学の時代も終っていた。

以上に書いた通りだが、先にも述べたように『多情多恨』に『源氏物語』の影響を探知する学者がいる。私はこの説を否定しようとは思わない。むしろ、紅葉の最も近代的な小説に平安朝の文学の影響があると考えられたら、小説は一層面白くなると思う。この説が本当だとすれば、明治中期という文明の混乱した時代の象徴になるだろう。

幸田露伴

明治三十年代は「紅露の時代」と言われる程、尾崎紅葉と幸田露伴《こうだろはん》の人気は相当なものであった。「紅露」と一口に言うと、二人の間に何か特別の繋がりがあったように思われるが、実は、極端なほど違う作家である。紅葉の写実主義は露伴の理想主義と対照的であり、紅葉の女性的な主観性は露伴の男性的な客観性と比べると正反対である。紅葉の小説は日本の近代文学の発展において主流となっているが、行く川の流れは紅葉の所まで戻ることはなかろう。露伴の文学は主流と無関係であるが、江戸時代の文学が再評価されている今日、露伴の小説——特に後期のもの——が再び読まれるようになるかも知れない。

ところが、露伴の作品を年代順に読もうとしたら、読者はすぐやめてしまうのではないだろうか。出世作である『露団々《つゆだんだん》』は明治二十二年に「都の花」という純文学雑誌に連載され、更に翌年、単行本として発行された。当時二十二歳の露伴は成熟した小説家の露伴には全く見られないような軽快な調子で筆を走らせた。「にうよるく府」の「ぶんせいむ」氏は新聞に娘の求婚の広告を出し、娘の容貌は「現今米国第一なり」と言い、「財産は結婚の時に臨み、一億九千万円」を譲与することを約束する。相手となる「被求者」の資格については極めて寛容である。「教育職業等は全く無きもよろし。……容貌は畸形者にあらざれば、非常の醜陋《しうろう》なるもよし」。特に望む所は一つしかない。「即ち決して不愉快の感覚を抱かずして、常に愉快なる生活をなし得る者なることを要す」。ここから始まる小説は大変ハイカラである。「西の空に傾く太陽の色漸《やうや》く濃《こく》して、あはれ天帝の指環《ゆびわ》の紅宝石《こうはうせき》と、小児の車推《お》す保母の見立《みたて》もおもしろく、南の方《かた》に横《よこた》はる浮雲《ふうん》の形は妙《めう》に畳《たた》まりて、あれはあぽろの衣裳のれエすならむと希臘《グリイス》の書《ふみ》抱へし少年の洒落もおかしき夏の夕暮」。小説の場面や人物や文体から推測して、外国の文学の焼き直しではないかと疑った読者がいたらしいが、露伴はそのことを否定した。「文章のつたなきは扠置《さてお》き、趣向は中々りッとん、さッかれい何のそのとは、大きな嘘にて、実は種子《たね》のある手品なり。慧眼《けいがん》の読者は早くも観破《くわんぱ》されつらん」と「例言」で書いた。

「種子」は中国の『今古奇観《きんこきかん》』に基づいているということを「慧眼の読者」の一人が発見したが、このことから、このハイカラなふざけた小説でさえ東洋的であることが分る。露伴の初期の小説は、一部の日本人が西洋に対して幻滅を感じ始めるようになった時代に発表された。紅葉初め当時の人気作家と違い、露伴は東洋の伝統に溯《さかのぼ》る作品を書いたので、儒教的な教育を受けたインテリたちは露伴の文学を歓迎した。初期の作品には文学的な価値が少ないとは言え、高尚な口調があり、時の経過につれて露伴文学のそういう特徴がますます顕著になった。

『太郎坊《たろうぼう》』（明治三十三年）は何でもないような短編である。中年の紳士が愛用していた永楽《えいらく》の猪《ちょ》口《こ》は「主人《あるじ》の手をスルリと脱けて縁に落ち」、「無数に砕けて仕舞った」。主人は残念がるが、「細君は何日《いつ》にない主人《あるじ》が余りの未練さを稍《やや》訝《いぶか》りながら、『貴方《あなた》はまあ如何《どう》なすったのです、今日に限つて男らしくも無いぢやありませんか』」と聞く。それで、主人はその盃に因《ちな》んだ初恋のことを初めて細君に打ち明ける。細君はこの話を最後まで聞き、嫉妬めいた怨みを洩《も》らすどころか、初恋が実らなかったことで、「一方《ひとかた》ならず同情を主人《あるじ》の身の上に寄せた」。そして主人は主人で、「昔時《むかし》を繰返して新しく言葉を費《つひや》したつて何にならうか、ハ、、、、笑つて仕舞ふに越したことは無い」と言い、庭の方を見る。「一陣の風はさつと起つて籠洋燈《かごランプ》の火を瞬《また》きさせた。夜の涼しさは座敷に満ちた」と小説は終っている。

自然主義文学者が同じテーマを取り扱ったら、どんなに違った印象を与えたことだろう。中年のサラリーマンは、その日のさまざまの挫折に疲れ果て、家に向ってとぼとぼ帰る。彼を迎える細君は、主人のわずかな月給では家事を切り回すことが出来ない等と、がみがみ文句を言いながら主人のお膳をすえる。ところが、余りにも乱暴にお膳を置いたので、主人の盃――彼の日常生活における唯一の美しい物――が砕けてしまう。主人は盃のかけらを眺めながら、初恋を思い出し、現在のわびしい境遇を悲しく思う。等々。

露伴の小説では、極く普通の日常生活の楽しみや夫婦仲の無言の理解が、感傷にならず、さっぱりとした男らしい思い出話等が東洋的な平淡さで描かれている。愛情の激しい快楽や苦悩は現われないが、ゆかしい、優雅な幸福感が作品全体に溢《あふ》れている。自然主義の小説は事実に従って書かれているかも知れないが、『太郎坊』の世界も嘘だとは言えない。確かに人物に立体性が欠けているが、東洋の絵画に具現されている清閑な美がある。

『太郎坊』は露伴自身の経験から来たらしいが、完全なフィクションであっても一向構わない。

が、露伴のその後の作品の多くは、森鷗外《もりおうがい》の史伝と似た方法で過去の人物や事件を再現している。無論、歴史的事柄を取り上げるために露伴が歴史家と同じ様に史料を調べたり訂正したりしたとは思わない。生涯の傑作であった『運命』（大正八年）では余り信用できない稗史《はいし》を借り、建文帝《けんぶんてい》の不幸な一生を書き綴《つづ》った。『運命』は決して読みやすい歴史小説ではない。見慣れない漢字が多く、文体には漢文直訳の硬さがある。例えば、明《みん》太祖の二十五人の子弟の名前が全部挙げられ、「第十子檀《たん》を生れて二月にして魯王《ろおう》とし、十六歳にして藩に兗州府《えんしゅうふ》に就かしめ、第十一子椿《ちん》を封《ほう》じて蜀王《しょくおう》とし、成都《せいと》に居き」等は覚えにくいと言わなければなるまい。が、『運命』の冒頭に述べられたテーマ——「吉凶禍福は皆定数ありて、飲啄笑哭《いんたくせうこく》も悉《ことごと》く天意に因《よ》る」——は小説全体の底流をなしている。方法は全然異なっているが、この中国的な小説はギリシャ悲劇の運命観を思い出させる。しかし、『運命』は建文帝個人の悲劇ではなく、また、容赦ない運命を嘆く人もいない。東洋文学には叙事詩《じょじし》がないということになっているが、あるとすれば正にこの『運命』が叙事詩に相当すると思う。

露伴は建文帝を哀悼しながら、悲歌を書き、消えつつあった文学の伝統に捧げた。二十世紀においてその伝統を守って行くのは難しいが、その伝統に対して憧れを感じる日本人が絶えない限り、露伴の文学は独自の生命を維持するだろう。

樋口一葉

日記

樋口一葉《ひぐちいちよう》の日記は日本近代文学の中でユニークな地位を占めている。たとえ、一葉が小説を一つも書かなかったとしても、この日記は文献としてではなく、立派な文学作品として鑑賞されただろう。しかも日記の本質的な読みものとしての興味の他に、女流文学と日記文学という最も日本的な二つの伝統をみごとに組合せて復活させた作品としても文学史に大きく残ったと思う。

言うまでもないことだが、世界中の国々に、日常生活の記録として、文学作品または創作の材料として、日記を付ける習慣が昔からあったが、日本のように日記が高級な文学ジャンルに発展した例は少ない。日本では「日記」という名称を使っていても、その日その日の出来事を書くことはむしろ例外であり、典型的な「日記」はずっと後で思い出した事件や感想を述べたものであったので、それは日記というより自伝に近いものだった。自己意識の強い自伝は一人称の小説から一歩しか離れていないものであるので、近代文学の最も日本的な私小説《わたくししようせつ》は明らかに日記文学の伝統を引いたものであると言わねばなるまい。

日本文学はあらゆる分野において中国文学の影響を受けたと言う学者がいるが、日記文学ないし自伝文学に関しては影響は全くなかった。中国の最古の自伝は十七世紀のもので、二十世紀に入ってから初めて一人称の小説が発展した。日本文学と中国文学の一番違う点は、後者には女流文学や日記文学が大切でないことではないかと思う。

女性によって書かれた日記の特徴は、男性の日記に見られないような正直さであろう。紀貫之《きのつらゆき》が『土佐日記《とさにっき》』を書く時に女性であることを装った理由は、男性として主観的な「日記」を書くことはみっともないと判断したからであろうが、女装しても、ほんものの女性のようには自分の感じていたことをありのままに書けなかった。『蜻蛉日記《かげろうにっき》』の著者は、女性であったために、私たちには感心できないような嫉妬や自己中心主義を飾り気なく率直に記録した。その結果として同時代の男性の著書にないような現代性が感じられる。鎌倉時代の日記文学の最高峰は『とはずがたり』だろう。その驚異的な、赤裸々な描写は、世界文学の中に例の少ない自伝として異彩を放っている。十二、三歳の娘が親たちに、今夜立派な紳士が訪ねてくるから彼の言う通りにしなさいといわれる冒頭の場面から最後まで、女性でなければ望めない正直さが溢れている。

ところが、『とはずがたり』以後の日本文学には女性によって書かれた作品が余り目立たない。永福門院《えいふくもんいん》の和歌や加賀千代女《かがのちよじょ》の俳句などは辛うじて女流文学の伝統を継続したが、その復活は一葉の登場を待たなければならなかった。それは、言うまでもなく、封建時代の女性の低い地位と密接な関係がある。

一葉の日記の中で最も興味のもてる部分は半井桃水《なからいとうすい》との関係を描いた記述であろう。一葉の最初の印象は、「君はとしの頃卅年《みそぢ》にやおはすらん。姿形《すがたかたち》など取立《とりたて》てしるし置かんもいと無礼《なめ》なれど、我が思ふ所のまゝをかくになん、色いと良く面《おもて》おだやかに少し笑み給へるさま誠に三才の童《どう》子《じ》もなつくべくこそ覚ゆれ」。「我が思ふ所のまゝをかく」は一葉の一貫した態度であったため、作家として忘れられた半井はこの日記の中だけに生きている。

二度目に半井に会ったとき「人一度みてよき人も二度めにはさらぬもあり、うし（大人《たいじん》）は先の日ま見え参らせたるより、今日は又親しさまさりて、世に有難き人哉《かな》とぞ思ひ寄《より》ぬ」。が、しばらく後の訪問の時、半井の留守に上がり込んだ自分が恥ずかしくなり、「車にのりて帰る道すがらも思へばあやしき事をもなしたるかな、我身むかしはかゝる先ばしりたる心にもあらざりしを年たけると共におもての皮厚く成るなり。はしたなくもなりつることよ、かゝる筋のこと世の人もれ聞かましかば何とかいふらむ、あやしうなき名などたてられなんもしるべからず」。

一葉が心配した通りになっていく。「我心に憚《はばか》る処《ところ》いささかもあらず」と自分に言い聞かせても、世間体をつくろうために半井に会わないことにする。一葉と半井との関係は、平安朝の女流日記に描かれた恋と違って熱情的な発展を遂げないが、その日記の率直な個性は六世紀の断絶を乗り越えている。元禄《げんろく》などの文学にないような立体性を感じさせる。女流文学の蘇生と言う他はあるまい。

一葉の日記の「詩的」な部分は一応綺麗だが、それほどの個性はない。一葉が日記をつけた目的は公開ではなく、「筆馴らし」に過ぎなかったそうだが、古めかしい文章で明治時代の東京を書いたことは、現代の読者にとってヘンに思われる。一葉にも明治時代にふさわしい文章についてかなり疑問があった。未熟な新体詩を「指さしわらふ」気持もあったが、明治二十六年十二月にこう書いた。

「さりとて、みそひと文字の古体にしたがひて、汽車汽船の便《べん》あるよ（世）に、ひとりうしぐるま（牛車）ゆる〳〵とのみあるべきにあらず。……詞《ことば》はひたすら俗をまねびたりとも、気いん（気韻）高からばおのづから調《てう》たかく聞えぬべし」。また、明治二十八年二月にこう書いた。「今、千歳ののちに、今のよの詞《ことば》をもて、今の世のさまをうつし置《おき》たるを、あなあやし、かかるいやしき物更《さら》にみるべからず、などいはんものか。明治の世の衣類、調度、家居《いへゐ》のさまなどかゝんに、天暦《てんりやく》の御代《みよ》のことばにていかでうつし得らるべき」。しかし、一葉は最後まで言文一致の文体を採用する気にはなれなかった。

一葉の日記は子規《しき》や啄木《たくぼく》の日記ほど面白くないともいえるが、金銭的にひどく困っていた一葉は全くユーモアがなかったし、女流文学者の常であろうが、自分と直接の関係のない社会的な問題に関心を示さなかったためだろう。が、子規や啄木のような男性的な多面性には乏しくても、いかにも日本的な、感情的な純粋さが溢れている。

『たけくらべ』などの名作を書いた一葉を理解するためにはその日記は何よりの文献であるが、それよりも、永遠の日本女性の自画像として鑑賞されるべき作品だと思う。

大岡昇平《おおおかしょうへい》は、樋口一葉は「日本の女流作家の中で、紫式部《むらさきしきぶ》と並んで最も高い名声を確保している」と書いたが、示唆に富む観察である。一葉が、果して清少納言《せいしょうなごん》や道綱母《みちつなのはは》や式子内親王《しょくし》ほど優れた作家であったかどうかは別問題であるが、かなり優れていることについては疑問の余地がない。現在の評判から言うと、紫式部に劣らないと言えよう。しかし、一葉の小説――つまり彼女の名声を確立した作品――を読んでみると、傑作が非常に少ないことに驚く他はない。勿論、寡作だったことは、若くして死んだことや生きている間貧困な暮しをしていたことと密接な関係があるが、紫式部と並ぶほどの作家ならもう少し傑作があって欲しい。

『大《おお》つごもり』、『にごりえ』、『十三夜《じゅうさんや》』、『たけくらべ』の他に、批評の対象になれる小説は先ずないが、仮に『たけくらべ』しか書かなかったとしても、名声に変りはなかったと思う。『たけくらべ』という中編小説一つで一葉は不朽の名声を博したといってもよかろう。言うまでもないことだが、一つの短い作品だけで有名になった著者は幾人もある。例えば、鴨長明《かものちょうめい》が世界的に知られているのは『方丈記《ほうじょうき》』という小品文《しょうひんぶん》のお蔭であり、もっと極端な例だが、加賀千代女の名声は二、三の俳句の人気によるものである。だが、多作する作家の多い近代の場合、一篇の小説だけで紫式部と比較できたらその小説は相当な傑作でなければならない。

『たけくらべ』をあれほど高く評価する理由は何だろう。先ず、同時代の他の小説よりはるかに出来がよくて、紅葉、露伴や鏡花《きょうか》が書いていた人工的な作品と違って人間味でわれわれを感動させる。登場する人物はそれぞれ性格が違うが、そういう人物もいると納得させる人間ばかりだから、同時代の他の小説によく出るハンディキャップを背負った人物の場合と違い、みじめさはなくて、悲劇的である。

『たけくらべ』は非常に日本的であるが、同時に普遍性に富むので、翻訳を通じて読む人でも感激する。子供たちが子供としての清さを失って大人としてのつらい運命を継ぐところを描く作品である。登場する子供は、これから自分たちの意志や希望とは無関係に、社会や自分たちの家族が割り当てる役目を果さなければならない。すべすべした額には皺《しわ》がかすかに現われて、時間と共にその皺の彫りが深くなる一方だろう。

お転婆《てんば》の美登利《みどり》は姉のように娼婦になる。正太郎は高利貸しになって、いずれそのうち友達だった美登利の身体《からだ》を買うだろう。妻帯者のなまぐさ坊主の父親に反撥した厳格な信如《しんにょ》は、美登利とは別の世界に入り、もう彼女まで手が届かない。娼婦、高利貸し、宗教を尊重しない社会の中の僧侶、与太者《よたもの》などになりかけている子供たちは吉原《よしわら》の犠牲者であろうが、日本の遊廓のことを知らなくても、人間の運命の悲劇として読まれる小説である。

『たけくらべ』の主なテーマには普遍性があるが、いかにも日本的である。西洋文学では成人することの苦しさは余り問題にならない。典型的な例だが、オールコットの『若草物語』（一八六八）の場合、成人することは決して脅威を感じさせるものではなく、むしろ将来の幸福（少女たちが立派な紳士と結婚すること）をもたらす過渡期として描かれているが、美登利には立派な夫の夢さえ持てない。髪を島田に結って貰った日から自分の悲しい結婚生活の前兆に怯《おび》える。

荷風《かふう》の『すみだ川』の主人公の長吉も、「人は成長するに従っていかに幸福を失って行くものか」を明らかに経験したのだ。西洋文学でもバリーの『ピーター・パン』のように成人したくない子供もいるが、それは飽くまでもセンチメンタルな概念――子供の純粋さが中年のずるさには必ず勝つ――に基づいたもので、一葉の小説に現われる写実性は全く欠けている。

昔も現在も日本は子供の天国である。二十世紀まで西洋では少年という観念が弱くて、小さい婦人である。西洋の文学では成人することは初恋の楽しみを期待させるが、主人公たちは子供ではなくて、オールコットの小説の原題名 *Little Women* が示すように、日本の文学では初恋の楽しみよりも子供の清さの喪失が大事に取扱われている（川端康成《かわばたやすなり》の『伊豆《いず》の踊子《おどりこ》』は良い例だろう）。一葉はセンチメンタルではないが、大人の世界に飽きていたので、子供の無垢《むく》に惹かれたのだろう。『徒然草《つれづれぐさ》』を愛読した一葉は、「白き糸の染《そ》まん事を悲しび、路《みち》のちまたのわかれん事をなげく人」（二十六段）に同感だったし、その「なげき」は『たけくらべ』に特別の味をつける。

一葉も大人としてよりも子供として幸福だった。半井桃水との失敗に終った恋愛に満足できなかったので、性的愛情がある大人の世界よりも、まだ「白き糸」のままで染まっていない子供の世界を選んだ。龍泉寺町《りゅうせんじちょう》の自分の店に出入りする子供たちを見るたびに、成人しても幸福な生活をする筈はないと痛感したのだろう。白無垢の糸を創作に織り込むことは一葉にとって生き甲斐だったかも知れない。

『たけくらべ』の描写は写実的であるが、文章は西鶴《さいかく》の影響に彩られている。一葉は文体によってこの作品を日本の遊廓文学の永い伝統につないで、ささやかな事件に遠くまで響く余韻をつけた。西鶴は恐らく遊廓そのものの必要や望ましさを認めたのだろうが、一葉は明らかにその制度を憎んでいた。西鶴の写実主義は高く評価されているが、一葉と比べたら程度が違う。一葉が描いた遊廓は、西鶴の『好色一代女《こうしょくいちだいおんな》』で味わわされる楽しみが全くない。『たけくらべ』以外の作品にはそれぞれの良さがあるが、一葉独特の世界だとは言いがたい。傑作が少ないことは残念だが、『日記』と『たけくらべ』の作家として相当な存在である。紫式部と並ぶことは出来ないかも知れないが、出来なくても紫式部の直ぐ近くに立ってもおかしくなかろう。

泉鏡花

泉鏡花《いずみきょうか》の魅力は特殊なもので、感じない人にそれを説明することはむずかしい。大抵の文学全集に入っている作品を読了しても、鏡花のよさが分らない場合が多いので、編集者の狙いは読者たちを幻滅させることにあったのではないかと疑問をいだくほどである。たしかに、初期の小説には歴史的な意義があるに違いないが、これらの駄作を採って傑作を落す心理を理解するのに苦しむ。

例えば、私の手許にある二種類の文学全集には、『義血侠血《ぎけつきょうけつ》』、『夜行巡査《やこうじゅんさ》』、『外科室』と『海城発電《かいじょうはつでん》』が入っていても、『歌行燈《うたあんどん》』、『売色鴨南蛮《ばいしょくかもなんばん》』、『眉《まゆ》かくしの霊《れい》』などが落選している。鏡花の初期の作品の人物の共通点は、皆、不自然な、ありそうもない苦しい選択と対決しなければならないところである。『義血俠血』の欣弥《きんや》は検事代理として大恩人の女水芸師《みずげいし》、滝《たき》の白糸《しらいと》を死刑に追い詰める。『夜行巡査』の八田《はった》巡査は、職務を果すため、自分の幸福を奪った悪漢の命を助けようとし、泳ぎを知らないのに堀の冷たい水に飛び込んで溺れる。『海城発電』の赤十字社の看護員は、「自分の職務上、病傷兵を救護するには、敵だの、味方だの……区別もない」と言い張るが、職務外のことができないというので、目の前で罪のない女性が踏み殺されても、「胸中無量の絶痛は、少しも挙動に露《あらは》さで、渠《かれ》はなほよく静《せい》を保ち、徐《おもむ》ろに其洋袴《ズボン》を払」ってから、すました顔で去る。

これらは正に「観念小説」と称すべきものであるが、「観念」はこじつけのもので、小説の出来も幼稚であるので、現代人の鑑賞に価しない。『外科室』も一応「観念小説」と分類されているが、ヨーロッパのロマン主義の亜流を日本に紹介した程度のものである。大事な秘密を胸に隠している美しい伯爵夫人、恋人たちを外科室で会わせる不思議な運命、社会的地位ないし死をも越える愛情などは、当時の日本の読者にとって珍しいテーマだったかも知れないが、もうその珍しさは大分褪《あ》せた筈である。「明治文学史上高く買はれて然《しか》るべき芸術作品なのである」という批評に同意しかねる。

では、以上の作品はなぜ度々文学全集に採用されるか。恐らく編集者たちが鏡花の一番優れた作品よりも一番分りやすい作品を選んだためだろう。もともと『外科室』の場合でも、ある註釈のついた文学全集には、『源氏物語』に劣らない数の註が載っているが、中期、後期の小説と比べると、文章はまだ平明である。

鏡花は難解な作家である。内容や知的水準が全然違うが、表現の面では、難解だと評判のヘンリー・ジェイムズの文章に似ている。『女客《おんなきゃく》』の冒頭の文章は分りやすいが、コンマが多いことで有名なジェイムズの小説を思わせる。

「『謹《きん》さん、お手紙』

と階子段《はしごだん》から声を掛けて、二階の六畳へ上り切らず、欄干《てすり》に白やかな手をかけて、顔を斜に覗《のぞ》きながら、背後《うしろ》向きに机に寄つた当家の主人《あるじ》に、一枚を齎《もた》らした」

鏡花の文章は縹渺《ひょうびょう》とした表現に富み分析に困るところが多い。『歌行燈』の最後の三行はこうなっている。

「『背《せな》を貸せ、宗山。』と言ふとゝもに、恩地喜多八は疲れた状《さま》して、先刻《さつき》から其裾《すそ》に、大《おほき》く何やら踞《うずく》まつた、形のない、ものゝ影を、腰掛くるやう、取つて引敷《ひつし》くが如くにした。

路《みち》一筋白くして、掛行燈の更《ふ》けた彼方此方《あなたこなた》、杖を支《つ》いた按摩も交つて、ちら／＼と人立ちする」

この文章の美しさに感激しても解釈に苦しむのは私だけだろうか。

鏡花の会話は非常に写実的であって、当時の人々の口振りをみごとに伝えるのだが、話し手をわざとぼかすことや、不完全な表現で意味を曖昧にすることも特徴である。明治時代の風俗などに詳しくない読者は参考書が欲しくなることもある。例えば、『註文帳《ちゅうもんちょう》』の中に、剃刀研《かみそりとぎ》と鏡研《かがみとぎ》が過去を思い出すこのすばらしい一節がある。

「『ぢやがお前、東京と代《だい》が替つて、此方等《こちとら》は宛《まる》で死んだ江戸のお位牌《ゐはい》の姿ぢやわ、羅宇屋《らうや》の方は未《ま》だ開《ひら》けたのが出来たけれど、最《も》う貍穴《まみあな》の貍、梅暮里《うめぼり》の鰌《どぜう》などゝ同一《ひとつ》ぢやて、其癖《そのくせ》職人絵合せの一枚刷にや、烏帽子素袍《えぼしすはう》を着て出ようといふのぢや。』『其《それ》だけに尚《な》ほ罪が重いわ。』」

こういう会話を完全に理解できたら鏡花が期待していた読者としての資格があろうが、およその理解しかできなくても、言葉が醸《かも》す雰囲気には酔いやすい。

鏡花の傑作の場合でもそうだが、筋や人物の描写よりも雰囲気が大切である。『湯島詣《ゆしまもうで》』の粗《あら》筋《すじ》を人に語れば、新鮮さが全くなく、人物も『梅児誉美』に登場するような類型的な男女と余り変らない。しかし、その言いようもない、詩的な、日本的な雰囲気を忘れることが出来るだろうか。

「爾時《そのとき》、黒縮緬《ちりめん》の一ツ紋。お召《めし》の平生着《ふだんぎ》に桃色の巻つけ帯、衣紋《えもん》ゆるやかにぞろりとして、中ぐりの駒下駄《こまげた》、高いので丈《せい》もすらりと見え、洗髪《あらひがみ》で、濡手拭、紅絹《もみ》の糠袋《ぬかぶくろ》を口に銜《くは》へて、鬢《びん》の毛を掻上《かきあ》げながら、滝の湯とある、女の戸を、からりと出たのは、蝶吉で……」

訳者は、正気の人間なら、こんな文章の翻訳を諦めるだろう。普遍性に乏しいかも知れないが、読むと、日本語という国語があることに感謝する他はない。

『歌行燈』は鏡花の大傑作だろうが、この場合でも翻訳は無理だと思う。能《のう》独特の陶酔を生かした作品であり、役者が最後の一つの足踏みで世界を消すように、読後のわれわれの批評をさえぎる完璧さがある。

鏡花の作品の幽霊や変化《へんげ》も有名であるが、『高野聖《こうやひじり》』のような全集作品よりも、『眉かくしの霊』に魅力を感じる。神秘な蟇《ひき》や蝙蝠《こうもり》もいいが、平凡な田舎の旅館の洗面所から聞える気味の悪い水の音にぞっとする。そして、最後のところ、料理番が自分と変らない幽霊を見る場面は怪談の絶頂のように思う。

こんなに鏡花の小説にほれている私に、「翻訳する意思はないか」と問われたら、返事は簡単である。「とんでもない、この快感を得るために三十年前から日本語を勉強したのではないか」と。

森鷗外

森鷗外《もりおうがい》のことを書こうと思ったが、数十巻に上る全集を前にして、何処から手を染めたらいいかと迷った。いつか文学評論家の友人に鷗外の最も大切な作品を教えてくれと頼んだことがあるが、「全部が大切だ」という素気ない返事しか得られなかった。友人の意見をそのまま信じたら、日清戦争の陣中日誌や衛生学の論文等を読破する義務を負うことになる。時間さえあれば鷗外全集を片っ端から読んでもいいと思うし、きっと大いに私の人格を養うことになろうが、残念ながらそれほどの余裕がない。

そうすると、鷗外研究の出発点を何処に定めたらよいかという難問に戻ってしまう。『舞姫《まいひめ》』、

『うたかたの記《き》』や『文《ふみ》づかひ』は私の好きな作品であり、『舞姫』を何回も教材として利用したことがあるが、鷗外文学の崇拝者たちは初期の短編に余り関心を示さないらしい。確かに、文体から言っても、内容から言っても、その一連の作品は異彩を放つものではあるが、成熟した鷗外の文学ほど評判はよくない。

そういうわけで私は一応『即興詩人《そっきょうしじん》』から論じたいと思う。周知の通り、デンマークの著名な作家アンデルセンの小説の和訳であるが、名訳中の名訳だと言われている。私は鷗外の翻訳を一度も読んだことがなかったが、何となく坪内逍遙《つぼうちしょうよう》の沙翁《しゃおう》（シェイクスピア）の翻訳のように、原作の文句に拘《こだ》わらず、その美しい精神を採ったものだろうと思っていた。デンマーク語は読めないので、鷗外の和訳を同じ作品の英訳、独訳と照合してみたが、驚いたことには鷗外の和訳は極めて忠実なものだと分った。自然な日本語になりそうもない表現――例えば宗教的な感想――はみごとな雅文《がぶん》になり、見慣れぬ片仮名の固有名詞がしばしば文章の中に現われていても、違和感を催すような表現は全くない。アヌンチャタの最後の手紙は候文《そうろうぶん》になっているが、それを読んで「外人の候文の手紙はおかしい」等と思う読者は先ず一人もいなかろう。「苦を受くる月日も最早些子《ちと》を余し候のみと存参候《ぞんじまゐらせそろ》。今まで受けつるあらゆる快楽の聖母の御恵《おんめぐみ》なると等しく、今まで受けつるあらゆる苦痛も亦《また》聖母の御恵と存参候。死は既に我胸に迫り候。血は我胸より漲《みなぎ》り流れ候。いま一回転して漏刻《ろうこく》（水時計）の水は傾け尽され申すべく候」。鷗外の翻訳の中の此《こ》の一個所を百数十年前に出来た英訳と比較してみたが、鷗外の方が遥かに美しく、原作の味をよく伝えるものだろうと思った。

ヨーロッパ文学の中で『即興詩人』は高等な地位を占めているとは言えない。コロンビア大学の図書館から借り出した英訳本は一八九二年に入ったもので、現在までその本を借り出した読者は十二、三人しかなく、多くは第一次大戦以前であった。あえて推測すると、『即興詩人』のアメリカ人の愛読者は日本人の愛読者の万分の一にも及ばないだろう。小説は同じ小説であり、英訳も悪くないが、アンデルセンの物語はかなり前からアメリカ人の心に訴える力を持たないようである。逆に言えば、鷗外のすばらしい日本語訳のお蔭で、死んだ筈の小説が、生まれた国から遠い日本に生き残っている。

　正直に言って、『即興詩人』は余りよい小説ではない。偶然の邂逅《かいこう》は実に数が多く、十九世紀初期の小説として読んでも、迫真性にひどく欠ける。人物は皆類型的であり、イタリアの風景の描写は異国趣味に基づいたものであるので、現在の読者にとっては色がかなり褪せている。英訳を読む場合、頁を飛ばしたくなる。ところが、鷗外の翻訳は原作に忠実でありながら、原作よりも大きな存在であると言える。或いは『即興詩人』の翻訳は森鷗外という文豪の大傑作であるかも知れない。何故だろう。

　私は近代文学を読んで何か分りにくい現象にぶっつかると、正宗白鳥《まさむねはくちょう》の評論を参考にする癖があるが、白鳥にこういう文章があるのを見付けた。「鷗外の創作には熱情の溢れた作品は見当らないが、その翻訳小説には、熱情のこもつた作品を、読者の心に熱情の伝はるやうに訳してゐるのが少なくない。鷗外は、それ等を翻訳しながら、自己の心境を吐露するやうな快味《くわいみ》を覚えてゐたのかも知れない。『即興詩人』の如きは、その点、明治文学中無類の者であつて、明治時代の教育を受けた我々には、その文体でも、用語でも、魅力豊かに感ぜられるのである。西洋文学紹介者として、翻訳者として、鷗外の如きは前後例無しと私は思つてゐる」。

創作における熱情の有無は別問題として、鷗外の魅力を上手に伝える批評だと思う。言うまでもなく、鷗外に優れた創作はいくつもあるが、「文体が即ち人物である」と言われている通り、鷗外の偉大さはその文体――『即興詩人』に完成された文体――にあろう。現に、数十巻の全集に盛られた作品の中で、鷗外が最も力を注いだのはこの翻訳である。着手から完成まで十年もかかり、時間を惜しまなかったようである。鷗外はどうしてヨーロッパの三流の小説にそれほど魅せられたかと言うと、恐らく白鳥が説明した通り、「自己の心境を吐露するやうな快味を覚えてゐた」ためであろう。『澀江抽斎《しぶえちゅうさい》』を書いた時、同様の動機があったと思うが、『澀江抽斎』の場合、鷗外自身は自分と小説の主人公との類似点を指摘した。しかし、『即興詩人』の主人公と自分との類似点に気がついたかどうかはよく分らない。いかめしい軍服姿の鷗外の写真をどんなに丁寧に吟味しても『即興詩人』のアントニオを思わせるような要素は認められない。が、『舞姫』等を書いた若い鷗外は未だ同じ身体の中でストイックな鷗外と同棲していた筈である。否、同棲していたに違いない。『即興詩人』のどの頁を読んでも、原作を凌駕するようなロマンチックな熱情が溢れていて、幻滅の時代に生きているわれわれを蠱惑《こわく》して余りある。

森鷗外の文学に感心しないような評論家は少ないと思うが、鷗外の小説の評判は決してそれほど芳しくない。長編小説の中で一番小説らしいものは『雁《がん》』であろうが、『雁』は多くの評論家に白眼視されており、『澀江抽斎』や『伊澤蘭軒《いざわらんけん》』等の史伝のように絶讃されることはなかろう。『雁』や『山椒大夫《さんしょうだゆう》』が優れた映画になったことは反《かえ》ってその文学的な価値を疑わしめる原因となった。どう考えても、『澀江抽斎』は優れた映画になりそうもない。

確かに鷗外の文学のアピールポイントは一種の紳士気どりであろう。『澀江抽斎』の考証学的資料に特別の関心を持つ好事家《こうずか》はいるには違いないが、多くの読者は煩瑣《はんさ》な事実の羅列をなかなか飲み込めない筈である。「此書には池田氏の一族百八人の男女を列記してあるが、其《その》墓所は或は注してあり、或は注してない。分明に嶺松寺に葬る、又は嶺寺に葬ると注してあるのは初代瑞《ずゐ》仙《せん》、其妻佐井氏、二代瑞仙、其二男洪之助、二代瑞仙の兄信一の五人に過ぎない」等々に眼を通した読者に、「二代瑞仙の二男は何という人であったか」と尋ねたら、正しく答えられる読者は何人いるだろう。言うまでもなく、『イリアス』にも『聖書』にも同様の人名の羅列があり、よっぽど系図学に興味を持たなければ、そういう文章を飛ばすかそれとも直ぐ忘れるに決っているが、人名の羅列に効果がないというわけではない。数々の人物の名前の列挙によって歴史的な信頼性を裏付けることに役立つばかりでなく、鷗外の『阿部一族《あべいちぞく》』に出ている「殉死を願つて許された十八人」の例が示すように、人名にも一種のポエジーがある。

私には衒学《げんがく》的な面があるので、『澀江抽斎』に描写されている故事等にかなりの興味があるが、抽斎の親戚の記録を読んでも、小説としての楽しみは先ず感じない。抽斎の師や友についての詳しい説明は抽斎という人物を立体的に作り上げるために大いに役立つものだと言う評論家もいるが、私はそうは思わない。むしろ鷗外は抽斎が立体的な人物——つまり、漱石や西洋の小説に登場するような人物――にならないように非常な努力を費やしたと思う。立体的な人間と違って、抽斎には裏側がなく、読者に向けている面だけしかないように思われる。無論、抽斎は木石《ぼくせき》ではなく、細君や子供に対して愛情もあったが、鷗外はわざとこう書いた。「抽斎は江戸の手紙を得る毎《ごと》に泣いた。妻のために泣いたのでは無い。父のために泣いたのである」。抽斎は歌舞伎《かぶき》や俗謡にも興味があったが、やはり一番の楽しみは書誌学的な研究をすることであった。「実は」という怪しい肩書きのある人物に飽きている読者は、紳士気どりに近い気持で抽斎のような主人公を歓迎するが、それは立体性のゆえではない。

　抽斎にもう一つの次元があるとすれば、それは人に隠れている暗い面ではなく、著者である鷗外の分身であるということである。考証学者の鷗外が意識的に事実を曲げたとは思えないが、無意識的にしろ、抽斎を一種の自画像にしてしまった。抽斎の伝記の出典には忠実であったが、資料の採用の仕方によって、もっと狭い意味の伝記作家が描いた筈の抽斎とは違う人物を造り、そしてその人物と自分との類似点に驚いたのである。「抽斎は医者であった。そして官吏であった。そして経書《けいしよ》や諸子《しよし》のやうな哲学方面の書をも読み、歴史をも読み、詩文集のやうな文芸方面の書をも読んだ。其迹《そのあと》が頗《すこぶ》るわたくしと相似《あひに》てゐる。只その相殊《あひこと》なる所は、古今《ここん》時を異《こと》にして、生《せい》の相及ばざるのみである。いや。さうではない。今一つ大きい差別《しやべつ》がある。それは抽斎が哲学文芸に於いて、考証家として樹立することを得《う》るだけの地位に達してゐたのに、わたくしは雑駁《ざつぱく》なるヂレツタンチスムの境界《きやうがい》を脱することが出来ない。わたくしは抽斎に視《み》て忸怩《ぢくぢ》たらざることを得《え》ない」。

文豪の鷗外が全く無名の考証家に対して「忸怩たらざることを得ない」と書いたのも、その時までのさまざまの業績を「雑駁なるヂレッタンチスム」と呼んだのも、単に謙虚なるが故ではなかったろう。鷗外の最も力を入れた文学作品は史伝であろうが、史伝というジャンルは鷗外と共に死んでしまった。『澀江抽斎』等に満足する読者はかなりいるが、「ヂレッタント（趣味の範囲で楽しむ好事家、ディレッタント）」を思わせる一種の遠慮のお蔭で、抽斎も鷗外も、最後までわれわれと遠く離れている。

『澀江抽斎』に限らない。『キタ・セクスアリス』ほど正直な告白書は少ないだろうが、読者が金井湛《かねいしずか》という鷗外の分身の裏側を覗《のぞ》こうと思っても失望するに違いない。ポルノグラフィーとして発売禁止の処分に遭ったのは何という皮肉だろう。

最近鷗外の作品の翻訳がどしどし発表されるようになった。『半日《はんにち》』のような特殊な作品は面白いし、日本思想史に関心を持つ読者なら『蛇』や『妄想』にいろいろの手がかりを得るだろうが、小説としての楽しみは稀薄である。『ぢいさんばあさん』の翻訳に感激する読者は極めて少ないだろう。が、石川淳《いしかわじゅん》はこう書いている。「作品の世界は崩れる時を知らないやうなものだ。あたかもそれは古来から今につづく日本人の生活の流れの上に乗つてゐるあんばいで、さういふ世界の出来工合《できぐあひ》を観測しようとすると、いつわれわれは自分の足もとをぼんやり見てゐるやうなことになるだらう」。原文で読む場合、よっぽど鈍感な人間でないかぎり、必ず「古来から今につづく日本人の生活の流れ」を感じると思うが、翻訳となると、それが消えてしまう。「其翌年の文化《ぶんくわ》六年に、越前国丸岡《まるをか》の配所《はいしょ》（罪によって流された場所）で、安永《あんえい》元年から三十七年間、人に手跡《しゆせき》（文字）や剣術を教へて暮してゐた夫伊織《いおり》が、『三月八日 浚明院殿御《しゆんめいゐんでんご》追善《つゐぜん》の為、御慈悲《ごじひ》の思召《おぼしめし》を以て、永《なが》の御預御《おあづけご》免仰出《めんおほせいだ》されて、』江戸へ帰ることになつた」という『ぢいさんばあさん』の一節の味を翻訳で伝えられるだろうか。

文体は人物であるという言葉があるが、鷗外の場合が正にそうである。鷗外文学の愛読者は『舞姫』や『即興詩人』を書いた頃の鷗外の文体の美に感激しても、最終的には史伝に表われた堅い、決してわれわれに媚びない、武士の文体に鷗外の本当の姿を見分ける。鷗外の史伝には普遍性がないかも知れないし、小説としての良さ――人物の描写や構造の技術――に欠けているとも言えるが、史伝の読書には独特の楽しみがある。即ち「今につづく日本人の生活の流れ」の再発見である。

田山花袋

「昔はよかった」という発言はいかにも人間的である。昔の東京の河は綺麗で、早稲田《わせだ》大学の近くには広々とした早稲の田圃《たんぼ》があった。御飯の味もよく、魚は水銀に汚染されていなかった。昔の東京は大変住み良い所であっただろうし、現在の大都会と比べたら地方の素朴な生活は人間的であったので、当然人々の憧れの的になることであろう。

しかし、明治末期の東京や近県の事態が知りたいと思ったら、おじいさんやおばあさんの思い出話に頼るよりも、田山花袋《たやまかたい》の小説を読んだ方が確かであろう。花袋の小説が大分色が褪せてしまった今日では、読者は彼の赤裸々の告白に余り興奮できなくなっているが、明治時代の生き写しとして未だに読まれる。

花袋の名をあげると、何より先に『蒲団《ふとん》』（明治四十年）の結末が頭に浮んでくる。主人公の竹中時雄には妻と三人の子供がいるが、愛する女学生が去ってしまった後、「性欲と悲哀と絶望とがたちまち時雄の胸を襲つた。時雄はその蒲団を敷き、夜着をかけ、冷めたい汚れた天鵞絨《ビロード》の襟《えり》に顔を埋《うず》めて泣いた」。当時の読者は著者の悩みに深く同情が出来、その上、彼の「赤裸々の懺《ざん》悔《げ》」に非常な驚きを覚えたが、現代の読者は花袋の名前さえ知っていたら、『蒲団』の結末も知っているはずであるので、いくら驚こうとしてもなかなか驚けないと思う。

花袋の文学に対する驚異がなくなり、その後何が残るかと聞かれたら、やはり明治時代が残るとしか答えられないと思う。作品にどういうモデルがいたか、小説の主人公の描写に若干のフィクションが入っていないか等ということは、文学史家にとっては興味のある問題であろうが、現在の読者にとってはどうでもいいことだろう。それよりも『生《せい》』（明治四十一年）に描かれている当時の東京の家庭生活や『田舎教師《いなかきょうし》』（同四十二年）に出てくる田舎の平凡な生活は今でも我々の心に訴える力を持っている。

『生』を読むと、しばらくの間「昔はよかった」と言えなくなってしまう。花袋は自分の家族のことをそのまま書いたそうである。近親の秘密や性質の弱味等を暴露するには相当の勇気が要ったようである。『東京の三十年』の中で花袋は当時の躊躇《ちゅうちょ》を以下のように回想している。

「兄も嫂《あによめ》もまだ生きてゐたので、それに対する解剖にも気がひけた。さういふふうに思ってゐたかと思はれるのも恥かしかつた。多い親類の手前などもあつた。ことに死んだ母親に対する忌憚《きたん》なき解剖が中でも一番私を苦しめた」。が、結局花袋は自然主義文学者として選ぶべき手法は容赦のない「解剖」であると判断し、苦しくても自分の家族の醜態を晒《さら》した。

ところが、現代の読者にとっては、『生』は花袋の家族の描写であるよりも明治時代の家族制度の縮図のように思われるのである。花袋は母親を愛していたに違いないが、小説家として母親の横柄な行動を認識する他はなかった。その母親がいよいよ死んでしまった後、初めてその家に賑やかな笑い声が聞えるようになる。昔の一家団欒《だんらん》の楽しさをなつかしく思い出す人は、『生』を読まない方が良いと思う。

『田舎教師』は『生』と違い、私小説ではなく、他人の事柄を物語っている。花袋が、病死した青年の日記や手紙などを利用し、自分の体験を小説の中に多分に織り込んで主人公を自分の分身にして書いたものであるが、私小説的な要素もかなり多い。花袋自身はこの小説に満足して次のように書いている。

「一青年の志を描き出したことは、私にとつて愉快であつた。『生』で描いた母親の肖像よりも、即《つ》きすぎてゐない（対象に接近しすぎていない）故《せゐ》か、一層愉快であつた。私は人間の魂を取扱つたやうな気がした。一青年の魂を墓の下から呼起して来たやうな気がした」

小説家として書くのは愉快であったかも知れないが、『田舎教師』に出てくる事件は余り愉快な印象を与えてくれない。行田《ぎょうだ》、熊谷《くまがや》、羽生《はにゅう》等埼玉県の町がまだ綺麗だった頃が上手に書かれているし、当時の風物の描写も生き生きとしている。「汽車が停車場に着く毎に、行田地方と妻沼《めぬま》地方に行く乗合馬車が各自《てんで》に客を待受けて、町の広い大通りに喇叭《らっぱ》の音をけたたましく漲《みなぎ》らせてガラ〳〵と通つて行つた」。が、われわれはそういう楽しい風景（昔はよかったと言わせるような場面）よりも当時の田舎の退屈さと淋しさを感じる。それと同時に、生真面目な主人公に一抹の滑稽さも感じる。

中村光夫は名著『風俗小説論』で、自然主義文学の思わしくない発展をユーモアの欠乏に帰している。私は『蒲団』の場合まさにその通りであると思うが、『田舎教師』にはアイロニーを感じてならない。主人公の清三《せいぞう》は初めは詩人になろうと思って、「行田文学」にパッとしない現代詩を発表する。文学から絵に移って、「雲の研究」を徹底的にやるが、雲のデッサンは思うように行かない。その次は音楽の方に移る。清三は誰からも指導を受けず、独力でオルガンを弾くが、上野音楽学校の試験を受け、不合格となる。あらゆる芸術を味わいつくした後、植物学に移るが、これも長く続かない。花袋は度々動揺する青年を少しも嘲笑していないが、この小説を書くのは「愉快」であったと記した時、このようなアイロニーを指していたかも知れない。

写実主義は必然的に滑稽に結びつく。坂田藤十郎《さかたとうじゅうろう》という元禄時代の歌舞伎の名優は、「をかしき事が実事《じつごと》也。常にある事をするが故なり」と言ったそうである（『役者論語《やくしゃろんご》』）。花袋の意図は違ったものだっただろうが、『田舎教師』の平凡さ（常にある事）とその写実的な手法（実事）は挙句の果てに滑稽さを帯びるようになる。非常に単純な読者は別として、『蒲団』の最後の場面を真面目な顔をして読む人は随分少なくなったと思う。失敗作であるとしか思えないが、『田舎教師』は今読んでも面白い。人物が淡く描かれ、筋らしい筋もないが、明治時代の田舎町の実態を巧みに伝えており、我々は微笑しながら主人公の平凡な、業績のないあわれな生活に同情する。昔はつまらなかったと思うが、明治時代の人間は我々と比べ、異質の存在ではなかったであろう。

国木田独歩

明治も独歩《どっぽ》も遠くなってしまった。独歩だけではない。同じ時期に活躍していた紅葉も露伴も一葉も遠くなった。が、彼等の文学は、独歩と違って江戸文学の影響を受けたので、小説の中に意外な現代性を発見する場合があり、江戸時代の絵画の中に遠近法や西洋的な写実性を認める場合と同様に、新鮮さや一種の親しみを感じる。一葉の文学は古くなったに違いないが、初めから時代遅れの要素が多かったため、明治時代の和風の建築のように、古くなっていても、別に明治時代と現代の差を感じさせるものはない。

が、独歩は飽くまでも明治的な人物であり、その文学は明治時代の洋館のように、遠い青年文化の理想や野心に適うものである。たしかに、独歩の文学——特に後期の作品——の中に青年の喜びと悲しみとは全く違う挫折が感じられるが、『窮死《きゅうし》』や『竹《たけ》の木戸《きど》』よりも『武蔵野《むさしの》』や

『牛肉《ぎゅうにく》と馬鈴薯《ばれいしょ》』のほうが独歩の文学の特徴を現わす小説だと思う。

実は、私は独歩の作品の中で『欺《あざむ》かざるの記《き》』という若い時の日記が一番好きである。小説よりも独歩という人間に惹かれており、独歩個人の若さよりも明治時代の若さに打たれるのである。

「嗚呼《ああ》恋愛！　恋愛！　若《も》したゞ地上五十余年の肉の生命の香《かう》に過ぎずとせば、嗚呼墓《はか》なき夢なる哉《かな》。……あゝ神よ。吾等《われら》は永久の生命と愛の無窮《むきゅう》を信ぜんことを望む」

明治二十八年にこのような感想を述べた独歩は二十四歳であった。恋愛や過ぎ去る青年の時を惜しむ気持やキリスト教的な信念などで燃えていることは当時として珍しくなかったが、それ以前の時代にはありえなかったことである。三十六歳で死去したが、夭折《ようせつ》することは此の初々《ういうい》しい発言者にどんなにふさわしいことだっただろう。私は『欺かざるの記』を読みながら、この若い理想家が幻滅を感じないように願う他はなかった。

ところが、愛人の佐々城《ささき》信子《のぶこ》の母親の強い反対を押し切って結婚することが出来ても、その喜びは長くは続かなかった。信子が親の元に戻ることにしたため、独歩は絶望した。「此の苦悩は今日まで経験なきの苦悩なり。……吾は今や此の恐ろしき天地のたゞ中に裸体のまゝ投げ入れられむとするが如《ごと》し」と歎いて、「最愛永久の妻信子様」にみじめな長い手紙を送ったが効果はなかった。「信子の本意全く離婚にあることを確かめ」た上で「終生、余《よ》の口より離婚の二字を言はず」と書いた独歩は二日後に「離婚することに決し」た。彼は絶望の余りアメリカへ行くことにした。「神の道を求めよ」と自分自身を数回も訓戒したあげくに、「余は必ず亜米利加《アメリカ》にゆかざる可《べ》からず」という結論にたどりつく。自分自身を、アメリカ人に「神の道」を「伝播《でんぱ》することに捧ぐ」ことに定《き》めた。「此の下劣なる日本を救はんが為《た》めに、余の苦悩、これ摂理（神の配慮）のみ」と思った。何という明治的な決心だったろう。

だが、独歩は到頭アメリカへ行くことに成功しなかった。信子を決して忘れはしなかったが、日記には「苦悩」というような言葉がだんだん少なくなる。その代り、かすかな希望がちらつくようになった。「美よ美よ、吾は美を信ぜんとしつゝあり」と記し、いよいよ自分の天職を見つけた。「われは神の詩人たるべし。われは詩人たるべく今日まで独修し来《きた》れり。われは自己の道を歩むべし。われは詩人として運命づけられしことを確信す。全力を此の天職に注ぐべし。……吾は此の運命を満足す。『武蔵野』はわが詩の一なり」。

此の発見は明治二十九年十月二十六日のことであった。「武蔵野」の美を歌うことが詩人としての自分の仕事であると思い、また同時に、自分の慰めにもなった。翌々日の日記に、「過去を見る勿《なか》れ」と書いた。

天職を見つけてから日記に和歌や新体詩が多くなるばかりでなく、「静かなる朝！　幸福なる朝！」というような明るい記述が「われは悲惨なり」というような調子の発言と交代するようになる。『欺かざるの記』の最後の記入には、『源《げん》おぢ』の原稿を編集者に送った、と書いてある。日記の最後は小説家としての端緒を告げる。

独歩の初期の作品は離婚した後の一年間の生活と密接な関係があることは言うまでもない。武蔵野で侘住《わびずま》いしている間の孤独は『源おぢ』、『忘れえぬ人々』、『郊外』にただようような雰囲気になっている。もっと大切なことは、離婚にまつわる苦悩がなければ、独歩は天職を探す必要を感じなかったかも知れないということである。天職を得る前から新聞や雑誌で詩を発表していたが、政治家になるというような幼時からの夢を未だ捨てていなかった。東京で信子と平凡な生活が出来たとしたら、詩よりも政治に惹かれたのではないかと思うが、一人で淋しい武蔵野で生活しているうちに、人間に裏切られた独歩は自然の美を慰めにしていたのである。

日本には自然の美を称《たた》える歌などは無数にある。独歩も西行《さいぎょう》等の和歌が好きだったが、武蔵野の田舎風の美を伝えるのに歌枕《うたまくら》や四季の花鳥は不適当だった。明治二十六年から一年間大分県佐《さ》伯《いき》町に滞在していたころ「熱心なるワーヅワース信者」になったが、佐伯町の美を書く必要は感じなかったようである。天職を得てから創作に力を入れるようになり、当然のこととしてワーズワースに頼るようになった。その結果として独歩が『武蔵野』に描いた自然は日本の伝統に負うことが少なく、ヨーロッパ人の目で歌枕のない景色を見て、桜や柳の代りに雑木林を歌ったのである。

独歩が描いた自然を背景として動いている人物は、東洋的な絵画の中に聳《そび》えている山の下をとぼとぼ歩いている小さい旅人を思わせることがあるが、彼の『忘れえぬ人々』は、広汎な自然の中の小さい人影に止《とど》まらず、何か独特な人間味のある存在である。そういう人物にも西洋の影響があったと思う。『欺かざるの記』にこう書いてある。「明月、茅屋《ぼうをく》、細波《さざなみ》、水門、漁夫、農民、山谷《さんこく》、旧跡、陋巷《ろうかう》、皆吾《わ》が詩料なり、悉《ことごと》く人情の幽音の蓄音器なり」。

武蔵野はガラリと変り、当時の「郊外」は今の団地となった。明治は遠くなった。が、独歩が吹き込んだレコードを蓄音器にかけてハンドルを廻すと、ラッパの中からその人情の幽音がまだ聞えて来る。

正岡子規

正岡子規《まさおかしき》は日本の詩人としては珍しいぐらい積極的であった。『経国美談《けいこくびだん》』や『佳人之奇遇《かじんのきぐう》』などを読んで感激した青年子規は一時政治家になろうと思ったこともあるが、終極的に選んだ道は新しい西洋的な文化ともっとも縁遠い日本の伝統的な詩歌であった。新しい思想の持主であった子規は小説家か現代詩人になってもよかったと思われるが、実際上、彼が書いた小説や現代詩は読むに価しない。抒情《じょじょう》に乏しくストイックだった彼は抒情が生命である和歌を詠《よ》み、余情を否定して「積極的美」を唱えた彼は余情の文学である俳句をも詠むようになった。しかも、自信満々であった子規はそれらの矛盾に全然気がつかなかったようで、積極的に自分の立場の正当性を力説したり、自分と違う意見を容赦なく攻撃したりした。

子規の最初の俳論には『獺祭書屋俳話《だっさいしょおくはいわ》』という題がついていたが、俳句の前途について新しい知識を以て悲観的な予言をした。「数学を脩《をさ》めたる今時の学者は云ふ。日本の和歌俳句の如きは一首の字音僅《わづか》に二三十に過ぎざれば之を錯列法《パーミユテーシヨン》に由《より》て算するも其数に限りあるを知るべきなり。語を換へて之をいはば和歌〈重《おも》に短歌をいふ〉俳句は早晩其限りに達して最早《もはや》此上に一首の新しきものだに作り得べからざるに至るべしと」。

子規はここに引用した「今時の学者」の説に賛成していたが、数学的な観点からもう俳句を止めようというような結論を下さない。「和歌も俳句も正に其死期に近づきつつある者なり。……俳句は已《すで》に尽きたりと思ふなり。よし未だ尽きずとするも明治年間に尽きんことを期して待つべきなり」と明言した子規はますます俳句に力を入れ、この論文を発表した明治二十五年あたりから彼が詠んだ俳句はだんだん面白いものになった。俳句の前途に絶望した俳人とは妙な存在であるが、あれほどきびしく俳句を非難したことは、逆に言えば子規の関心の深さを示したものであった。「和歌も俳句も正に其死期に近づいた」と心から信じていた詩人なら、現代俳句の物足りなさを攻撃しなくても必然的に消滅するだろうと思ったはずだが、子規は、芭蕉《ばしょう》のように、俳句という「一筋に繋」がれていたので捨てようと思っても捨てられなかったし、絶望的に表現しながらも、俳句の復活という希望を抱いていたに違いない。

俳句の復活を成就するために、子規は月並の俳人たちの偶像であった芭蕉の膨張した名声をどうしても押し止めなければならなかった。子規は芭蕉の俳句を全面的に否定したわけではないが、明治二十六年の暮、ちょうど他の俳人たちが俳聖の二百周忌を記念していた頃、子規は『芭蕉雑《じゃう》談』という論文で当時の芭蕉崇拝を嘲笑して、「芭蕉の俳句は過半悪句駄句を以て埋められ、上乗《じょう》と称すべき者は其何十分の一たる少数に過ぎず。否、僅かに可なる者を求むるも寥々晨星《れうれうしんせい》（明け方、空に残る星）の如し」という一断案《だんあん》を下した。「一宗の開祖として芭蕉を敬ふ者」はどんなに憤慨しただろうか。本尊の顔に唾を引っかけた子規は相当の度胸があったが、芭蕉の初期の作品または即興的に作った俳句を悪句の例として挙げたならまだよかったのだが、「一際《ひときは》秀でたるが如く世に喧称せられた」十一の句を選び、手きびしく批評した。

子規は自分の勇気に陶酔して芭蕉に八つ当りに当り散らした。例えば、「枯枝に烏《からす》のとまりけり秋のくれ」という名句について、「一句の言ひ廻しあながちに悪しとにもあらねども、『枯木寒鴉』の四字は漢学者流の熟語にて耳に口に馴れたるを、其まま訳して枯枝に烏とまるとは芭蕉ならでも能《よ》く言ひ得べく、今更に珍しからぬ心地すなり」。このような批評を読むと、子規の無分別振りに呆気《あっけ》に取られる他はないが、彼の独断がだんだん昂《こう》じて、『芭蕉家集』は「殆ど駄句の掃溜《はきだめ》」ではないかと発言するまでになると、われわれの信用を失ってしまう。

だが、『芭蕉雑談』の誇張や信頼できないような判断にもかかわらず、これは大事なありがたい論文だと言わなければならない。もし子規が芭蕉教の信者として「枯枝に」を絶賛したり、その「幽玄《ゆうげん》の極意《ごくい》」に驚嘆したりしたとすれば、明治以来の新しい俳句は生まれなかったばかりでなく、俳句そのものが消えてしまったのではないかと思われる。

子規が後で唱えた「写生」はいかにも幼稚なものであった。「未だ見ざる所を実に見るが如く明瞭に見せしむるも絵画の力なり」と言い、これこそ写生の妙《みょう》であると思った。百年前の蘭学者が西洋画に感心したのも同じ理由であった。司馬《しば》江漢《こうかん》は、「画の妙は、いま眼前にない物を直ちに眼に見えるようにするところになる。物を真に写していなければ、画をして画たらしめるあの妙力に欠けることになる」と宣言したが、これは子規の写生とそれほど違っていない。しかも、子規に言わせると、愛《まな》弟子の河東碧梧桐《かわひがしへきごとう》の俳句は「人を感ぜしむる処《ところ》、恰《あたか》も写生的絵画の小幅《せうふく》を見ると略〻《ほぼ》同じ」であったように、絵画と俳句には共通の性質があったはずである。蕪村《ぶそん》の俳句を誉めた『俳人蕪村』の中でも、何より先にその「積極的な美」をとりあげた。芭蕉のような消極的美（さび、幽玄、細《ほそ》みなど）よりも蕪村の西洋的な美を選んだ。子規がほめた蕪村の作品はもっとも中心的な俳句であるとは必ずしも言えないが、萩原朔太郎《はぎわらさくたろう》や安東次男《あんどうつぐお》が描いたような蕪村には余り触れなかった。『俳人蕪村』は先駆的な論文として感心できると思うが、それは文学批評というよりも革命のための宣言というような感じがする。

　子規の活躍振りは活動的な評論家もなかなか及ばないものだったが、子規はずっと病人であった。『仰臥漫録《ぎょうがまんろく》』のような特殊な日記は別として、病人の恨みの情はほとんど現われていない。子規は士であるという意識が強く、個人的な悩みを洩らしたがらなかったし、俳句においても、消極的美や主観的美を余り喜ばなかった。彼の俳論には非常な偏見があり、そのまま信じられるのは少ない。が、子規の偏見や不公平な判断が大いに既成の大勢を揺さぶり、俳句はまだ生きていることを証明した。子規の俳論の裏には一つの大事なメッセージがあった。死んだはずの俳句が二十世紀の人間の思想や感情を伝えるに足りる詩型だという発見である。

　俳句の前途を暗く見た子規は予言者としては失格だったが、活動家としてはみごとな成功を収めた。

島崎藤村

詩

島崎藤村《しまざきとうそん》の詩は、日本近代文学史上に高い位置を占めるばかりでなく、近代詩の最初の傑作という評判を得ている。藤村以前の新体詩の多くは、西洋詩を直接に真似したに過ぎなかったが、なかには社会学の原理などの新知識を説明するものもあり、いくら五、七、五の調子で行を連ねていても、詩的な雰囲気を全然醸さなかった。藤村以前の新体詩は明治文学の専門家にしか知られていないが、藤村の詩はあらゆる種類の現代文学全集に入っているし、近代詩の研究は藤村から始まるのである。

近代詩におよそ興味を持たない読者でも喜んで藤村の詩集を読むようである。藤村が使った用語や文法は古くなり、詩の内容については当時から「朦朧体《もうろうたい》」として非難されたが、もっと新しい詩集――例えば十年後の薄田泣菫《すすきだきゅうきん》や蒲原有明《かんばらありあけ》のもの――と比べたら分りやすくて、初恋などがテーマとして採用されているので、現在でも人気がある。

藤村の詩の中で、「秋風の歌」と「千曲川《ちくまがわ》旅情の歌」は代表作としてすべての評論家に誉められている。「秋風の歌」は初期の作品だが、「全詩中名作の誉れ高いもの」と評価されている。シェリーの「西風の賦《ふ》」との比較は何十回も行われたが、註釈者たちはちっとも飽きないようで、シェリーの enchanter が果して藤村の「道を伝ふる婆羅門《ばらもん》」に影響を及ぼしたかどうかをいまだに活発に論じている。私はそういう比較文学論に興味がない。二つの詩についての一般論の方がよりおもしろく思う。藤村の詩についてある鑑賞者が、「この詩の魅力は秋空の広がりがそのまま情感の広がりとなって、私どもの胸に流れ入ってくるところにある」という判断を下す。別の鑑賞者がシェリーの詩の奔放な空想を誉めながら、「ただ藤村詩に含まれるような深く沈んだ哀《あい》韻《いん》は、西洋詩の常として見られず」と、東洋詩と西洋詩のそれぞれの特徴に言及する。

藤村の詩の細かい分析となると、鑑賞者たちの間に異説がないこともない。「しづかにきたる秋風の／西の海より吹き起り」という冒頭二句について、「漠々《ばくばく》たる大海、碧《あお》い水と碧い空との間に白雲を浮遊させて、自然の大景をまずあざやかに描いた」ことに感嘆する学者がおれば、『西の海』は、西海道《さいかいどう》すなわち九州のことだが、ここでは『西の方から』の意でむろん『海』ではない」と折角の漠々たる大海を消散させる学者もいる。

私は大体において文学作品の定評に従う傾向がある。何十年間も誉められてきた「秋風の歌」は歴史的な意義としてだけでなく、日本現代文学の中でまだ生きている作品として尊敬を払いたい。だが、日本人でない私は藤村の詩とシェリーの詩を並べると、どうしてもシェリーの方を取る他はない。註釈者たちの説明を読んでも納得できないところがある。例えば、「桐の梢の琴の音《ね》に」について、桐が琴の材料であることや、「桐一葉落ちて天下の秋を知る」などと、くどくど教えられても、私はその句に余り感心できない。kとnで始まる言葉の羅列にたしかに魅力を感じるのだが、「西洋詩に見られぬ余韻を響かせている」ことを疑う。

私は日本人ではないからこの詩を絶賛する日本の学者のように余韻に敏感でないかも知れない。いくら熱心に日本語を勉強しても最後まで入ることができない詩歌の領土が残ろう。私は歌や詩に鈍感ではないつもりだが、「調べ」よりも意味に惹かれる。「そのおとなひを聞くときは／風のきたると知られけり」の場合、意味が透明すぎて、英訳しようと思ったら、全くわかりきった表現になる。余情を感じるどころか、情不足だと思う。

「道を伝ふる婆羅門の／西に東に散るごとく」という二行を除いて、「秋風の歌」を退屈な詩だと思う。歴史的な意義はもちろん認めるが、何の感動も受けない。が、私のこういう「鑑賞」には全然自信が持てない。日本人でない私の耳には、日本人なら誰でも聞える「音楽」が聞えない。英詩の中にも、意味が不明である、または全く謎のような詩がいくらでもあって、その「音楽」だけで有名になったものがかなり多い。近代詩ではイーディス・シトウェルの「ファサード」がその極端な例であるが、日本の英文学者は、あるいは「ファサード」の意味を充分調べていてもその楽しさを感じないかも知れない。エドワード・リアの句に、

On the coast of Coromandel

Dance they to the tunes by Handel......

があるが、これこそナンセンスである。インドのコロマンデル海岸では、ヘンデルの旋律に合わせて踊る人は歴史はじまって以来一人もいないと思うが、この二行は意外な韻と揺り木馬を思

わせるリズムで、英語を母国語として話す人に何とも言えない快感を与える。詩の鑑賞にはそういう面があるから、「お前は日本人でないから藤村の詩のよさを味わえない」という人がいたら、返す言葉もなかろう。

私の場合、藤村の詩の鑑賞を妨げるもう一つの要素がある。たとえ西洋人が詩に対して要求する刺激が「秋風の歌」になくても、東洋の詩としての欠点にならない。中国の宋時代の詩をほめる場合、「平淡《へいたん》」という言葉をよく使っているが、シェリーの生前、誰かが「西風の賦」の「平淡さ」をほめることがあったら、シェリーはどんなにがっかりしたであろう。藤村は西洋文学を深く愛したが、「秋風の歌」が平淡であると言われても、怒らなかったと思う。「しづかにきたる秋風の／西の海より吹き起り」は正に「たおやかであわいこと」という字引に載っている定義に通う二句である。日本の読者にとってシェリーの誇張法より藤村の平淡さの方が親しみやすいかも知れないし、「秋風の歌」の中に東洋的な陰影を発見する学者たちはこの平淡さを指摘しているのだろう。

「秋風の歌」について述べた批評は藤村の他の詩にも通用すると思う。西洋人にとっては光沢を失った、いかにも独創性に乏しいもののように思われるが、日本人は古めかしい表現の中で藤村の若い熱情を感じるようである。藤村の詩の絶対的な評価をつけることはむずかしいだろうが、「秋風の歌」などを読みたがる日本人がいなくならない限り、永遠の生命を維持するだろう。

小　説

島崎藤村の小説はまだよく読まれているようである。本屋の棚に並んでいる文庫本を見ても、藤村は同じ自然主義文学派の田山花袋や徳田秋声《とくだしゅうせい》よりも遥かに人気があることが直ぐ分る。読者から相当の要求がないとしたらそれほど多くの供給はありえない。『破戒《はかい》』（明治三十九年）はあらゆる意味で特別な作品であろう。藤村の体験や潜在意識にひそんでいたさまざまの悩みが変貌した形で小説に現われたのだと思うが、それは「私小説」ではなく、また身近の人々を取扱った作品でもない。その代り、はっきりした筋書きがあって構造がかなり上手に出来ているのである。藤村自身は二十数年たってから『破戒』について次のように書いている。

「あの作の主人公が、どうして父の固い戒を破る様になつて行つたか、といふことが私の書かうとした主な意図であつた」

題名から考えてみても、確かに「戒を破る」というテーマは大切であるが、この小説が現在まで読まれてきたことはこのテーマとは先ず無関係であろう。絶対に言ってはいけないという父親の「戒」があったには違いないが、丑松《うしまつ》が隠そうとしたのは、その「戒」を守るためではなく、差別されたくないからであった。「外人と結婚するな」とか「酒を飲むな」というような「戒」だったら、父親の折角《せっかく》の「戒」を無視して外人の女性と結婚したり酒を飲んだりするような主人公にとって一番の心配事は「破戒」という行為であろうが、この小説の中心は破戒ではなく、秘密を白状する過程であろう。この点では藤村の「私小説」と共通している。

丑松には藤村に似た面があるが、分身とまでは言えず、『春《はる》』、『家《いえ》』、『桜《さくら》の実《み》の熟《じゅく》する時《とき》』、『新生《しんせい》』などの主人公は藤村自身と違わないと言ってもよかろう。正宗白鳥は『春』の中に登場している多情多感の青年の一群れについて「あまりに淡々として水の如く、作中の人物をモデルの実名に引直してゞも考へなければ、読者に生きた印象を与へないほどに、人間が活躍を欠いてゐる。叙事的平面的で、作者の持つてゐる詩によつてところ〴〵味付けられてゐなかつたなら、退屈で読むに堪《た》へられないだらうと思はれる」と述べている。

「退屈で読むに堪へられない」はずなのに、現実にはまだ読まれているのである。しかも、今、作中の人物をモデルの実名に引直してもぴんと来ない場合が多いので、作中の人物である岡見は実は星野天知《ほしのてんち》であり、また、菅《すげ》は戸川秋骨《とがわしゅうこつ》であった等ということを知っていたとしても、特別の興味が湧《わ》いてくるはずもなかろう。現在の読者にとっては星野天知よりも岡見の方に現実性があるからである。『春』が今でも読まれているということは、「作者の持つてゐる詩」に負う所が多いが、その上、明治時代へのノスタルジヤはまだ我々を引付ける力を持っている。

「明治もまだ若い二十年代であつた。東京の市内には電車といふものも無い頃であつた」とは、『春』の序曲ともいうべき『桜の実の熟する時』の文章だ。当時の捨吉《すてきち》（藤村）にはいろいろの悩みがあっても、何と美しく、しかも懐しい悩みであろう。自分よりも五つ年上の婦人と親しくなった時、彼女は「旧《ふる》い日本の習慣に無い青年男女の交際といふものを教へ」てくれたのである。

捨吉は、「あの爵位の高い、美しい未亡人に知られて、一躍政治の舞台に上つた貧しいヂスレイリの生涯」から刺激を受けて、「エンヂミオン」（イギリスの作家であり政治家であったディズレーリの政治小説『エンディミオン』）を書こうとさえ思った。卒業してから捨吉は、もう「美しい未亡人」の夢から覚めてしまう。「何といふ濃い憂鬱《いううつ》が早くも彼（自分）の身にやつて来たら う」と捨吉は思うが、読者も甘い憂鬱を楽しみ味わう。

時間と共に私小説は私小説でなくなる。モデルであった人間は小説の人物ほど生命力がなく、時々註釈者の発掘作業に邪魔される以外は、深い埃《ほこり》の下で静かに眠り続ける。桜の若樹の下に立って過ぎ去った日の楽しみを思い出した青年には永遠性があるが、島崎藤村は死んだのである。作中の人物をモデルの実名に引直しても引直さなくても、大した差がない。

確かに白鳥の予言に反して、人物の実名に興味を持たなくなったような今日でも『春』等は読まれているが、生気があまりないという彼の批評は覆されていない。「若い夢を見てゐる青年を描いても、ツルゲネーフのものは、情味横溢《わういつ》してゐる。詩趣が流れてゐる」と述べた白鳥は間接的に『春』の欠点を指摘したのである。それにもかかわらず今読まれているのはどういう理由によるのだろうか。

周知の如く、藤村はミッションスクールの教育を受け、欧米文学を広く読んだ。『破戒』には『罪と罰』の影響が濃かったということは当然であろう。が、『春』以後の自伝小説にはいくら教会で讃美歌を歌う学生の場面があっても、西欧の影響の痕跡は余り留めていない。そして、藤村の「私小説」は「私」という個人よりも日本という特定の国を有効に伝えている。今でも読まれている原因はこの点にあると思う。

確かに『春』の人物はツルゲーネフの青年たちほど「詩趣」を持っていないが、もともとロシア人ではないので、同じような情味が横溢《おういつ》するはずがない。明治時代の日本人も現代の日本人もツルゲーネフら欧米作家の小説を読んで国境を超越するような人間味に打たれて感激したのだが、外国の人物を自分と同一視することはむずかしい。『春』や『家』に描かれた日本は現在の社会と比べ随分違っているが、作中の人物は紛れもない日本人であり、彼らが示す反応の中には日本人でなければなかなか理解できないものがある。

『家』は多分藤村の傑作だと思うが、その頂点の一つは、妻が勉という男に宛てた手紙を三吉（藤村）がふと見て、読んでしまうところである。二人の間に関係があったのではないかと疑って非常に悩むが、やっとのことで決意して勉に妻を譲るという丁重な手紙を出す。「間もなく勉から返事が来た」と藤村は言うが、手紙の内容には触れない。また、三吉はその後、勉のことについても手紙についても言及していない。

外国の文学作品だったら読者は何かが欠けていると思うだろうが、日本の読者は空白には慣れている。藤村は日本の読者をよく知っていたので、省ける所を省き、よく響くような所は思う存分に響かせた。この小説は決して短いものではないが、余情がある。かつての伝統にないものであっても、淡い色で描かれても、出来た絵は日本画に違いない。

夏目漱石

数年前に、夏目漱石《なつめそうせき》の文学を外国人に紹介する論文集を発行することになり、私は打合せ会に呼ばれた。漱石の文学にはそれほどの関心もなく、予備知識が足りないということが分っていたので、断ろうと思ったが、推定される読者——外国人——の代表が一人いた方が良いと思って出席した。集った先生は皆漱石文学の権威であり、私は全くの門外漢のような存在であったが、時々発言を許され、自分の意見を述べた。この論文集が世界文学における漱石の名声を確立する目的を持っているとしたら、掲載論文のなかに外国人の漱石論を適度に入れるべきであると主張した。漱石は外国の日本文学者の間で一番研究されている作家であるし、外国人が書いた漱石論は日本人の専門家の論旨と違うだろうから、漱石文学について新しい見方をすることも出来、漱石の世界的な名声の地盤を強固にするだろうと申したが、賛成の声は少なかった。次に漱石の代表作の英訳も議題に上り、私は諸先生が選んだ『坊《ぼ》っちゃん』に反対して『三四郎《さんしろう》』を薦めた。この意見も黙殺されてしまった。結果として日本人の専門家による論文の英訳集と『坊っちゃん』の三回目の英訳を発行することになった。

論文集は大失敗に終った。江藤淳《えとうじゅん》の優れた論文以外、論文は訳の分らない英語で書かれ、吹き出さずには読めないものばかりだった。漱石文学を世界に紹介するどころか、漱石を含めた日本人の文学的趣味を疑わせるようなものであった。『坊っちゃん』の新英訳は上手に出来たが、海外では全然問題にならず、私が読んだ書評は、日本人がこの子供っぽい、余りおかしくない小説を滑稽文学の最高峰だと評価する理由は不可解だというものばかりであった。

私はこの失敗の原因を分析しようとした。先ず、漱石の専門家の頭の中には、日本人でなければ漱石文学を鑑賞することは無理だという先入観があろう。もしかするとその先入観は正しいかも知れないが、その場合、初めから漱石文学を外国人に紹介することは無意味だろう。外国の教科書に人力車の写真が載っていることに鑑みて、「外国では日本がこんなに誤解されている」という優越感を覚えるような日本人は、外国で漱石文学が認められていないことを喜ぶだろう。そういう無邪気な楽しみには抗議しなくてもいいだろうが、本物の紹介という得難い機会を逃したことは残念に思った。初めから諦めるべきだったかも知れない。

『坊っちゃん』が選ばれたことも似たような原因に基づいていた。勿論、漱石の専門家の中にも『坊っちゃん』は漱石の最高傑作だと思っている人も多少はいるが、そこに集った先生はその一派には属していなかったらしい。むしろ、頭の悪い外人でさえ理解できる作品として選んだのだと思う。『坊っちゃん』を薦めた専門家の一人は、「『坊っちゃん』は、大人になって読んでも案外おもしろい」と書いているが、この意見を会議の発言と合せ考えると、「日本人の知能年齢は十二歳の子供位だ」というマッカーサー元帥に帰されている悪名高き暴言を思い出した。日本の評論家は外国人読者を日本の中学生に比肩させているのではないかと疑うのである。

三番目の問題は論文集の英訳である。外国人に漱石文学の良さを説得しようと思ったら、なぜ完璧な英訳を要求しなかったか。これは恐らくこういう紹介書の着想と密接な関係があると思う。つまり、日本人が日本人の英語で日本の大作家のことを外人に説明するという先天的な鎖国思想が、そういう評論家の頭にまだ潜んでいるのではなかろうか。

この論文集が出ても、また、それ以来、漱石の小説の英訳がどんどん発表されても、海外では漱石の名前はまだほとんど知られていない。「漱石について何も知らぬというような読者はいない。また、漱石について一行も読んだことのない読者もまたいないであろう」と書いた評論家は、言うまでもなく日本人読者だけしか考えていなかったが、漱石の名前の代りにトルストイやプルーストやヘミングウェイの名前を以上の文章の中に入れるのなら、「特定の国の読者にとっては」というような条件をつけなくてもよかろう。漱石の世界的名声には限界があり、谷崎《たにざき》、川端《かわばた》、三《み》島《しま》、安部《あべ》ら二十世紀日本作家の外国人愛読者の間でも、漱石には関心が薄い。何故だろう。

この謎を解くには先ず日本における漱石の評判を斟酌《しんしゃく》しなければならない。一般的に言って、漱石は日本近代文学家の中で一番高く評価されている人物であろう。漱石の文学を嫌う人もいるが、その場合余り大きい声で言わないし、また、言ったとしても漱石という偶像を覆すことは絶対に出来ない。漱石の文学は日本文学の古典であるに違いない。幾世紀が経てもその名声には変りがないと思う。

が、漱石のどこが良いかと聞くと、返事はまちまちである。「『吾輩《わがはい》は猫《ねこ》である』は漱石の傑作である」と言う評論家がいるが、また、江戸の噺家《はなしか》の伝統を継いだ試作だと片付ける評論家もいる。『明暗《めいあん》』は漱石の傑作だと評価する人が多いが、『吾輩は猫である』が漱石の傑作だと断定する評論家は明らかにその意見に賛成しまい。そして漱石について論文を発表したことのない私の友人からはもっと自由な返事を貰った。一番好きな作品として『夢十夜《ゆめじゅうや》』、『坑夫《こうふ》』、『こゝろ』等を挙げる人がいたが、どの作品にも感心しない人もいた。然《しか》し、どんなに意見が違っても、漱石の偉大さを否定する人は一人もいない。

言い換えれば、日本人にとっては漱石は掛《か》け替《が》えのない作家であり、近代日本文学を可能にした大恩人であるが、漱石の全体は漱石のあらゆる部分を合わせたものよりも大きい。谷崎の作品の中から一つを選んで、彼が二十世紀の偉大な作家の一人であることを論証することはむずかしくないが、漱石の主な作品全部を読まなければ、彼の偉大さは分りにくい。『こゝろ』等を読んで感激する外国人も確かにいるが、多くの外国人読者が漱石文学を読む場合、小説に登場する人物と自分を同一視することは困難だし、物語としての面白さは谷崎や芥川《あくたがわ》等の小説には及ばない。漱石文学は日本の古典であるが、残念ながらいくら紹介書が出ても世界の古典になかなかなれないと思う。

夏目漱石の小説の中から一つだけを選べと命じられたら、必ず迷うと思うが、最終的には『草枕《くさまくら》』にするのではないかと思う。『三四郎』、『それから』、『門《もん》』という三部作が好きだし、また『こゝろ』もずっと前から愛読しているが、もう一度漱石の小説を読もうということになったら、『草枕』に一番惹かれる。

『草枕』は『吾輩は猫である』と同様に一種の試作であり、成熟した小説家としての漱石の深遠さは明らかに欠けているが、表現の美しさや後味の良さから言うと、漱石の傑作になるのではないかと思う。漱石自身はこの小説について次のように書いている。

「私の『草枕』は、この世間普通にいふ小説とは全く反対の意味で書いたのである。唯《ただ》一種の感じ——美しい感じが読者の頭に残りさへすればよい。それ以外に何も特別な目的があるのではない。さればこそ、プロットも無ければ、事件の発展もない。……普通に云ふ小説、即ち人生の真相を味《あぢは》はせるものも結構ではあるが、同時にまた、人生の苦を忘れて、慰藉《ゐしや》する（なぐさめいたわる）といふ意味の小説も存在してい丶と思ふ。私の『草枕』は、無論後者に属すべきものである」（「余が『草枕』」）

作家が自作の解説をしてくれる場合、読者は無視することが出来ないが、『草枕』は果して「慰藉《いしや》」の作品に過ぎないだろうか。確かに、漱石の後期の小説と比べると、著者の苦悩を感じさせる場面が少ないし、また『草枕』に描写されている風景には読者を慰める美もあるが、芸術家としての漱石を知ろうと思ったら、『草枕』は最も参考になる作品であろう。漱石はこの小説を「俳句的小説」と名付けたが、私に言わせれば、むしろ「漢詩的小説」と言った方が良いと思う。床屋さんが登場する、土臭い、俳句的な場面も多少あるが、全体の調子は漢詩の高尚な世界を思い出させるのである。

『草枕』の有名な結末の所で、画工が「今迄かつて見た事のない『憐《あは》れ』」が那美さんの顔に浮んでいるのに気がついて、「余が胸中の画面は此咄嗟《とつさ》の際に成就したのである」と述べているが、彼は温泉での体験をすでに漢詩でまとめるのに成功したことがある。「出門多所思　春風吹吾衣」等の漢詩が出来上がった時、「あゝ出来た、出来た。是で出来た」と語り手が喜ぶ。確かに、この漢詩は「非人情の旅」の賜物《たまもの》としては立派なもので、「俗念を放棄して、しばらくでも塵界《じんかい》（俗世間）を離れた心持ちになれる詩である」。こういう人情から離れた心境は漱石にとってはいかにも貴重なものであったと思う。周知の通り、漱石が『明暗』を書いていた頃、午前の小説執筆による「俗事」を、午後は「風流」によって癒そうとしたが、吉川幸次郎《よしかわこうじろう》先生が指摘されたように、小説の執筆が進むと共に、詩は「風流」には終始しなくなった。

漢詩への傾倒は西洋の文明への反撥と深い関係があるように思われる。『草枕』の中で「西洋」や「西洋人」という言葉が出ていると、ほとんど例外なしに悪い響きが聞える。「惜しい事に今の詩を作る人も、詩を読む人もみんな、西洋人にかぶれて居る」と言い、「ファウストよりも、ハムレットよりも」王維《おうい》や陶淵明《とうえんめい》の境界《きょうがい》の方が自分にとってありがたいと断定する。

正直に言って、初めて『草枕』を読んだ時、漱石の反西洋と言えるような態度が癪《しゃく》に障った。私には西洋文明――特に二十世紀の西洋文明――を弁護する意思は全くないし、西洋人として西洋文明を罵《ののし》ることは当然だと思いながらも、東洋人である漱石が西洋の詩について「いくら詩的になつても地面の上を馳《か》けあるいて、銭の勘定を忘れるひまがない」と判断すると、私は何となく反感を覚える。勿論、漱石と『草枕』の語り手を同一視する必要はなかろうが、ロンドンで極めて不愉快な留学生活を送った漱石にとっては反西洋的な気持がかなり強かったということは疑いえない。

しかし、漱石の分身が西洋画家であったように、漱石自身は西洋的な手法でこの漢詩めいた小説を書いた。勿論、漱石はその矛盾を感じていたに違いない。「独坐幽篁裏《ひとりいうくわうのうちにざし》、弾琴復《きんをだんじてまた》長嘯《ちやうせうす》、深林人不知《しんりんひとしらず》、明月来相照《めいげつきたりてあひてらす》。只《ただ》二十字のうちに優に別乾坤《べつけんこん》（別の世界、別天地）を建《こん》立《りふ》して居る」と言い、「いくら好きでも、非人情はさう長く続く訳には行かぬ。……王維も好んで竹藪の中に蚊帳《かや》を釣らずに寐《ね》た男でもなからう」と付け加え、英国の小説から学んだと思われるユーモアで自分が作り上げた別乾坤をからかう。『草枕』以後、漢詩的なテーマが漱石の文学からだんだんなくなるように、このユーモアも消えてしまった。

『草枕』の中で漱石が描きたかった世界は立体性が全然ない。人物は大概過去も将来もないような存在で、時間の経過が否定されている。西洋文学や美術に現われている「世界的の人情を鼓舞する」ものに飽き飽きした著者は、「もし詩が一種のムードをあらはすに適して居るとすれば、此《この》ムードは時間の制限を受けて、順次に進捗《しんちよく》する出来事の助けを藉《か》らずとも、単純に空間的なる絵画上の要件を充たしさへすれば、言語を以て描き得るものと思ふ」と言う。

　これは『草枕』の狙いで、以上引用した漢詩で漱石はその目的に達しただろう。が、いくらロンドンで見た西洋文明が気に入らないとは言え、また、いくら西洋かぶれの日本人を嫌っていたとは言え、漱石は西洋文明の洗礼を受けた人であり、「今の世の馬とは思はれない」風流の馬の方がやかましい電車より好きであっても、電車に乗っていた。『草枕』は美しかったが、現実の世界ではなかった。鈴木三重吉《すずきみえきち》に出した有名な書簡の中で、「草枕の様な主人公ではいけない。あれもいゝが矢張り今の世界に生存して自分のよい所を通さうとするにはどうしてもイブセン流に出なくてはいけない」と言い、「苟《いやしく》も文学を以て生命とするものならば単に美といふ丈では満足が出来ない。丁度維新の当時勤王家《きんわうか》が困苦をなめた様な了見にならなくては駄目だらうと思ふ」という結論に達した。

大変立派な決意に違いないが、私には残念に思えて仕方がない。『草枕』のような美しさだけに頼ったら、漱石は遅かれ早かれ行きづまっただろうが、志士のように力んで書くことは必ずしも漱石の文学のためになると限らないのである。『草枕』は数回読んでも飽きないと思うが、後期の、「困苦をなめた」ような作品を敬遠するのは、私だけであろうか。

二年ほど前に、私は現在書いている日本文学通史について講演し、私の嫌いな傑作について触れたことがある。言うまでもなく、なるべく公平に書いているつもりであるが、自分の好き嫌いを隠すことが完全に出来ないのである。嫌いな傑作として、『好色一代男《こうしょくいちだいおとこ》』、『春雨物語《はるさめものがたり》』、良寛《りょうかん》の和歌、『膝栗毛《ひざくりげ》』等の近世文学の作品を挙げ、更に、近代文学の例として漱石の『道草《みちくさ》』と『明暗』も挙げた。講演が終った後、若い人がかなり興奮した声で私の発言に抗議し、「われわれ日本人は漱石の晩年の小説に深い感銘を受けているが、外人に理解できないのをとても残念に思う」と述べた。

無論、私は聴衆を『好色一代男』等の作品には文学的な価値がないと説得しようとはゆめゆめ思わなかった。むしろ、どれほど客観的に文学史を書こうとしても、個人的な嗜好《しこう》が何らかの形で現われてくるし、また、嗜好が現われるからこそ私の文学史になるということを説明しようとした。しかし、或る日本人にとっては漱石の文学は一種の聖地のようなものであり、その聖地の中に泥足を入れる闖入者《ちんにゅうしゃ》を追払う義務を感じるようである。

正直に言って、私にとっては『道草』は極めて読みづらい小説であり、主人公の悩みは理解できても一向同情できないのである。夏目漱石という人間に特別な関心を持っている読者は自伝的な資料を得難く思うだろうが、私小説としては藤村や花袋の傑作に及ばないと思う。私は二度『道草』を読んだことがあるが、これ以上詳しく知ろうとは思わない。

『明暗』となると、それほど読みづらくないが、私にとっては言いようもなく退屈な小説である。また、登場する人物には人間の肉体のような重さがなく、著者の手から離れて本当の人間のように振舞うことが一度もない。小説の構造は機械的であり、柔軟性がない。その上、日本の小説としては珍しいほど余韻に欠けていて、著者は至るところで全く不必要な説明を付け加えている。

『明暗』は未完成であるが、このことが一番魅力的な点だと思う。漱石が書けなかった部分はどのように発展して行ったかというようなことを問題にしたり、推測したりすることは、何人《なんびと》にとっても楽しい遊びである。私が読んだ限りでは面白い結末を演繹《えんえき》的に推測した学者は未だ出ていないが、これは漱石に劣らない程の小説家でなければ無理な話であろう。もし『それから』の前半しか残っていないとすれば、後半のすばらしい盛り上がりを推測できる学者がいるだろうか。

ともかく、現在の未完成の『明暗』にはどうしても感心できない。『明暗』は漱石の最大の傑作だと評価する評論家の誠意を疑うつもりはないが、私自身は同感できない。席上で『道草』や『明暗』について私個人の関心が足りないことを白状した時、「西洋人には無理だろう」と言う人がいたが、それほど割り切れる問題ではなかろう。現に、『明暗』の英訳を発表したヴィリエルモ教授はこの小説を絶讃し、津田の病室で行われるお延《のぶ》とお秀《ひで》の喧嘩の場面については、「ものすごい感情の強烈さという点においては、東西の文学に、匹敵する作品は至って少ない。兄妹の金銭的な葛藤という平凡な事件が人間の魂に対する鋭い洞察の閃《ひらめ》きに昇華され、変身したことも、また人間の卑劣さと醜悪さがあのようにあざやかに暴露されたことも、漱石の心理的な方法、否、漱石の芸術全体の大成功を表現するものである」と賞讃を惜しまない。ところが、私が同じ場面を読んでも、ちっとも感銘を受けない。

「津田は一種嶮《けは》しい眼をしてお秀を見た。其中《その》には憎悪が輝《かが》やいた。けれども良心に対して恥づかしいといふ光は何処《どこ》にも宿らなかつた」というような文章を読むと、漱石の洞察力に感心するどころか、ひどく十九世紀的な、感傷的な表現だと思える。この場面の評価に関してヴィリエルモ教授とは意見が違うが、彼も私も西洋人であるばかりでなく、仲の良い友人である。外人を混同しない方がよいのではないかと思う。

ところが、前節の私の漱石論について私の尊敬する日本人の評論家から手紙があり、その中には次のような意見が述べられていた。「夏目漱石が、アメリカ人または外国人（ヨーロッパ諸国民か）に評価されなくても少しもかまいません。この点をどうかよく理解ください。日本には、数万年以前から（縄文土器以前から）旧い文化があります。その土台に立っていますから、余り気にならないのです。やがてみとめられると思いますが、かりにみとめられなくてもよいと思います」。

これは大変寛大な感想であり、ありがたく思っている。漱石を評価している「アメリカ人または外国人」はすでに漱石論を発表しており、ヴィリエルモ教授に限られていない。また一方では私と同じ意見を持っている日本人の文豪がいたということが最近になって分った。

「『明暗』の悪口を云はずに居られないのは、漱石氏を以て日本に於ける最大作家となし、就《なか》中《づく》その絶筆たる『明暗』を以て同氏の大傑作であるかの如くに推賞する人が、世間の知識階級の間に甚だ少くないことを発見したからである。……世間の多数の人が、殊に知識階級の人々が、今日でも猶《なほ》『明暗』を傑作と信じ、あゝ云ふものを傑《すぐ》れた小説と考へて居るのだとすると、それが頗《すこぶ》る滑稽な事実のやうに感ぜられるので、やはり何か知ら云つて見たいやうな気もするし、云ふ事が満更無意義ではないとも考へられる。……私に云はせると『明暗』はその組み立てがうその組み立てゞあつて、其処《そこ》にはたゞ作者の巧慧《かうけい》なる理智の働きがあるのみである。しかし作者は頭脳の明晰な学者であるから、その理智に依《よ》つて編み出された組み立ては、頗る整然たるものであつてもいゝやうに思はれるが、その実『明暗』の組み立てたるや恰《あたか》も息切れのする老人の歩調のやうに、よろ〳〵した、力のない、見るも気の毒なものである」

これは谷崎潤一郎《たにざきじゅんいちろう》の『藝術一家言《げいじゅついっかげん》』（大正九年）から引用した文章である。「小説に於ける氏の傑作が『草枕』であり、『門』であることは、氏の芸術上の本領が何処にあるかを語るに足る何よりの憑拠《ひょうきょ》（よりどころ）であると思ふ」という個所を読んだ時、何とも言えないような喜びを覚えた。私の漱石観は誤っているかも知れないが、谷崎潤一郎のような味方がいれば、心強く感じる。

徳田秋声

私には古い写真の趣味がある。幕末の志士や欧米へ派遣された丁髷《ちょんまげ》姿の連中の写真は勿論のこと、明治末期の東京や京都や函館《はこだて》の黒っぽい家並みの前で遊んでいる子供の写真を見ると言いようもない哀愁を感じる。その写真が撮影された瞬間はその前後の無限の瞬間と本質的には全然違っていなかっただろうが、写真機という機械によってその瞬間だけが永遠に残るようになった。写真の中に遊んでいる子供たちはもう疾《と》うの昔に成人し、子供が出来、死んでしまったのだろうが、或る無意義な、または、別な次元では非常に有意義な瞬間が凍結した状態で私たちに訴えるのである。

私は徳田秋声《とくだしゅうせい》の文学を読みながら、これとよく似た切実さを度々感じるのである。無論、彼の小説が自動的に書かれたものだとは思わないが、至るところに古い写真から受けるような哀愁が散らばっている。例えば、『足迹《あしあと》』（明治四十五年）にはこういう一節がある。

「一行が広い上野のプラットホームを、押流されるやうに出て行つたのは、或《ある》蒸暑い日の夕方であつた。

父親は鞄に二本からげた傘を通して、それを垂下《ぶらさ》げ、ぞろ〳〵附いて来る子供を引張つてべンチの処へ連れて行くと、母親も泣立てる背中の子を揺《ゆす》り〳〵襁褓《しめし》の入つた包みを持つて、目《め》間苦《まぐる》しい群衆のなかを目の色を変へて急いで行つた。停車場《ステーション》では蒼白い瓦斯《ガス》燈の下に、夏帽やネルを着た人の姿がちらほら見受けられた」

私がこの文章を読んだ時、思わず昔の写真が眼の前に浮んで来たのである。それは日本の風景ではなく、七、八十年前のニューヨークの波止場の写真であった。南欧から着いた移民の家族がカメラの方に向って怯えたような眼を据えている。新世界で第一歩を踏み出す瞬間であり、間もなく「めまぐるしい群衆のなか」に消えてしまう直前である。

秋声の客観性は勿論このような描写に止まらなかったが、彼の小説は何枚もの写真で成立しているというような印象を受けやすい。が、場合によっては重要な写真が欠けているように思われる。著者は読者がその空白を埋めるように充分な手掛かりを与えてくれるが、秋声の小説を早く読む人は、時々分らなくなってしまい、元に戻って読み直す必要があることもあろう。例えば、『黴《かび》』（明治四十五年）の第六段は次のように終っている。

「ばた〳〵と団扇《うちは》を使ひながら、何時《いつ》までも寝つかれずにゐるお銀の淡白《うすしろ》い顔や手が、暗いなかに動いて見えた」

第七段の冒頭は次のように書かれている。

「『……厭《いや》なもんですよ。終《しまひ》に別れられなくなりますから』」

この二枚の「写真」の間に主人公とお銀が恋人になったということは推測できるが、自然主義文学者としての秋声はもっと詳しくその成り行きを書いた筈であろう。

周知の如く、秋声は尾崎紅葉の門下生であった。紅葉の華やかな文学と秋声の黴くさい文学との間に類似点は極めて少ないように思われるが、山本健吉《やまもとけんきち》は、紅葉の「女性描写の冴えを、もっともよく受継いだ者は秋声に外ならない」と指摘している。そればかりでなく、紅葉の門下生として無理やりに覚えた俳句も秋声の小説の効果に大いに貢献したと思う。鮮明な写真と写真との間に空白を設けて、その空白の中で読者の想像力を自由に働かせるということは、秋声の文学にも俳句にも共通している。

このことは川端康成の文学にも共通していると言ってもよかろう。川端が、日本の小説は『源氏』から西鶴に飛び、「西鶴から鷗外、漱石に飛んだとするよりも、秋声に飛んだ」と主張したことは有名であるが、秋声の何処にそれほど惹かれたかということは余りはっきりしない。この空白の使い方にあったのではないかと思う。

紅葉が秋声の作品はバタ臭いと言ったそうだが、これより日本的な文学は他に余りないだろう。確かに、紅葉が玩《もてあそ》んだ華麗な文体からは縁遠いが、秋声の小説に登場する人物は皆紛れもない日本人であり、会話は生き生きして不思議なほど現代的である。会話ばかりでなく、描写の中にも秋声は日本語独特の表現を駆使した。以下の引用文が示すように、擬声語または類似する副詞が実に多い。

「父親が、明《あかる》いランプの下でちび〳〵酒を始めた時分に、子供達は其処《そこ》にづらりと並んで、も〳〵蕎麦《そば》を喰《くひ》はじめた。母親は額に汗を入染《にじ》ませながら、荒い鼻息の音をさせて、すか〳〵と乳を貪《むさぼ》つてゐる碧児《みづご》の顔を見入つてゐた」(『足迹』)

「ちびちび」、「づらりと」、「もくもく」、「すかすか」等はいかにも日本的な表現だと思う。言うまでもなく、この類の言葉を並べるだけでは面白い小説にならない。こういう特殊な言葉はこの場面の雰囲気を醸成するのに大いに役立つが、この数行が私たちに強い印象を与えるのは何よりも秋声の「カメラ」のレンズの明るさによるものであろう。明治末期の日本のあらゆる町で見かけられたこういう場面は、この「写真」によってみごとに把握されたのである。自然主義文学はそのために生まれたのではないかと思われる。

しかし、どんなに精密な写真ではあっても人間の心の底は見せてくれない。それは文学の役目であり、秋声はその役目をすばらしくよく果したのである。彼が描いた庶民階級の人たちは現代の日本人とかなり違うが、明らかに同じ日本人である。秋声はその人たちの行動を誉めもしなかったし、また、非難もしなかった。が、カメラ自体は客観的だと言っても、カメラの方向やシャッターを切る瞬間を定めるカメラマンは必ずしも客観的ではないのである。秋声はカメラマンであったが、また同時に、カメラに写された人物でもあった。彼が写した「写真」は本物の古い写真のようにところどころ変色して褪せているが、私たちを感動させるような力はまだ衰えていない。

正宗白鳥

自然主義文学と言えば、眼の前に直ぐ灰色の世界が広がってくる。正宗白鳥《まさむねはくちょう》の小説の場合そのような印象が特に強い。出世作の『塵埃《じんあい》』（明治四十年）は或るみじめな男の埃《ほこり》っぽい一生を描いているが、その後の作品にも埃が立つ場面が極めて多く出てくる。『泥人形』（明治四十四年）の主人公である重吉は結婚式をあげた翌朝に「所在なさゝうに頬杖ついて、淋しい外の春を眺めてゐた。昨日磨立《みがきた》てた縁側は早くも白くなつてゐる。庭の土も乾き切つてゐる」。雨量の多い日本でそれほど乾き切った春の風景は珍しいが、舗装していない東京の道路は埃っぽく、重吉が歩いた時は「埃に目も口も開けられぬ」ほどであった。白鳥の小説に出てくる人物はこのようなかさかさになった世の中に暮し、「晴れた空も黄いろくて、どこを見ても埃が立ち迷つてゐる」東京で潤いのない日々を送っていた。

白鳥の小説に描かれている東京は無味乾燥な砂漠のようなものであったが、農村や漁村はもっとひどかった。埃と悪臭に囲まれて生活していた貧民は東京のことを地上の楽園のように思っていた。

白鳥の小説に登場する女性は、貧困に苦しんでいても、またかなりゆとりのある生活をしていても、「泥人形」のような存在であり、自分たちを玩ぶ男性の顔色をうかがう他はなかった。男性の方は、一時的な気晴しのために女性と遊んでいても、人生には何も楽しみがない。『何処《どこ》へ』（明治四十一年）の主人公である健次は仕事に興味を失った男であるが、結婚して「身を固め」ても、平凡な生活もできそうもない。「彼は主義に酔へず、読書に酔へず、酒に酔へず、女に酔へず、己《おのれ》の才智にも酔へぬ身を、独りで哀れに感じた」。白鳥が書いた他の小説の主人公と比べると自己憐愍《れんびん》を感じる健次にいく分かの人間味が見られるが、他の人物に対しては白鳥は我々の好感を要求しないばかりか、かえって阻止するのである。『微光《びこう》』（明治四十四年）のお国は、好きな男に振られてしまうので読者の同情を引くはずであるが、恋人と一緒に一夜を過したいという気持が強く、母親の臨終に遅れてもかまわないと思うような女には同情しにくい。男との遊びの他には何の楽しみもない彼女は、他の男が側《そば》にいない場合、同じ家に住んでいる少年を唆《そそのか》して、「一緒に死んでおくれよ」とせがむ。『微光』の最後の所でお国は新しい旦那をあさりに出かける。彼女は未来の恋人に対する希望を持っていないが、それは過去の恋人に対する愛着のためではない。

『泥人形』は白鳥の新婚生活をかなり正確に伝えている作品だそうだが、これが本当だとしたら白鳥は何とも言えないようなむごたらしい新郎であった。「三々九度の盃を手に触れながらも、自分の心では二世三世《にせさんぜ》の契《ちぎり》を結ぶ気は更になかつた。相手の艶《つや》のない唇に触れた盃を、自分の唇に触れるのが厭《いや》らしくて、そつと小指の先で唇を拭つた」。翌朝の最初の挨拶では「厭な天気だねえ」と言った。主人の優しい言葉に飢えている妻の時子は最後までそのような言葉に接しなかった。

『何処へ』、『微光』、『泥人形』等の初期の短編は小説家としての白鳥の傑作であろうが、いずれも欠点だらけの作品である。結末らしい結末が一つもないということは、著者が東洋的な余韻を活用したためではなさそうだ。むしろ小説の構造を充分にこなしていなかったためだと思う。出だしにも問題がある。例えば、『牛部屋《うしべや》の臭《にほ》ひ』（大正五年）の冒頭にはお村という女性のことがいろいろ書いてあるが、この女は途中から全く姿を消してしまう存在である。多分、著者が書き出した時は違った筋が頭にあったのだろう。

白鳥の小説の不器用さが鼻につくが、それが反って白鳥文学における最高の面白みの源泉になっている。当時の作家の中には「よく出来た」小説を書けるような人は何人もいた。驚くべき結末で込み入った物語を上手に結ぶことはモーパッサンやO・ヘンリーのお家芸であったが、日本の作家はそういう大家に負けないほど巧みに筆を振るっていた。尾崎紅葉は名人芸を発揮したが、読者達は紅葉の伎倆《ぎりょう》を忘れるようなことはなかった。白鳥の小説にはそういうようなうまさが欠けているばかりでなく、人間生活そのものの如く無秩序な要素が多い。灰色の、埃っぽい世の中でさまよっている人間の描写にどれほどの芸術的な価値があるかは疑問であるが、「よく出来た」小説よりも我々の心に訴える悲壮さがある。

白鳥が描いた世界には愛がない。『牛部屋の臭ひ』の三代の女性にはそれぞれの欲望があっても愛がないので、同じ小屋の中で暮していても三人ともみんな孤独である。『何処へ』の主人公は「誰《だ》れにも好かれたくも同情されたくもない」と言い、「現在の親だつて自分の子を解し得ない」と信じているので、どんなに淋しくなっても絶対他人に頼らない。彼の悩みは従来の小説の主人公の悩みとは大分違う。「紅葉や緑雨《りょくう》の小説の主人公の如く、女が生命の凡《すべ》てなら、憧憬《あこが》れたり、煩悶《もだえ》たり、若い盛りの今時分、さぞ恋に忙しいことであらうが」と言う健次は、放蕩《ほうとう》することができるが、愛することはできない。そのためか彼は小説家が書き並べる「拵《こしら》へ事」が信じられない。「世の中の事はさう誂《あつら》へ向きに出来てやしないでせう。仮《か》りに女と男と日比谷公園で出会はうと約束しても、その晩女が電車に轢《ひ》かれて死ぬるか、男がペストに罹《かゝ》るか分つたもんぢやない」と皮肉る。

『泥人形』の時子は、「多年愛読して居る『淑女の美徳』や『婦人の鑑《かがみ》』に教へられて……『如《い》何《か》に夫が無情なりとも、真心を以て尽しなば、やがて愛情を以て酬《むく》いらるることあらん』」ということを学ぶ。我々読者も何となくそう期待するが、白鳥の世界では「愛情を以て酬い」るというようなことはない。『泥人形』の結末には盛り上がりが少しもないので不満に思う読者もあろうが、希望も愛情も乾き切ってしまい、埃っぽい人生には、モーパッサンの小説の人物にないようなみじめさがある。みじめさに余り喜びを感じない読者は白鳥の文学を避けた方が良い。

白鳥は小説家以上に評論家として知られている。その評判は正しいと思うが、白鳥が描いた世界には魅力が少ないとは言え、捨てがたい切実さもまた籠《こも》っている。

岩野泡鳴

岩野泡鳴《いわのほうめい》についての研究や伝記は現在でも発表されており、その点で忘れられた作家だとは言いがたいのであるが、泡鳴の作品は文庫本に入っていないので、代表作と称されている五つの小説を読もうと思う人は、べらぼうに高い泡鳴全集を買うのがいやなら、三段組になっている読みづらい文学全集本で目をいためる他はなかろう。

ところが、自然主義派の作家の中で、現代っ子の心に一番訴えそうな人は泡鳴であるし、日本文学全体の中でも全くユニークな存在であると言っても過言ではなかろう。その文章は悪文に近いものであるが、そこには力が感じられ、疑うことのできないような率直さと男らしさがその作品に横溢している。繊細で省略の多い、余情のある文学に飽き飽きしている若い世代に、泡鳴の小説を是非勧めたい次第である。

泡鳴が初めて知られるようになったのは、「神秘的半獣主義《しんぴてきはんじゅうしゅぎ》」（明治三十九年）という哲学的な論文の発表後であった。無名詩人の野心的な評論であったが、正宗白鳥が言った如く、「日本の文学者には珍らしく、確固たる自己の哲学を持つてゐ」たに違いないと思う。論文の全体の内容は難解であるが、主旨は一種のニーチェズムに近いものである。「観じ来《きた》れば、優強者が弱劣者を吸収しつゝおのれを発展したところに文明も出来、国家も出来た」と言う。題名のキーワードは「神秘的」ではなく「半獣」であることは明らかである。

泡鳴は自己の分身である田村義雄という小説中の人物を「刹那《せつな》主義の実行哲理家」と称しているが、その人物ないし泡鳴自身は刹那的な燃焼のために生き、その刹那を絶対に逃さないようにあらゆる手段を尽した。自然主義文学における他の小説の主人公と違って、田村は傷つき易い人物ではなく、刹那的な快楽を得るために人を傷つけることにひるまないのである。その上、偽善を憎む泡鳴は、田村の世俗の常識に背くような行為や感想を肯定的に描写したのである。

『毒薬を飲む女』（大正三年）は泡鳴の大胆な正直さの好例である。田村はお鳥という妾《めかけ》の家で、自分の子供がジフテリアにかかって危篤状態になっているということを知る。お鳥は「子供が病気なのは可哀《かはい》さうだから、行つておやり」と言うが、田村が考えてみると、今までに三人の子供が病死している。「第一子の時は初めての子でもあるし、二年二ヶ月も生きた記念があるので、残念に思つたが、第三子は自分からの子として二度目の死でもあるし、たツた九ヶ月をさう抱きもしなかつたから、惜しくはなかつた。今回の赤ん坊に至つては、見たことさへ稀《ま》れな上に、どうせまた死ぬのだらうと思ふと、全く愛着が起らない」。田村の細君が、「兎《と》も角《かく》、死んだ児の顔でも見納めに見ておいでなさいよ」と勧めるが、田村はその前から、「死んだものなんか、掃き溜めへはふり投げて置いてもいい位《くらゐ》のものだ」と言っており、あっさりと断る。

私は『毒薬を飲む女』が傑作だと思わないし、田村という人物は気に入らないが、泡鳴の強烈な筆法には驚く他ない。後年の泡鳴は「日本主義」を鼓吹《こすい》するようになったが、彼の小説ほど非日本的な文学は少ないと思ふ。余情、みやび、もののあわれ等、伝統的な日本素質が全然認められないのである。「神秘的半獣主義」の結論は「文芸即人生、芸術即実行」であったが、泡鳴はこの哲理を『毒薬を飲む女』等の小説の中に体現したのである。

泡鳴は飽くまでも男性的な作家である。女流文学の伝統の強い日本文学の中ではこういう性質は特に目立つが、二十世紀に至るまでの西洋文学の中でも田村ほど「半獣」的な主人公は少ないのである。泡鳴と同時代の日本の作家の多くは「プラトニック・ラブ」に相当の魅力を感じ、女性崇拝になりがちであったが、泡鳴にはそういう要素が全く欠けている。田村は、「おれが女を買つたのは米の飯と同様、生活上の必要だ。おれは飯を食はないで生きてはゐられない」と言っている。彼に性欲を起させる女性を美化する必要をも感じなかった。『耽溺《たんでき》』の吉弥《きちや》という田舎芸者は決して美人ではなく、「三味線は下手だし、歌もまづい」のに、彼女に惹かれてしまう。「色は黒いが、鼻柱が高く、目も口も大きい。それに丈《せい》が高いので、役者にしたら、舞台づらがよく利《き》くだらうと思ひ附《つ》いた」が、小学校へさえ行ったことのない吉弥が果してせりふを覚えられるかどうか覚束《おぼつかな》無い。初めから吉弥を「役者」にすることは余り真剣に考えていなかったが、その代り、吉弥には自分の他に少なくとも三人の男がいるということを知っていても別に嫉妬を起さなかった。吉弥と一緒に過す刹那刹那を満喫することが最高の目的なのである。東京の家を思い出しても、妻や子供に対する愛情は少しも湧かない。「僕自身の不平があつたり、苦痛があつたり、寂《さび》しみを感じてゐたりする時などには子供のある妻は殆《ほとん》ど何の慰めにもならない。……僕は僕の妻を半身不随の動物としか思へないのだ」。吉弥の身請金《みうけ》を作るためには女房の着物を平気で入質《いれじち》してしまう。

泡鳴は主人公と作者を同一視する批評を否定し、主人公は「僕そのものではない」と強く主張した。泡鳴の言う通りかも知れないが、田村と泡鳴を区別することはむずかしい。他人に対して無感覚である主人公は西鶴の『好色一代男』を思わせるし、正宗白鳥が指摘したように、『毒薬を飲む女』の田村の行動の叙述を読むと、『四谷怪談《よつやかいだん》』（鶴屋南北《つるやなんぼく》作）を見ている時と同じような感じがすることがある。田村は民谷伊右衛門《たみやいえもん》に扮して動いているような感じだし、彼の目に映る妻は、毒を飲まされたあとのお岩である。「南北の描いた舞台は、凄惨であるとともに茶番気《ちゃばんげ》もあるが、泡鳴の描いた小説の光景も、凄いうちに滑稽味が伴つてゐる」と白鳥は述べているが、泡鳴は果してその滑稽味に気がついただろうか。自作『毒薬を飲む女』は『ファウスト』に勝る名作だと確信していた泡鳴自身が滑稽に思えるが、彼はごくまじめであった。自信たっぷりで絶えず積極的に行動している田村は滑稽に見えるか、それとも勇敢に見えるか、それは読者の見方によるだろうが、彼は日本文学では珍しい人物だと思われるし、また現代の社会と決して無関係な存在ではない。

真山青果

昭和四十年ごろ、「近代日本を創った百人」というテーマのもとに、明治以後あらゆる分野で活躍した中心的な日本人を選ぶ会議が開催され、その時、三島由紀夫《みしまゆきお》の強い推薦があり、演劇界の唯一の代表として真山青果《まやませいか》が百人の一人に選ばれたのである。正直に言って、私はその時まで、西鶴の研究家としての青果は知っていたが、劇作家としての青果はほとんど知らなかった。京都の顔見世《かおみせ》（暮れの歌舞伎興行）で『玄朴《げんぼく》と長英《ちょうえい》』を見てひどく退屈したことを覚えていたが、三島の意向に反対するほどの勇気もなく、その推薦を黙認したのである。

それ以来、二、三回青果の歌舞伎を見たことがあるが、退屈しなかったことは一度もない。幕末の武士が丁髷の頭を下げ、激しい感情で声を震わせ、「先生、お願ひします。どうか私を静岡へ使者に立てて下さい」というようなセリフを聞くと、「またか」と思う他はない。現代人の嗜好に媚びるように時代錯誤を犯すことも私は嫌いなので、「先生、実に戦争ほど残酷なものはごわせんなア……」というような西郷吉之助《さいごうきちのすけ》の発言などが気に入らない。最も気に喰わないところは、不自然な武士の笑いである。「壮快ぢやらうなア、はゝはゝゝ」というようなことを聞くと何か下らない時代劇映画を思い出さざるを得ない。真山青果が近代日本の演劇を創ったとすれば、相当の責任があるように思われた。

最近、青果のことを書こうと思い立ち、図書館で調べて見たが、近代演劇の開祖と言われるほどの劇作家について研究らしいものが一冊もなく、全集と言われるものはあっても、昭和十六年ごろに発行された杜撰《ずさん》きわまるものである。雑誌に青果に関する記事が若干あったが、重複するような意見が目立っている。

例えば、最初に書いた戯曲『第一人者《だいいちにんしゃ》』（明治四十年）にはイプセン晩年の作『ジョン・ガブリエル・ボルクマン』という悲劇の「影響が極めて強い」と評論家たちはこぞって言っている。果してそうであるか、疑う余地が残っている。私に言わせると、衒学的な遊戯の中で最も下らないものは「影響狩り」である。誰かが何かの影響があったと言い出した場合、それに対し影響が全然なかったと証明することはむずかしい。私は最近『第一人者』と『ボルクマン』を読み直し、主なテーマが似ていないことに気がついたので、「影響が極めて強い」という発言には引っかかってしまう。青果の戯曲の主人公である楢崎《ならさき》博士は自我の強い人物であるので、ボルクマンと同じような人間であるとも言えるが、最後まで一歩も譲らないボルクマンには楢崎博士のような東洋的な諦観が全く見られない。ボルクマンは自分が経営している銀行の金を使い、投機して大損をし、五年間も入獄する。それについては何も疑問がない。が、楢崎は北極に到着したかどうかということは分らない。「私は見た……この目で見た……あの時、あの時……確かに見た……第一の人だ……第一の人だ……」と楢崎は主張するが、彼の娘である道子は父親は狂者だと思っているらしい。しかも、ことによっては楢崎は狂者であるかも知れない。最後に楢崎は悟りを開き、

「五十幾年の間、苦心して努力して来た後を振り返って見ても、功績は何も残らん、空《くう》だ、空の空だ」と言ってから探険記の原稿を火中に投ずる。

『ボルクマン』は明治四十二年十一月に上演され、自由劇場の最初の試演であった。当時の観客はこの陰鬱《いんうつ》を極める芝居を「青春の象徴」として歓迎して、ボルクマンの息子が「僕は若い者です」、「僕は生きて見たいんです」等のセリフを言った時、場内にいる日本の青年たちは興奮して、若さの叫びに酔ったのである。彼等の『ボルクマン』観は誤っていたが、真山青果が『ボルクマン』の影響を受けたとしたら、「青春の象徴」も彼の作品の中に現われた筈である。北極探険という「非現実的な行為が戯曲の緊張度を弱める一因」であると非難する批評家もいるが、当時の北極探険熱は相当なものであったということを忘れてはならない（ピアリーが北極に着いたのは明治四十二年であり、その直前には偽者の「征服者」がいた）。青果はボルクマンという芝居の人物よりほんものの探険家に惹かれたのではないかと思う。

が、『第一人者』にはイプセンの影響を認めざるを得ない。当時のヨーロッパでもイプセンの影響を受けなかった劇作家は少なく、その影響を受けることなしには近代劇を書けなかったと言ってもよかろう。当然のこととして日本の近代劇の出発点もイプセンであった。『第一人者』には欠点がいろいろあるが、そこには主体的な人間が登場し、近代人の複雑な頭脳を持っている。そういう意味で日本の最初の近代劇であろう。岡本綺堂《おかもときどう》の『修禅寺物語《しゅぜんじものがたり》』は『第一人者』より四年遅れ、明治四十四年に発表された。非常に上手な戯曲であるが、近代劇とは言えない。

青果の史劇には綺堂等が到底考えも及ばなかったような深みがある。これは青果の才能によるものだが、イプセンの影響も史劇の成功に大いに貢献した。平将門《たいらのまさかど》、大石内蔵助《おおいしくらのすけ》、大塩平八郎《おおしおへいはちろう》、勝海舟《かつかいしゅう》等の性格はそれぞれ違っているが、皆近代人で我々に近い存在である。そしてある意味では皆、青果自身の分身なのである。その点では河竹黙阿彌《かわたけもくあみ》や綺堂のような名人とけじめをつける所であって、イプセンの最も重要な影響を物語っている。

青果の戯曲を読めば読むほど面白く感じる。戦時中の国粋主義に便乗した作品でも部分的には優れており、そこに謳歌《おうか》されている思想が否定されるような現在でもまだ読まれるが、そういう芝居を見たいと思う観客は先ず一人もいないだろう。しかし、正直に言って、私は青果の傑作さえ見ようとは思わない。青果の戯曲はレーゼドラマ（上演ではなく味読を目的とした戯曲）として書かれたのではないことは自明であるが、かつて正宗白鳥は『坂本龍馬《さかもとりょうま》』について次のように述べたことがある。「澤田一座によつて上演され、異常の人気を得たといふことであるが、これは舞台で観るよりも、書斎で読んで想像した方がいいやうである」。私が青果にかなりの興味を持つようになった今日でも『玄朴と長英』や『江戸城総攻《えどじょうそうぜめ》』の経験は二度と繰り返したくない。やはり、私の場合、近代劇の重要さは認めつつも、また、真山青果が近代劇を「創った」という三島由紀夫の意見に賛成できるようになっても、近代劇よりも古典または現代劇に惹かれていることは事実である。

永井荷風

昭和三十年五月中旬頃、京都での二年間の留学を終え、日本を発つことにした。出発の間際に、以前から読みたかった永井《ながい》荷風《かふう》の『すみだ川』を買い、旅行鞄の中につめた。香港・バンコック間の機上でこの小説を読み終えたが、荷風の日本語の美しさや描かれた過去の東京の雰囲気に感激し、時々眼が潤むほどであった。発ったばかりの日本へ帰りたくて仕方がなかった。十四、五年も日本語を勉強してきたのは、『すみだ川』を鑑賞できるようになるためではなかったかと思うことさえあった。それればかりではない。荷風の文章を味わえるようになった私は、もうそれ以前の私でなくなったことがぼんやりと分った。

ニューヨークに着き、コロンビア大学に就職した。授業の準備等で大変忙しかったが、『すみだ川』の英訳をどうしてもやりたかった。当時の私は、日本のことを全然知らない外国人にも荷風の小説を楽しんで読んで貰いたかったので、かなり自由な翻訳をした。現在その翻訳を読むと、誤訳や原文の省略に赤面する他はないが、『すみだ川』の調子は裏切っていないと思う。

『すみだ川』のどこにそれほど感動したかと言うと、やはり消えつつある東京の姿に私を動かす何かがあったためだろう。俳諧《はいかい》師松風庵蘿月《しょうふうあんらげつ》という人物には特別に個性があるわけではなく、することも言うことも全部粋《いき》な俳諧師という型にはまっているが、その人物は私に深い印象を与えたばかりでなく、一種の郷愁を感じさせた。蘿月の妹である常磐《とき》津《わづ》文《も》字《じ》豊《とよ》はちっとも魅力的ではないし、また、彼女の家の描写を読んでもそういう家に住みたいと思ったことはないが、昔の東京を知らない私の場合でも荷風の小説を読みながら何かを思い出しているという錯覚を起したのである。

「折々恐しい音して鼠の走る天井からホヤの曇つた六分《ろくぶ》心《しん》のランプがところ〲宝丹の広告や都新聞の新年附録の美人画なぞで破れ目をかくした襖《ふすま》を始め、飴色《あめいろ》に古びた簞笥《たんす》、雨漏りのあとのある古びた壁なぞ、八畳の座敷一体をいかにも薄暗く照してゐる。古ぼけた葭戸《よしど》を立てた縁側の外には小庭があるのやら無いのやら分らぬほどな闇の中に軒の風鈴が淋しく鳴り虫が静《しづか》に鳴いてゐる」

こういう暗い雰囲気の中にかつての日本の市井人の多くが暮していたために、「遊び」の場所が欠くべからざるものだったのだろう。荷風は、蘿月を不道徳な人間としては描かなかったが、「若い時分したい放題身を持崩《もちくづ》した道楽」に耽ったことを隠さない。蘿月や彼の仲間が頻繁に行った遊廓に江戸時代がまだ残っていた。そして荷風はその古い世界の人々を自分の小説の人物として選び、幕末の戯作文学の伝統を維持していった。『すみだ川』の長吉やお糸は浮世《うきよ》絵《え》の人物のように美しいが、現代小説の人物と違って立体性もなく重みもない。そのためか、その美しさは完璧である。

荷風は昔の日本が地上の楽園ではなかったことをよく知っていた。初期の作品には自然主義的な小説もあったし、また、昭和時代の荷風が明治時代に対して非常な憧れを持っていたとは言え、明治時代の荷風は絶えずその時代の俗悪さを嘆いていた。「昔はよかつた」という感想が荷風には付き物だったが、「昔」の定義は時代と共に変った。

現状を嫌って逃げた荷風には確かに過去を美化する傾向があった。『濹東綺譚《ぼくとうきたん》』の主人公は荷風の分身のようであるが、幕末の着物や絵入本《えいりぼん》を集めている。古着の模様の美や錦絵の色彩等は余り問題にしなかった。幕末の日本人の趣味はそれほど優れていなかったが、荷風にとっては元禄は遠過ぎていたので、手の届く所にあった幕末に対して無限の憧れを感じた。文学の場でも、西鶴よりも為永春水に惹かれ、『腕《うで》くらべ』は『春色梅児誉美《しゅんしょくうめごよみ》』の現代版と言ってもいい位である。荷風が春水について精密な伝記を書いたことは春水に対し親近感を抱いていた証拠であろう。

荷風はもう一人の幕末の文士に対し特別な関心があった。『下谷叢話《したやそうわ》』の中で大沼枕山《おおぬまちんざん》のことを詳しく伝えたのである。枕山は明治維新に伴ったさまざまの変化を嫌い、明治十一年頃まで東京のことを江戸と呼び続け、終身髪を切らず髻《もとどり》をそのまま存していたという。枕山の漢詩は痛烈な諷刺《ふうし》で新時代を嘲笑したが、荷風も世をあげて夷狄《いてき》の真似をする風潮に逆らう者は、依然として旧来の髪を結い衣服を着け、新を追わない力士と妓女《ぎじょ》だけであると皮肉った。いかにも荷風らしい発言であった。

周知の通り、荷風の家は代々の漢学者であり、漢学に造詣《ぞうけい》が深かったので、枕山の漢詩に傾倒したことは別に驚くことではない。ところが、荷風はフランスびいきでも有名であり、ボードレール、ヴェルレーヌ等のみごとな翻訳が沢山ある。純粋な日本趣味のある荷風には案外ハイカラの面もあったが、その事実には何も矛盾はなかったと思う。むしろフランスの文学等に対する情熱が高まるに従い、西洋の影響を全然受けなかった日本独特のものを高く評価するようになったのは当然だったと思う。ベルサイユの宮殿を好むような人は、それを真似した赤坂離宮よりも桂《かつら》離宮を好む筈である。

荷風の文学にはいろいろの要素が入っているが、不思議なほど統一した印象を与える。東京を描いた小説には、都会の中で見受けられる移り行く四季の美や、過去の日本がまだ残っている場末の風景や、個性のない、浮世絵に出てもいいような人物等が必ず現われるし、また、アメリカやフランスについて書いた小説にも、少なくとも感覚的な面では東京の小説と共通性がある。

荷風は偉大な作家ではなかったかも知れないが、彼の作品には何か貴重な、掛け替えのない、荷風らしいところが必ずあるから、多くの偉大な作家よりも親しみやすいと思う。

与謝野晶子

久し振りに与謝野晶子《よさのあきこ》の『みだれ髪《がみ》』を手に取って読もうとすると、一種の嫌悪を禁じ得なかった。初版本の表紙画は言いようもないような時代後れの印象を与え、先ずそれに弱ったのだ。ハートに矢が刺さっていて、そのハートの中に羽のような髪に包まれた少女の横顔がある。ハートの先端からしたたる血の雫《しずく》が「ミだ礼髪」という字の形をとっていて、趣味の悪いお嬢さんを喜ばすには事欠かない。

晶子はこの表紙画について丁寧な説明をしている。「みだれ髪の輪廓は恋愛の矢のハートを射たるにて矢の根より吹き出でたる花は詩を意味せるなり」と。なるほど、明治三十四年頃の読者は晶子嬢の大胆な告白に感激しただろうが、われわれは現代のお嬢さんたちのもっと際どい告白に飽き飽きしてきたので、このような色褪せた象徴画を微笑せずには見られない。「みだれ髪」は疎《おろ》か、「ヘア」すら古くさくなったのだ。

歌集そのものを読むに従って、これが過ぎ去った時代の遺産であるという実感が益々深くなる。「臙脂紫《えんじむらさき》」という章名は、明星派《みょうじょうは》同人の間では恋愛の象徴として用いられたそうだが、現代の詩人は、どんなに臙脂紫という色が好きであっても照れて自分の詩には使えないだろう。『みだれ髪』にしばしば出てくる「くれなゐ」、「紫」、「紅《べに》」等はその鮮かな色彩の美で当時の読者を蠱惑《こわく》したようであるが、現在では明治初期の毒々しい色の浮世絵を思い出させてしまう。例えば、次のような歌がある。

くれなゐの薔薇《ばら》のかさねの唇に霊の香《か》のなき歌のせますな

この歌の中に登場する恋の相手は晶子自身ではないかと思われる。現に、こういうナルシシズムは『みだれ髪』の主旨の一つであろう。なお、この歌の詩的言語はかつての日本の詩歌《しいか》にはなかった筈である。「薔薇のかさねの唇」は、何かハイカラな言い廻しのように聞え、その官能的な余韻は「霊の香のなき歌」と不思議な組み合せになる。斎藤茂吉《さいとうもきち》は『みだれ髪』を「早熟の少女が早口に物いふ如き歌風《かふう》」として片付けたが、このきびしい評価に頷《うなず》く現代の読者は少なくないと思う。

勿論、晶子の文学史的な意義について云々することも決してむずかしくはない。彼女が植えた、くれないの花はとうの昔にしおれてしまったが、その種は沃土《よくど》に落ち、後裔《こうえい》は絶えそうもない。が、晶子の歌を余り好まない私でも、文学史的以上の意義があることは認めざるを得ない。私が『みだれ髪』の難解さに惹かれていることも事実である。例えば、冒頭の歌は難解であるからこそ今もって私たちに訴えることができる。

夜の帳《ちやう》にささめき尽きし星の今を下界《げかい》の人の鬢《びん》のほつれよ

晶子自身は後年になってこの歌を「夜の帳にささめきあまき星も居《ゐ》ん下界の人は物をこそ思へ」と大幅に改作する必要を感じたようであるが、改作は明らかに改悪だったと思う。原作は確かに不明であり、自分を「星」と称する歌人は何となくキザだと思われるが、僅か三十一の文字に何と豊富な内容と情熱を盛り込んだことだろう。このように圧縮した表現に独自の魅力がこもっている。

晶子のテニヲハの使い方は極めて達者で、余すところなく日本語の表現力を発揮したと言ってもよかろう。「早熟の少女が早口に物いふ」という茂吉の言も、必ずしも非難にはならない。迸《ほとばし》る少女の情熱を三十一文字という檻《おり》に閉じ込めることはひどくむずかしかっただろうが、出来上がった歌には窮屈さがなく、自由自在に詠まれたようである。いくら晶子の歌にケチをつけても、批評を拒む、何か動かし得ない自発性がある。

表紙画を嘲笑した私もいつの間にか晶子の世界に吸い込まれ、抵抗しようとしても、その情熱に感染して、明治時代の作品だという歴史的な事実を忘れてしまうことがある。『みだれ髪』の全釈本を座右に備えてゆっくり調べながらそれぞれの歌を読むと、相当の勉強になり、各自の背景に自伝めいた事柄が暗示されていることは分るが、そういう註釈はだんだんうるさくなり、晶子と与謝野鉄幹《てっかん》との関係や鉄幹と山川登美子《やまかわとみこ》との関係は抒情詩としての善し悪しの二の次になる。例えば、

　京はもののつらきところと書きさして見おろしませる加茂《かも》の河しろき

という歌の註釈によると――晶子は鉄幹と京都に来て賀茂川《かもがわ》の畔《ほとり》に宿をとったが、鉄幹は、前年の秋京都で別れた登美子に出す手紙を書き始めた。「あなたと去年の秋悲しいお別れをした京都の風物も、私にとつては無情なものとしか思はれません」という所まで書くと、感に堪えぬものの如く、筆を投げ出して、うつろな眼で賀茂川を見おろしていられる――等々（佐竹籌彦《さたけかずひこ》『全釈みだれ髪研究』による）。この註釈が誤っているとは思わないが、晶子の歌の魅力はこのような自伝的な「物語」によるものではなかろう。「京はもののつらきところ」という文句にいかなる説明をも超越するような悲しい響きがあり、「加茂の河しろき」は宿に泊っている恋人同士の複雑な心境にぴったり合っていると思う。

晶子の詩歌を読むと、「永遠の女性」とかいう言葉が自ら頭に浮んでくるが、『みだれ髪』に限って言うと、「永遠の少女」という呼び方がもっと精確であろう。「永遠の少女」は確かに「永遠の老婆」より魅力的であるが、何か物足りないような気もする。「永遠の少年」にいつまでたっ

ても消えないにきびが付き物であるように、「永遠の少女」のあどけない情熱に愛想をつかすこともあるだろう。

晶子は、晩年のテオフィル・ゴーティエが青年時代に着た桃色のチョッキの話を聞いた時と同様に、『みだれ髪』という自分の少女時代を象徴する歌集の噂を聞いて不機嫌になったそうである。三十年間にわたってどんなに自分の歌風を磨き立てても、永遠の少女という影像を忘れさせることに成功しなかった。「女は髪のめでたからんこそ、人の目たつべかめれ（人目をひくに違いないようだ）」と兼好法師《けんこうほうし》が書いたが、みだれた髪を丁寧に掻《か》き上げてしまった晶子は、前ほど人の目を惹けなくなった。

石川啄木

石川啄木《いしかわたくぼく》の歌を嫌う人は少ないと思う。「百人一首」の他にろくに歌を覚えていないような人でも、「東海の小島の磯《いそ》の」等、啄木の歌を喜んで諳《そら》んじる。言うまでもなく、『古今集《こきんしゅう》』の歌の中にもわれわれ現代人の心に訴えるものはかなり多く、千年前の愛の悩みは決して不可解なものではない。しかし、啄木の歌の中で一番優れていると思われるものは千年前から変っていないようなテーマを扱っているものではなく、特定の時代における特定の悲しみを伝えている歌であろう。

この点で同じ近代歌人である正岡子規や与謝野晶子等と比べると違っている。子規や晶子は永遠な歌題——四季の美、会いたい人に会えないわびしさ、時が早く経つことの嘆かわしさ等——を近代人の感覚で表現したが、啄木の歌には近代人独特の、全く奇抜な着想が溢れている。

手始めに
先づ富士山を崩さんと
われ言ひ君ははれやかに笑む

この歌はふざけているばかりではなく、日本の伝統的な美に対する啄木の嫌悪ないし挑発であり、また、自分の立場を嘲笑する意識を示している。これほど複雑な頭を持っている歌人は啄木以前には余りいなかった。いや、歌においてはそういう複雑さは一番嫌われる要素であった。

が、啄木は紛れもない歌人であった。新体詩も作り、その中には親しまれているのもあるが、自分は歌人であって新体詩人ではないと主張した。釧路《くしろ》にいた頃、誰か礼儀正しい老人が啄木を「新体詩人」として人に紹介したが、啄木は好意のある人によってあれほど侮辱を受けたことはないと憤慨した。啄木は「新体詩人」にまつわる「煩悶」のような雰囲気が特に嫌いだった。当時のロマンチックな詩人たちは藤村の詩に登場するようなわびしい「遊子《ゆうし》」になりがちで、何処《どこ》かの空き地に立っている何でもないような樹を見て、空き地を荒涼たる原野にしたり、樹を天空に聳《そび》える大木にしてみなければ気がすまないような状態であった。何でも「詩的」でなければ詩にする意味がなかったのである。

もともと啄木自身が書いた新体詩はそういう大袈裟《おおげさ》なものに限らなかったが、自分のふとした観察や突然に燃え上った熱情を伝える媒介として短歌が最適であることをよく知っていた。刹那的な刺激を逃がさずに摑《つか》まえることが歌人の仕業である。日本人として喜べる数少ない恵みはこの便利な短歌であることをさえ主張した。

啄木の短歌は従来の短歌と共通な面が至って少ない。成功する場合は、余情や優雅な言葉遣い等とは無関係であり、拳でわれわれを打つようなものである。

何《なに》がなしに
頭のなかに崖ありて
日毎に土のくづるるごとし

この表現は全く新しく、同時代の歌人の作品には似たようなものは見当らないが、同じテーマを新体詩として書こうと思ったらその効果は薄らいでしまうに違いない。それに対し、晶子の短歌には度々新体詩の自由を求めているような窮屈さがある。

歌に聞けな　誰野の花に赤き否《いな》む趣あるかな　春罪持つ子

晶子の歌の意味は大体分るが、啄木の刹那的な発言とは違い、一種の詩論ないし自己弁護になっている。歌にもそういう表現が可能であるが、新体詩の方がもっと説得力があるのではないかと思う。

啄木の表現は矢を放つような感じがするが、その意外さは読者をびっくりさせる。

心より今日《けふ》は逃げ去れり

病《やまひ》ある獣のごとき
不平逃げ去れり

この歌の大意を別の詩型で言い表わすことはむずかしいだろうが、それは啄木が短歌の伝統的な連想に頼っているからではない。啄木よりも頭がもっと複雑で現代的であった斎藤茂吉には、次のような有名な短歌がある。

喉《のど》赤きつばくらめ二つ梁《はり》に居てたらちねの母は死にたまふなり

この短歌の場合は、明らかに伝統の余韻を響かせている。啄木は短歌の機能をうまく利用したが、「つばくらめ」や「たらちね」のような歌詞《うたことば》とは縁がなかった。現代の日本の歌人による啄木と茂吉の相対的な評判を考えてみると、啄木の短歌は一種の邪道であったかも知れないが、そのためであろうか、不思議に翻訳に向いているのである。右に引用した茂吉の短歌の翻訳は不可能であろうが、啄木の英訳や露訳等は大変人気がある。要するに、表現の美よりも啄木という人間自身が直接に読者の心を惹きつける。

が、啄木の散文にはそれほど人気がない。長編小説の『鳥影《ちょうえい》』を読了した人は少ないが、現在でも二、三の短編が読まれている理由は、小説として面白いからではなく、当時の啄木や彼の周囲の人たちの不満を伝えてくれ、現代人の共感を呼び起すからであろう。日記や書簡も余り読まれていないらしいが、私に言わせると、短歌に劣らない位すばらしく書かれており、二十世紀の日本文学の中でユニークな地位を占めている。日記中の白眉《はくび》は明治四十二年の『ローマ字日記』である。ローマ字で日記を付けた理由についてこう書いている。

「なぜこの日記をローマ字で書くことにしたか？　なぜだ？　予《よ》は妻《さい》を愛してる。愛してるからこそこの日記を読ませたくないのだ。――然《しか》しこれはうそだ！　愛してるのも事実、読ませたくないのも事実だが、この二つは必ずしも関係していない」

こんなことを書いた啄木はもう明治四十二年の人物ではなく、われわれの分身である。このような文章を読むと、例の子供っぽい啄木の写真は果して本物であったかどうか疑わしくなってくる。

日本近代文学を通読すると、私は啄木が最初の現代人であったというような気がしてならない。勿論、たった一人の「最初の現代人」がいた筈はないと思うが、啄木に対して特別な親しみを感じることは事実だし、別にそれを弁解する必要を感じないのである。

北原白秋

私は北原白秋《きたはらはくしゅう》の詩歌を読むと、非常な魅力を感じるが、時偶《ときたま》その背景にある詩論の表現に対しては一種の抵抗を押えられない。『邪宗門《じゃしゅうもん》』の音楽的な美しさに自分を委ねている間、それぞれの詩の文学的な価値については何も疑問が湧いて来ないが、序文や例言の説明となると、何か古めかしくて、気障《きざ》とも称される要素が詩人の姿勢から覗き出ているような気がする。「詩の生命は暗示にして単なる事象の説明には非ず」と白秋は言うが、「詩の生命は事象の説明に在る」と信じた詩人は日本文学の長い歴史に一人もいなかった筈である。「かの筆にも言語にも言ひ尽し難き情趣の限《かぎり》なき振動のうちに幽《かす》かなる心霊の欷歔《ききょ》（すすり泣き）をたづね、縹渺《へうべう》たる音楽の愉楽に憧《あこ》がれて自己観想の悲哀に誇る、これわが象徴の本旨に非ずや」とつづいて言うが、「幽かなる心霊の欷歔」のような文句を読んで不快を感じない現代の読者は少ないだろう。「縹渺たる音楽」はさぞ愉《たの》しいものだろうが、明治四十二年に書かれた言葉としては陳腐のように思われる。「されば我らは神秘を尚《たふと》び、夢幻を歓び、そが腐爛《ふらん》したる頽唐《たいたう》の紅《くれなゐ》を慕ふ。哀れ、我ら近代邪宗門の徒が夢寐《むび》にも忘れ難きは青白き月光のもとに欷歔《すすりな》く大理石の嗟嘆《さたん》也」となると、私はもう我慢できないほど不快に思う。呪われた詩人たちが世紀末的な頽廃に溺れ、すすり泣く大理石の嗟嘆に過敏な耳を傾ける風景は滑稽だとしか思えない。

『邪宗門』の詩にも似た表現が頻繁に出て来る。「やはらかに腐れつつゆく暗《やみ》の室《むろ》」や「饐《す》え萎《な》ゆる芙蓉花の腐れの紅《あか》きものかげ」や「腐れたる大理の石の／生《なま》くさく吐息《といき》するかと蒸し暑く」や「やはらかに、なやましげにも、香《か》に噎《むせ》び、香に噎び」等を読むと、現代の読者は白秋の語彙の異様な香に噎ぶおそれがあろう。

ところが、同じような語彙をつらねて出来たワイルドの『サロメ』（一八九三）等のヨーロッパ世紀末的な作品と違い、白秋の詩はまだ読まれているし、また、不思議にその魅力を失ってはいない。私もその魅力を感じ、否定しようとはさらさら思わない。が、これら白秋初期の詩を読む時、八年後に発表された萩原朔太郎の『月《つき》に吠《ほ》える』という詩集と全然違う態度で読む他はない。

萩原の場合、私と彼との時代の間隔を無視してもいいが、白秋の『邪宗門』は明らかに一時代前の産物として鑑賞しなければならない。

言うまでもなく、白秋は何回も詩人としての姿勢を変え、歌人としても評判が高い。が、詩歌の象徴性を主張することは晩年まで一貫し、象徴する対象は自分の感覚で探知したさまざまの瞬間的な刺戟《しげき》であり、彼の人生論ではなかった。『邪宗門』では異国趣味に富む外来語や飛躍の多い表現で読者を蠱惑し、言葉の魔術で内容の乏しさを上手に隠すことに成功した。その上、この詩集の音楽性は永遠に衰えそうもない、実にみごとなものである。

白秋の第二詩集『思ひ出』では、異国趣味を自分の故郷へ向かせた。「わが生《お》ひたち」という序文の中で、「自分の感覚に牴触《ていしよく》し得た現実の生《せい》そのものを拙《つた》ないながらも官能的に描き出さうと欲した」と述べた通り、「廃《すた》れてゆく旧い封建時代」の町であった柳河《やながわ》（現・福岡県柳川市）で過した幼少時代を描く詩である。『邪宗門』ではキリシタン時代の古い言葉が巧みに活用されているが、『思ひ出』では、柳河の方言に残っている外来語が白秋の詩的言語を彩る。

白秋は当時の日本の詩的言語を豊富にするようにいろいろ努力を尽した。詩の場合は勿論のこと、短歌にも曾《かつ》てなかったような語彙で古い定型詩に新しい息を吹き込んだ。白秋は最初の歌集である『桐の花』（大正二年）の序文の中で、詩人が歌を詠むようになった動機を説明した。残念ながら、その序文――「桐の花とカステラ」――は『邪宗門』の序文に劣らないほど世紀末的な表現に飾られている。「短歌は一箇の小さい緑の古宝玉である」という定義は美しいが、「古い小さい緑玉《エメロウド》は水晶の函に入れて刺戟の鋭い洋酒やハシツシユの罎《びん》のうしろにそつと秘蔵して置くべきものだ」となると、よっぽどの白秋のファンでなければ苦笑を禁じ得ないだろう。
しかし、白秋の短歌そのものは実にすばらしいものだ。『桐の花』の短歌にも異国趣味的な匂いがかなり濃いし、また、詩として詠むべき着想を無理に短歌型に縮めたという印象を与えないこともないが、白秋の「小さい古宝玉」には独特の光沢があり、珍しい外来語も全体の美的効果によく調和する。例えば、

病める児はハモニカを吹き夜に入りぬもろこし畑《ばた》の黄なる月の出

この歌ではハモニカは決してハイカラなアクセサリーではなく、日本の伝統的な楽器——横笛や尺八——と違い、子供向きの楽器であるし、また、その単調な、わびしい音は「病める児」にぴったり合うと思う。同じ歌集に「公園のひととき」という副題の下に次のような歌がある。

手にとれば桐の反射の薄青き新聞紙こそ泣かまほしけれ

白秋は泣きたくなった理由を説明してくれないが、或いは桐の葉を洩《も》る薄青い光が何か俗悪な新聞記事に反射しているので、歌人は自然の美と人間の醜さの対照に打たれて泣きたくなったのかも知れない。「いかにも瀟洒《しょうしゃ》な都会趣味的印象詩」だとみなす註釈者もいるが、私は同意できない。「泣かまほしけれ」に何かもっと感情的な味わいがあり、少年のハモニカの悲しい音に近いものだと思う。
白秋の詩にはいろいろの変化があり、超現代的な表現で読者をびっくりさせたものもある。「五月の空」は次の通りに始まる。

星だ、あ、／緑《グリーン》／緑《グリーン》／緑《グリーン》／緑《グリーン》

この詩には寓意《ぐうい》があるようだが、度々読むに価する傑作だとは言いがたい。むしろ、歌の調子によく似た『水墨集《すいぼくしゅう》』（大正十二年）の詩の方が私の趣味に合う。著名な「落葉松《からまつ》」には外来語の使用は全然なく、日本語の伝統的な美をみごとに生かしたものだが、白秋は異国趣味を卒業した現代人であり、外来語をよく玩《もてあそ》んだ詩人であったからこそ、過去の歌人等が気がつかなかったやまとことばの音楽性に敏感だったと言えよう。

白秋は日本への回帰をなし遂げるまでに相当の時間がかかり、いろんな実験もやってみたが、いよいよ到達したのは永遠の価値のある詩歌の境地であった。晩年の詩歌を読んでからもう一度初期の作品に戻ると、それぞれの作品の異なった表面の下に相通ずる美があることを発見するのは私だけであろうか。

高村光太郎

高村光太郎《たかむらこうたろう》の詩を評価することは私にとって大変むずかしい。日本の近代詩人で初めて西洋に永く滞在して、自分の眼でアメリカやヨーロッパの風物を見たり、西洋人と始終接触したりした高村は、「ふらんすへ行きたしと思へども／ふらんすはあまりに遠し」と嘆いた詩人たちとは全然違う観点から、多くの日本の詩人のあこがれの的だった西洋について詩を作れたばかりでなく、客観的に日本のことをも書くようになった。彼は日本の詩人で最初の国際人だったが、私にとって親しみにくい人間である。

　高村の詩を読むと、初期の作品にさえ、それ以前の「新体詩」になかったような自由があり、力んで「西洋的」な詩を作る明治時代の詩人たちと違って、自分の好きな遊女がいなくなった時、「失《うしな》はれたるモナ・リザ」を極めて軽い調子で書けた。「根付《ねつけ》の国《くに》」という有名な詩で日本人を痛罵したほど、日本や日本の古い生活ぶりから離れたところで日本人を冷静に見るようになった。

　しかし、高村がどんなにはげしく日本人の顔や習慣を嘲笑しても、自分が日本人であることを一瞬も忘れたことはないだろう。

　明治三十九年から高村は一年余りニューヨークに滞在し、美術学校へ通っていた。当時非常に評判が良かった彫刻家のガッツン・ボーグラムの助手になって特待生にも選ばれた。留学生の常として金は足りなかったが、美術学生にふさわしい屋根裏部屋に住み、大いに「日本的倫理観の解放」を楽しむことができた。

　ところが、ニューヨークの生活をテーマにし、およそ二十年後の大正十四年に作られた詩はいかにも暗い。留学生のころの感情を正しく伝えたかどうか分らないが、『父との関係』（昭和二十九年）を書いた時、ニューヨーク時代の自分をこう思い出していた。

「私は社会的に弱小な一ジヤツプとして、一方アメリカ人の、偽善とまでは言へないだらうが、妙に宗教くさい、善意的強圧力に反撥を感じながら、一方アメリカ人のあけつ放《ぱな》しの人間性に魅惑された」と。

ニューヨークの動物園では白熊の檻の前に立って、こう考えていた。

白熊といふ奴はつひに人に馴れず、
内に凄じい本能の十字架を負はされて、
紐育《ニューヨーク》の郊外にひとり北洋の息吹をふく。
教養主義的温情のいやしさは彼の周囲に満ちる。
息のつまる程ありがたい基督《キリスト》教的唯物主義は
夢みる者なる一日本人《ジャップ》を殺さうとする。

不満を感じていたに違いないが、果して「教養主義的温情のいやしさ」のためだっただろうか。高村のその後の生活から判断すると、むしろ性的不満が一番の原因だったかも知れない。しかし、絶えず自分は日本人だと意識していて、外国での不満を全部その事実に帰する傾向があった。

ロンドンで過した一年間はもっと楽しかったようだが、バーナード・リーチという有名な陶工の友人ができたためであろう。リーチに二首の詩を呈したが、「廃頽者《はいたいしゃ》より」の冒頭の詩句は以下の通りである。

わが敬愛するアングロサクソンの血族なる友よ
寛仁《くわんじん》にして真摯《しんし》なる友よ

大正二年に書かれた「よろこびを告ぐ」も、

私の敬愛するアングロサクソンの血族なる友よ

と始まり、詩の後の方ではこう書いている。

しかし、この国の魂を君のこころに容易《たやす》く定めたまふな
そして私の敬愛するアングロサクソンの民族に告げたまへ
世界の果てなる彼処《かしこ》に今まことの人の声を聞けりと
又、世界の果てなる彼処に今いさましく新しき力湧《わ》けりと
ああ、わが異邦の友よ

この詩を作った高村はリーチに対して友情を持っていたことは明らかだが、どうして「わが異邦の友」という条件ないし資格をつけ加える必要を感じたのだろうか。「敬愛するアングロサクソンの血族なる友」が大和《やまと》の血族の友を愛したのか、それとも高村光太郎という人間を愛したのだろうか。そして「根付の国」に描かれた醜い日本人は三年後に「いさましく新しき力」を突然示し始めたのだろうか。それとも高村はいよいよ根付に潜在していた力に初めて気がついたのだろうか。

高村にとってパリこそ心の故郷だったようであるが、パリについては次のように書いた。

私はパリで大人になつた。
はじめて異性に触れたのもパリ。
はじめて魂の解放を得たのもパリ。
パリは珍しくもないやうな顔をして
人類のどんな種属をもうけ入れる。

『父との関係』の中では、「紐育やロンドンでは自分が日本人であることをいつでも自覚しない

ではゐられないが、パリでは国籍をまつたく忘れる時間が多かつた」。

しかし、そうでない時間もあって、どちらかといえば、そうでない時間の方が高村にとって大切であった。「雨にうたるるカテドラル」の中で、「毎日一度はきつとここへ来るわたくしです。あの日本人です」というように、単なる芸術家としてノートルダム・ド・パリのカテドラルを見ることができず、「日本人です」という自己意識が強かった。そしてパリにいても「僕は何の為に巴里《パリ》に居るのだらう」と自問し、「巴里の市街の歓楽の声は僕を憂鬱の底無し井戸へ投げ込まうとしてゐる。……僕には又白色人種が解き尽されない謎である……相抱《あひいだ》き相擁《あひよう》しながらも僕は石を抱き死骸を擁してゐると思はずにゐられない」。

高村の態度は劣等感であったのか、優越感であったのか、私には判断できないが、戦時中の極端な愛国主義的な詩を無視したとしても、彼の日本民族主義は悲しいものであった。現在パリにいる日本人は、是非日本人であることを忘れてノートルダムを見て貰いたいと思う。

谷崎潤一郎

日本近代文学において最高の大家《たいか》を定めることは不可能であろう。定める人の性質や学識に左右されることもあるし、また時流と深い関係があるからである。とはいえ、評判が余り変らない小説家が二、三人いる。その中から誰か一人を「最高の大家」と定めてしまったとしても、支持する人はかなりいるはずである。例えば、「森鷗外は最高の大家だった」と宣言すれば、日本のエリートと呼ばれる人は大いに賛成するだろう。夏目漱石の名前をあげたとしたら、当然すぎて、先ず誰も反対しないだろう。が、谷崎潤一郎が一番優れていると答えたら軽佻《けいちょう》に聞える恐れがある。谷崎文学を愛読するような評論家も鷗外や漱石と対等に取扱うことは少ない。しかし、正直に言うと、鷗外や漱石の文学を尊敬しているが、私は谷崎文学の魅力をより深く感じるのである。そして誰かに聞かれたら、近代文学における最高の大家は谷崎であると敢えて言うだろう。

谷崎文学の魅力を説明するのは簡単である。どの作品を読んでみても各行が生きている。全体として余り成功しなかった小説の場合でも、読者として全く想像できなかった場面がいくつもある。例えば、初期に書かれた『秘密』（明治四十四年）という短編の主人公は、「或る気紛れな考《かんがへ》から」下町の古びたお寺に住んで、その界隈《かいわい》の古道具屋を漁り廻る。女物の袷《あわせ》が気に入って「急にそれが着て見たくてたまらなくなつた」。

そこまで読んで結末まで読もうとしない読者がいるとすれば、かなり堅い人物であろう。実は、この小説の出来具合には感心しないが、忘れられない場面がある。女装している「私」が活動写真を見ようと思って二階の貴賓席に上がり、「私の旧式な頭巾《づきん》の姿を珍しさうに窺《うかが》つて居る男や、粋な着附けの色合ひを物欲しさうに盗み視てゐる女の多いのを、心ひそかに得意として居た」と述べ、「見物の女のうちで、いでたちの異様な点から、様子の婀娜《あだ》つぽい点から、乃至《ないし》器量の点からも、私ほど人の眼に着いた者はないらしかつた」といかにも自慢そうに物語る。ところが、その後、隣の席に本物の美女が坐り、語り手は、「私は到底彼女の競争者ではなく、月の前の星のやうに果敢《はか》なく萎《しを》れて了《しま》ふのであつた」と口惜しく認めざるを得ない。そしてその美女はかつて自分と関係があった女だということに気がついて、谷崎的な喜劇に発展する。

谷崎文学の良さを論じる場合、当然のこととして『蓼喰《たでく》ふ虫』、『春琴抄《しゅんきんしょう》』、『卍《まんじ》』、『蘆刈《あしかり》』、『猫《ねこ》と庄造《しょうぞう》と二人のをんな』などを論じるべきだが、私はわざと余り優れていない作品を選んで谷崎文学の不思議な面白みを指摘してみたい。私は谷崎ほど豊富な想像力を持つ小説家を他に知らない。先の『秘密』の場合、想像力に多少ブレーキをかけたらもっと良い小説になりえたと思うが、同じ明治四十四年に書かれた自然主義派の文学作品――例えば、白鳥の『泥人形』、藤村の『家』など――と比べると、迸る想像力と生命力に驚く他はない。そして同年に書かれた鷗外の『雁』と比べてもその現代性に感心する。『雁』は明治末期の独特な雰囲気を上手に伝えている小説であるが、当時の風俗に興味を持っていない読者にとっては過ぎ去った時代の遺品としか思われない。それに対して、谷崎の当時の作品は時代の雰囲気を伝えても時代を超越している。同じく明治四十四年に発表され、傑作である『少年』は、何も条件をつけずに読める作品である。

『少年』は驚くべき小説である。物語としても完璧なのであるが、その後の谷崎文学の主なテーマを予告する作品として不思議な魅力がある。小説に登場する恐るべき子供たちは色々の「遊び」を楽しむ。その遊びは性的遊戯に違いないが、まだ青春期に達していない少年は自分たちの快楽の意味が勿論分らない。最初の「遊び」は世界中の子供に共通な「泥棒ごっこ」であるが、巡査に扮している金持ちの坊ちゃんである信一は、「泥棒」の仙吉に対して余り普通ではない凄みのある処罰をする。ところが、「滅茶々々《めちゃ》にされて崩れ出しさうな顔の輪廓を奇態に歪めながらひい〳〵と泣いて居」る仙吉の苦痛を目撃している語り手は、「出会ったことのない一種不思議な快感に襲はれた」のである。

サディズムの楽しみを味わった「私」は、「狼と旅人」という遊びに参加すると、狼に喰われる旅人としてマゾヒズムの楽しさも覚える。「忽ち《たちま》私の顔は左の小鬢《こびん》から右の頰へかけて激しく踏み躪《にじ》られ、その下になつた鼻と唇は草履《ざうり》の裏の泥と摩擦したが、私は其れをも愉快に感じて、いつの間にか心も体も全く信一の傀儡《くわいらい》となるのを喜ぶやうになつてしまつた」。

次の「遊び」は「一人の人間と三人犬」というものだが、犬になった「私」は信一の足の裏をべろべろなめて、しまいには「一生懸命五本の指の股をしやぶつた」。谷崎の最後の長編小説『瘋癲老人日記《ふうてんろうじんにっき》』（昭和三十七年）にもよく似た場面がある。老人が浴室の中で跪《ひざまず》いて嫁の「足ヲ持チ上ゲ、親趾《おやゆび》ト第二ノ趾ト第三ノ趾トヲ口イッパイニ頰張ル」。これは『少年』の五十年後に書かれているが、この小説の老衰した主人公が未熟な少年と同じ「遊び」に耽って快楽を感じるのである。

『少年』の最後では、いつも「遊び」の犠牲者であるとしか思われていなかった信一の姉の光子が、彼女だけしか自由に入れない洋館で仙吉や語り手を自分の奴隷にし、しまいに信一さえ「嬉々《きき》として光子の命令に服従」する。「湯上りの爪を切らせたり、鼻の穴の掃除を命じたり、Urine（尿）を飲ませたり」する。この場面は少年たちの性的発育を象徴するばかりでなく、谷崎文学に始終現われる残酷な女性という理想の具体化である。『瘋癲老人日記』の老人は「悪イ性質ノ女ノ方ニ余計魅《み》セラレル」が、谷崎文学の男性のほとんどは同じ意見の持ち主である。

五十年にわたって同じテーマを扱った作家の小説は単調だと思われるが、実は谷崎文学ほど変化に富む小説を他に知らないのである。千変万化の才があって、読者を退屈させるような作品は先ず一つもなかろう。それでは、何故近代文学の読者がこぞって谷崎を最高の大家と称してくれないのだろうか。多分、谷崎文学には思想らしい思想がないからであろう。近代文学では作品は思想伝達の手段として成り立つものだと定義する評論家がいるが、漱石の「則天去私《そくてんきょし》」や鷗外の歴史小説に出る武士道に匹敵するものがないので、谷崎の耽美《たんび》主義や女性崇拝を見下げる人さえいる。そのためか、谷崎には弟子がいない。だが、谷崎文学が読まれない日がくるとすれば、日本には思想があっても文学がないということになるだろう。

谷崎潤一郎が書き残した数々の作品の中から一つだけを選び、最高傑作を定《き》めることは不可能であろう。無論、好き嫌いを述べることは自由であるが、感想は価値判断ではない。私の場合は、嫌いな作品は非常に少ないが、一番好きだと言えるものもない。先日、友人が『少将滋幹の母《しょうしょうしげもとのはは》』の中の一つの「さわり」を私のために朗読してくれた。時平《ときひら》が老人国経《くにつね》にとって「命より大切な、天にも地にもかけがへのない」宝物である妻を奪う場面を聞いた時、これこそ谷崎文学の最高峰だと言いたい気持になったが、『蓼喰ふ虫』、『卍』、『武州公秘話《ぶしゅうこうひわ》』、『蘆刈』、『細雪《ささめゆき》』等の作品を思い起すと、谷崎文学は低い丘の中に聳え立つ一つ、二つの高い峰のようなものではなく、むしろ連山の有様を呈するようなものだと思った。

それぞれ違う形の山は同じ「造化」によるものに違いないが、造化神は滅多に自分の顔を見せてくれない。言うまでもなく、谷崎は自分の体験に基づいていろいろ書いたし、晩年の『細雪』等には私小説的な要素が多いが、本物の私小説を書く人と違う点は、谷崎が書いた極めて多面的な小説を味わうのに著者自身に関心を持たなくてもいいということである。逆に言えば、いくら谷崎という人間について予備知識があったとしても、その傑作を理解するのに余り役には立たないと思う。その点で島崎藤村などとは対照的であろう。谷崎文学の世界の中に谷崎潤一郎らしい人が時々出入りするが、身内の結婚問題や自分の病気の描写よりも谷崎の本色《ほんしょく》が現われている場面はむしろ無意識的に繰り返したテーマであろう。

誰の場合でもそうだが、谷崎文学を広く読むと、度々取り上げられているテーマがあることに気がつくだろう。例えば、西洋の小説をいくら読んでも女主人が便所へ行く場面は先ずないのであるが、谷崎文学には実に頻繁に出てくる場面である。谷崎が意識的にそういうテーマを用いたということは考えにくいのだが、それが彼の多彩な作品に一種の統一性を与え、また作者の個性も発揮するのである。便所の描写によって個性を発揮することはかなり変った方法であろうが、言うまでもなく便所に惹かれた理由は著者の潜在意識の中にあったもので、排泄物に異常な関心があることを見せびらかして読者に自分の赤裸々の姿を見せようとは夢にも思わなかったのである。

谷崎文学にはグロテスクな残酷な要素が非常に多いが、作家としての姿勢は極めて健全であったと言わなければならない。島崎藤村の有名な「自分のやうなものでも、どうかして生きたい」

というような自己嫌悪めいた発言は谷崎文学には全く欠けているし、『人間失格《にんげんしっかく》』の主人公のように「自分には、禍《わざは》ひのかたまりが十個あつて、その中の一個でも、隣人が背負つたら、その一個だけでも充分に隣人の生命《いのち》取りになるのではあるまいかと、思つた事さへありました」といった自己憐愍を洩らすような表現は皆無である。谷崎は明らかに自己の職業を誇りにしていたし、小説の中の人物を自由自在に動かすことはどんな「懺悔」よりも大切であった。確かに、谷崎のどの小説を読んでも、漱石の『道草』に一貫しているような暗さや藤村の『家』に一貫しているようなやりきれなさや太宰の『人間失格』に一貫しているような切なさは現われて来ないが、その代り、平安朝、戦国時代、江戸末期、明治以降のさまざまの世界が読者の眼の前にみごとに展開するのである。『少将滋幹の母』の中で「色彩のゆたかなものを肩にかけながら物々しい衣《きぬ》ずれの音をひゞかして出て来た」時平の姿は忘れがたい印象を残すが、屍骸の捨て場を訪ねて不浄《ふじょう》観《かん》に耽る国経もすばらしく上手に描かれている。

とは言え、谷崎文学には深みが足りないという批判は出来ると思う。実は私が初めて『細雪』を読んだ時、人物に立体性がないように思われ、いくら話が面白くても、いくら当時の日本の風物があざやかに伝えられていても、中心的人物である雪子は果して何を考えているか分らなかったので、場合によっては彼女は何も考えていないかも知れないとさえ思ったことがある。しかし、時間が経つに従って、雪子は完全に出来上がった人物であるということが分った。確かに、アンナ・カレーニナのように立体的に描かれていないが、戦前の大阪の上流階級の女性はアンナ・カレーニナよりも雪子に似ていたことは事実であろう。谷崎は雪子の描写については具体的に何も説明しなかったが、原則として非現代的な女性を書く場合にどういうような狙いがあったかということは次の言葉を読めばはっきりする。

「私の近頃の一つの願ひは、封建時代の日本の女性の心理を、近代的解釈を施すことなく、昔のままに再現して、而《しか》も近代人の感情と理解に訴へるやうに描き出すことである」

若い時から超現代的な女性や風景を楽しんだ谷崎は老年期に及んでそのような趣味に戻り、『鍵《かぎ》』や『瘋癲老人日記』を書いたが、『源氏物語』の三種類の現代語訳に代表されているように、長期間にわたって過去の文学の再現に努力していた。それらの作品に登場する人物は皆生きていることは確かだと思うし、また個性も充分備わっているが、近代小説の人物に期待できるような立体性がないことは否めない。『春琴抄』を発表した後、小説の中の人物が果して何を考えているか分らないという批判があった時、谷崎は、人物が考えていることは描く必要があろうか、自分が書いたものを読んで彼等が考えていることが分らないか、という趣意の反論をした。彼は東洋の伝統的な筆法を使ったので遠近法の有無は問題にならない。が、谷崎は何百年前の日本人とは違い、西洋の文学によく通じていたので、「近代人の感情と理解に訴へる」ような技巧を充分身につけていた。私小説の主人公にあるような深みがないということは谷崎の美意識によるものであって、それは決して才能の不足を示すものではなかった。

谷崎文学の世界は美の世界であるが、その美の観念の中には『少将滋幹の母』の屍骸の捨て場も『瘋癲老人日記』の颯子《さつこ》がシャワーを浴びる場面も入っている。谷崎は思想家ではなかったし、自分の悩み等を読者に晒して救いを得るような作家でもなかった。が、完全な芸術家として二十世紀文学においては稀な存在であった。

武者小路実篤

私が初めて読んだ日本の小説は武者小路実篤《むしゃのこうじさねあつ》の『友情』（大正八年）であった。日本語の勉強をやり出してから一年半も経っていなかった頃だったのに、割合に楽に読めた。日本語は思ったほどむずかしくないという錯覚を起したが、武者小路の明晰な文体は彼の文学の特徴であり、決して日本語の典型ではないということが後で分った。

もう一つの特徴は小説の根底を貫く思想である。「立派」という言葉がしばしば使用され、小説の人物の多くは立派な人間として描かれている。正直に言って、『友情』を読み直すことにした時、三十年前から覚えていたのは、大宮という友情の権化や杉子という魅力的な女性ではなく、大正時代の日本ではピンポンが非常に流行《はや》っていたということだけであった。今度の読書では何よりも人物の真面目さに打たれた。『友情』に登場する人物の悩み、または喜びに共鳴することが出来ないほどその高尚な行動に感心し、うらやましく思った。

武者小路文学の真面目さは多くの作品に現われている。『幸福者《こうふくもの》』（大正八年）の主人公である「師」は信仰の力で盲目の目を治してしまう聖人であり、キリスト教によく似ている哲学を若い友人達に伝える。師は母親の愛に対する「唯一の報恩」として「志をたてて勉強し、行ひをつゝしみ、身体をよくするやうに骨折られ」るが、母親は「お前が立派な人間になつてくれるのが私のたつた一つの望みなのだ……。私が可哀さうだと思ふなら立派な人間になつておくれ」と励ます。師は母の仕事を助けることもあるが、何よりも「自分を立派な人間にしたいと思つた」。

自然主義文学をかなり広く読んだ後こんなに立派な人間に出会うと、誰でも当惑するだろう。著者の誠意を疑うことは出来ないが、「自分は男だ！　自分は勇士だ！　自分の仕事は大きい」と声明する人物は自己の立派さに敏感すぎる虞《おそれ》がある。確かに、自己憐憫よりも遥かにわれわれの感歎に価する態度であるが、親しみにくい面もあると思う。

自然主義文学の小説の主人公は大体職業が不明になっている。作家らしいということは推測できるが、作家であることを誇りにするような所がなく、仕事から少しも満足感を味わっていない。そういう人間は尊敬することが出来なくても、理解に苦しむことはない。ところが、私は『お目出たき人』（明治四十四年）の主人公の態度を尊敬できても、その立派さにおびえることがある。「自分はいくら女に餓ゑてゐるからといつて、いくら鶴を恋してゐるからといつて、自分の仕事をすててまで鶴を得ようとは思はない。自分は鶴以上に自我を愛してゐる。いくら淋しくとも自我を犠牲にしてまで鶴を得ようとは思はない」と男らしく宣言する主人公にもう少し迷って貰いたいという気がする。「自分は勇士だ」と心で叫ぶような人は私と余り関係がない。

勇士であるという自己意識を持っている著者は読者を楽しませるよりも指導的役割を持っている。仮に小説の構造に欠点があっても、人物の描写が不鮮明であっても、読者に立派な人間になる道を教えてくれたらそれでよかろう。『愛と死』（昭和十四年）は最近人気を博した『ラブ・ストーリィ』というアメリカの小説に酷似している。無論、これは偶然の一致であるが、決定的に違うところもある。『ラブ・ストーリィ』には思想が全くないので、『愛と死』のように長く日本人に愛読される筈はない。儒教の影響をまだ受けている日本人は今でも「生まれつきの道学者《どうがくしゃ》」と自称した作家の文学に憧れている。

武者小路の文学には教育的な面があるために、「小学生にもわかる単純平明な文体」を駆使する。場合によってはその文章が平明すぎるので、余韻が少ないばかりでなく、ペダンチックに聞えることがある。例えば、『お目出たき人』の中には次のような一節がある。

「姪《めひ》は祖母《おばあ》ちゃん祖母ちゃんで一日くらしてゐる。母は春ちゃん春ちゃん（姪の名）で一日くらしてゐる」

著者がわざわざ括弧の中に（姪の名）を入れる必要があっただろうか。春ちゃんは姪の名でなければ何であろう。曖昧さを避けることは日本の伝統に反するが、いかにも「広義の教育家」らしいと思う。

武者小路は自分の立派さを隠そうとしないが、自然主義派の文学者とまるで違う目的で自分の恥を晒した。「自分は手淫もせず、女も知らずに立派に生活してゐる人を知つてゐる。……自分は人間の意志の力、理性の力を知つてゐる。しかし自分は可《か》なり強いストラッグルの結果手淫を正当なものだと信ずるに至つた」。

自然主義派の作家なら自分の弱さを売り物にしてわれわれの同情を求めるだろうが、武者小路は同情を求めようとしない。『愛と死』の結末に近い所では、主人公が亡くなった許嫁《いいなずけ》の夏子の部屋に「とび込んで夏子のテーブルで泣けるだけ泣いた」と書いている。数日前に主人公が同様に「夏子の椅子に腰かけて夏子のテーブルの上に泣き伏した。泣けるだけ泣」いたという場面があるので、不必要な繰り返しのように見えるが、多分著者は、立派な人間にも脆《もろ》い所があるし、また、あった方が良いということを教えたかったのだろう。

『愛と死』は暗い時期に書かれた作品である。二度目の日支事変の最中であり、大東亜戦争が始まる直前であった。私にとって読みづらい所があるのはそのためであろうか。「日本人の多くゐる日本の船のこともうれしかつた。大日本よ。お前の船にのつて日本に帰る喜びは、西洋人ばかりゐるところにゐたものでないとわからない」といううくだりは著者の心持ちを正しく伝え、現在でも外国から帰る日本人の心境と余り変らないかも知れないが、これは戦時中の武者小路の論文と一脈相通ずるものがある。私には立派な感想だとは思われない。

武者小路は小説より脚本の方に自信があったと述べ、小説では地《じ》の文章に困ったが、会話は得意だったそうである。彼の戯曲のせりふは確かに上手だが、全体として戯曲は小説に遠く及ばない。『その妹』（大正四年）は主人公の反戦的な演説のお蔭で高く評価されているが、「画期的な傑作」だとは思えない。『愛慾《あいよく》』（大正十五年）も大評判だったが、立派な精神にさえ欠けていることのメロドラマに感心できない。

武者小路の小説は現在でも広く読まれている。人道主義者として、また、「新しき村」の創立者として尊敬されている。彼の文学は私の趣味に合わないが、啓蒙してくれる方がいれば喜んで耳を傾けるつもりである。

志賀直哉

長い間、志賀《しが》直哉《なおや》の文学の鑑賞は苦手であった。「小説の神様」という尊称は全く謎だったし、短編はともかく、中編や長編は小説というべきものであるかどうか疑問に思っていた。しかし、ついこの間、きっかけがあって短編集を読み、予想できないことだったが、感激した。『小僧《こぞう》の神様《かみさま》』のような作品に苦しくなるほど感動した。しかも読み方も十五年前と違っていた。例えば、『小僧の神様』の場合、小僧の仙吉よりも神様を演じたAの心理に惹かれた。何というすばらしい短編だろうと思って、『和解《わかい》』と『暗夜行路《あんやこうろ》』ももう一度読んでみようという決心をした。

『和解』を読み出して気がついたのだが、和解の場面以外には小説の中の何物も私の頭に残っていなかった。そして今度読んでも内容に余り関心を持てなかったことは事実である。「不愉快」という言葉の連発こそ不愉快に思ったので、貴族ぶっている語り手に同情さえできかねた。父親との不和の原因について「自分は三年半程前、或る事で父に不愉快を感じた。然し父は其時自分がそれ程不愉快を感じてゐると思つてゐなかつたらしい」としか書いていないので、二人の頑固な男が原因らしい原因がなくても喧嘩して、相手がお詫びを言うまで頑張って譲らない、という印象しか受けない。和解の場面を読んで泣く日本人の読者があるそうだが、父と長らく絶交してからやっとのことで和解した経験のある私は泣かなかった。私と父の不和はもっと悲惨なものだったので、和解しても嬉し涙を少しも流さなかった。そういう経験があったためと思うが、語り手の「不愉快」な事件の解決にそれほど感激しなかったのである。

『和解』にがっかりして『暗夜行路』を再び読むことを余り楽しみにしていなかった。ところが読了してからやはり傑作だと思う他はなかった。先ずあれほど男性的な小説は少ないということである。日本の近代文学の作家の多くは、女性を描くことに優れていても男性を書けない。谷崎、川端の傑作には、納得できる男性は余り登場しない。極端な例だが、太宰治の主人公たちは全然主体性のない、無気力な人間ばかりなので、男性としての価値は認められない。

一言で言うと、小説の中では自分の職業から満足を得ている男性が至って少ない。多くは小説家、画家などの自由業に従事しているが、真面目に小説を書いたり絵を画《か》いたりしない。バレエを一度も見たことのないバレエの専門家の『雪国《ゆきぐに》』の島村、また、ワイセツ漫画しか書かない『人間失格』の葉蔵は、典型的な男性であろう。しかし、『暗夜行路』の謙作《けんさく》は小説家であるに違いない。「女は生む事、男は仕事。それが人間の生活だ」と謙作は思うが、『暗夜行路』の謙作や直子には正にそういう運命がある。この長い小説の結末に近いところにはこういう文句もある。「謙作自身にしても、若《も》し自恃《じじ》の気持がなく、仕事に対する執着がなかつたら、今頃はどんな人間になつてゐたか分らなかつた」。これは飽くまでも男性的な感想であるが、日本の近代文学の主人公の中で同じ趣旨の発言ができる人が何人いるだろうか。

謙作は男らしくさっぱりしている。いらいらして細君をなぐることがあっても、彼女の「理解」を求めない。音楽会へ行って、「総て表現が露骨過ぎ、如何《いか》にも安っぽい感じで来た」帰りに、「ポケットの中で丸めてゐたプログラムを何気なく道へ落した。厄落《やくおと》し、そんな気持で……」。こんな潔癖な人間にとって世の中の現象の多くが「不愉快」に見えるということは驚くには当らない。

露骨過ぎたヨーロッパの歌にうんざりした謙作は自分の胸にある悩みを人に語りたがらないし、人嫌いになりがちである。もうたまらないと思うと、妻や赤ん坊から離れて山の奥に住むことにする。汽車に乗るとたんに、「彼は近頃に珍しく元気な気持になつた」。そして稲の緑を見て亢《こう》奮《ふん》しながら、「人間には穴倉の中で啀合《いがみあ》つてゐる猫のやうな生活もあるかはりに、かういふ生活もあるのだと思つた」。小説全体のクライマックスは、「広い空の下に全く一人になつた」時である。「自分の精神も肉体も、今、この大きな自然の中に溶込んで行くのを感じた」。

謙作は代表的な日本の男性だとは決していえないが、日本——ともかく大正時代の日本——でなければ、先ずこういう人間は小説には登場しなかっただろう。『暗夜行路』の中で最も大切な二つの事件——自分は祖父の子だという発見と妻の過失——は、どの文学にも有り得るテーマであり、主人公がそのために暗い気持になったり悩んだりすることは当然だが、あらわに表現しないことはいかにも日本的である。直子の過失を知った後、謙作の亢奮状態は、ホームで汽車に乗ろうとする直子の胸を強く突きとばす発作的な行為に現われたのかも知れないが、行為にその意味はなかったのかも知れない。

しかし、そこは謙作の一番日本的な面ではない。朝鮮から京都へ帰った時、迎えに来た直子を見るやいなや何かいけないことがあったと直感的に感じ、一緒に風呂に入って同じ床に寝ても直子と溶け合えない。不愉快な想像が浮んでくる。こういう謙作の敏感さは男性的であることと矛盾しないが、言葉の端や何でもない仕草に動揺する西洋文学の主人公を私は余り知らない。『暗夜行路』という長編小説は、その構造の中にだらだらしたところがあっても、余情の文学というかにも日本的なカテゴリーに属する作品である。小説の一番の魅力は書いていないところにある。この小説を読む西洋人の読者は表面に現われないさまざまな感情に捉えられることだろうが、日本人は小さい時からそれに慣れていて毎日の生活の中にも始終隠れている意味を探すのだから、高校生でもこの小説を喜ぶ。余情の難解さは文化の違う所から生まれるものである。もっと厳密に言うと、日本語の独特の表現力が生んだ小説ではないか。日本語がほろびない限りこの小説も残ると思う。

有島武郎

有島武郎《ありしまたけお》は白樺《しらかば》派の作家だということになっている。確かに、「白樺」の創刊以来、仲間の機関誌で自分の作品を発表し、彼らと同じく学習院を出たが、白樺派文学の権威である本多秋五《ほんだしゅうご》が述べた通り、「有島は『白樺』派ヒューマニズムのなかで傍流的という以上のもの、ほとんど逆流的存在といぅに近」かった。

白樺派の作家の多くは内村鑑三《うちむらかんぞう》等の影響を受けてキリスト教の信者になったが、その後しばらくしてキリスト教から離れてしまい、キリスト教を批判するようになった場合もある。そういう人にとっては、キリスト教は何よりも一種の倫理的体制であり、彼等の祖先が信じていた儒教は封建的だと思い、放棄してしまったが、儒教の倫理によく似たキリスト教の禁制は自分たちの理想に叶《かな》うものであると信じるようになった。が、その信仰は多くの場合性慾ほど強くなかったので、禁制に我慢ができなくなり、しまいには教会に背を向けてしまった作家が何人もいた。

有島も同様に、キリスト教信仰から離れてしまった。あれほど熱心だった札幌独立教会員の有島が退会届を出した時、他の会員にとっては正に寝耳に水だったと思う。有島にとっても相当の勇気が要る決断だったと思われる。が、有島は武者小路や志賀と違ってキリスト教の影響を強く受けたので、教会を離れても信仰を捨て切ることができなかったと思う。それだけでなく、彼の信仰は消してしまうことのできないようなものであり、有島の文学には何か極めて非日本的なものが感じられる。

『観想録《かんそうろく》』という有島の日記を読むと、彼が白樺派の他の作家たちとどんなに違っていたかということが一瞥《いちべつ》して明白になる。先ず、日記の後半の大部分は英語で書かれている。有島が何故日記を英語で書いたかということは明らかでない。或いは折角アメリカで覚えた英語を忘れたくないという単純な意思しかなかったかも知れないが、或る意味ではアメリカでの留学や首都ワシントンの議会図書館での勉強の賜物として日本語よりも英語の方が彼の魂や思想の媒体になっていたのかも知れない。言うまでもなく、有島の英語は日本語ほど上手ではないが、日本語から訳されたものとは違って、表現はいかにもバタ臭い感じがする。例えば、明治四十一年六月二十三日付の日記の記入の中には俄《にわ》か雨の比喩《ひゆ》として「赤ちゃんの額に母のキスが降りかかるように雨が地上に降ってきた」（キーン訳）と書かれている。これは特殊な例かも知れないが、有島は未来の日記読者の希望を満たすためにハイカラな言い廻しを使ったとは考えられないのである。この時期には既に彼の中のかなり大きな部分はこういう表現を要求していた。英語として不完全なものであるが、言いたいことを表現するにふさわしい日本語がなかったようである。

有島の最初の小説はワシントンで書かれた『かんかん虫《むし》』であった。冒頭の文句は「ドゥニパー湾の水は、照り続く八月の熱で煮え立つて、総ての濁つた複色の彩《いろ》は影を潜め、モネーの画に見る様な、強烈な単色ばかりが、海と空と船と人とを、めまぐるしい迄にあざやかに染めて、其の総てを真夏の光が、押し包む様に射《さ》して居る」と書かれている。この小説は後で「白樺」に載ったが、武者小路や志賀の文章と比べ、どんなに対照的であろう。文章だけの問題ではない。ウクライナの人物を描いたこの小説は、当時の日本のどんな作品よりもヨーロッパ人の心理を精確に把握したものである。ゴーリキーを真似た小説だと言う人もいるが、ゴーリキーにはこういう小説はない。しかも、安川定男《やすかわさだお》が指摘したように、この小説の初稿は横浜港を舞台にしており、人物は皆日本人である。そうすると、有島が日本人のことを書いた時でもヨーロッパ的な人物描写があったのである。

有島の出世作であった『カインの末裔《まつえい》』（大正六年）は、その題が示すように、旧約聖書からインスパイアされた小説である。舞台は北海道で、登場人物は日本人だが、主人公の仁右衛門《にんえもん》は極めて異国的な存在である。田山花袋の小説『重右衛門《じゅうえもん》の最後《さいご》』の主人公と比較したらその個性がもっとはっきりしてくる。重右衛門の暴行の背景には遺伝と環境という自然主義派文学の特徴がある。不幸な重右衛門に或る程度は同情できても、憎らしい人物としか思われないのである。同様の暴行を行う仁右衛門は明らかに著者の偶像のような存在である。背景としてはカインの後裔であるという他は何も書かれていない。しかし、『創世記』をそのまま信じたとしたら、われわれの多くはアベルを殺したカインの子孫ということになるので、最後の息を引きとるまで自然と戦う主人公は殺人者の後裔であるばかりでなく、人類の代理である。西洋の伝統的立場から言うと分りやすい前提であるが、自然を克服するためにあらゆる手段を尽すというような人物はそれ以前の日本文学には余り登場しなかったと思う。

留学生であった頃、有島は精神病院に勤めたことがある。彼が直接に看護したスコット博士という患者は有島がそこを去ってから自殺した。

「余《よ》が彼《か》の院を去らんとする時なりき。彼《かれ》は堅く余の手を握り涙に満《み》てる声もて余に謂《い》つて曰《いは》く、

『……一度基督《キリスト》信徒となりしものに、罪を犯すに増して世に恐る可《べ》きものある事なし。余は御《おん》身《み》の基督信徒なるを知るが故に特に云ふ。忘れても罪を犯すなかれ』

有島は「彼は余に偉大なる教訓を遺《のこ》しぬ。而して彼の死は彼の教訓を益々偉大ならしめぬ」と

日記の中で書いた。「その彼をも自殺に追いやった社会に対して武郎は不信感を強めざるを得なかった」と言う評論家がいるし、晩年の有島もそれに近いことを書いたが、当時の日記を読めばそうは思われない。有島の場合キリスト教の根が強かったので、教会から離れてもスコット博士の忠告を忘れたとは思えない。きっと罪も犯したことと思うが、自分の行為が罪であるという意識は絶えず有島を悩ました。日本人には罪悪感がないと主張する学者がいるが、これが本当だとすれば有島は日本人ではなく、国籍不明の世界人だったと言ってもよかろう。ともかく、キリスト教にしても、ホイットマンの人道主義にしても、クロポトキンの無政府主義にしても、有島ほど深入りした日本人は少ないように思われる。

明治、大正時代の日本の小説の中で、一番感銘を受けるものは有島武郎の『或《あ》る女《おんな》』である。『或る女』の欠点も充分認識しているつもりであるし、他の傑作——たとえば『浮雲』、『家』、『こゝろ』等には深く感心するのだが、『或る女』のような迫力は感じないのである。

『或る女』を読む時、当時の読者がどんなに驚いただろうというような鑑賞の条件はつける必要は全くない。その不思議な迫力は時代の推移や個人の嗜好を乗り越えるものであり、祖先も子孫もないユニークな作品である。それが成功した主な原因は、有島がそれ以前の日本の小説になかったような立体的な主人公を創造しえたことにあり、それ以後の文学に立体的な主人公が出て来ても、『或る女』と違う系統のものばかりである。

『或る女』の主人公である早月葉子《さつきようこ》にモデルがあったことは周知の通りである。国木田独歩の妻であった佐々城信子がモデルだったに違いないが、『或る女』は佐々城信子の伝記ではない。初稿の題は『或る女のグリンプス』であったが、有島は『女の一生』というようなものを書こうとは思わず、記憶に生々しい瞥見《べっけん》（グリンプス）から受けた印象を再生しようとする動機があって、この小説が生まれた。いつか有島は小説の作中人物である古藤《ことう》という極めて真面目な青年は自分であると洩らしたことがあるが、アメリカにいた親友の森広《もりひろし》（作中の木村）の依頼で、有島は森の許嫁の信子を見送るために横浜の波止場まで行ったようである。信子に嫌悪と蠱惑《こわく》を感じたと後になって述べている。その後、有島が渡米し、シカゴで森から信子の噂をいろいろ聞いたということは推測できるが、横浜での「瞥見」を更に展開したのであろう。

モデルの有無を捜索する学者たちの研究によって『或る女』の背景にこういう歴史的な事実があったことは分るが、『或る女』を読むと、古藤という人物の行動は有島が実際に経験したことに基づいているとは言え、人物は余り似ていないということに気がつく。古藤は素朴な、武骨な青年で、撓《たわ》まない正直な人格の力で葉子や葉子の恋人の倉地を怯《ひる》ませることができる。自分は「処女のやう」な羞《は》恥《に》かみやの岡と違って「ブルヂョアの家に生れなかつたものですからデリカシーと言ふやうな美徳をあまりたくさん持つてゐない」と葉子に言っているが、そうすると古藤よりも岡の方が著者の有島に似ていると思われる。私の知っている限り岡のモデルについては何も定説がないが、アメリカやスイスの少女に心を強く惹かれ、また佐々城信子のような熱情的な女性に魅力を感じた有島は小説の中に描かれている岡の性格に近いと思われ、有島の一面を具現している。葉子は岡が彼女の妹である愛子を愛していると疑うが、岡は次のように不思議な告白をする。

「御存じぢやありませんか、私、恋のできるやうな人間ではないのを。年こそ若う御座いますけれども心は妙にいぢけて老いてしまつてゐるんです。如何《どう》しても恋の遂げられないやうな女の方《かた》にでなければ私の恋は動きません。私を恋してくれる人があるとしたら、私、心が即座に冷えてしまふのです。一度自分の手に入れたら、どれ程尊いものでも大事なものでも、もう私には尊くも大事でもなくなつて仕舞ふんです」

これはかつての日本文学にはなかったような表現であるばかりでなく、許嫁をこの上もなく愛していたのに一旦結婚してしまうと愛情を無くしてしまった有島自身の体験を反映していると思われる。

然《しか》し、岡よりも有島にもっと近い分身がこの小説の中にいる。フローベールが「ボヴァリー夫人は私である」と言ったように、葉子は有島であると言ってもよかろう。もっと正確に言うと、みじめな最期を遂げる葉子は著者の願望の結晶であろう。有島は葉子を美化しなかったどころか、醜いヒステリーの場面を遠慮なく描いたけれども、葉子に対して特別の共感を覚えたことは疑えない。『惜《をし》みなく愛は奪ふ』という代表的な感想文の中で有島は恋愛についてD・H・ロレンスを思わせるようなディオニュソス的な見解を述べているが、『惜みなく愛は奪ふ』はこの小説の題にすることもできた。

絶えず強い、原始的なものに惹かれた弱い人間と自称した有島は、葉子という女性の魂に入り込み、強さに対する彼女の強烈な願望をみごとに伝達できたのである。有島文学のある権威は、葉子はどうしてそれほど木村のことを嫌うか読者にとっては不可解であろう、と書いているが、私にとっては不可解ではない。木村が最初に登場する場面に次のような描写がある。

「木村の胸にはどつしりと重さうな金鎖がかゝつて、両手の指には四つまで宝石入りの指輪がきらめいてゐた。葉子は木村の云ふ事を聞きながらその指に眼をつけてゐた」

葉子は彼の愛を疑っていないが、こんな男の愛を問題にしていない。「(木村の口調を上手に真似ながら)『私若《も》し外《ほか》の人に心を動かすやうな事がありましたら神様の前に罪人です』ですつて」と言って嘲笑する。そして木村は、葉子をアメリカへ呼んだのは感情からばかりでなく、「葉子が来たならばと金の上にも心の上にもあてにしてゐた」ためだったので、「あなたは金は全く無しですね」と言い、そのことを確かめた上で彼女の帰国を余儀なく許す。

葉子が木村の愛を承諾する筈はない。倉地のような野獣的な男を見てから初めて恋の良い相手ができ、喜びを感じる。葉子が倉地に要求するものは、優しさや立派さや理解深さではなく、彼の力の強い腕や広い胸や「カインの末裔」的な体臭である。

「倉地はもう熱情に燃えてゐた。しかしそれは何時《いつ》でも葉子を抱いた時に倉地に起る野獣のやうな熱情とは少し違つてゐた。そこにはやさしく女の心をいたはるやうな影が見えた。葉子はそれを嬉しくも思ひ、物足らなくも思つた」

小説の主な人物の中で倉地だけがよく書かれていない。明らかに有島の分身ではないこの男は葉子の願望の投影に過ぎないので、倉地が大いに活躍する筈の後半は前半ほど面白くないと思う(多くの評論家は後半の方を高く評価するが)。

『或る女』のすばらしさは有島という人間の極めて多面的な性質を充分反映していることである。人物の立体性も感情のはげしさも非日本的であるかも知れないが、ヨーロッパ文学の真髄を獲得したこの小説は日本文学の中で光栄ある地位を占めている。

斎藤茂吉

最近、私の教え子の二人がそれぞれ別々に、「死にたまふ母」という斎藤茂《さいとうも》吉《きち》の連作の英訳をした。翻訳を読むとそれぞれかなり違った印象を受けるが、それは一つが短歌の詩型に近い英訳であり、もう一つが不規則な形をとっているからである。例えば、五番目に出て来る「ははが目を一目を見んと急ぎたるわが額《ぬか》のへ《（上）》に汗いでにけり」という歌に次の二つの英訳がある。

as I hurried thinking
oh that I might see
my mother's eyes
the sweat stood out
on my forehead

（エーミ・ハインリック訳）

For one glimpse of my mother's eyes
I hurried; while
on my forehead, perspiration
broke out
in
drops.

（ジャニーン・バイチマン訳）

この二つの翻訳は原文の意味を正しく伝えていると思うが、後者は視覚的効果を狙っているために詩句の長さが著しく異なっている。どちらの翻訳を採るかは読者の自由であるが、私は両方ともよく訳されていると思う。また、茂吉が使った万葉《まんよう》調の美しさは消えてしまっているが、歌の底に流れている永遠性を持った感情と現代人らしい表現をよく伝えている。詩の翻訳が非常に困難であることは言うまでもないが、和歌は特にむずかしい。『古今集』や『新古今集』の場合、翻訳できるイメージや思想よりも「調べ」の方が大切なのだが、英語で同じ「調べ」を表現するのはほとんど不可能なことである。ところが、茂吉の歌は、枕詞《まくらことば》や万葉調の言葉遣いが多いのに割合と訳しやすい。それは内容と関係もあるが、茂吉の書きぶりが極めて男性的だったためではないかと思う。

以上の英訳は二人の若い女性のものであるが、恐らく二人は茂吉の歌の美しさだけではなく、その力に惹かれたことでもあろう。「わが額のへに汗いでにけり」は余り綺麗な表現ではないが、男性の悩みを伝えるために、みごとに選ばれたイメージだと思う。

周知の通り、日本の詩歌には「たをやめぶり」と「ますらをぶり」という二つの流れがあるが、どちらかといえば「たをやめぶり」の方が主流であろう。本居宣長《もとおりのりなが》は処女作『排蘆小船《あしわけおぶね》』の中で、歌は固《もと》より「情を述ぶるもの」と定義し、「人情と云《いふ》ものは、はかなく児女子《じぢよし》のやうなるかたなるもの也、すべて男らしく正しくきつとしたる事は、みな人情のうちにはなきもの也」と主張した。本居は、歌は女性、または女性と余り変らない感受性を持つ男性でなければ不可能であると思い、自己の社会的な立場等を考えて心情を抑える男性より、ありのままの感情を表現する女性の方が歌を詠むのに向いていると論じた。

現に、『古今集』以後の勅撰《ちょくせん》集に、女性の立場から歌を詠んだ男性は幾人もいるが、私が知っている限りでは、女性が男性の立場に立って歌を詠んだ例はないのである。

本居の時代にも、『万葉集《まんようしゅう》』の「ますらをぶり」を礼讃したり模倣したりする国学者等が少なくはなかった。本居自身は『古事記伝《こじきでん》』を書くのに三十年以上かけたが、当時の人が記紀《きき》歌謡や『万葉集』の歌に倣《なら》って歌を詠むことはすすめなかった。「日本紀《にほんぎ》万葉は至《いたり》て質朴なれば、反《かへつ》て拙《つたな》く鄙《いやし》く、みぐるしき事も多し」(『排蘆小船』)と批判した。本居は『新古今集』が日本詩歌の絶頂であると信じ、「たをやめぶり」は歌の源泉であると判断した。歌は「しどけなく拙くはかなかるべき理《ことわり》なり」という大胆な結論に達している。

正岡子規はこの結論に強く反撥し、平賀《ひらが》元義《もとよし》の男性的な歌を絶讃した。「元義の歌は醇乎《じゅんこ》たる万葉調なり。ゆえに古今集以後の歌のごとき理窟《りくつ》と修飾との厭《いと》ふべきものを見ず」と述べ、さらに、元義の歌の一斑《いっぱん》を示すものとして次のような歌を挙げている。

作葉《ははそば》の母を念《おも》へば児嶋《こじま》の海逢崎《あふさき》の磯浪立ちさわぐ

茂吉は註釈に頼らなければ元義の歌を理解できなかったと書いたことがあるが、このような歌を指していたのではない筈である。現に、元義のこの歌と茂吉の歌の間に一種の親近性を覚えるほどである。それは万葉調の問題ばかりではない。歌人の心境と外界の状況とのつながりを説明せず、読者の直感力に訴えていくという点での共通性も持っている。「死にたまふ母」には次のような歌がある。

死に近き母に添寝《そひね》のしんしんと遠田《とほた》のかはづ天に聞ゆる

これは前記の元義の歌に似ているところもあるが、私は元義の歌の方が駄作であり、茂吉の方が傑作だと思う。子規が元義の歌を取り上げたのは、「浪立ちさわぐ」というような男性的な心像があるからだと思うが、「児嶋の海逢崎の磯」という句には何の必然性も感じない。茂吉の歌の特徴は、表現を抑えながら読者に無限の感情を伝えることにあるが、元義はたとえ力強いイメージを使ってもそれ以上のものを伝えない。

三流歌人であった元義と一流歌人であった茂吉を比較したのは、和歌における男性的性質自体を文学的価値と直接には結びつけられないと思ったからである。本居は男らしさは「人情のうちにはなきもの」であると書いたが、それは誤りだろう。茂吉の「死にたまふ母」よりも男らしい表現は先ずないだろう。しかもそれは明らかに「人情のうち」にある。「死にたまふ母」は連作なので、或いは本居が問題にしていた三十一文字《みそひともじ》の歌と異なると考えた方がよいのかも知れない。連作の中の一首一首に優れた文学的価値があるが、全体の価値はその成分の短歌より高く、短歌にはない物語性もある。茂吉の歌には難解なものもあるが、それは元義の難解さと違い、極めて洗練された知性を反映するもので、衒学的な匂いはまつわっていない。しかも茂吉の歌は飽くまでも二十世紀のものである。

わが悲しい二十世紀はもうそろそろ晩秋から初冬に移っていくが、二十世紀の歌人がどんな人であったかということを火星人に説明する必要が起きたら、斎藤茂吉の歌集を見せたらよいと思う。

萩原朔太郎

萩原朔太郎《はぎわらさくたろう》の詩——特にその象徴的な詩——は難解で、詳しく解釈しなければならないとすればきっと私は相当困ると思うが、それでも無条件に魅力を感じてしまう。『月に吠《つきにほ》える』（大正六年）という詩集の中に出ている「蛙の死」は萩原の代表的な象徴詩の一つであろう。

蛙が殺された、
子供がまるくなつて手をあげた、
みんないつしよに、
かわゆらしい、

血だらけの手をあげた、
月が出た、
丘の上に人が立つてゐる。
帽子の下に顔がある。

この詩の語彙は分りやすく、蒲原有明《かんばらありあけ》等の初期象徴派の詩人たちとは違って、萩原は新語や意外なイメージで読者の興味をそそることはないが、その代り詩全体に説明をいどむような神秘性がある。「幼年思慕篇」という註が付いているので、萩原の少年時代の思い出だということが分るが、蛙を殺した田舎の子供たちには無邪気な残酷さがあり、「かわゆらしい、血だらけの手をあげた」と言う。萩原は手をあげた子供の一人だったのか、それとも丘の上に立って傍観しているのか、不明である。或いは丘の上に立っている人は現在の萩原であって、過去のかわゆらしい、残酷な姿を思い出しているとも解釈できる。しかし、この詩の最も意外な部分は最後の一行である。「帽子の下に顔がある」ということは当り前だが、わざわざ明記しているということは何か特別の意味を示唆していると思われる。その意味を定義しようとしても無駄であろう。「帽子の下」の顔の表情は見えないが、人間の恐ろしさに怯《おび》えた眼をしているのではないかと思う。が、そうではないかも知れない。萩原がボードレールの「詩はただ詩のための表現である」を引用し、この言葉ほど「芸術の本質を徹底的に観破したものはない」と絶讃したことがあるので、萩原の詩に散文的な解釈をする行為の無意味さが容易に理解できる。

萩原の象徴詩にはこういう謎めいた例が少なくないが、読者を苛立《いらだ》たせるどころか、独自の美しさでわれわれを蠱惑する。萩原の詩の音楽的なすばらしさは周知の事実である。「おわああ、ここの家の主人は病気です」と言う家屋の上の猫の声には不吉な響があるが、これはいかにも萩原の「詩の音楽作曲」にふさわしい一節である。

萩原は口語詩の完成者として著名である。彼は『月に吠える』再版（大正十一年）の序に、「およそこの詩集以前にかうしたスタイルの口語詩は一つもなく、この詩集以前に今日の如《ごと》き潑剌《はつらつ》たる詩壇の気運は感じられなかつた。すべての新しき詩のスタイルは此所《ここ》から発生されて来た。……即ちこの詩集によつて、正に時代は一つのエポックを作つたのである」と自信たっぷりの意見を発表した。しかもこのことは事実なのである。二葉亭四迷以後、小説家の多くは口語体を駆使し、大正六年までに森鷗外、夏目漱石、谷崎潤一郎等が散文の傑作で日本の現代語の機能を発揮したが、口語詩は不思議なほど遅れていた。イタリア・オペラを日本語で歌う場合、何となく滑稽に聞えるように、詩人が自分の悩みや洞察を口語体で述べたら、何となく品のない、大袈裟な表現に聞えたのだろう。萩原の最初の口語詩は大正三年に発表された「殺人事件」であるが、現在でもそのみごとな新鮮さはちっとも衰えていない。

とほい空でぴすとるが鳴る。
またぴすとるが鳴る。
ああ私の探偵は玻璃《はり》の衣裳をきて、
こひびとの窓からしのびこむ、

この幻想的な場面と口語の表現力は不思議なほど一致しているばかりでなく、現代日本語独特の音楽を完全に把握しているのである。福永武彦《ふくながたけひこ》は、萩原の作品が「日本語の生み出した最も美しい結晶である」と書いたが、その通りだと思う。「殺人事件」以後の萩原の口語詩を読むと、どうしてその時まで日本の詩人が自分の話し言葉の中に詩的な美しさが充分備わっていることに気がつかなかったかと不思議に思う他はない。

オペラを日本語で歌う場合、ヘンに聞えるのは、日本語の発声法や固有リズムを無視しているばかりでなく、自然な、日本語らしい日本語で言えることと言えないことがあるためだと思う。椿姫が自分を犠牲にして最愛の恋人に別れの言葉を歌うイタリア語には実に胸を刺すような悲惨さが籠っているが、上手な日本語訳であってもいかにも外国語らしく聞えてしまう。「わたしを愛して、わたしがあなたを愛するのと同じくらいに……」。

萩原の口語詩が成功した主な原因は、全く自然な、日常的な日本語を、極めて幻想的な「音楽」と合わせて、紛れもない日本的な現代詩を作ったことであろう。「内部に居る人が畸形《きけい》な病人に見える理由」は詩の題として非常に散文らしく聞えるし、またその言葉の表面は会話の言葉とほとんど変らないほど流暢《りゅうちょう》な口語である。

じつさいのところを言へば、
わたくしは健康すぎるぐらゐなものです、
それだのに、なんだつて君は、そこで私をみつめてゐる。

この三行だけしか読まなければ、詩か散文か判断しにくいだろうが、この前にくる七行と一緒に読むと、この平凡な三行にどれほど豊富な内容があるか直《す》ぐ分る。

それでわたくしは、ずつと遠いところを見て居《を》ります、
につける製の犬だの羊だの、
あたまのはげた子供たちの歩いてゐる林をみて居ります、
それらがわたくしの瞳《め》を、いくらかかすんでみせる理由です。
わたくしはけさきやべつの皿を喰べすぎました、
そのうへこの窓硝子《がらす》は非常に粗製です、
それがわたくしの顔をこんなに甚《はなは》だしく歪んで見せる理由です。

この詩の中で萩原は芸術家としての自分の肖像画を描いた。多くの人にとっては、萩原は「畸形な病人」に見えたに違いないし、また最近発表された医学的な研究によると、「分裂病質的な性格」であったということである。しかし、粗製の窓ガラスは彼の顔を歪んで見せたのみならず、外界の平凡な犬や羊や歩いている子供をデフォルメして、幻想的な、象徴的な存在に変えた。このビジョン自体が常識を越える詩的なものであったので、鋭い音楽的な感覚を駆使して、普通の表現にも日本語本来の音楽を感知していった萩原は、綺麗な、「詩的」な言葉で平凡な知覚を飾るような詩人とは違い、全く異質な人間であった。

萩原朔太郎の第二詩集『青猫《あおねこ》』は大正十二年に刊行された。その後、昭和十一年に『定本《ていほん》青猫』を発表し、「自序」の中で『青猫』が「私の過去に出した詩集の中で、特になつかしく自信と愛着とを持つ」と述べ、『月に吠える』の延長であるという日夏耿之介《ひなつこうのすけ》の意見を否定して、「全

然異《ことな》つた別の出発に立つポエヂイだつた」と主張した。『青猫』ほど「私にとつて懐しく悲しい詩集はない」と書き、その証言を疑う理由はない。しかし、私にとっては『青猫』よりも『純《じゅん》情小曲集《じょうしょうきょくしゅう》』の方が一層深い感銘を受けるのである。皮肉なことだが、口語詩の完成者である萩原の最高の傑作はこの詩集に含まれている文語体の詩であると思う。

萩原の最も初期の作品――『愛憐詩篇《あいれんしへん》』――は文語体で書かれていたが、『月に吠える』では会話的な口語詩が多い。現在の悩みを取扱っている『青猫』になると、口語で自分の心境を伝えていることは当然であろう。「私はいつも都会をもとめる」、「この美しい都会を愛するのはよいことだ」、「おるがんをお弾きなさい　女のひとよ」等のフレーズは口語体独特の機能をみごとに示しているが、過去を回想した時は、萩原は文語体に戻った。『純情小曲集』の自序の中で、彼は「この詩風に文語体を試みたのは、いささか心に激するところがあつて、語調の烈《はげ》しきを欲したのと、一《ひとつ》にはそれが、詠嘆《えいたん》的の純情詩であつたからである。ともあれこの詩篇の内容とスタイルとは、私にしては分離できない事情である」と説明した。

晩年の『氷島《ひょうとう》』（昭和九年）という第六詩集について、「口語自由詩の新しい創造と、既成詩への大胆な破壊」を行なった詩人としては退却《レトリート》したことを認めたが、「しかし『氷島』の詩を書く場合、僕には文章語が全く必然の詩語であつた。換言すれば、文章語以外の他の言葉では、あの詩集の情操を表現することが不可能だつた」と萩原は書いた。

言葉に極めて敏感であった萩原が過去を呼び起すのに過去の情緒を帯びている「文章語」を選んだことは当然だったかも知れないが、口語詩の第一の先駆者であるという自己意識の強かった彼は「後方への退陣」をためらったに違いない。が、萩原は、哀愁調の詩を書くと、年月が過ぎ去っていくことを嘆いた無数の日本歌人と一脈相通じるものがあり、余韻のある古い言葉が自分の述懐にもう一つ別の次元を付加した。

『純情小曲集』の後半には「郷土望景詩《きょうどぼうけいし》」という副題がある。ところが、これらの詩には郷土愛と称されるものが全くない。萩原自身は次のように自分と故郷との関係を概括している。

「郷土！ いま遠く郷土を望景すれば、万感胸に迫つてくる。かなしき郷土よ。人々は私に情《つれ》なくして、いつも白い眼でにらんでゐた。単に私が無職であり、もしくは変人であるといふ理由をもつて、あはれな詩人を嘲辱《てうじよく》し、私の背後《うしろ》から唾《つばき》をかけた。『あすこに白痴《ばか》が歩いて行く。』さう言つて人々が舌を出した」

こういう環境の中にいた萩原は、「世と人と自然を憎み」、しまいに東京へ逃げたが、何年経ても故郷にいた自分を忘れることが出来なかった。前橋《まえばし》の中学校、公園前に在った茶店、新前橋駅等が自分の過去の背景として描かれている。郷土に住んでいた頃は、大都会に絶えず憧れ、お国自慢のような快感は全く欠けていたが、東京へ来てから一時的に前橋に戻ると、時間の経過がもたらした変化を厭《いと》わしく思った。「小出新道《こいでしんどう》」という詩の中に「新」の字が三回出るが、三回とも忌々《いまいま》しい余韻が籠っている。「われの叛《そむ》きて行かざる道に／新しき樹木みな伐られたり」という二行でこの短い詩を結んだが、萩原はどんなにその新道を憎んだか、想像するに難くない。ところが、道路が新しく開通する前に萩原がその林を特に愛していたとは断定できない。また、同様に、「新前橋駅」という詩の自註では「荒寥《くわうれう》たる田舎の小駅」と言い、詩の冒頭では「野に新しき停車場は建てられたり／便所の扉《とびら》風にふかれ／ペンキの匂ひ草いきれの中に強しや」と言っている。旧前橋駅を懐しく思い出した等とは言っていない。『郷愁の詩人与謝蕪村《よさぶそん》』を書いた萩原には郷愁は余りなかったらしい。

同じ『純情小曲集』の中にある「大渡橋《おほわたりばし》」は萩原の最高の傑作だと思う。詩人が、新しい、長い鉄橋を渡ると、「薄暮の飢ゑたる感情は苦しくせり」と言う。その次の十三行は当時の萩原の心境ばかりでなく、二十世紀の人間の挫折感をすばらしく伝えている。

ああ故郷にありてゆかず
塩のごとくにしみる憂患《いうくわん》の痛みをつくせり
すでに孤独の中に老いんとす
いかなれば今日の烈しき痛恨の怒りを語らん
いまわがまづしき書物を破り
過ぎゆく利根川《とねがは》の水にいつさいのものを捨てんとす。
われは狼のごとく飢ゑたり
しきりに欄干《らんかん》にすがりて歯を噛めども
せんかたなしや、涙のごときもの溢《あふ》れ出《い》で
頬《ほ》につたひ流れてやまず
ああ我れはもと卑陋《ひろう》なり。
往《ゆ》くものは荷物を積みて馬を曳《ひ》き

このすべて寒き日の　平野の空は暮れんとす。

「せんかたなしや」というような古めかしい言い廻しはかなりのリスクを冒すものである。危うくひどいセンチメンタリズムに陥るところだったが、こんなリスクを冒さなければ詩の最高の境地に達することはできなかった。「涙のごときもの」もまた、分析しにくい表現であるが、極めて効果的である。「暮れんとす」は冬の日の切なさと詩人の心境が一緒になり、「ああ我れはもと卑陋なり」という絶叫まで募る。

『氷島』という最後の詩集の題が示しているように、萩原はますます冬の詩人になった。「帰郷《ききょう》」という詩には、「昭和四年の冬、妻と離別し二児を抱へて故郷に帰る」という自註が付いているが、家庭を解散して「二児を抱へて故郷に帰」ったのは七月だった。事実を曲げて書いたのは詩の内的必要に応じたためであろうが、かんかんと照りつけている七月の陽を浴びた萩原は荒寥《こうりょう》たるこの世の寒さに震えていたのだろう。

芥川龍之介

芥川龍之介《あくたがわりゅうのすけ》の文学はかなり昔から海外で紹介され、他の日本の文学者は名前さえ知られていなかった頃でも、芥川だけは評判になっていた。また、『羅生門《らしょうもん》』の映画が大成功を収めたことが、芥川文学の翻訳に拍車をかけ、「羅生門の著者」という肩書きで旧訳の新版を出した出版社もあった。ところが、川端、谷崎、三島、安部等の作品の翻訳が多くなるに従って、海外で君臨していた芥川の影が薄くなり、日本文学を専攻している学生は相変らず漱石、鷗外、谷崎等については論文を書いているが、芥川に関する論文の話は聞かない。日本人でも、二十年前のある知人のように、「第二の芥川」になりたがる人は少ないと思う。しかし、芥川の文学が忘れられているというわけではない。文学全集では芥川が必ず一巻を独占し、文庫本にも芥川のものが多い。が、芥川に対する情熱が大分冷えたことは否めない。

　私自身の話をすると、原文で読み、感心した作家の中で、芥川は初めての人であった。日本語の教科書に『蜘蛛《くも》の糸《いと》』が載っていたが、授業のために書かれた他のつまらない課と違って魅力的な作品に思われた。その後、『羅生門』、『鼻《はな》』、『芋粥《いもがゆ》』等を読み、平安朝末期の不気味な雰囲気や芥川独特の諧謔《かいぎゃく》的な書きぶりに感激し、『羅生門』が英国で封切りされた時には、一生で最初にして最後の映画批評を発表した。二十年前に、日本文学選集を編集した時、芥川の『地獄《じごく》変《へん》』と『袈裟《けさ》と盛遠《もりとお》』を採用したが、一人の作家が二つの作品で代表されたのは芥川と谷崎だけであった。

　ところが、二十年ぶりで芥川の文学を読み、一種の幻滅を感じたことを認めざるを得ない。文章のうまさや構造の巧みさには感心したが、それよりも小説のわざとらしさにがっかりした。『鼻』のような軽い作品の場合、それほどではないが、もっと野心的な作品——例えば『偸盗《ちゅうとう》』（大正六年）——では適当な雰囲気を醸すのにあらゆる手を尽し、扇情的なくだりの連鎖の形をとり、その小説の欠点を忘れさせるほど上手な所もあるが、同時に嫌味を感じさせることもしばしばある。『偸盗』の冒頭には次のような描写がある。

「車の輪にひかれた、小さな蛇《ながむし》も、切れ口の肉を青ませながら、始めは尾をぴくぴくやつてゐたが、何時《いつ》か脂《あぶら》ぎつた腹を上へ向けて、もう鱗《うろこ》一つ動かさないやうになつてしまつた。どこもかしこも、炎天の埃《ほこり》を浴びたこの町の辻で、僅《わづか》に一滴の湿りを点じたものがあるとすれば、それはこの蛇《ながむし》の切れ口から出た、腥《なまぐさ》い腐れ水ばかりであらう」

廃墟の都とそこに住む腐敗した人たちの象徴として夏のぎらぎらする日差しを浴びた蛇の死骸を描写した芥川は並々ならぬ技倆《ぎりょう》を発揮しているが、その蛇の死骸が何回も描かれているので、不快なマンネリズムになってしまう。腐った社会のもう一つの象徴として、疫病《えやみ》にかかり、みすぼらしい小屋で寝ている女が登場する。「見ると、その胸や腹は、指で押しても、血膿《ちうみ》にまじつた、水がどろりと流れさうに、黄いろく滑《なめらか》に、むくんでゐる。殊《こと》に、蓆《むしろ》の裂け目から、天日《てんぴ》のさしこんだ所で見ると、腋《わき》の下や頸《くび》のつけ根に、丁度腐つた杏《あんず》のやうな、どす黒い斑《まだら》があつて、そこから何とも云ひやうのない、異様な臭気が、洩《も》れるらしい」。しばらくしてから、町の子供三、四人が、蛇の死骸を見つけ、その中でも悪戯《いたずら》な一人が、「遠くから及び腰になつて、その蛇《ながむし》を女の顔の上へ抛《はふ》り上げた。青く脂の浮いた腹がぺたり、女の頬に落ちて、それから、腐れ水にぬれた尾が、ずるずる顋《あご》の下へ垂れる」。

確かに、以上のような描写には読者に相当強い印象を与える強烈な要素があるが、度が過ぎると、反《かえ》って印象が薄くなってしまう。しまいに読者は、血の臭いや、腐った死骸にたかっている青蠅《あおばえ》や、人間の肉に飢えている野犬の群れ等から何の刺激も受けない不感症の状態に陥る。そしてこういう描写に一番力を注いだ芥川には小説全体の発展を疎かにする傾向が目立つ。『偸盗』の筋は矛盾だらけで、一貫性が全くないが、非常な才子でなければ書けない小説である。

芥川の失敗作をとり上げて彼の文学を論じるというのは不親切なやり方に違いない。が、『偸盗』は長編小説の規模を持つものとして芥川の唯一の作品であり、その失敗は芥川文学の限界を示すものではないかと思う。『偸盗』のどの描写も上手であるばかりでなく、芥川独特のものである。人物も典型的である。毒婦の沙金《しゃきん》について、「あの女のやうに、醜い魂と、美しい肉身とを持つた人間は、ほかにゐない」と書いたが、きっと発表当時の読者は、芥川の登場人物に何か新しく魅力的なものを感じたのであろう。現在の読者がそのように感じないというわけではないが、芥川のすべての代表作を読破するよりも、どれでもいいから一つだけを選んで読んだ方が良いと思う。

芥川の小説の中で一つだけを選べと命じられたら、『地獄変』にするほかはなかろう。『羅生門』を初め、『今昔物語《こんじゃくものがたり》』に基づいた短編は非常に出来栄えが良く、現在読んでも面白いが、過去の日本が現代的日本人であった芥川の眼にどのように映ったかということを一旦知ったら興味が薄らぐだろう。しかも『今昔物語』の原文を参考に読んだら、芥川がどんなに西洋の影響を受けたかということも明らかになる。そしてもっとも決定的なことは、それらの作品には作家が不在であるので、人工的になり、血が通っていないように思われる。

ところが、『地獄変』には芥川が存在している。良秀《よしひで》という画家は「吝嗇《りんしょく》で、慳貪《けんどん》で、恥知らずで、怠けもので、強慾で」あるが、自分のことを「本朝第一《ほんてう》の絵師」だと思っている。言うまでもなく、良秀が芥川の自画像であったとは思えないが、「醜いものの美しさ」を鑑賞できた良秀は芥川によく似ているし、また、芸術のためにあらゆるものを犠牲にする身構えも共通している。『地獄変』を読むと、芥川が実際に地獄を見たに違いないということが分る。その実際の体験が過去の物語に技巧を越える深みを与えた。『戯作三昧《げさくざんまい》』ではある人物が馬琴《ばきん》の文学について次のように言う。

「第一馬琴の書くものは、ほんの筆先一点張りでげす。まるで腹には、何にもありやせん。……当世のことは、とんと御存じなしさ。それが証拠にや、昔のことでなけりや、書いたといふためしはとんとげえせん（まるでございません）」

勿論、それは芥川文学に対しても言える非難であるが、『地獄変』のような作品で芥川はみごとに非難に答えたのである。

堀辰雄《ほりたつお》は芥川の文学を批評して、「彼は遂に彼固有の傑作を持たなかった」と判断した。確かに、『羅生門』、『鼻』等の王朝物は、『今昔物語』や『宇治拾遺物語《うじしゅういものがたり》』から題材を取って成立したものだということを芥川自身も認めたが、小堀桂一郎《こぼりけいいちろう》が指摘しているように、芥川は、「実は、『主題』をではなくて『舞台』を、『モティーフ』をではなくて『道具立て』を『今昔物語』中に求めたのにすぎな」かったのである。そうすると、主題やモティーフは芥川の独創のように思われるが、小堀は『羅生門』の主題やモティーフは森鷗外が訳した、フレデリック・ブウテという完全に忘れ去られたフランスの作家の短編小説から借りたものだと説明し、信服させるのである。『奉教人《ほうきょうにん》の死《し》』というキリシタン物の場合は、芥川は、「長崎耶蘇《やそ》会出版の一書、題して『れげんだ・おうれあ』と云ふ」本の下巻第二章によると小説の最後に書いているが、長崎版「れげんだ・おうれあ」は架空の書である。この小説の典拠として白隠和尚《はくいんおしょう》の逸話やアナトール・フランスの『シルヴェストル・ボナールの罪』やラマルティーヌの『ジョスラン』や鷗外訳『即興詩人』等が挙げられているが、博学の芥川にさえ一つの短編の中でそれほどさまざまの典拠を盛り合わせることはかなり困難であった筈である。ところが、三好行雄《みよしゆきお》の研究によってヨーロッパの十三世紀に編まれた『黄金伝説』が主な典拠であり、芥川はその英訳本を種本にしたということが分る。

小堀や三好と同じ程度の根気と努力で芥川の他の傑作を調べれば、堀辰雄の発言を裏付けるような典拠を必ず発見できると思うが、では果して芥川固有の傑作は全然なかっただろうか。芥川の短編の多くは、王朝物、キリシタン物、開化物という時代的区分が出来るが、こういう作品の場合、必ずと言ってもいい位何かの原典があっただろう。芥川は書斎が自分の頭の象徴のようなものだと書いているが、彼はきっと蔵書に大いに頼っていたに違いない。ところが、何の原典もない「現代物」の小説もある。横須賀の海軍機関学校の教官として勤めていた頃の経験を記録したいわゆる保吉《やすきち》物はいくつもある。芥川固有の体験に基づいた小説であるが、残念ながら傑作と称されるものはない。その他に、人から聞いたような筋の小説もある。例えば、『手巾《ハンケチ》』は長谷川謹造という大学教授のささやかな経験を描写した短編であるが、主人公のモデルは明らかに新渡戸稲造《にとべいなぞう》であった。誰か共通の知人から話を聞いたと思われるが、他の典拠があったかも知れない。教授の家を訪ねた或る婦人は、息子の死を「家常茶飯事《かじやうさはんじ》を語つてゐる」ように話し、「微笑さへ浮んでゐる」が、あるきっかけで教授は婦人の膝の上を見て、手巾を持っている手のはげしい動きで、「顔でこそ笑つてゐたが、実はさつきから、全身で泣いてゐたのである」ことが直感的に分る。

三島由紀夫は、芥川の総ての作品の中で『手巾』を「短篇小説の極意」として選び、「芥川のもので最も完成されたコントだ」と評価している。三島は特に芥川が述べた型《マニエル》の美に打たれ、婦人の「ステレオタイプな人生的演技を、一つの静止した形で、『型』の美とみとめてゐた」作者は、「その型の美が、能楽《のうがく》の或る刹那《せつな》の型のやうな輝きを放つて、コントの小さな型式と融和したのである」と断定した。私は三島の文芸批評を決して軽んじているわけではないが、『手巾』が短編の極意であるとは思わない。三島がどうしてこの作品にそれほど感心したか、よく分らないが、芥川を「心弱い鬼才」と称した時、弱いものに対する三島の嫌悪は「鬼才」に対する賛嘆よりも強かったと思う。或いは、この何でもないような作品の中に、芥川固有の何かを感知したのかも知れない。

三島は、芥川の「告白的作品を重視して、晩年の作品にばかり高い評価を与へるのは、評伝作者の恣意《しい》にすぎない」と書いたが、この点でも私は同意できない。私はかなり広く芥川の小説を読んだが、その技巧——特に小説の落ち——に段々愛想をつかすようになった。『手巾』の末尾につけてあるストリンドベリの引例も気に入らない。が、『歯車《はぐるま》』に始まる一連の作品には全く感激する。こういう作品は楽しい読み物ではないが、読み出したら止められない小説である。私は弱いものが好きであると一概に言いたくないし、また、『歯車』の著者が弱かったか、それとも強かったか、私にはよく分らない。多分、長年にわたって抑えてきた強烈な感情が、自殺してから日の目を見たこれら晩年の作品の中で爆発するような激しさで初めて現われたのだろう。『羅生門』を創作した頃の心境を思い出して、芥川は次のように書いた。「自分は半年ばかり前から悪くこだはつた恋愛問題の影響で、独りになると気が沈んだから、その反対になる可《べ》く現状と懸け離れた、なる可く愉快な小説が書きたかつた」と。

『羅生門』が「愉快な小説」だったとすれば、当時の芥川の沈鬱《ちんうつ》な心境が容易に推測できる。しかもその沈鬱はその時の失恋によるだけでなく、芥川の一生を貫いたのである。沈鬱を紛らすために、絶えず文体を変えていったが、とりどりの文体を駆使しても芥川固有の暗さが作品の底流をなしたのである。自分の本質を読者に見せまいと、芥川がどんなに苦労したか、想像するに難くない。アンリ・ド・モンテルランに次のような説がある。「或る作家の生涯の最も驚くべき部分、即ち、彼らが過した独特の、ありそうもない経験は、必須の、貴重な証言であり、それを発表したら、世間の知識を豊かにするだろうが、彼は書かない。仮に書くとしても、それを破ってしまうか、または、読んで震駭《しんがい》する遺族たちが破ってしまう」と。

幸い、芥川は「証言」を書いた上に、誰もそれを破らなかった。彼の遺稿は日本近代文学に異彩を放つばかりでなく、芥川の初期や中期の技巧主義的な作品の中にも、芥川固有の要素が多分にあったことを如実に証明すると思う。

横光利一

戦時中、私は時々日本軍人の尋問をしたことがあるが、知識人の俘虜《ふりょ》の場合には、軍関係の質問を一応終えてから、文学の話をしたこともある。日本の小説家で誰が一番優れていると思うかと聞いたら、「横光利一《よこみつりいち》」という返事が圧倒的に多かった。現在の日本人で同じような返事をする人は極めて少ないだろうが、当時の日本人の意見としては代表的なものではなかったかと思われる。

横光の文学はどんなものだろうかと思い、ハワイ大学の図書館から『機械』を借りたが、当時の私の日本語の読解力ではどうしても読めなかった。武者小路実篤や菊池寛《きくちかん》や山本有三《やまもとゆうぞう》の小説は読みこなす自信があったが、『機械』にある息の長く続くような文章にはくたびれてしまって、最後まで読む持続力を持ち合わせなかった。それから三十数年の歳月が経ち、私は『機械』や『時間』に見られるような特殊な文章を余り苦労せず読めるばかりでなく、横光文学の中では最も魅力的な作品だと思うようになった。新感覚派文学の色が褪せた今日でも、そういう作品には何か力のあるものが感じられ、昭和初期のモダニズムには案外生命力があったと思う。

が、横光の他の作品を多少読んでみても同じように感心することは余りない。『春は馬車に乗つて』や『微笑』は確かに良い短編であるが、残念ながら長編小説は楽しんで読むことはできない。出世作であった『日輪《にちりん》』を真面目な顔で読むことさえ私にはむずかしい。

「若者は杉戸《すぎど》を開けると彼を見た。
『王子よ、不弥《うみ》の女を我は見た。』
『よし、水を与へよ。』
若者は馳《か》けて行き、馳けて帰つた」

等々。フローベールの『サラムボオ』の影響でこのような文体を展開したそうだが、もし本当だとすれば外国文学の影響としては最も悪い例の一つであろう。幸い、横光のその後の文学には『サラムボオ』の影響は認められない。多分横光自身が、「王子よ、王子よ、我は爾《なんぢ》を愛してゐた。王子よ、王子よ、我は爾を愛してゐた」というようなせりふに飽きてしまったのだろう。

横光の長編小説の中で最も重要なものは『旅愁《りょしゅう》』であると思われるが、これは私にとって極めて不愉快な小説で、そのよしあしを客観的に論じることは不可能であろう。横光は昭和十二年頃からこの作品を書き始め、死去した昭和二十二年に至る十年間、即ち日支事変と大東亜戦争の間も書き続けていたが、未完のままになっている。これは彼の「ライフワーク」としての意味はあろうが、読者を惹き付けるような小説ではない。

『旅愁』の前半はヨーロッパが舞台であり、明らかにヨーロッパにおける横光の体験や感想を反映している。西洋びいきの久慈と日本主義の矢代の議論は蜿蜒《えんえん》と繰り広げられるが、その内容はいかにも平凡なものであり、現代の読者の関心をそそるところが少ない。加賀《かが》乙彦《おとひこ》は「『旅愁』

の作中人物たちの青くさい議論が、その時代の知識人の浅薄な国際関係の理解や、形而上学的思惟《しい》の限界を生《なま》の形で示していることは興味がある」と述べているが、正にその通りだと思う。このような「興味」は小説的というよりもむしろ思想史における文献的なものではないかと思う。残念ながら、マンの『魔の山』のような小説とは違い、議論は浅薄な理解に基づいているので、「思想小説」としては失格している。また、『吾輩は猫である』に出るような議論と違い、人物を諷刺するような面白いものではないので、『旅愁』の読者は何処《どこ》か途中で矢代の友人である千鶴子のように「いやよ。もう議論は」と言いたくなるだろう。

矢代も久慈も共に横光の分身であり、「特に矢代が作者に近いと見る見方は危険である」と或る解説者は忠告しているが、私にはどう考えてみても矢代は多くの場合作者の代弁者であり、横光には久慈のようにパリの美しさに惹かれる面はあっても、久慈は小説の後半から姿を消し、中心人物であるとは思えないし、横光が久慈のように「もう、僕は日本へは帰らん」と洩らしたこともなかろう。

矢代は、「僕は外国の生活や景色を見に来たのぢやなくつて、結局のところ、自分を見に来たのと同じだ」と言っているが、その通りである。パリの生活を時々楽しむこともあるが、「パリの街に一度根柢《こんてい》から吹き上げる大地震を与へたい衝動にかられたことがあ」るほどパリを嫌がることもある。建築会社の調査部に勤める矢代は近代文化の様相視察のためパリに行き、また、「久慈は社会学の勉強といふ名目のかたはら美術の研究が主であり」と横光は説明しているが、国粋主義者の矢代も西欧心酔者の久慈も共にヨーロッパ文化を全然勉強せず、最後までそれを理解しようとしない。

矢代はパリ滞在期間中フランス人に囲まれて生活するが、彼らを飽くまでも「外人」としか考えず、また、自分こそ外人であることに気がつかないのである。「郷に入れば郷に従へ」という久慈の意見に対して、矢代は、「日本へ来てゐる外人はどうなんだ。日本人だけが郷に入つて郷に従はねばならんのなら」と言い、万国共通の礼儀はありえないと反論する。確かに、日本に来ている外人の多くは郷に従おうとしないが、彼らの態度を是認して彼らの無知を弁護するような小説は余りない。

『旅愁』の前半に登場する「外人」はアンリエットという女性ぐらいのものである。矢代とアンリエットとの間に恋愛めいたくだりがあればこの小説にも多少国際性が備わったであろうが、「血液の純潔を願ふ矢代にしては、異国の婦人に貞操を奪はれる痛ましさに比べて、まだしも千鶴子を選ぶ自分の正当さを認めたかつた」。異国の婦人たちの脅威の中で自分の貞操をみごとに守り切った矢代には感心するが、何となく千鶴子のことが気の毒に思える。

矢代は滑稽な人物として描かれていないが、彼の糞真面目さには時々失笑を禁じ得ない。矢代だけではない。裸体の女の群れに囲まれながら、パリのマロニエの下で飲む葡萄酒とベルリンの菩提樹の下で傾けるビールの比較等について一生懸命に議論する二人の日本人は、場違いの所に来ているように思われる。

私には『旅愁』を褒《ほ》めたいという気持がある。この小説は規模の大きさで独特の領域を切り開き、部分的には大変優れているが、全体としては良い小説だと思えない。横光がこの偉大な失敗作に自分の生命を注ぎ込んだのは誠に残念なことであるが、横光の努力は、われわれの尊敬に価すると思う。

川端康成

川端康成《かわばたやすなり》の小説の最も大きな特徴は日本的な美しさであろう。ノーベル賞委員会は賞状でその日本的性質を指摘している。たしかに、川端文学のどの作品を読んでも、ヨーロッパ文学に余り出て来ないような香りがただよっている。しかし、全然違うような印象を与える谷崎文学や三島文学も明らかに日本的であり、日本文学の伝統に興味を持っていない作家の場合でも、日本語という特殊な言語を使うだけで他国の文学にないような面を見せてくれる。

川端は晩年、ノーベル文学賞を受賞してから、日本ないし東洋の文化の特徴について講演したことがあった。外国人の聴衆の前に立って自分が日本人であるという意識がより強くなったのであろうが、「美しい日本の私」という受賞講演の題名が示しているように、自分を日本の伝統の中に居る作家として発言していた。日本の美を説明して代弁する役を果す意思がそこにあったに相違ない。講演そのものは立派で、説得力もあるので、講演を聞いた人たちは勿論のこと、活字になってから読んだ人も大いに感動したと思う。

ところが、自分の国や文化を代表することを非常に嫌がる作家もいる。アルゼンチンの小説家コルターサルは、自分がどんな小説を書いてもきっと典型的な南米文学の作品として評価されるだろうことを心配して、わざわざ自己の傑作の初めにフランスの詩人の警句である「自分の国を代表する義務ほどつまらないものはない」という文を引用した。ヨーロッパ人や北米人にとっては南米的な野性や日本的な美を要求することは当然かも知れないが、どうしてもその要求に応じたくないと思う作家がいることも当然なことであろう。川端の場合、外国の読者の要求に応じようと思ったことはないが、日本を代表することを決して嫌がらなかったと思われる。

川端文学の日本的な特徴はどういうふうに現われたかという問題になると、案外日本の古典文学と類似した点は少ないと思う。『盲目物語《もうもくものがたり》』、『武州公秘話』、『少将滋幹の母』などを書いた谷崎と違って、王朝や中世を舞台にした作品はなく（ともかく私が読んだ限りでは）、古典文学の翻案や現代語訳も少ない（『竹取物語《たけとりものがたり》』の現代語訳があるけれど、これは若い時のアルバイトだったようで、川端文学と何も関係がなかっただろう）。川端文学を俳句や連歌《れんが》にたとえる批評家がいる。俳句にあるような簡潔さがあり、永年にわたって『雪国』や『千羽鶴《せんばづる》』の各部分をバラバラにさまざまの雑誌に発表したことは連歌を思い出させるかも知れないが、厳密に言うと、俳句にも連歌にも似ていない面が圧倒的に多いのである。

それなら、何処が日本的であるか。先ずその余情の点が挙げられる。『千羽鶴』に詳しく描写されている茶道具は普通の基準から言うと余り美しくないかも知れない。志野《しの》焼の茶碗は宋時代の青磁やドイツのマイセンの磁器ほど綺麗ではないが余情がある。「桃色のちりめんに白の千羽鶴の風呂敷を持った令嬢は美しかった」という文章の方が令嬢の顔の細密な描写よりもその美を暗示するのに効果的である。そして二回だけしか登場していない、余り大きな存在でない人物の風呂敷は、小説の主人公があこがれている美の象徴として充分説得力を持っている。

『千羽鶴』の会話にも日本的なニュアンスがある。例えば、

「『あの子はお目にかかるのが、きつとつらかったんでせう』

『私の父は、お嬢さんをずゐぶん苦しめたんでせうから』

太田夫人のことで、自分が苦しめられたやうにと、菊治は言ふつもりだつた」

こんな複雑な、込み入った考え方は先ず西洋の文学には現われないと思う。菊治は皮肉のつもりで太田夫人に父親の話をしたわけではないが、何となく彼女が彼の言葉の本当の意味をとらえるだろうと思って逆のことを言うのである。日本人のこういう社交的敏感さはこの小説の至るところに現われるが、もう一つの例を挙げてみよう。

「『母が悪いんですわ。母はだめな人ですから、ほつといていただきたいんですの。もうおかまひにならないで』……

ゆるしてといふ令嬢の言葉が、菊治は分つた。母をかまつてくれるなといふ意味も含まつてゐるのだつた」

こういう遠廻しの話し方は西洋文学にもないことはないが、その場合大体において(男性ではなく)女性が直感する形をとっている。川端の小説に登場する男性の人物は決して女性的とはいえないが、小説全体に女性的な繊細さがあるのだ。川端は若い時から『源氏物語』の愛読者であ

ったし、戦争中、一番困難な時に、混んだ暗い電車の中で『源氏』を読んでいた。どう考えても、『源氏』の現代語訳を三度もした谷崎の文学よりも川端文学の方が『源氏』の「たをやめぶり」に近いのである。『細雪』は『源氏物語』の翻案だという人もいるが、「たをやめぶり」は全然感じない。川端の小説の中で最も王朝文学を思い出させるのは『千羽鶴』だろう。三島由紀夫は、主人公の菊治を光源氏《ひかるげんじ》になぞらえたが、たしかに、菊治の父の女であって、のちに菊治の女となる太田夫人は藤壺を思い出させるし、服毒自殺する行為はいかにも王朝物語の世界にあるような感じがする。ただし、菊治は光源氏よりも薫大将《かおるだいしょう》に似ている面が多い。無論、こういう王朝物語的な要素を考えないで『千羽鶴』を読んでも一向かまわないが、余情を分析しようということになると、過去の世界にさかのぼって行くことは当然だろう。

川端の小説にはそれぞれ時代的背景があるが、小説の筋や人物を思い出す時、その時代的背景を忘れてしまう。『山《やま》の音《おと》』には終戦直後の雰囲気がところどころにただよっているが、息子や嫁に対する信吾の感情は永遠なものであり、年をとった老人がネクタイの結び方を忘れる場面に一種の絶対的なものを感じさせる。川端は日本の古典からいろいろ学んだが、一番大切な収穫は永遠性であろう。現在の読者が『源氏物語』と平安朝の日記の現代性に驚くように、未来の読者はきっと川端文学の現代性に驚くであろう。川端文学は特定の人間を描いているが、時間と共に特定の要素よりも永遠性が鑑賞の中心になるだろう。日本的であると同時に世界的な文学である。

葉山嘉樹

プロレタリア文学を批評するのは相当の厄介事である。プロレタリア文学の権威の多くが、労働者の階級意識を振興する小説であると判断した場合、当然なことであるが、その小説の文学的価値を余りきびしく批評せず、小説の思想や狙いを礼賛することに定《きま》っている。そういうわけで、他の文学作品にとっては決定的な欠点——登場人物が型にはまり、小説全体が不器用で、文体が未熟である等——が、この文学の場合には必ずしも欠点ではなく、いくら弱点や欠陥があっても、「記念碑的な傑作」として誉められることが度々ある。しかし、明らかに欠点の多い小説にそのような賛辞を呈することは文学そのものに対する侮蔑になりかねないばかりでなく、暗にプロレタリア文学における紛れもない傑作の可能性を否定してしまうように思われる。

残念ながら、私が知っている限り、いわゆるプロレタリア文学には傑作が一つもない。が、プロレタリア文学と多少ニュアンスが違う左翼文学では確かに同じ傾向の思想の持ち主が大変優れた文学を書き上げている。戦後の宮本百合子《みやもとゆりこ》、中野重治《なかのしげはる》の立派な作品を読むと、この事実が自明になる。或いは大正時代——つまり労働者文学の黎明期《れいめい》——にそれほど優れた文学を期待するのは無理かも知れないが、私自身はプロレタリア文学の歴史的意義を認めることはできても、その文学的価値は疑っている。

言うまでもなく、プロレタリア文学について疑問を洩らした評論家は珍しくないが、多くは、プロレタリア文学を批評する煩わしさを厭《いと》って、黙殺しがちになる。そのために、公平な批評がなかなか聞かれない。

しかし、いくら公平に小林多喜二《こばやしたきじ》のことを書こうと思っても、築地《つきじ》警察署における虐殺の話を読んでから客観的な立場に立ち、彼の文学を分析して行くのは極めてむずかしい。ソルジェニーツィンの小説を読む時、著者が描いた生活や実際に体験したことを忘れようとしても忘れられないのと同様に、小林多喜二という人間を忘れて『蟹工船《かにこうせん》』や『党生活者《とうせいかつしゃ》』を読むことはほとんど不可能であろう。

だが、葉山嘉樹《はやまよしき》の場合、それほどの困難はなかろう。『海に生《い》くる人々』（大正十五年）は初期プロレタリア文学の傑作だと言われているが、全く統一性が欠けている。先ず問題になるのは、語り手が誰であるか不明なことである。小説全体は四十七回から成っているが、三十六回目の冒頭に「私」という語り手が突然登場する。「私が全《まる》で酔っ払ひのやうに、千鳥足で歩き、一つのことをクド〳〵と、繰り返してゐる。だが、これは、私が船のりであるからで、小説家でないからのことだ。全く、こんなことを、いや、『書く』と云ふことは、迚《とて》も難かしいものだ！」と。この「私」はその後時々顔を出すが、多くの場合、自分が小説に不慣れであることを売り物にしている。「全く、波田《はだ》がどの位甘いものに対して、真実の愛を捧げてゐるか、それは、私のよく表し得ない処《ところ》だ」「私はこの『燃しちやふぞ』と言ふ言葉の来歴を話し度《た》いが、御覧の通り今は迚も忙《せは》しくて」。

どうもこの生真面目な小説の中で「私」は少しふざけているようである。自分が書いている小説についても疑問がないこともない。「この小さな物語も、その一つの定められたる軌道を出《い》で得ないことは、私の筆を、渋らせ、進み難くする」が、どうしてこの「私」は総ての人物の頭に入り、あらゆる出来事に立ち合うことができたか、全然説明してくれない。前衛小説なら一貫性のない話法は充分有り得るが、この小説には前衛的な要素は先ずない。語り手の身もとは最後まで明らかにされていないが、結末のところで水夫のストライキの張本人の一人として下船命令を受ける、それまで一度も問題にされなかった宇野が「私」ではないかと思われる。推理小説として読んだ方が良いかも知れない。

もっと大きな欠点は甚だしく目立つ時代錯誤である。小説は欧州第一次大戦が勃発した一九一四年の話であると明記されているが、次のような会話がある。

「『……それは何て本だい。航海学かい』

『ナアニ、友人から借りて来たんだが、迚《とて》も難かしくて、分らねえんだ』

『一寸《ちよつと》見せ給へ、へへー、マルクス全集、第一巻Ⅱか、資本論か、それや君、社会主義の本ぢやないかい』」

ところが、『マルクス全集』第一巻（高畠素之《たかばたけもとゆき》訳）は一九二〇年に出た。船乗りがドイツ語の原文で『資本論』を読んでいたということはちょっと考えられない。錯誤はそれだけに止まらず、思想的背景は明らかにロシアの十月革命（一九一七）を反映しているので、一九一四年の小説だとは考えられない。

文体にも一貫性がない。何年もかかって書いた小説なので、仕方がないのだろうが、気取った、プロレタリア文学にふさわしくないような表現は鼻についてしまう。万寿丸の出発は次のように描写している。「彼女がその臨月の体で走れる限りの速力が、ブリッヂからエンヂンへ命じられた」。万寿丸に積載してある石炭については次のように書いてある。「生命のあらゆる危難の前に裸体となつて、地下数千尺で掘られた石炭は、数万の炭坑労働者を踏み台にして地上に上つて来た」。小説の出だしにこういう拙《つたな》い擬《ぎ》人法《じんほう》が頻繁に使用されているが、いつの間にか全く途絶えてしまう。比喩のつまらなさだけが一種の一貫性を持っている。「船長および士官等の、憤慨振りは頂点に達してゐた。彼等は、椅子のクッションのやうに赤くなつたり、海のやうに青くなつたりした」。

それでは、『海に生くる人々』に感心できる面が全然ないかと言うと、そうでもない。人でなしの船長を初めとして、人物は皆型にはまっており、描写には矛盾がかなりあるが、船乗りの苦しい生活は真に迫って来る。例えば、「菓子で身を持ち崩す」ほど甘いものを欲しがる水夫が、わずかの月給を「文化的」な菓子のために使ってしまう場面には、著者の体験がなければあり得ないような実感が籠っており、そういう場面があるので、『海に生くる人々』はまだ読まれている。文学的価値はともかく、日本の労働者階級が革命思想を受け入れた過程を理解しようとする人にとっては貴重な文献である。また、ときたま、真のプロレタリア文学の傑作はどんなものか、覗くこともできると思う。

宮本百合子

日本文学全集という類の叢書《そうしょ》で、女流作家が一巻を独占することがある場合、宮本百合子《みやもとゆりこ》に定っている。百合子の他に優れた女流作家も多いし、また、作品の分量から言って必ずしも最も多作の一人ではないが、相手が女性にしろ、男性にしろ、他人と一巻を分けることはむずかしい。先ず、彼女の仕事をある一定の範疇《はんちゅう》に入れがたい。代表作である『伸子《のぶこ》』には政治的な色合いがなく、『或る女』または『女の一生』という題が付けてあってもおかしくなかろう。ソ連に滞在してから日本へ帰ると、一応プロレタリア文学運動に入ったが、ちょうどその頃から治安維持法の行使が厳しくなり、百合子のプロレタリア的作品の一部は、戦後になってから初めて活字になったほどの圧迫を受けた。が、戦後の作品は左翼文学であったとはいえ、昭和初期のプロレタリア文学と質的に違っており、百合子は思い通りに自分の希望または失望を伏せ字《ふじ》のない文章で発表できた。百合子の作家としての履歴には一貫性があるに違いないが、独特のものであるので、他の作家と組み合わせることは当然無理であろう。

私は『伸子』を読みながら一般の読者にはないような特別な関心をもった。小説の初めの場面は私が生まれたニューヨークであり、背景は私の母校であるコロンビア大学である。言うまでもなく、六十年という時間の経過によってニューヨークもコロンビア大学も相当変ってきたが、私は百合子が出入りした「地下電車」の駅の昔の有様をよく覚えており、彼女が泊った寄宿舎の前を通らない日は少ない。調べようと思ったら、百合子や彼女を囲んだ日本人たちのことを調べることは簡単である。

例えば、ニューヨークで会った留学生の佃一郎《つくだいちろう》（荒木茂）と親しくなり、見栄えのしない、陰気な中年の学生であるのに、百合子は彼と結婚することにしてしまう。荒木はここで「古代の印度《インド》、イラニアン語」をやっていたと書いてあったので、コロンビア大学の図書館で調べたら、確かに、一九一五年五月に荒木茂は、A Study of the Sāvitrī episode in the Mahābhārata という修士論文を書いた。内容は余り面白くないが、学問的に見える。後書きによると、サンスクリット語を勉強し始めてから僅か数ヵ月しかたっていないのに、この種類の研究をやることは全く無鉄砲である、ジャクソン教授の奨励がなければそれをやる勇気は起って来なかっただろう、とある。この後書きをそのまま信用していいものかよく分らないが、数ヵ月の勉強であれほどサンスクリット語を覚えることは決してやさしい仕業ではないし、ジャクソン教授（小説の中でドクタア・フォセトとして描かれている）は当時世界有数のイラニアンの研究家であったので、荒木を奨励したとすれば、「頭の悪い男」という評判は不当ではないかと思う。伸子（百合子）がこの魅力的でない男に直ぐ惹かれたのは、他の留学生——「政治、経済、社会学、法律等」を専攻している留学生——と違い、何かインテリらしい性質を感じたためではないかと思う。「およそインテリジェンスとは遠いやうな人やね」と湯浅芳子《ゆあさよしこ》が述べ、それ以来よく引用された評価になったが、果してそうであっただろうか。

ともかく、天才教育を受けた百合子は、人を見る眼があり、ニューヨークの日本人学生倶楽部《クラブ》で見かけた学生について相当きびしかった。「艶々《つやつや》した血色の上瞼《うはまぶた》の脹《は》れぼつたい凡俗な顔、皮膚が黒ずんで目鼻立の粗《あら》い、恐らくは口中が臭さうな容貌、又は、頬から口の辺にかけて肉の薄い、粘液質らしいすべすべした皮膚の持ち主。……正面から視た時は、怜悧《れいり》さうに引緊《ひきし》まつてゐたある青年の顔が側面から見るとまるで魯鈍《ろどん》さを暴露し力弱く見えた」。が、佃に「決して多くの人々の持つてゐるやうな得意な男の快活さ」はなくても、雄々しさもなくても、彼女を惹く「何か陰のもの」があった。その陰のものは本物の知性ではなかったことが後で分るが、いろいろ悩んだ百合子に誰よりも自分の探していたものが荒木にあったと思われるほど、彼は本物のインテリに近かった。

本多秋五は、『伸子』の時代の百合子に志賀直哉に似た性格があったと指摘したが、極めて有意義な、示唆に富む発見である。「小説は作者が作中人物の生活を生き、また、読者に作中人物の生活を生きさせるものだから、その場その場の現在を生き生きと描かねばならないという共通の根本観念があって、ディテールを感覚的に、また感情的に、直触性を失わずに描くことに主眼をおく、その方法を学んだのだと思う」と本多が書いているが、同感である。『伸子』には『暗夜行路』を思わせるようなすばらしい場面がいくつもあり、方法として志賀の小説に酷似している（例えば、『伸子』における第一次大戦の終戦の誤報をきいた折のニューヨークの興奮のありさまは、『暗夜行路』の火祭の場面を思わせる）が、伸子と佃との関係についてはもっと近いモデルがあったかも知れない。有島武郎の『或る女』の女主人公早月葉子《さつきようこ》には、伸子とかなりよく似た家庭的な背景があるが、親の反対を押し切って自由結婚し、たちまち幻滅して離婚してしまう。夫に対して幻滅を感じた原因は違っていた。宮本百合子は、佐々城信子（葉子のモデル）は猛獣的な男性を要求し、国木田独歩に満足できなかった。宮本百合子は、苦境に陥っている、尊敬できる、助けられる男性を探していたために、荒木茂のものたりなさは彼女の盲点となった。荒木と性的にはうまく行ったようだが、当時の女流作家としてその方面に詳しく触れなかった。

『伸子』の頃の百合子は女性解放運動家ではなく、かわいらしいお嫁さんになりたがらないインテリである。比較言語学という社会的に余り役立たない研究をやる荒木を本物の学者だと思い込んだが、だんだん彼の凡俗さに気がついた。その点では、十九世紀文学の傑作であるジョージ・エリオットの『ミドルマーチ』にも共通点がある。「すべての女性は、女性にはない男性的要素に憧れるのだが、その男性の選択に自分の周囲にないものを憧れるのは、女性の理想主義であるが、現実的には冒険である」と平林《ひらばやし》たい子は『宮本百合子』の中に書いたが、正にそうである。が、百合子の冒険ないし失敗のお蔭で、『伸子』は珍しく真実性のある、感動ある傑作になりえた。

戦時中、宮本百合子は文学報国会に入会し、夫が「脱会しろ」と命じても、一人で脱退する場合、「一層くっきりと目立って孤立することがこわかった。防空壕《ぼうくうごう》にたった一人で入っているよりも多勢といたいこころもちがあった。文学の分野でも、情報局の形をとった軍部の兇悪な襲撃を、たった一人で、我ここに在りという風に、受けとめる豪気」がなかったことを、一九四六年に書かれた『風知草《ふうちそう》』という小説の中で、主人公のひろ子の心境として伝える。こういう告白を読んでから、百合子の弱さを軽蔑するどころか、私はその正直さに感激し、彼女の文学に対する敬意や信頼が深まるのである。

その正直さのお蔭で、百合子は終戦直後の日本を最も上手に描写する作家になれた。『播州平野《ばんしゅうへいや》』(昭和二十一年)は終戦の年の八月十五日から十月十一日までのさまざまの出来事を記録した小説である。小説を批評する場合の一般的な基準——つまり、筋の面白さ、人物の立体性、テーマの発展等——はこの小説を読む時あまり問題にならない。むしろ、読者は書いてあることが全部事実であると信じたがるので、小説としての欠点——例えば、未解決のままに置いた事件等——は反ってこの小説の信頼性の証拠に思われる位である。

終戦になってから、ひろ子は、思想犯として網走《あばしり》の刑務所に入っている夫の重吉のもとへ行きたがるが、広島で重吉の弟の直次が生死不明になっているので、或いは広島の付近に在る重吉の母の家を先に訪ねた方が良いかも知れないと迷う。しまいに、直次を探しに行くことに決心する。汽車の旅は陰惨なものである。「一日に一本出る下関《しものせき》行下り急行が東京駅の鉄骨だけがやっとのこっている円屋根の下を出発してから見て来た沿線の景色は、それを景色だと云えただろうか」。こういう感想で始まる旅はわびしいものであるが、百合子の鮮かな文章によって、忘れがたい、生き生きとした経験のように浮び上がる(東京へ帰る旅の描写は一層印象深いものである)。

東京を立つ前、ひろ子は土産ものを探して銀座の百貨店に入る。

「がらん洞《どう》に焼けた地階のほんの一部分だけを、ベニヤ板や間に合はせのショウ・ケースで区切つて、当座の売場にしてあつた。紙につつんだ丈《だけ》の口紅や、紙袋入りの白粉《おしろい》が並べられたりしてゐる。一方の隅に、アメリカのどんな避暑地にもある日本土産品店よりも貧弱な日本品陳列場が出来てゐた。白樺のへぎに、粗悪な絵具で京舞妓《きやうまひこ》や富士山やを描いた壁飾。けばけばしい色どりで胡魔化《ごまか》した大扇。ショウ・ケースに納められてゐるのは、焼けのこつたどこからか集めて来た観光客向の縮緬紙《ちりめんがみ》に印刷された広重《ひろしげ》の画や三つ目小僧がつづらから首を出してゐる舌切雀のお伽草子《とぎざうし》類である。……二人づれの若いアメリカの将校が入つて来た。みんなと同じに、簡単な好奇心だけであちこち見まはしてゐるうちに、その一人が並べられてゐる品ものを、段々仔細《しさい》に注視しはじめた。何の部分品か分らない金具をとりあげてしばらく指の間でひねくりまはして調べてから頭をふつて下へおいた。そこをはなれて、……真摯《しんし》なおどろきをあらはした低い声で、ひとこと、ひとこと明瞭につぶやいた。

『日本人は破産してゐる』と」

以上の文章ほど当時の東京をみごとに再現したものを知らない。勿論、一時代の雰囲気や事物を上手に描くことはあらゆる小説家の任務の一つであろうが、日本歴史の中で終戦の頃は最も有意義な時期であるから、現在（昭和五十二年）の東京を同じように上手に描いた小説よりも『播州平野』の方が重みもあり、響きもある。もう一つ注意すべき点は、百合子の文章は芸術的であることである。当時の百合子は共産主義者でもあり、夫は日本共産党の幹部であったが、昭和五年ごろのプロレタリア文学者たちと違い、百合子は紛れもない文学作品を書き、現在でも広い読者層に訴える力が籠っている。

『播州平野』における敵役《かたきやく》は日本軍が演じて居り、一番の犠牲者は、「日本ぢゆう、幾十万ヶ所かに出来た『後家町《ごけまち》』の」住民である。「戦争犯罪人といふ字句をポツダム宣言の文書のうちによんだとき、ひろ子は、その表現が自分の胸にこれだけの実感をたたへて、うけとられるとは知らなかつた。ひろ子は、世界の正義がこの犯罪を真にきびしく、真にゆるすことなく糾弾《きゅうだん》することを欲した」。

どうやら、現在の日本人は当時の百合子の軍人に対する怒りを忘れかけているのではないかと思う。アメリカが原子爆弾という恐ろしい新兵器を使ったことによって、日本国民に対する日本軍の犯罪が蔭になってきた。『播州平野』の中でも原爆のことが少し書いてあるが、著者はいわゆる「原爆問題」には入らない。「後家町」では、男たちがどういう爆弾で殺されたか、余り問題にならないで、男がいなくなった「後家町」では、原爆は戦争という大きな悲劇に付いて離れないものであったのだ。百合子が同じ経験に基づいた小説を五年後に書いたとすれば、きっと違った感覚で原爆のことを描いたと思うが、その場合、終戦後の記録としての価値はなくなった筈である。

小田切秀雄《おだぎりひでお》は『播州平野』や『風知草』に現われているひろ子と重吉の「獄窓をへだてての美しい結び合ひ姿において共産主義的人間像の豊かな内面的把握が展開され」ていると指摘する。そうかも知れないが、小説としての価値はそれに止まらない。夫婦が獄窓をへだてて慰め合うことは人間の歴史の相当古いところまで遡るし、また現在の共産主義国を含めた数々の国ではまだ行われているので、この場面に非常な普遍性が感じられ、しかも文学的に優れている。

夫婦が十何年ぶりで一緒に生活できるようになるのは大変な喜びだが、やはり人間であるために誤解ないし不充分の理解に悩むこともある。『播州平野』や『風知草』に描かれているのは人間であり、偶像ではないので、無条件にこの二つの小説を信じられる。反戦文学であるには違いないが、戦争がなかったら、戦後の解放もなかったと思われる。「一九四五年の冬は日本の民主主義の無邪気な発足の姿」であり、進駐軍の命令に従って刑務所から解放された重吉は、工場の広庭で「君たちは話すことが出来る」と労働者たちに呼びかける。日本のもっとも苦しい時期であったと同時に、希望に満ちた時期でもあった。そしてわれわれがその時代の喜びと悲しみをもう一度味わおうと思えば、宮本百合子の小説ほど頼りになる文献はなかろう。

三好達治

先日、知人が「三好達治《みよしたつじ》の詩がほとんど訳されていないようだ。外国人は三好の良さが分らないのだろうか」と言った。それを聞いて驚いた。なるほど、翻訳は少ないが、日本の現代詩人の中ではいちばん私の趣味に合っていることは事実である。しかし、三好の詩には翻訳を拒むような完璧さがあるので、原文の美しさを充分味わうことはできても、なかなか訳すことができない。

先ず問題になる特徴は、語呂《ごろ》の絶対性であろう。三好の抒情詩の中では最も人気がある「雪」

という詩は単純で短い詩である。

太郎を眠らせ、太郎の屋根に雪ふりつむ。
次郎を眠らせ、次郎の屋根に雪ふりつむ。

たとえ翻訳の名人であっても、この詩にぶつかると手をあげてしまうと思う。詩の意味については何も問題がないが、「太郎」と「次郎」という最もありふれた日本男児の名前には翻訳で伝えられない語呂がある。「太郎」の代りに「一郎」となっていたら、この詩は全くつまらなくなってしまうし、また、その絶対性は翻訳では消えてしまう。初期の作品には語呂が意味を補強する例が特に多いのである。

淡くかなしきもののふるなり　（「乳母車《うばぐるま》」）

同一の母音の繰り返し「アワ」、「カナ」、「シキ」、「モノノ」、「フル」などは外国語で模倣することは無理だろうし、単音節語の多い英語の場合は、「かなしき」のような多音節語は sad になりがちであるので、原作を愛する人は翻訳したがらないだろう。

語呂の問題だけではない。「大阿蘇《おおあそ》」というすばらしい詩の最後はこうなっている。

雨が降つてゐる　雨が降つてゐる
雨は蕭々《せうせう》と降つてゐる

もともと外国人にとっては、「が」と「は」を区別することは神秘的なものだが、この場合の「雨が」と「雨は」というような区別は何となく感じてはいても、英訳では表現できない。その上、三好が使った進行形の動詞が綺麗な英語にならない。

三好の詩の翻訳の場合、もう一つの厄介な問題がある。三好はほぼ同じ時期に文語体と口語体の詩を作っていたが、原文で読むと、両者は全然違う印象を与える。大体において、口語詩には客観的な観察が多いが、文語詩はもっと主観的である。「大阿蘇」に描かれた風景には永遠性がある。

　もしも百年が　この一瞬の間にたつたとしても　何の不思議もないだらう

と言っているが、この詩の一年前に書いた文語体の詩「艸千里《くさせんり》浜《はま》」では、同じ景色について次のように言っている。

　われ嘗《かつ》てこの国を旅せしことあり

これは永遠の世界の描写ではなく、詩人が時間の流れの中に立っている。この詩を書いた時、三好は三十六歳であったが、「われひとり齢《よはひ》かたむき」という表現を使った。それほど年とった年齢ではなかったが、四十四、五歳の杜甫《とほ》もいつも自分のことを老人と言い、まばらに生えている白髪に言及した。たとえ事実でなくても、老いを感じていたことは疑えない。三好の文語体そのものにも物悲しい響きがあるが、翻訳の段階となると、口語体と文語体をどう区別したらいいだろうか。

ところが、三好の詩は全部翻訳できないものばかりではない。昭和十五年にソウルや慶州を訪ねた頃に書いた傑作「鶏林口誦《けいりんこうしょう》」と「冬の日」は、翻訳に堪えられるだけではなく、逐語的な翻訳でもローマ時代を思わせるような壮大さがある。

戦時中書いた詩には、現在全く人気がないような愛国精神が流れている。終戦後、三好はそういう詩を全集から取り除こうと思っていたらしいが、高村光太郎と違って、罪悪感はなかったようである。三好の主張に賛成できなくても、私はそういうものに杜甫の戦争詩を思い出させるものがあると思う。確かに、三好が昭和二十年の「新潮」十一月号に発表した「横笛《よこぶえ》」には杜甫の有名な詩を引用している。「国は亡びて山河あり／城春にして……」となっている。

晩年の三好の詩にはますます深みが表現されて行った。「まだ……私の過去は私のものだ」と書いた三好は度々過去の経験からさまざまの意味を掬《すく》い上げた。「冬の日」などで描いた慶州の静寂な境内《けいだい》で一種の悟りを開いたということが、後で過去を思い出しながら分った。

わがためは　げによき歌をきかせたまひし　法《のり》の苑《その》
百《ひゃく》たびののちにさやかに　ふたたび思ふ　かの朝の清麗《せいれい》を
（「百たびののち」）

この詩の言葉の順序は漢詩を思わせるが、吉川幸次郎教授と共に編集した『新唐詩選《しんとうしせん》』の影響があったかも知れない。しかし、それ以上に、大陸文化に対する賞賛があったと思う。その代り、最後の傑作の一つである「牛島古藤歌《うしじまことうか》」は日本の詩歌の伝統をほめたたえるものである。その結句は次の通りである。

メートルまりの花の丈《たけ》
匂ひかがよふ遅き日の
つもりて遠き昔さへ
何をうしじま千《ち》とせ藤《ふぢ》
はんなりはんなり

すばらしく美しい句であるが、言語はいかにも複雑である。「メートル」という現代語の次に「まり（余り）」のような古語をつけ加え、蕪村の「遅き日のつもりて遠きむかしかな」の引用をし、「何を憂し」と「牛島」の掛詞《かけことば》を利用し、最後に標準語にない京ことばの「はんなり」という華やかなことばを用いたのである。詩全体の出来栄えはみごとであるが、三好に匹敵する才能のある訳者でなければ翻訳は不可能である。

三好達治は世界的な詩人であったが、その言葉遣いは余りにも完璧なものであったため、原語で読まなければ鑑賞はむずかしい。このことは世界的な名声に限界をつけてしまうが、日本語を読める人なら、三好の詩の美しさと日本語自体の美しさは同質のものだと思うだろう。

中原中也

私は二十年ほど前に中原中也《なかはらちゅうや》（一九〇七―三七）の「朝の歌」と「臨終《りんじゅう》」の翻訳を発表したことがある。中原の英訳としては一番古い方ではないかと思う。その頃は中原のリリシズム（抒情性）に感心し、五七調十四行のソネットという東西の詩的規則を守りながら、何か近代的な感情を盛っているこの二つの詩が特に気に入った。そして中原の詩集に必ず掲載される、ランボーを思わせるような写真は印象的であった。長髪の頭に形のくずれた帽子を冠《かぶ》り、子供っぽい目と口元を見せて読者の憐憫《れんびん》を求めるような顔つきの中原に何か親しみやすいものを感じた。その後、大岡昇平の名著である伝記『朝の歌』を読み、ますます中原に関心を高めた。

ところが、私が最も尊敬する日本の近代詩人――萩原朔太郎、三好達治、西脇順三郎《にしわきじゅんざぶろう》等――の例と違い、時間の経過と共に中原の詩に対する私の理解が深まっていったというような気はしない。中原の詩に飽いたというわけではないし、また、嫌いになったわけでもない。多分私の鑑賞力の限界を示す現象に過ぎないと思うが、また、中原の詩の限界を示すとも考えられる。河上徹太郎《かわかみてつたろう》は、『日本のアウトサイダー』の中で次のように書いている。「正確にいえば中原には特に『晩年』といった文学現象はなかった。殆んどすべての夭折した天才には、それが指摘出来るのにである」。

永遠の若さは万人の志すところであり、『ファウスト』初め、さまざまの文学作品のテーマになっている。青年時代に書かれた文学にも独特の魅力があり、生涯の全作品の中で処女作または出世作が最も優れているという作家が珍しくないのである。もともと、音楽や絵画と違い、文学を書くのには相当の教養が先行条件なので、文学には子供の天才がいない。十五歳から二十歳の五年間に全部の詩を書いたランボーは代表的な天才少年であろう。が、中原と違い、ランボーには「晩年」があった。

私は中原の詩の魅力を今でも大いに感じる。呪文《じゅもん》を唱えるような口調に抵抗することが出来ない。

菜の花畑で眠つてゐるのは……

菜の花畑で吹かれてゐるのは……
赤ン坊ではないでせうか？

いいえ、空で鳴るのは、電線です電線です
ひねもす、空で鳴るのは、あれは電線です
菜の花畑に眠つてゐるのは、赤ン坊ですけど
（「春と赤ン坊」）

歌曲として書かれたこの詩を嫌う人は先ずいないのではないかと思う。明るくて美しい詩であるが、中原が崇拝していたヴェルレーヌやランボーの世界からどんなに遠いことだろう。無論、ランボーの世界により近い中原の詩がないこともないが、詩の中に現われている中原は、「呪われた詩人」のような印象を与えないのである。中原の詩に「呪」という字が出ていても、甘い後味が残る。「北の海」はその一例である。

海にゐるのは、
あれは人魚ではないのです。
海にゐるのは、
あれは、浪《なみ》ばかり。

曇つた北海の空の下
浪はところどころ歯をむいて、

空を呪《のろ》つてゐるのです。
いつはてるとも知れない呪《のろひ》。

海にゐるのは、
あれは人魚ではないのです。
海にゐるのは、
あれは、浪ばかり。

この詩の鑑賞文の中で阪本越郎《さかもとえつろう》は次のように述べている。「詩人の内部には、人魚の伝説の生きる海——愛ある世界が想われていた。それゆえこうした浪ばかり咆哮《ほうこう》している海の、堪えがたい寂寥を語ったものだともいえよう。この詩には、浪漫《ろうまん》的生意識の拒絶を表わすと同時に、失われた愛を思う、目に見えない一縷《いちる》の悲しみがこもっているように思われる」。

私は阪本のこのような鑑賞を否定する意思もないし、しようと思って反証を挙げるのは非常に厄介なことになろう。が、正直なところ、この詩にはそれほど深く感心しない。中原の「北海」の人魚は、アンデルセンの「人魚姫」のように思われる。「浪漫的生意識の拒絶」にもっと威厳のある原典があったらよかったと思う。例えば、エリオットの『荒地《あれち》』に The nymphs are departed. という一行があるが、現在のテームズ川には、三百五十年前にスペンサーが描いたテームズ川のような水の精はいないのである。

水の精たちは何処かへ姿を消してしまい、川の水に昔の美を思い出させるようなものはなく、現代社会のごみばかりが流れてゆく。人魚はいかにも楽しく、童話に登場するような存在であるが、エリオットとテームズとの関係に比較すると、中原と人魚は余り関係がないと言わなければならない。言い換えれば、連想の層が薄いのである。なるほど、「目に見えない一縷の悲しみ」はあろうが、その悲しみは淡い。中原にもっと激しい表現を期待するのは無意味かも知れないが、彼はもともと相当激しい詩人として名を上げた人である。個人生活はともかく、詩にそれほどの力を感じさせない。言うまでもなく、中原の詩には大変美しいのがある。私は誰にも負けずそれを認めているつもりだが、何かが欠けているというような気もする。

中原の最初の詩集は『山羊《やぎ》の歌《うた》』と称するものである。『山羊の歌』は明らかにギリシャ語の tragōidia（悲劇）の直訳だろうが、中原の詩に一番欠けているものは恐らく「悲劇」そのものであろう。感傷を唆《そそ》るような美しい詩もあるし、すばらしい美しさや音楽性を持つ詩もあるが、悲劇は美しさや音楽性より遥かにきびしいものである。二歳の愛児が死んだ時、「また来《こ》ん春……」という詩を書き、自己の悲しさを上手に伝えたが、同様の悲しみに見舞われた小西来山《こにしらいざん》の俳句と比べると、中原の詩は美しくて、甘いと言う他はない。来山の「春の夢気の違はぬがうらめしい」という句には悲劇性があるが、「また来ん春と人は云ふ／しかし私は辛《つら》いのだ」等の詩は言葉を越えるような切なさを感じさせない。

無理もないことであろう。晩年のない詩人に悲劇を求めるのは、ないものをねだることになる。「朝の歌」に満足して、「晩の歌」を期待しないということが中原の詩の正しい鑑賞法であろう。

西脇順三郎

七、八年前にノーベル文学賞の委員会の委員が日本を訪れ、日本の文学者に賞を与える場合、誰が一番受賞すべきかと尋ね歩いたことがある。返事はまちまちであったが、詩人の名前を挙げる人はほとんどいなかったそうである。他国のノーベル文学賞の受賞者に詩人が多いのに、日本人は何故詩人を推薦しなかったかというと、現代日本文学の中での詩の低い地位によるものだと思う他はない。近代、現代の「文学史」の中にさえ詩のことは形式的にしか出ないか、それとも全然出ないか、そのどちらかになりがちである。そういう文学史を読んで文学は小説に限られているという印象を受ける読者がいても無理はなかろう。

しかし、現代の日本には詩歌がないという結論に達したら、大変な間違いであろう。短歌の雑誌は六百種類もあるそうだが、俳句雑誌はそれを上廻る。桑原武夫《くわばらたけお》の「第二芸術論」の攻撃を受けてしなびたはずの伝統的な詩歌は依然として隆盛の中にあるし、現代詩の専門雑誌も誠に多い。雑誌の数を聞いた外国の詩人はどんなに日本の詩人をうらやましく思うことだろう。

だが、日本の詩人がノーベル文学賞の候補者になることはない。それは、小説家に匹敵する詩人がいないためか、それとも詩というジャンルはもう現代人と縁遠いものだと思われているためか、はっきりしないが、西脇順三郎はすでに受賞した欧米の詩人に劣らないほど大きな存在だと私は信ずる。

言うまでもなく、私だけの意見ではない。西脇文学の愛読者の一人はこう書いている。「西脇順三郎は、R・M・リルケや、P・ヴァレリー、T・S・エリオットと共に、二十世紀を代表する四大詩人であり、既に、ノーベル文学賞の有力候補にも擬《ぎ》せられ、極めて独自な詩風を誇る国際的な学匠《がくしょう》詩人——言葉の最も崇高な意味における——として、現在、名声の絶頂にある」(千《ち》葉《ば》宣一《せんいち》)。

リルケ、ヴァレリー、エリオットと肩を並べるような詩人なら、西脇は現存の詩人で一番偉いに違いない。勿論、熱愛家の発言をそのまま信用することは危ないが、無視するわけにもいかない。西脇の詩や詩論は果してどの位の世界的な価値があるかを真面目に考えるべきだと思う。

西脇はエリオットの翻訳者であって、日本のエリオットと称せられたことがある。二人の詩の間に共通点がたしかにある。二人とも学者であって、自分の作品の中で過去の文学の引用や言及が多い。引用文の活用は手短に過去の詩の雰囲気や余韻を自分の新しい作品に盛り込むためだが、場合によってパロディーの効果もある。二人の詩人は読者に相当の知識を期待するが、読者は博学でなくても、語呂の美しさやイメージの輝きに敏感な人ならそれに満足するはずである。

ところが、エリオットは西欧の文化という基礎の上に立って、教養のある西欧人なら誰でも知っているはずの文学から自由に引用するが、西脇の引用の多くは、日本人ないし東洋人の伝統と何も関係がない。エリオットの「遠い昔」は自分の祖先の時代である。二十世紀の知識人のエリオットとおよそ縁遠い原始人は、もう「丘の陰で」姿を消してしまったのだが、元気よく躍っている彼らの足の音がまだ胸の中で響いている。

西脇は自分の胸の中に近代人と原始人がいると認めるが、その他に「幻影の人」もひそんでいる。その「幻影の人」は「原始人以前の奇蹟《きせき》的に残っている追憶であろう」と西脇が説明するのだが、「幻影の人」は国籍もなく、人間そのものの原型に近いものであろう。そういう意味では西脇はエリオットよりも国際的であって普遍性もある。

西脇は時に応じて自分の日本の「祖先」に言及することがあるが、それは自分と過去の日本の詩人とのつながりを誇張するためではなく、それらの詩人は先見の明がある人間として世界中の詩人と共通な面があったことを指示するためである。「日本の大詩人芭蕉も『シュル』（シュールレアリスム）の先駆である」と書いた西脇は芭蕉の俳句をよく知っていて愛したに違いないと思うが、自分と芭蕉とのつながりは、自分とボードレールとのそれよりも深いとは言っていない。芭蕉やボードレールや自分自身の中に同じ「幻影の人」がひそんでいるのを発見しただけのことである。エリオットは知性派であって意識的に伝統を伝えたが、西脇は学匠詩人でありながら、直感的に自分の中にある「幻影の人」を探求していて、抒情的な詩風である。

エリオットも西脇も自分個人の世界を造って一般の人間の悩みや希望に余りふれないことで非難されたことがある。他の詩人と違って、二人称の詩が少なく、「旅人は待てよ」という風に呼びかける場合でも、自分自身に声をかけている。個人を相手にしないばかりでなく、戦中派の詩人たちと違って国民に呼びかけることもなかった。西脇が日本の軍国主義の旺盛な時代に詩を作らなくなったことは、一種の抵抗として褒められることがあるが、一方、沈黙に引っ込んだことを非難する批評家もいる。「彼は詩の形の表出行為を放棄して、沈黙による空白をむしろ選んだのだといえる。しかし、ぼくらはそれを詩的抵抗と呼ぶことはできない」（北川透《きたがわとおる》）。そうかも知れないが、「抵抗」と呼べなくても、詩の濫用に関しては潔癖だったと言わざるを得ない。終戦後、西脇は十数年ぶりで詩を作るようになったが、当時流行していたアメリカ風の民主主義的な標語に同調しないで、彼独自の道を歩んだ。国際的であった彼は、外国のあらゆるものが絶賛された時代に、「平安朝の優美な世界と中世の幽暗な連歌、近世のしゃれた俳諧の世界と近代感覚とが交錯して出来たような世界」（木下常太郎《きのしたつねたろう》）を造ったのである。西脇は彼の国際的な視力を以て、日本の詩歌の伝統、特に日本語そのものの機能を見て、日本を含める新しい世界を自分の詩に込めた。

西脇の詩にまだ世界的な名声がないことは、私を含む訳者たちの怠慢によるものだと思う。日本でも現代文学の偉大な存在として充分認められていないことは理解に苦しむ謎である。

堀辰雄

堀辰雄《ほりたつお》の文学作品を読んでその美しさに打たれない人は少ないと思う。彼の小説には、高原の野生植物や太陽の光を浴びた少女の姿などの描写が多く、読者に、色彩こそ淡いけれども純粋な印象を与えるものであり、詩的な文章の後味が良い。しかし、いくら堀の文学に感心したとしても、何処か物足りない所があるという気がしないこともない。三島由紀夫は堀の過敏な性質を嫌い、堀の文学を微熱的なものとして片付けてしまったが、そうすることによって三島は自分の中にあった堀的な要素を除去しようとしていたのかも知れない。

堀は若い時からヨーロッパの近代文学を愛読していたが、特にラディゲの『ドルジェル伯の舞踏会』に惹かれたそうである。この点や後でモーリヤックの文学に傾倒した点は、三島と共通性を持っていたが、二人の作家がたとえ同じ文学から影響を受けたとしても、全く異質のものであった。堀の『菜穂子《なおこ》』の淡泊さも三島の『愛の渇き』の強烈さも同じモーリヤックに負っているとは思いにくい。堀は外国文学からいろいろの技巧を学んだが、三島のように国際的な作家にはならなかった。堀の短編でもっとも劇的なものは『燃《も》ゆる頬《ほお》』（昭和七年）であろう。これはテーマの点でも文章の点でも三島の『仮面の告白』に割合に近いが、たとえ出発点に共通性があっても、それから後の三島が激情のあふれる世界にますます深入りしたのに反して、堀は美しく、清い世界に逃亡したのである。

堀の作品の多くは私小説である。勿論、フィクションの要素もかなり入っているだろうが、大体において堀は自分の経験に基づいて小説を書いたようである。小説の主人公の多くは堀の分身のような存在であるので、どんな小説を読んでも、堀辰雄はどういう人間であったかということが、おぼろ気ながら分るような気がする。東京生まれだったが東京を舞台にした作品は少なく、むしろ田舎の町である軽井沢《かるいざわ》が度々その小説の背景になっている。一軒のバーもなく、宣教師の避暑地だった当時の軽井沢で、堀は外国人の少女を見たり、澄んだ空気を吸ったり、釘付けにされた外国人の別荘のまわりをさまよったりしてなかなか東京へ帰りたがらなかった。

堀の文学の世界は主として軽井沢のような清い田舎である。完璧なものだが、その舞台はいかにも狭い。プルーストの愛読者であり、「プルウスト雑記」という評論もあるが、プルーストに対する理解は余り深くなかったので、プルーストから受けた影響は大したものではなかったと思う。プルーストの文学に一番感心した点は「小説のなかに時間の経過する感じを与へる」ということであった。これはたしかにプルーストの小説の特徴であるが、プルーストがカミツレの花の煎《せん》じ汁につけておいたマドレーヌを食べてから思い出した世界は、立体的に描かれた大勢の人物でいっぱいになっているのに反し、堀の小説には語り手（または主人公）やその人の好きな少女以外は人物らしい人物が余り登場しない。堀はプルーストのマドレーヌに類する趣向を時々使ったが、効果は全く違っていた。例えば『恢復期《かいふくき》』（昭和六年）の主人公は軽井沢の花の匂いを嗅《か》ぐが、「その香りは彼の発作の直前の気持を思ひ出させせ」たのである。ドロシイという七つ八つの少女のなつかしい姿が浮んでくるが、プルーストのマドレーヌの味は何千倍も大きい社会を思い出させたのである。

堀は好んで少年と少女のことを書いた。『麦藁帽子《むぎわらぼうし》』（昭和七年）の冒頭には、「私は十五だつた。そしてお前は十三だつた」と書いてある。そこから堀は淡い初恋の話を展開するが、最後には、少女が別の少年に愛されているので、主人公は諦《あきら》めてしまう。「その時分はまだ私も子供だつた。

私は好んでお前を諦めた」と言う。この失恋の話とからんで語り手と母親の微妙な関係も髣髴《ほうふつ》と描かれている。その母親は息子に「昔ながらの子供らしさ」を要求するので、彼はしまいに「もし私がそんな子供らしさの似合はない年ごろになつても、まだ、そんな子供らしさを持ち合はせてゐるために不幸な人間になるとしたら、お母さん、それは全くあなたのせゐです」と言う。昭和七年に書いた「プルウスト雑記」の中では「ベルグソンやフロイドの著書をあまり読んだことがない」ということを認めたが、フロイトをもう少し読んでいたら、この小説にもっと説得力があったかも知れない。が、純情の少年の初恋の描写としては美しく書かれているし、フロイト的な示唆がないこともない。

堀はプルーストから余り影響を受けなかったと思うが、師事していた芥川龍之介からも、大学で親しく付き合っていた左翼的な友人からもほとんど影響を受けなかったようである。丸岡明《まるおかあきら》が大学生の頃の堀と左翼作家との関係について、「堀辰雄一人、心を硬い殻に閉じ、その仲間にならなかった。その間の経緯を、書き残している断篇も見当らない」と書いたように、優しく、繊細な堀は、外部からの影響に対しては案外な抵抗を示した。ラディゲやモーリヤックのような乾いた文章で古典主義的な小説を書こうとしたが、本質的に言って、堀はそういう小説には向いていなかったので、『風立《かぜた》ちぬ』のような甘くて美しい作品を書くようになった。

堀は晩年に平安朝の文学に関心を示し、『かげろふの日記』（昭和十二年）や『曠野《あらの》』（昭和十六年）のような王朝の小説を書いた。その頃リルケの影響が強かったということだが、日本の古典の世界には外国人の案内役は要らなかったと思う。

堀の半生は闘病生活であったということは、言うまでもなく、その文学の素質と大いに関係がある。病室で寝ている間、他の作家のようにさまざまの経験を積むことが出来なかったので、堀の文学には広さがないが、深さがある。『風立ちぬ』が読者に忘れられないような印象を与えるのは、作家が長い間死を見つめていたためであろう。

堀は『美しい村』（昭和八年）という作品にバッハのフーガの音楽的な構造を取り入れたそうだが、その作品に流れている音楽は荘厳なフーガのようなものではなく、もっと淋しく、ほっそりとした旋律である。その音楽には何も不調和がなく、雑音の多い此の世の中に今でもまだ美しく、清く聞えてくる。

梶井基次郎

梶井《かじい》基次郎《もとじろう》は三十一歳で病死したが、絶えず病気に悩まされたためか、一握りの小説しか残さなかった。もっとも、早熟であった石川啄木は二十六歳で病死するまでにおびただしい数の作品を残し、また、三島由紀夫は二十八歳の年に『三島由紀夫作品集』（全六巻）を刊行している。三十歳の作家は必ずしも若くないし、また、三十歳の多作の作家も存在するが、梶井が寡作だった原因を夭折や病気だけに帰することはできない。一握りの小説しか残っていないが、それらは完璧としか言いようのないみごとなもので、磨き上げられた一行一行が光っている。その文体を挙げると、止めることができないくらい引用したい文句が次から次へと目の前に現われてくる。小説に詩的な文章があること自体は決して稀な現象ではないが、梶井の場合、詩か散文か区別がつかないような作品が多い。散文詩と思い切って呼んでしまった方が良いかも知れないが、志賀直哉の文学と一脈相通ずるものが感じられるので、小説と呼んでもよかろう。

梶井の小説には筋らしい筋もなく、人物の描写や時代の背景等が現われて来ることもない。私が読んだ二、三の解説によると、梶井はプロレタリア文学に強い関心を示したそうだが、作品にはそれらしい影響が認められない。小説の内容は最初に設定された感想または質問に触発されることが多い。例えば、「冬の蠅《はえ》とは何か?」「桜の樹の下には屍体が埋まつてゐる!」「猫の耳といふものはまことに可笑《をか》しなものである」というように、冒頭の文句から小説全体が示唆されている。冬の蠅や猫の耳等は一茶《いっさ》の俳句を思い出させるような身近なものであるが、梶井が俳句から影響を受けたとすれば、一茶からではなく、芭蕉からであろう。

梶井の小説を読みながら、「馬をさへながむる雪の朝哉《あした》」という芭蕉の句を思い出した。梶井の処女作であり、傑作である『檸檬《れもん》』の中で、梶井は京都の裏通りの八百屋で「ごくありふれてゐる」果物を見かけ、一つだけ買う。手に入れた瞬間からその檸檬の不思議さに惹かれる（梶井の作品には「不思議」または「不可思議」という言葉がよく出るが、いつも文字通りの不思議さを表現し、芭蕉に馬を眺めさせたあたりまえのものの本質的な不思議さを指す）。語り手も何でもないような果物にそれほど感激するのは変だと意識している。「実際あんな単純な冷覚や触覚や嗅覚や視覚が、ずつと昔からこればかり探してゐたのだと云ひ度《た》くなつたほど私にしつくりしたなんて私は不思議に思へる」と述べている。何でもない果物や虫や野花を初めて見たかのようにびっくりするということは、俳人にとってはしばしば生命の不思議に感動するきっかけになる。欧米の詩にもこれと似たような心境が描かれていないこともないが、欧米の詩人は自然の現象を人間生活の比喩として取扱うことが常である。梶井の自然を見る眼は明らかに日本的であり、芭蕉のようにそれぞれの現象の底にある不思議さを見抜いた。

しかし、梶井は二十世紀の日本人としていつも日本の伝統的な風景に囲まれていたわけではない。『器楽的幻覚《きがくてきげんかく》』という短編は、「ある秋仏蘭西《フランス》から来た年若い洋琴家《ピアニスト》」の独奏会を描いている。洋楽が好きだった梶井はある長いソナタが終った時、「自分をそのソナタの全感情のなかに没入させることが出来たことを感じた。私はその夜床《とこ》へはいつてからの不眠や、不眠のなかで今の幸福に倍する苦痛をうけなければならないことを予感したが、その時私の陥つてゐた深い感動にはそれは何の響きも与へなかつた」と言った。この西洋の音楽が深く日本の聴衆の心に入り、ざわめいていた人びとに静けさをもたらした。著者は、「私にはそれが不思議な不思議なことに思へた」と。

梶井の感受性の鋭さは病的に近かった。「不思議」という言葉を頻繁に使い、われわれの周囲に在る美しさと恐ろしさを一つ一つ感じ取り、われわれが無視してしまう日常的なものに対してさえ初めて見るかのような驚きの眼を向けた。梶井文学は私小説の範疇に属しているらしいが、梶井の小説がありのままの経験を伝えているとは思えない。彼の小説に登場する人物のように織細な人間がいたとすればもっと早く死んだ筈である。

梶井の繊細さは決して女性的なものではないが、芭蕉の俳句にあるような芯《しん》の堅さが欠けているように思う。病気だったので死が近づいていることに始終敏感だったことは当然だと思うが、それればかりではなく、死の闇に絶えず惹かれていたようである。『冬の蠅』で述べられているように、或る冬の夕方、自分が住んでいる村へ帰る自動車を降り、暗くなっていく山の中で一人で坐り、「此処《ここ》でこのまま日の暮れるまで坐つてゐるといふことは、何といふ豪奢《がうしや》な心細さだらう」と考えるが、「何といふ苦い絶望した風景であらう。私は私の運命そのままの四囲《しゐ》のなかに歩いてゐる……私の神経は暗い行手《ゆくて》に向つて張り切り、今や決然とした意志を感じる。なんといふそれは気持のいいことだらう。定罰のやうな闇、膚を劈《つんざ》く酷寒」と述べ、自分の心境をよく伝えているが、死神にとりつかれている人間の暗さを感じさせる。

私は梶井の作品の中で、『闇《やみ》の絵巻《えまき》』が一番好きである。どこを引用してもすばらしい。

「私は好んで闇のなかへ出かけた。渓《たに》ぎはの大きな椎《しひ》の木の下に立つて遠い街道の孤独な電燈を眺めた。深い闇のなかから遠い小さな光を眺めるほど感傷的なものはないだらう。私はその光がはるばるやつて来て、闇のなかの私の着物をほのかに染めてゐるのを知つた。またあるところでは渓の闇へ向つて一心に石を投げた。闇のなかには一本の柚《ゆず》の木があつたのである。石が葉を分けて戛々《かつかつ》と崖へ当つた。ひとしきりすると闇のなかからは芳烈な柚の匂ひが立騰《たちのぼ》つて来た」

以上の文は詩か散文か区別しにくい。いずれにしても美しいと思うが、美し過ぎるかも知れない。梶井基次郎の文学碑に刻むような名文であろうが、このような磨きあげられた文章をしばらく読むと、何かもっと強くて荒いものが欲しくなるのは、私だけであろうか。

島木健作

島木健作《しまきけんさく》の文学は読まれなくなったようである。昭和十二年頃から『生活《せいかつ》の探求《たんきゅう》』は非常な人気があり、何十回も版を重ねたが、今や日本の青年たちを感動させるような力を持たず、文学全集の一部にほそぼそと命脈を保持している程度である。同じ昭和十二年に発売禁止処分を受けた『再建《さいけん》』は、戦後になって初めて自由に発行されるようになったが、関心が薄かったためか、現在はなかなか見付けられない本である。転向文学というレッテルが付いた作品には好奇心さえ湧いてこないようである。

ところが、転向文学の定義はむずかしく、島木の初期の作品——例えば、『癩《らい》』や『盲目』——は果して転向文学であるかどうか定《き》めがたい。著者の島木が転向したとしても、小説の主人公は転向を拒否している。検閲当局が甘かったか、それとも肝心のくだりを読み落したか、よく分らないが、処女作であった『癩』は徳永直《とくながすなお》という〝危険人物〟の推薦でナウカ社という左翼出版社の出した雑誌「文学評論」に発表したことから推測すると、当時の検閲は徹底していなかったことが分る。情勢が早いテンポで悪化し、三年後に書き上げた長編小説『再建』は、島木の並々ならぬ慎重さにもかかわらず、発売禁止処分になった。それがどんなにひどいショックであったか、『再建』のあとがきから想像できる。島木は次の通り書いている。

「私は勿論一つ一つの作品に自分の全体を打ち込むこと、新しい仕事にはそのすぐ前までの自分の成果のすべてを生かすといふことを、常に念願としてゐる。しかし実際の結果は余りにも屢々《しばしば》この願を裏切つてゐる。だが、『再建』には作家としてなほ日の浅い私の過去のほとんどすべてが打ち込まれてゐる筈だ。その欠点に於ても、もし何かあるとすればその長所に於ても、今の私はこれ以外のものではないだらう」

『再建』の発売禁止処分は島木健作という人間の否定に等しかったことは明らかである。ヒゥイスマンスが『さかしま』の序文で引用したドールヴィイの言葉を借りて言えば、「ピストルか祭壇か」という選択を迫られたが、ピストル（自殺）をとらず、祭壇──いわゆる「大地信仰」という宗教──を選んだ。もし島木がその危機に直面して自殺したとすれば、現在でもよく読まれるのではないかと思う。そればかりでなく、島木は英雄的な存在として尊敬されているだろう。しかし、島木は祭壇の前に跪《ひざまず》いて、二ヵ月という驚異的な短期間で第二の長編小説、『生活の探求』を書いた。当時、この小説は成功を収めたが、これがわざわいして、現在、島木は不人気になっている。

『再建』が発禁になり、島木が自殺したり、あるいは筆を折って文学を断念したとすれば、つまり、作家として自殺をしたとすれば、その時点までの文学をどう評価するか、これは揣摩《しま》臆測《おくそく》のの描写は不思議なほど説得力がある。が、確かにその文学には何か独特のものがあると思う。先ず、獄中生活の描写は不思議なほど説得力がある。

「はじめかすれたやうに、つぎに何かの悲鳴のやうに弱々しく、やがてしだいに太く高くなつてゆき、その野太い音が頂点に達したとおもふとふいにひきちぎつたやうにふたたび以前のかすれた音にかへつて、わびしい余韻をひきながら消えて行くのであつた。同時に夜ぢゆう無気味に静まりかへり、物の怪《け》のはびこるに任せてあつたやうな、この死んだ建物の内部にはじめて生々《いきいき》とした物音が起つた。しはぶきの音や、鼻をすする音や、狭い房内を動くけはひなど、生きた人間のものであるもの音がひとしきりきこえた。蜂の巣のやうに、一つ一つくぎられた厚い扉の隙間からもれきこえるだけで、人間の姿の見えないといふことが、恐ろしく痛ましい何か非人間的なものを感じさせるのであつた」（『再建』）

鏡のない監獄では、五年も十年も自分の顔が見られない。「便器に溜る小便に面を映して慰めてゐる」囚人はわびしい存在である。「さういふ境遇に一度おかれたものでなければ、想像し得ないやうなつきつめた心持」であると主人公である浅井の仲間の一人が言う。島木は昭和三年三月十五日に、治安維持法の発動によって検挙され、大阪で収監された。その翌年、病気はいよいよひどくなり、自分の選んだ道に誤りがあることを認め、「再び政治運動に携はる意志はない」と誓った。これは島木の転向であったが、声明を出しても直ぐ釈放されるどころか、かえって獄中でますます苦しい生活を強いられるようになった。昭和七年まで独房の生活が続き、かろうじて発狂の危険を免れた。

こういう経験が初期の小説の材料になっているので、全く暗く、ユーモアのない世界が描かれているが、これは止むを得ないことだと思う。極めて真剣な書きぶりで、読者を喜ばせるような文章ではない。言うまでもなく、島木は『再建』には風俗小説にあるような面白みが乏しいということを知っていた。「我々の文学の道は思想からの逃避にはなくてこれを益々深めて行くことにあると信じてゐる。私の小説が、時に観念の露出によつて損はれてゐることがあるとしてもそのことによつて何も私のこの考へが誤りであるといふことにはならない」と書いている。

『再建』は決して楽しい小説ではない。人物に個性が少なく、語り方が平板であるので退屈な場面がかなり多い。悪く言えば、失敗作であるが、規模の大きさやその時代を喚起する巧妙さという点に関しては、当時の数少ない偉大な小説であると言える。『再建』の最後の所で、「しかし浅井はどうしても生きて、もう一度あの外光を、あの灰色の高い障壁の外で、大地に立つた満身に浴びなければならないのであつた」と結んでいる。島木も大地に立った満身に外光を浴びたかった。『生活の探求』にはそういう意味もあったと思う。その小説の「熱っぽいこと」に感激する評論家がいるが、私は三十頁読み、もう分ったという気がしたので、それ以上読む気はしなかった。私は「大地信仰」と称するものを信じていない。

『黒猫《くろねこ》』等、晩年の短編は大変評判がよく、島木の一番の傑作だと言われている。これらの何でもない、写生風の動物の話にはさまざまの意義が隠れているらしい。確かにそうかも知れないが、私は、「氏の生涯とその辛苦を何ら知らぬ読者が読んだら、これらの作品は、動物に生《せい》の寓喩《ぐうゆ》を見出す日本近代文学のルーティン以上のものを認めるのは、いささか困難だと思はれる」と言う三島由紀夫の意見に傾斜する。文体は見違えるほど上手になったが、病身の島木はもう自己の作品に「自分の全体を打ち込む」余裕はなかった。生を選んだ島木は四十一歳の若さで亡くなった。

武田麟太郎

昭和十八年に発行された『昭和文学作家論』の中で、武田麟太郎《たけだりんたろう》という名は、「昭和文壇では既にゆるがぬ地位を占めてゐる」と書かれているが、残念ながら近年になってその地位が大分ゆらいだようである。武田の作品は既に文庫本から姿を消し、全集本には確かに痕跡を留めているが、ほとんどの場合、不思議な組み合わせによって島木健作と一巻を分け合う運命になっている。だが、口絵の写真を見ると二人は全く違う人種の作家であることは一目瞭然である。

小柄な島木は生真面目な目付きでカメラを避けてあらぬ方を見ているが、武田は不機嫌そうな表情で読者を睨《にら》んでいる。戦時中のジャワで写した武田の姿は特に印象的である。軍人らしい髭をはやした彼はオートバイに勇敢に跨《また》がっているが、杖にすがりながらわびしそうにハルビンの寺院を横から眺めている島木の写真と比べると、対照的である。

勿論、写真ばかりではない。武田の最も暗い短編は島木の最も明るい作品より遥かに楽しく読める。文体も全く異質である。島木は並々ならぬ努力を払ったので、晩年の短編にはかなりの技巧を発揮できたが、武田の文体にはさまざまの変化が認められ、初期の『暴力』（昭和四年）以来、作品の内的要求に応じて文体を変えていった。

それなら、この二人の全然違った作家は何故『ハムレット』のローゼンクランツとギルデンスターンのようにいつも引っ付いているのだろうか。言うまでもなく、この二人には「転向」という同じレッテルが貼られているからである。しかし、正直に言って、武田が転向したという定評がどのような根拠によって出来たか、今でもよく分らない。『暴力』はプロレタリア文学であるということになっているが、プロレタリア文学の典型的な作品――例えば、『蟹工船』や徳永直の『太陽のない街』――にちっとも似ていない。主人公である杉平治は決して労働運動の闘士のようには描かれていない。セツ子という少女と肉体的な関係が出来るが、「彼には動物的な愛情は感じることができた。だが、それ以上のものはなかつた」と著者は言う。

平治はセツ子に黙って東京へ行くことにするが、「悪いことに、その朝、セツ子は笑ひながらやつて来た。彼は口も利かずに家を出た。……停車場はこの都会の北の端にある。彼はそこまで歩いて行かうと考へた。そして歩いて行つた。すると、少女は口笛を吹きながら、彼の先になつたり、後になつたりしてついて来た。途中で、風は雨に変つた」。平治は一枚だけ切符を買い、セツ子に見せる。悲しそうな顔になった。「セツ子は駆けて行き、切符を買つた。だが、彼女には見送りの入場券しか買へない」。別れる時、少しも悲しさを示さない平治はセツ子に貨幣を突き出し、「傘でも買つて帰れ」と無愛想に言う。

東京に出た平治は無政府主義者の連中と一緒になり、「少年時代ひそかに師事してゐた詩人の所にも『掠《りやく》』（強請《ゆすり》）に出掛けた。その詩人はケチン坊で有名だつた。彼はその詩人が出さないので、相手の顔面に一撃を浴《あび》せた。へたばつた詩人は鼻血を出した」。平治はうまく逃げ出し、「自分より弱い奴がゐると思ふと彼は愉快になつて来た。そして暗誦《あんしよう》してゐるその詩人の詩を高く歌ひ出した」。

その後、セツ子から手紙が届き、彼の子供を身ごもっていることを知らせて来る。セツ子に同情するどころか、「平治はもう一度笑ひ出した」。何という風変りなプロレタリア文学作品であろう。

武田の小説は転向文学になっているが、「暴力」から転向したとは思わない。中村光夫は、名著『風俗小説論』の中で、「いわゆる転向小説がすべて私小説の形をとって書かれたのは、なお僕等の記憶に新たな陰惨な現象です」と書いているが、武田の小説の多くは私小説の形式を取っていないので、転向小説に失格していると言う他はない。私小説の形式を取っている『大凶《だいきよう》の籤《くじ》』（昭和十四年）にも自己憐憫は微塵もなく、大凶の籤を引いた「私」は鏡で自分の腐っている歯を見ている時のように、あきらめ半分、滑稽半分で眼の前にある暗い前途を眺める。

周知の通り、武田は西鶴の文学を愛読し、追求しようとした。『井原西鶴』（昭和十二年）を自ら「私小説」と呼んだが、これは自分の悩みを長々と語るような私小説とは少しも共通性がなく、西鶴の中に自己を発見しようとする過程の賜物であった。武田の文学の特徴である庶民への深い関心——彼のいわゆる市井事《しせいじ》の小説——が西鶴から学んだ趣味であるとは思えないのである。庶民の日常生活にあらかじめ関心があったために、西鶴の文学に憧れたと考えた方がよかろう。武田は、「彼は富めるもの貧しいものの悲劇喜劇に生々しい興味を惹かれる男であつた」と述べ、西鶴の性格を描写したが、これは、また、自己描写にもなる。

確かに、武田は昭和十年前後の暗い時代の悲劇喜劇を上手に書いた作家であった。そして西鶴のように、自分と対象との間に適当な距離を保っていたので、悲劇が喜劇になったり、喜劇が悲劇になりがちであった。『日本三文《にほんさんもん》オペラ』（昭和七年）や『一の酉《いちのとり》』（昭和十年）では西鶴を思わせるような作品を書き、昭和文学には極めて珍しいユーモアで庶民階級の喜怒哀楽の情を描くことに成功した。ユーモアを以て浅草の木賃宿《きちんやど》を描写した裏には、無論、武田が庶民を軽蔑したという意味は全くなく、むしろ、ユーモアに頼らなければ人々のみじめな生活を書くに忍びないというような意味があっただろう。それと同時に、武田には虚無的な面があったため、左翼的な「英雄」である杉平治のことを書いた時も、『黴の花《かびのはな》』（昭和九年）の資本主義的な「英雄」の高浜義男を書いた時も、理想像をぶち壊す必要があった。文学だけに尊敬の念を表しつづけた武田は、晩年になってから風俗小説を書き、読者及び自己に対し文学そのものの価値を質《ただ》した。

評論家たちは武田の叛骨《はんこつ》の精神をよく問題にする。確かに「叛骨」であったし、また、天の邪鬼《あまのじゃく》のような性質もあったと思う。そのためか、文学者を分類するような評論家は、武田の文学は手に負えないと思い、余り自信がなさそうな編集方法を採用し、いつものように島木健作と組み合わせ、転向文学について云々する。が、武田文学の独特の面白さに言及することはまれである。私は中村のもう一つの批評に感心している。「武田の後期の短編は、その書かれた背景の時代への興味をはなれても、独立して存在を主張し得る完成に達してゐます。独歩、直哉、龍之介の作品と並べてもあへて遜色のないものも一二にとどまりません」。
これほど高く評価できる作家にはもう一度ゆるぎない地位を与えてもいいのではないかと思っている。

中島敦

中島敦《なかじまあつし》は、多くの日本文学全集で一人か二人の他の作家と仲良く一巻を分けている。彼の個人全集も確かにあるが、一般に読まれている作品は僅かしかなく、「彼はただふたつの作品によって記憶される作家なのである」と篠田一士《しのだはじめ》がかつて書いた通りである。私は篠田より多少点数が甘いが、佳作が多いとは言えない。三十三歳で生涯を終えたこの作家がもっと長生きしたなら良い仕事がもっといろいろできただろうが、死んだ児の年を数えるより残っている作品を評価してみたいと思う。

中島文学について、古い批評としては中村光夫の昭和十八年十二月（つまり、中島の死後ちょうど一年を経過した頃）のものがあるが、現在まで発表された中島敦の文学論としても最も優れたものの一つである。中島の中編小説『光《ひかり》と風《かぜ》と夢《ゆめ》』は昭和十七年上半期の芥川賞候補作に推され、最後まで残ったが、数名の選考委員（主に私小説作家）の反対にあったため、授賞作なしと決定された。中村は「『光と風と夢』がこれまで芥川賞を受けた諸作……に比べて決して劣つてゐないのは勿論の話であるが、更に広く考へて、現代の青年作家のうちその資質や作風から見て長短ともに最も芥川龍之介に近いのは中島敦ではないか」と言い、中島を「現代の小芥川」と称した。中村には先見の明があったと言う他はない。確かに、『山月記《さんげつき》』や『盈虚《えいきょ》』や『名人伝《めいじんでん》』のような短編は芥川初期の文学の世界に近く、しかも劣っていない。『盈虚』は余り問題にされていないようだが、私の特に好きな作品である。

ところが、『光と風と夢』は芥川文学に似ていない。主題がサモアのスティヴンスンであることが示すように、これは東洋の古典文学に基づいた物語ではなく、『宝島』を書いたスコットランド生まれの小説家の南洋における日常生活を描いた伝記めいた作品である。『光と風と夢』は失敗作だとされているが、いろいろと意義深い点もある。先ず、日本の作家が西洋人に感情移入をした例は少なく、中島のように西洋人を自分に同一視することは実に珍しいことである。中村は、「スチヴンソン自身もあまりに中島敦臭くなつてゐる」と書いたが、確かにそうである。が、このような感情移入は勿論欠点ではない。中島もスティヴンスンも病人であり、若くして死んだし、また、二人とも南洋で暮したことがあったが、性格上の類似点は少なかった。私は最近『光と風と夢』の主な原典であるスティヴンスンの *Vailima Letters* という書翰《しょかん》集を読んだが、受ける印象は中島の作品と全く違う。スティヴンスンにはいつ死ぬか分らないという不安があった筈だが、その手紙はいかにも明るく、楽しいものである。『光と風と夢』の主人公はサモアの景色等を喜ぶこともあるが、それより絶えず自分の文学の価値について悩んだり、列強の帝国主義に憤慨したりする暗い人物である。この変化は恐らく中村が指摘した「中島臭」さであろう。しかし、このようにスティヴンスンを変形しなかったら中島には小説を書く動機がなくなっただろう。そして『光と風と夢』のスティヴンスンは、私小説を嫌った中島の自画像になったからこそ、この小説はまだ読まれている。

大東亜戦争中に書かれたこの小説は、その戦争の理想とされたものと無関係ではなかった。芥川賞の選考委員の一人であった久米正雄《くめまさお》は、「是《これ》は直ちに英訳して、戦時下の英国民に読ませたらといふ感じだ」という意見を述べた。最近の評論家はこの見解を「まったくのナンセンス」として片付けたが、私は久米の言葉をナンセンスだと思わない。無意識的だったにしろ、当時の中島は当時の大方の日本人の世界観を反映していた。例えば、サモア人たちがスティヴンスンのために作った道路の工事完成を祝う宴会の席で、彼は感謝の演説をしたが、その原稿が書翰集に残っている。中島の改作を原文と照らし合わせると、どんなに違うかすぐ判明する。『光と風と夢』に次のようなくだりがある。

「一口にいへば、自分の国土の富源《ふげん》を自分の手で開発することです。これをもし諸君が行はないならば、皮膚の色の違つた他の人間どもがやつてしまふでせう」

原文はもっと簡単である。"If you do not occupy and use your country, others will."（諸君が自分の国土を占めてその富源を利用しなければ、他の人間がやってしまうでしょう）。原文に「皮膚の色の違った」という言葉はどこにもなく、それに近い表現もない。それどころか、サモア人の直面する危機に似た例としてスティヴンスンはアイルランド人やスコットランド人の経験に言及するが、言うまでもなく、アイルランドやスコットランドは「皮膚の色の違った」人間に侵入されたわけではない。また、同じ演説の中で、中島はスティヴンスンに「奸悪《かんあく》なる白人どもの手の伸びるのはその時です」と言わせるが、原文にそのような言葉はない。

こういう例はいくらでも挙げられるが、私には中島の戦争支持等を責める意思はない。むしろ、この作品の反西洋的な要素は、中島の傑作である『弟子《でし》』と『李陵《りりょう》』に現われる東洋的な思想の反面であったことを指摘したいのである。これらの小説も芥川文学に余り似ず、幸田露伴の中国ものに見られる品位と衒学に彩《いろど》られている。『弟子』の冒頭は次のようである。

「魯《ろ》の卞《べん》の游侠《いうけふ》の徒、仲由《ちゆういう》、字《あざな》は子路《しろ》といふ者が、近頃賢者の噂も高い学匠・陬人孔丘《すうひとこうきう》（孔《こう》子《し》）を辱《はづか》しめて呉《く》れようものと思ひ立つた」

ここまで読んで小説を読みさしにする読者もかなりいるだろうが、がんばって最後まで読めば、何か、現代文学に稀にしか感じないような風格がある。この作品の主人公である子路は武士のように立派な戦死を遂げるが、それより問題になるのは師弟関係といういかにも東洋的なテーマである。孔子を崇拝する子路も、孔子と違う人間であるので、別の道を歩まなければならない。中島はその矛盾をすばらしく伝えてくれる。

「子路は一寸《ちよつと》顔を曇らせた。夫子《ふうし》（孔子を尊してこう称した）のした事は、ただ形を完《まつた》うする為に過ぎなかつたのか。形さへ履《ふ》めば、それが実行に移されないでも平気で済ませる程度の義憤なのか？

教《をしへ》を受けること四十年に近くして、尚、此《こ》の溝はどうしやうもないのである」

日本文学史における中島敦の地位はそう高くないかも知れないが、しっかりとその地位を占めているので、そこから落ちることは先ずないと思う。

太宰治

つい先頃、会ったことがない日本文学研究家から便りがあり、私と奥野健男《おくのたけお》との対談の中の私の発言に対して疑問を呈していた。私はその対談で、太宰治《だざいおさむ》の文学が外国で残るだろうと発言した。先の便りは、「日本の作家でありながら東洋的なところがない、また小説構想のうまさ、西洋思想との関連などをみますと、小さい作家ながらそれなりに評価されるものがあるとは思いますが……」と、太宰文学が外国になぜ残るというのか、その理由が聞きたいという主旨であった。

その人は日本人であるので、「東洋的なところがない」ことについて苦情を言う外人と立場が違い、非難を単なる異国趣味に帰することはできないだろう。もし私自身が同じような内容の意見を述べたとしたら、外人独特の新鮮な洞察力を誉める人も、「外人にはそう思われるかも知れないが、われわれ日本人にはそうは思えない」と反撥することもあると思う。そしてもし私が逆のことを言ってしまっても似た反応があるだろう。

もはや太宰文学の重要さを証明する必要はないはずである。もし太宰の小説が急に売れなくなったり、またはデパートで太宰治の持ち物の展覧会を開いても人が集らなかったりしたら、その時こそ日本人は太宰が「小さい作家」であったことに気がついたという証拠になるだろうが、まだそういう兆しは現われていない。言うまでもなく作家の人気だけでその作品の価値を評価することは危うい が、太宰の死後二十五年、日本が著しく変ったのに、太宰の人気が全然衰えていない事実に大いに意義があると思う。

太宰の生前から彼の文学の価値を否定する作家や評論家がかなりいた。志賀直哉や三島由紀夫は著名な反太宰派であった。太宰の敬語の使い方は両方の学習院出の作家の気に入らず、そのために志賀は『斜陽《しゃよう》』を読みさしにした。ところが、日本語の文章が訳された場合そういう「欠点」が消えてしまうので、両大家が太宰文学を外国語訳で読んだのなら、或いは最後まで読んでくれたかも知れない。三島は太宰の自己憐愍《れんびん》を特に嫌っていて、私が太宰文学を英訳することに大いに反対した。が、「小さい作家」だとは言わなかった。自己憐愍はたしかにみにくい欠点であるが、島崎藤村等の自然主義文学者と違って太宰は自己諷刺でその欠点を救うことができた。私は太宰の自己憐愍を苦にしない。われわれの同情を要求しなかったからである。

太宰文学に東洋的なところがないことを指摘して不満を示した外人もいる。『人間失格《にんげんしっかく》』の英訳が発行され、アメリカのさる週刊誌に載った書評は、次のような文句で終った。「著者の身元が明らかでなければ、フランスの実存主義者たちが群がり集まるカフェに長らく立ち寄ったアメリカ南部のデカダン（退廃）派の作家が書いた小説だと思われやすいだろう」と。私はそういう書評家が期待するような「東洋的なところ」に余り関心がない。ジャック・ヴァシェというフランスの超現実主義派の詩人が書いたように、自分の国を代表する義務ほど嫌なものはない。東洋的なところで自分の小説を飾りたい日本の作家が居れば大いに結構だと思うが、そういう義務はないはずである。太宰文学に東洋的なところがあるかどうかと問われたら、私は非常にあると答える他はないが、太宰が意識的にわびとさび等を小説に採り入れたとすれば、その小説は悲惨な失敗に終っただろう。『斜陽』の中で語り手が火事を起す場面があるが、表現も、ものの感じ方も、社会的な背景等も極めて日本的（必ずしも東洋的ではないが）であるが、フジヤマ、ゲイシャ・ガールを喜ぶ外人や日本人はそれに満足しないかも知れない。太宰はそういう表面的な国民性を否定したし、私も否定したい。

私は太宰の作品を読み出した頃から、太宰文学に対して特別な親しみを感じた。小説構想のうまさに打たれたが、それよりもその普遍性に驚いた。それぞれの小説に登場する人物は私の親類よりも近く感じ、忘れられない存在であった。ところが、太宰の個人生活と私の生活に共通のところは一つもないと言ってもよかろう。私は読みながら自分が太宰と同様の人間だと思ったこともない。が、太宰を完全に理解できたと思う。無論、それは私だけの経験ではない。毎年、六月の命日に太宰の墓の周囲に集まる人々は太宰のことを他人だとは思っていないはずである。

作家と読者との間にこういう親近感があっても必ずしも芸術が優れているとは言えないが、相当の業績であると言わねばなるまい。バイロンの詩や生涯に惹かれて憂鬱《ゆううつ》そうにヨーロッパの町から町へさまよっていた人々は、バイロンよりもバイロン的であって何十年もバイロン主義を忠実に守っていた。現在そういうバイロン主義もはやらなくなったが、バイロンの詩は残るし、かっての人気を説明する。「戦後」という時代を知らない今の若い日本人たちは、二十年前の若い人に負けないほど太宰に関心を持っているようである。境遇が違っていても太宰文学が彼等の魂の深いところに訴えていると思う他はない。私には予言者としての資格は別にないが、太宰の評判は変らないだろうと思う。

そしてその評判は日本一国に限られていない。海外の大学生も太宰の小説に不思議な魅力を感じる。キリスト教におよそ興味を持たない学生でも太宰の精神的ないし宗教的な煩悶に同感できる。評論家も太宰の偉大さを認めている。数年前にスティーヴン・マークスという英文学者が二十世紀の短編選集を発表したが、大きな二冊本の中に日本の「代表」は『ヴィヨンの妻《つま》』だけであった。言うまでもなく、このように太宰文学に感心する外人は日本人ほど日本文学を知らないし、誤解などの可能性も充分ある。が、感心すること自体が貴重である。文学の目的とは何か、というようなことになるが、太宰の文学がこんなに歓迎されていることが、その永遠性を保証するのではないかと思う。太宰文学が外国にも残ると言ったのはそのためである。

この間、太田《おおた》静子《しずこ》著『斜陽日記』を読んで大いに驚いた。ずっと前からこの日記は太宰治の『斜陽』と密接な関係があるということは知っていたが、日記の幾行、幾頁にもわたる文がそのまま小説に織り込まれているのは意外であった。もともと日記は書き手の母親の病気について多くの紙面をあて、小説の直治や上原に似ている人物は登場しない。が、小説は部分的に日記にそっくりであるだけでなく、「ほんものの貴族」の最後を悔むという中心的なテーマにも一致している。太田静子の許可がなかったとしたら剽窃《ひょうせつ》の騒ぎが起り、大変なことになっただろう。ところが、この二つの作品の文章には非常に似ている点があるが、全く同じものではない。例えば、日記の中で貴婦人である母親は病床で寝ながら、娘を呼び、次のような会話をする。

「『新聞に陛下のお写真が出てゐたやうだけど、もう一度見せて。』

と仰つしやつた。

私は、新聞を、お母さまの顔の上にかざしてあげた。

暖かい陽が、縁側に射してきた。明るい冬の朝。日ざしのやはらかい冬の庭。信子が縁側で、編物をしてゐた。信子が、通《とほる》に似てゐるやうに見えた。

『お母さま。私、いままで、ずいぶん世間知らずだつたのね。』」

『斜陽』にある同じ場面は次のようになっている。

「『新聞に陛下のお写真が出てゐたやうだけど、もういちど見せて。』

私は新聞のその箇所をお母さまのお顔の上にかざしてあげた。

『お老《ふ》けになつた。』

『いいえ、これは写真がわるいのよ。こなひだのお写真なんか、とてもお若くて、はしやいでいらしたわ。かへつてこんな時代を、お喜びになつていらつしやるんでせう。』

『なぜ？』

『だつて、陛下もこんど解放されたんですもの。』……

私は、編物をやめて、胸の高さに光つてゐる海を眺め、

『お母さま。私いままで、ずゐ《ママ》ぶん世間知らずだつたのね。』」

以上の例が示しているように、太宰は日記から「引用」する場合でも、小説家の伎倆を発揮するのを忘れなかった。日記の中で記録された一つの事実が小説家の手によって皮肉な世界観に昇華している。不必要な人物（信子など）が削られているばかりでなく、彼らの行為はかず子に集中されている。そして、何回も評論家に指摘されたことは、かず子が太宰の分身のような存在になったということである。その結果、日記に描写されている自伝的な人物は小説の「架空」の人物ほどの現実性はなく、はっきりした印象を残さないのである、太宰は日記からいろいろと借りたのであるが、『斜陽』は飽くまでも太宰の小説である。

古典から借りた場合でも、太宰は自分の個性を発揮しながら、自由に新しい創作品を完成した。『新釈諸国噺《しんしゃくしょこくばなし》』は西鶴のさまざまなコントの現代版である。凡例《はんれい》の中で太宰は「西鶴は、世界で一ばん偉い作家である」と断定し、西鶴の現代語訳ではなく、自分の「勝手な空想を按配《あんばい》」したと言っている。出来た作品に不満を感じても、「でも、この辺が私の現在の能力の限度かも知れぬ」と認めている。作家の謙遜は結構だが、少なくとも二十世紀の読者にとっては、太宰の『諸国噺』は西鶴のものより面白く、実に楽しい小説である。

例えば、『武家義理物語《ぶけぎりものがたり》』から借用した『裸川《はだかがわ》』は、青砥藤綱《あおとふじつな》が滑川《なめりがわ》で銭《ぜに》十文を落した話だが、太宰独特のユーモアのある一例として最高によく出来ている。「青砥、はつと顔色を変へ、駒をとどめて猫背になり、川底までも射透さんと稲妻の如く眼を光らせて川の面を凝視したが、潺《せん》湲《くわん》たる清流は夕陽を受けて照りかがやき、瞬時も休むことなく動き騒ぎ躍り、とても川底まで見透す事は出来なかつた」。西鶴の原文にはそれに対応するような文章が全くないが、「潺湲たる清流」等の表現を使ってみごとに俗悪な美文をからかい、「とても川底まで見透す事は出来なかつた」というような平凡な表現が美文と滑稽な文の対照となっている。そしてこの描写の後に、太宰でなければ期待できないようないかにも西鶴らしい「結論」が出る。「川を渡る時には、いかなる用があらうとも火打袋《ひうちぶくろ》の口をあけてはならぬと子々孫々に伝へて家憲にしようと思つた」。この小説は太宰の能力の限度だったかも知れないが、もしそうだったとすれば、昭和十九年、即ち戦争の最もはげしい頃に書かれた作品としてはすばらしくよく出来たものであり、上等なおかしみに乏しい現代日本文学の中では数少ない傑作の一つであろう。

「文体は人物である」という言葉があるが、以上の例を読むと、太宰がどんなに洗練された文体を持っていたかということが明らかになるし、また、どういう人間であったかということが推測できると思う。太宰は私小説家として知られ、『人間失格』等の場合、自分の生活を題材として創作したが、太宰の小説が不思議なほど人気を獲得したのはそこに述べられている事実によるのではなく、文体の賜物であると思う。太田静子の日記も、西鶴の物語も、太宰の創造力の跳ね板のような役目を果したが、『斜陽』も『諸国噺』も立派な創作品である。

言うまでもなく、太宰の人気の一部は現在流行している疎外感に負っている。『人間失格』の主人公は、「もはや、自分は、完全に、人間でなくなりました」と書いているが、これは恐らく太宰自身の心からの叫びであろう。疎外感や太宰の堕落に同調する若い人が多いそうだが、文体を成就させていく太宰の並々ならぬ努力を忘れてはいけない。『晩年《ばんねん》』について、「私はこの短篇集一冊のために、十箇年を棒に振った」と書き、いろいろの苦労を語ってから、「けれども、私は、信じて居る。この短篇集、『晩年』は、年々歳々、いよいよ色濃く、きみの眼に、きみの胸に滲透《しんとう》して行くにちがひないといふことを。私はこの本一冊を創るためにのみ生まれた」と言っている。太宰は未来における『晩年』の評判を正しく予言したが、その「一冊を創るためにのみ生まれた」とは思えない。太宰の作品全体は年とともにますます強くわれわれの心に訴え、太宰自身は二十世紀の芸術家の中で名誉ある地位を占めていると思う。

高見順

私が初めて読んだ高見順《たかみじゅん》の小説は『いやな感じ』で、英国の病院で寝ていた時だった。胃腸病で弱っている患者にとって最適な読み物だったとは言いがたいが、夢中になって読み続けた。日本語が一字も分らない看護婦は、直感的に患者に良くない本だと思ったようで、しきりに推理小説をすすめてくれた。廊下を歩いてくる彼女の足音を聞くと、あわてて『いやな感じ』を枕の下に隠し、つまらない推理小説を読むふりをした。

それから十二年経ち、『いやな感じ』の内容を思い出そうとすると、いろんな場面が走馬燈のように眼の前に映ってくる。その中で、人間の塩漬けの描写や、最後のところで主人公が軍刀で中国人の首をはねるくだりはまだ私の頭の中に焼きついていて、ぞっとするような感じになる。然《しか》し、そういう極めて劇的な場面よりもむしろ小説全体の暗い雰囲気が記憶に残っている。そして今から十二年後には最近読んだ『故旧忘《こきゅうわす》れ得《う》べき』が似たような印象を私の心に残すのではないだろうか。

実は、『故旧忘れ得べき』を読み終った現在でさえ、人物の性格に関しては特別に強い印象を持たず、将来小説のあらすじを誰かに語る場合には、かなり困るのではないかと思う。しかしそれにしてもこの作品は、今まで読んだどんな小説よりも昭和十年頃の東京を実感として伝えてくれた。時代性を上手に伝えることは、小説の最高の美点ではないかも知れないが、フローベールの『感情教育』等数多い傑作は特定の時代の全貌を読者の前に呈示することによって高く評価されている。『故旧忘れ得べき』もその一例である。

『故旧忘れ得べき』は転向小説である。昭和十年と十一年に書かれた小説なので、戦後書いた『深淵《しんえん》』のように真正面から転向の問題を取扱うことはできなかったが、このまとまりのない、筋らしい筋のない小説を統一したものは転向というテーマだけである。

『故旧忘れ得べき』の冒頭に中心人物の小関《おぜき》が登場する。平凡な男で、平凡な仕事——英和辞書の編集——をやっている。床屋の椅子に腰を下し、夢想に耽《ふけ》る。

「希望があつてこそ夢想は楽しい。しかし彼の現在には何の夢があり希望があらうか。しがない勤めに味気ない家庭。何を目当てに一体生きてゐるのだらう。なんのための生活か。さう思ふと、今はとめどなく涙も出て来てしまふのである。——楽しかつたのは学生時代だけである。

あの時分には夢があつた」
学生時代が楽しかったのは学究的精神があったからではない。英文学を専攻してはいたがそれには楽しみがなかったらしい。「英国有数の詩人ブランデン氏の授業を聞いたやうに記憶してゐるが、彼の語学力では詩人の名講義も殆んどと言つていい位分らず、周囲の人たちがペンをさらさらと走らせてノートをとつてゐる間に肩を狭くしてポツネンと坐つてゐた」。楽しかったのは、「左翼組織の一員」であったからである。社会思想研究会が解散させられても、かえって「マルクス主義がいはば青年の血肉ともなつた」。現在の小関はその思想を捨てていても、「俺だつて憚《はばか》りながら勇敢なマルキストだつたんだぞ」と妻に言う。「人間の心の清い半面だけでみんながしつかりと手を握り合つてゐた時代だ、自分はない、あるのは理想だけだ、俺の生涯に二度と再びあんな崇高な人間的な結び合ひに出会ひ得る日があるだらうか」と自問する。

小関だけではない。彼の友人は皆「左翼くづれ」ばかりで、全く無意義な日々を送っている。小説の結末は、一度も登場しない小関の旧友沢村の追憶会である。小関は沢村が自殺したという便りを貰い、悲しむどころか、妻の疑惑を心配せず恋人の部屋へ行く良い機会だと大いに喜ぶ。故旧を忘れがちの時代であった。

追憶会に沢村の旧友が集まり、生前のさまざまの業績を述べる。自殺した原因には誰も言及しないが、各自が「生涯どんなにあがいても自分はもう駄目だといふ絶望が彼を殺したのだ」と心の中で感じる。「貧賤交不可忘《ひんせんのまじはりはわするべからず》」と誰かが言うが、小関は、友人の妾を奪った後だけあって、「故旧忘れ得べき」の「故旧」を思い出してフランス語のcocu（コキュ、寝取られた男）という言葉の意味を解釈する。スコットランド民謡の「故旧忘れ得べき」を編曲した日本の歌「蛍《ほたる》の光」を歌い出し、しだいに座の全体にひろがって行く。「歌ふといふより、口をあけて胸のモダモダを吐き出すやうな侘《わび》しいヤケな歌声であつた」といふ文句で小説は終る。

以上に述べたあらすじでこの小説をひどく単純化してしまったと言う他はないが、生き甲斐のない時代の人物の名前や堕落の形式について詳しく説明しても、全体の暗い印象には変化がなかろう。小説の文体がだらだらしていて、二、三頁にわたって改行が一つもない場合があり、地《じ》の文と会話が区別されていないため、饒舌《じょうぜつ》にいらいらすることがある。その上、「筆者」が度々顔を出し、何かふざけた調子でものを言う。「思へばなんとした愚かな廻り道を筆者はしたことであらう。筆者が饒舌を弄してゐるうちに、われわれの主人公たる小関健児は迅《とつ》くに散髪をへ、彼の所謂《いはゆる》味気ない家庭へ既に帰つてゐるではないか」というようなわきぜりふが至るところにあるが、このようなアイロニーはかえって人物たちの空しい生活のつまらなさの印象を深めているだけである。これらの人物には過去があっても現在がない。そして未来もなさそうである。「赤ん坊といへば、小関の妻豊美は夫に似たひよわな子供を生んでゐた」と筆者はあっさり言っている。

高見は、『故旧忘れ得べき』を書き上げても、「完結の悦びといつたものが一向にないのが侘しい」と書いた。昭和三十年の「私の代表作」という新聞記事の中では、この小説は「作者自身にとつては、青春の愚行の如く恥づかしい作品である」とも書いているが、これは高見の傑作であるばかりでなく、どうしても書かなければならない小説であったと思う。非常に書きにくい小説だったので、未完のままにして置きたいと思ったり、相当の不満を抱いたりしたこととは思うが、この作品は一人の作家だけでなく、一時代を代表するような小説になった。病院で寝ていた私が、『故旧忘れ得べき』を読んだとすれば、おそらく退院することを楽しみにしなかっただろう。

井伏鱒二

私はまだ井伏鱒二《いぶせますじ》の文学が嫌いな人に会ったことがない。人によって井伏文学の誉め方は違うが、私は誰にも負けないほど井伏独特のユーモアを喜び、また、文体の簡潔さに感心し、豊富な想像力に驚く。だがそれ以上に、この文学を書いた人物に惹かれる。言うまでもなく、大作家なら大抵何か「彼らしい」姿勢というものがあるが、文学の鑑賞の場合、必ずしも作家の人物を問題にしなくてもよいと思う。例えば、私が大変尊敬している谷崎潤一郎や川端康成の場合、日記や書翰があっても別に読む好奇心は湧かないし、また、作家の「彼らしさ」よりももっと狭い意味の文学観によってそれぞれの作品を鑑賞する。井伏の作品の場合、私はむしろ森鷗外を対象にする場合とよく似かよった態度で読むことが多い。つまり、特定の作品の善し悪しはその文学全体の関連と切り離せない。

一つの試みとして井伏が戦時中書いた作品を読んでみた。昭和十六年十二月に、井伏は陸軍に徴用され、シンガポールへ送られた。初めは、昭南《しょうなん》（シンガポール）タイムズ社に勤め、後に昭南日本学園に勤務した。当時、何人もの作家が陸海軍の報道部に徴用され、戦場や占領した東南アジアの町の状勢についてルポルタージュまたは小説を書いたが、戦後編集された全集には余り収録されていない。ところが、井伏の戦時中書いたものは戦前や戦後のものと全く違っておらず、何よりも人物の潔白さの証拠になっている。

『花の町』は昭和十七年八月にシンガポールで執筆された佳作である。無論、当時流行していた国家主義思想の一かけらもなく、むしろ日本占領軍の機嫌を取るような現地人を不愉快な存在として描いている。例えば、ウセン・ベン・ハッサンというマライ人は日本の商会に勤めたことがあり、巧みな日本語を駆使する。主人公である木山（井伏の分身のようだが）に「日本精神を覚えるには、日本語を知らんければいけないです。私、日本語を自由に話せるですから、私、もう日本精神をよく覚えてをるです」と言うが、木山はそれを聞いて喜ぶどころか、「君、無茶をいつてはいけない」とあっさり答える。そしてウセンが、日本と結んだ汪兆銘《おうちょうめい》の写真等を飾ってい る中国系の人たちの屈従と無理解をあざ笑うと、木山は、「こいつ、張りとばしてやらうか」と思うが、中国人の家庭の人々に迷惑をかけたくないから、「君、つまらんものといふのは失言だらう。二度と云はないやうにすることだね」とウセンをしかる。

また、「反英主義の小びと」という通称でユーラシアン仲間に知られていたウェルフェアが、「手を揉んで肩で会釈の恰好をして見せながら」木山を食事に呼ぶと、木山は断る。ウェルフェアは「秘密の書類」を渡すが、それによると、シンガポールの解放以来もっと広い家に入り、二人の女中をかかえたので、今までの月給では生活ができないという。

「木山はそれを読み終るのに辞書をひきながら二時間も費《つひや》した。少々いまいましくなつて、彼は電話でウエルフエアを呼び出した。

『自分は報告書の読後感を述べる。女中を里にかへし、家の広さを以前の二部屋以内の範囲に還元すべきこと。問題はこれで落着するであらう』」

と言い、親日派の男を失望させてしまう。

『花の町』は井伏の作品で特別に有名なものとは言えないが、戦時中の外国を描いたこの小説は『多甚古村《たじんこむら》』や『遥拝隊長《ようはいたいちょう》』や『珍品堂主人《ちんぴんどうしゅじん》』という極めて日本的な作品と一脈相通ずるものがあり、著者は明らかに同じ人物である。そしてシンガポールで書いた作品に現われているあらゆる気取りや冷酷を拒否する態度は井伏文学の特徴であろう。

しかし、井伏文学をただ温情のある、軽やかな諧謔を交えた話術として片付けるのは無論不当だと思う。温情も諧謔も井伏の文学になくてはならない要素に違いないが、それぞれの作品を読み返してみると、読者を感動させるような力が籠っていることに気がつく。『黒い雨』は現代日本文学に稀にしかない力ある小説であるが、井伏文学の中で決して異質的な存在とは言えない。『黒い雨』を読了した夜、私は一睡もできなかった。それ以前、広島の原爆について様々の文献にぞっとしたことがあり、広島にある原爆資料館の陳列品を見て恐怖のあまり我を失う程であったが、実感として歴史始まって以来の恐ろしい一日を理解できるようになったのは、『黒い雨』を読んだお蔭だと言ってもよかろう。小説は実録に及ばないという人がいるが、私はどうしても賛成できない。広島の惨事は私の限定された想像力を麻痺させ、いくら死去した人の数や破壊された家屋の数を読んでも私の頭に入らない。『黒い雨』の主人公である閑間《しずま》重松《しげまつ》という個人の眼を通して広島を見た時、初めて分ったと感じた。果して理解し得たかどうかよく分らないが、井伏に尊敬と謝意を表したい。

井伏が『黒い雨』で比類のない惨事を描いたのは、他の小説にも現われている人間愛によるものだと思う。人間愛は、漠然とした人道主義と違い、一人一人の人生の貴重さを認め、その上で人間の限りない個性を尊重する。

ところで、『黒い雨』を読みながら、これがいわゆるよい小説かどうかと時々自問した。この小説の価値を疑うことは不可能であろうが、文学的な基準によって『黒い雨』の構造や人物の描写や表現された思想等について述べることは不可能ではない。正直に言って、私は一種の不満を抱いているが、その不満を分析したり、読者に触れさせたりする気はしない。この小説は私の批判を拒絶してしまうようである。

トルストイがナポレオン戦争を決定的な形で描いたように、五、六十年後に、広島の原爆について誰か他の人がもっと優れた芸術力を発揮して、人間が決して忘れられない恐ろしい一日に永遠な形を与えるかも知れないが、たとえそういう小説が生まれたとしても、『黒い雨』を捨て去ることはなかろう。井伏文学全体に継ぎ目がなく、無名な作品も、また、著名な『黒い雨』も、著者の人間像の一部であり、そのすべてが偉大である。

火野葦平

私は火野《ひの》葦平《あしへい》に一回しか会ったことがない。それは一九五八年の秋のことであり、場所はニューヨークで開かれた猪熊弦一郎《いのくまげんいちろう》画伯の個展の会場であった。戦前から火野の兵隊三部作の英訳を読んでいたお蔭で、火野には一種の親しみを感じ、二人で画廊から出た時、一緒に食事をと誘った。しばらく歩いてから私の好きなフランス料理屋に着き、店の中央にあるテーブルに案内された。椅子に腰かけた火野は直ぐ様、河童《かっぱ》の模様が青と赤で染めぬかれた大型の手拭いを出し、散歩の時の滲み出た汗を派手に拭いた。私は火野の呑気《のんき》さに多少面食らったが、「なるほど、おしぼりの代りのものだろう」と思い、自分の驚きを隠した。間もなく給仕がやって来て、メニューをくれたが、給仕が私たちの注文を待っている間、火野は私に長々しいメニューのフランス語を、全部日本語で説明させた。いよいよ注文する段になった時、火野は少なくとも四、五回注文を変えた。私は恥ずかしくなって給仕の顔を見る勇気がなくなったが、火野はいかにも沈着な態度で注文を楽しんでいた。そして注文したスープが自分の前に差し出された時、火野はすさまじい音をたてて飲んだため、周囲の客の視線を集めた。穴があれば這《は》入《い》りたいと思っていた私と違って、火野は食事を楽しむこと以外に何も考えていないようであった。

火野と別れてから料理屋のことを思い出すと、反って自分の小市民的な窮屈な考え方を恥ずかしく思い、火野の庶民的な、のんびりした行動をうらやましく思った位である。その後、アメリカの各地を訪れた火野から絵葉書を貰ったが、どれを読んでも非常に楽しい旅行を続けているという印象を受けた。ところが、翌年に発行された『アメリカ探険記』はまるで違う印象を私に与えたのである。火野は私のことを大変親切な気持で書いてくれたので、文句の言いようがないが、全体として見ると悪意に満ちた旅行記だと言う他はない。私は料理屋のことを思い出すと、火野の行動は庶民的だと言うよりは、むしろ庶民ごっこではなかったかと思うようになった。

最近、三十数年ぶりで『麦《むぎ》と兵隊《へいたい》』を読みながら、時々同じような疑問が湧いてきた。『麦と兵隊』は現在余り読まれていないようだが、巧みに書かれた文学であり、軍部の注文に応じて連ねた戦争礼讃のような作品ではない。そうかと言って、戦争の動機や残酷さを問題にしているような作品でもない。世界文学の中の戦争文学の傑作は、たとえ自国の解放のための戦闘を描いていても、著者自身は人間が人間を殺すという行為に就いてペーソスの感情を表現するに定《きま》っている。そうでなければ文学と言いがたい。

現に、『麦と兵隊』の著者も時々ペーソスらしいものを感じる。

「何時《いつ》でもさう感じるのだが、私が、支那《しな》の兵隊や、土民を見て、変な気の起るのは彼等があまりにも日本人に似て居るといふことだ。しかも彼等の中に、我々の友人の顔を見出《みいだ》すことは決して稀ではないのだ。それは実際、あまり似過ぎてゐるので困るほどである。これは、詰《つま》らない感傷に過ぎぬかも知れぬが、これは、大きな意味で、我々と彼等とは同文同種であるとか、同じ血を受けた亜細亜《アジア》民族であるとかいふやうな、高遠な思想とは全く離れて、眼前に仇敵《きうてき》として殺戮《さつりく》し合つて居る敵の兵隊が、どうも我々とよく似て居て、隣人のやうな感がある、といふことは、一寸厭《ちよつといや》な気持である。それは勿論充分憎むべき理由があると思ひながら、この困つたやうな厭な気持を私は常に味はつて来たのである」

敵の兵隊が隣人に似ているから殺すのは嫌だと思った日本の兵隊はいたのだろうが、近代の欧州戦争に似たものがあったとすれば、ナチ・ドイツ軍が平気でスラブ民族を殺しても民族的に近いノルウェー人やデンマーク人は全滅させるに忍びなかったという程度のものであろう。著者は、「同じ血を受けた亜細亜民族であるとかいふやうな、高遠な思想とは全く離れて」いる気持だというが、恐らく大東亜戦争と密接に繋がっている思想に基づいていたのではないかと思う。

著者は、自分が単なる下士官に過ぎないことを何よりの誇りに思っていた。「私も一兵隊である。何時戦死をするやも測《はか》られぬ身である。しかしながら、戦場に於て、私達は死ぬことを惜しいとは考へないのである」。命は惜しいが、「私は弾丸の為にこの支那の土の中に骨を埋《うづ》むる日が来た時には、何よりも愛する祖国のことを考へ、愛する祖国の万歳を声の続く限り絶叫して死にたいと思つた」。

祖国のために戦死するのは世界各国で立派な、英雄的な行為だと思われているので、火野葦平のこの発言を非難することはできないだろうが、「私は死ぬ時には、敵にも味方にも聞えるやうな声で、大日本帝国万歳と叫ばう」と思った著者は丁度十年前に、軍曹の身分でレーニンの『階級闘争論』などを隠しながら読んだために除隊を余儀なくされ、伍長に格下げされてしまった。

その後、北九州プロレタリア芸術連盟を結成したこともあり、転向するまで活発な革命家生活をしたらしい。そういう人には単なる兵隊になりきれない要素があった筈である。

確かに、自分を兵隊と同一視するために、報道員だった火野葦平は、「兵隊とともに突撃しようと思つた。我々の同胞をかくまで苦しめ、且《か》つ私の生命を脅《おびやか》してゐる支那兵に対し、劇《はげ》しい憎悪に駆られた。私は兵隊とともに突入し、敵兵を私の手で撃ち、斬つてやりたいと思つた」。

ところが、火野にはいくら兵隊ごっこをしても、また、いくら庶民ごっこをしても、何処《どこ》かそれと相容れないところがあった。『麦と兵隊』の最後の所で、三人の敵兵が俘虜《ふりょ》になっても、「抗日を頑張るばかりでなくこちらの問に対して何も答へず、肩をいからし、足をあげて蹴らうとしたりする」。このような理由で、後になって「処分する」ことに定《き》める。「縛られた三人の支那兵はその壕を前にして坐らされた。後に廻つた一人の曹長が軍刀を抜いた。掛け声と共に打ち降すと、首は毬《まり》のやうに飛び、血が篠《ささら》のやうに噴き出して、次々に三人の支那兵は死んだ。私は眼を反《そら》した。私は悪魔になつてはゐなかつた。私はそれを知り、深く安堵《あんど》した」。

私もこの最後の言葉を読んで安堵した。火野葦平はいくら兵隊ごっこをやっていても、作家の道を捨てていなかった。

大岡昇平

一九四五年三月に私はジープに乗ったままレイテの日本兵俘虜収容所を側から眺めていた。ジープの運転手は、俘虜を指さして、「あいつらは仕合《しあわ》せだ。フィリピンのゲリラに捕まった日本兵はなかなか収容所まで着かないんだ」と言った。真昼の陽を浴びている俘虜は、鉄条網の柵をめぐらした収容所の中でぼんやりした表情でわれわれの視線を避けた。「仕合せだ」という気配は何処にもなかったが、私は生が死よりましだと単純に信じていたので、運転手の言葉に頷《うなず》いた。俘虜の一人が大岡昇平《おおおかしょうへい》であったことを何年か後で知った時、感慨無量だったが、その時は、柵の中に立っている兵士に特別の関心を示さなかった。戦争が末期に入っていて、日本人の俘虜はもう珍しくなくなっていた。

久しぶりで大岡の『俘虜記《ふりょき》』を読んだ時、その頃のことが目の前に浮んで来た。そして外国人である私は、現在の若い日本人よりも当時の大岡の心境を理解できるのではないかと思った。若い日本人たちは戦争を知らない仕合せ者だとも思った。私は人間のさまざまの醜態の中で戦争ほど嫌なものはないと信じ、心からの反戦主義者であるつもりだが、戦争の体験を忘れようとはしない。病気になりたがる人は先ず一人もいない筈だが、一度も病気にかかったことのない人間は、仕合せだとは言え、病人に充分同情できないかも知れない。ともかく私が大岡の文学を読む時、戦争の犠牲者同士として感情移入できると思う。

言うまでもなく、『俘虜記』、『野火《のび》』、『レイテ戦記』等の小説の他にも、大岡には優れた作品が多いし、また、多様性の点ではどの作家にも譲らないが、何と言っても大岡文学の粋《すい》は戦争物にあると思う。大岡は明らかに戦争を憎み、小説には英雄のような存在は一人もいない。しかし、大岡は戦争体験の重要さを疑わないので、何回もその体験を反芻《はんすう》してその意義を突き止めようとする。そしてみごとに成功している。戦後の日本文学の一番の傑作は『野火』ではないかと私は思う。この小説の主人公である田村一等兵は勿論日本人であり、彼の苦闘の場所は日本軍が活動していたフィリピンであり、時期は太平洋戦争の最後の年だった一九四五年であるが、大岡はその設定に極めて忠実であると同時に、設定を乗り越える普遍性と永遠性のある小説を書いた。私は大抵の小説を読み終ると、二、三日たったかたたないうちに大半を忘れてしまうが、十五年ぶりで『野火』を再読した時、ほとんど全部覚えていたことが分り、そのすばらしさに一層打たれた。

戦争を全然知らない若い読者が私に劣らず感激することもあるだろうが、私は特別な、言いようもないような共感を覚える。私の反応を文学鑑賞の基準にしたいとは思わない。或いは不純なものであるかも知れないが、それに抵抗することが出来ない。やや似た問題だが、父親と一度も喧嘩したことのない男性が『和解』を読む場合、どんなに志賀直哉の文章や誠実さに感心しても、父親との和解という経験を身を以て知っている読者ほど感動しないだろう。もともと父親との和解や戦争は極めて普遍性のあるテーマであるので、読者の多くは少なくとも間接的にその経験を理解する筈だし、たとえ戦争そのものが完全になくなっても大岡の文学の価値がそのために減ずることはなかろう。『野火』は日本の戦争文学の長い伝統を飾る最後になっても、輝かしい傑作として相変らず読まれるだろう。が、戦争を体験したことのある人でなければもう一つの次元がどうしても分らないだろう。

日本人は好戦的な国民として世界中で知られ、日本の歴史書を読むと、「刀」の伝統が相当強調されている。ところが、日本文学全体に戦争や英雄の功績を謳歌《おうか》する作品は不思議に少ない。軍記物語の中では『平家物語《へいけものがたり》』が最も優れているが、読者の記憶に残るのは登場する人物の武勲や勇敢さではなく、その悲しむべき最期である。ほぼ同じ頃に書かれたスペインの『わがシードの歌』という叙事詩と比べてみると、どんなに違うだろう。『平家物語』は寂光院《じゃっこういん》の鐘の音で終るが、『わがシードの歌』の方は主人公の繁栄や娘たちそれぞれの王様との結婚の話でめでたしめでたしで結んである。『平家物語』は源氏《げんじ》の勝利を語るのではなく、平家の没落を語るのである。

『野火』は敗北の文学の系統に属する。主人公の田村には武功があるどころか、殺す敵は武器を持たないフィリピンの女だけで、友軍の兵士さえも殺す。戦争という地獄であらゆる礼節を剝《は》ぎ取られた餓鬼に会い、暗闇の中で宗教的な救いを求める。大岡はキリスト教的儀式のイメージをみごとに小説の中に織り込み、それによって欧米の読者に特別の迫力を感じさせたが、仏教とも無関係ではない。主人公が人気《ひとけ》のないフィリピンの村で教会の十字架を初めて見かけた時、次のような描写がある。

「私の心の憧れてゐたこのもの丶、最初の印象を思ひ出すと、今でも私の胸はうづく。それはどんな感情の色も持たぬ不毛な冷たさで、そこに光つてゐた。それはたしかに、この視野を構成する雑然たる物体と、なんの違ひもなかつた。私は跪《ひざまづ》く暇がなかつた」

崩れてしまった世界をさまよっている田村は十字架に何かの支えを求めたが、不毛な冷たさしか見付けられない。そして教会の階段の前の地上に「あらゆるその前身の形態を失つてゐた」屍体に気がつく。「その時私の感じたのは、一種荒涼たる寂寥《せきれう》感であつた。孤独な敗兵の裏切られた社会的感情であつた。この既に人間的形態を失つた同胞の残骸で、最も私の心を傷ましめたのは、その曲げた片足、拡げた手等が示すらしい、人間の最後の意志であつた」。

太平洋戦争についての小説は少なくないが、こんな強烈さは他にあるまい。或いは『レイテ戦記』を『野火』よりも高く評価すべきであるかも知れないが、かなりの時間がたたなければこの二つの傑作の相対的地位は定《きま》らないだろう。二十世紀の日本人にとってもっとも重大な経験はこれらの小説によって昇華されている。

大岡が俘虜になった時、死んだ戦友の手帳を見てから、「殺せ、すぐ射つてくれ、僚友がみんな死んだのに、私一人生きてゐるわけにいかない」と米兵に叫んだが、無視されたと『俘虜記』に書いてある。ゲリラにも殺されず、米兵にも射たれなかった大岡は仕合せだったと思うが、誰よりも仕合せなのは私たち読者であろう。

宇野千代

数年前に私は日本の女流文学について原稿を書いたことがあるが、その中で日本文学は他国の文学と比べたら女性的であると主張した。この女性的という言葉には少なくとも二つの意味があった。一つは、『源氏物語』、『枕草子《まくらのそうし》』を初め、日本文学の最高傑作は女性によって書かれたという意味であり、もう一つは、男性が詠んだ和歌でも女性的な感じの作品が多いという意味であった。女性の読者はこの論旨を喜んでくれるだろうと予想したが、男性としての私の偏見を非難する女性もいた。つまり、文学論の中で「男性的」とか「女性的」とかいうような言葉を使うこと自体が偏見の現われであり、文学論を展開する場合、著者の性別は問題にならない筈だという反論だった。

私は女性の読者の反感をそそりたくはないが、宇野千代《うのちよ》の文学について論ずる場合、宇野が女性である事実を無視するわけにはいかないと思う。先ず、宇野自身が始終その事実を重視している。例えば、『或《あ》る一人の女の話』という自伝めいた小説の中で、宇野の分身である一枝は小学校の教員で、同じ小学校の教員篠田と恋愛関係に入るが、後でこのことがばれてしまい、一枝だけ免職を言い渡される。

「それに対して一枝は、不合理だと思ふどころか、男の篠田に罰則の課せられないことを、ひそかに望んでゐたと思ふ。一枝は女であつた。六十年もの昔の田舎で、女のしたことにだけ罰が大きいのは、極《ご》く普通のことだつたので、誰もそのことを不思議だとは考へなかつた」もっと若い女流作家なら、多分このような社会的不平等に対しては憤懣《ふんまん》を漏すだろうし、また、一枝の態度を理解しにくいだろうが、「六十年もの昔の田舎」の女性は不平等を動かざる状況として受け入れ、その中で自己流の喜びを見つけることができた。一枝は、人生の凡《すべ》てが博奕《ばくち》のような父を無限に愛し、父の口からやさしい言葉を一度も聞いたことがないのに不満を感じたことがなかった。それどころか、「父がいま、何を望んでゐるか、間髪《かんはつ》を入れずそれを察し、その望んでゐる通りにする。敢へて言へば一枝は、そのことにだけ、喜びを感じてゐたかのやうであつた」。

しかし、一枝を封建制度の犠牲者だと考えたら、大変な誤りだろう。一枝自身は、「いつでも、進んで自分から」父や恋人を喜ばすために自分の凡てを捧げ、そのような行為に最大の喜びを感じた。こういう心境を女性的だと言ったら、誤りだろうか。勿論、男性にも似た心境がないこともない。谷崎の『痴人《ちじん》の愛《あい》』の譲治はナオミの機嫌をとるためにあらゆる手段を尽し、彼女の奴隷のような存在になってしまう。読者は譲治のもろさを軽蔑することもあり得るし、また、同情することもあり得るが、一枝はそういう反応をきっぱりと拒否する。恋人に無慙《むざん》に捨てられても、自己憐憫の一欠片《かけら》もない。「自分に決められた道を歩いてゐるだけだつた」。

一枝は明治時代の女性としては随分の変り者だったと言わざるを得ない。「生涯を通して忌避した『結婚生活』に入らず、どんなに社会的反感を買っても好きな男と一緒に居るという覚悟は珍しかった筈である。そしてこの多情な、わがままな女性の相手は、多くの場合、無口な、主体性がはっきりしないような男である。一枝が最初に好きだった「六十年も昔の田舎の少年」は、「僕はこれから広島へ行きます。夏休みが来るまで、手紙は出せません。天皇陛下万歳。守人」という手紙をよこすが、一枝は、「天皇陛下万歳」という言葉に託した稚《おさな》い感動に惹かれているが、男性の表現力の欠乏や鈍感さにいらいらすることもある。彼女は男に仕えることが最大の喜びだと思っていたが、それは男の方が強いからでなく、男の弱さを見抜いていたからである。

一枝は男の魂まで見抜くことができたが、自分の「行動の真意は、自分でもはかり難いのであつた」と言う。「一枝はのちになつて、この頃の自分が、果してどう言ふ気持で生活してゐたのかと、疑はずにはゐられない」というようなことを度々言うばかりでなく、自分の動機について書く場合、その多くが疑問形または否定形になっている。しかし、著者が一枝の真意を分析する場合は、男性の著者には真似できないような容赦のないものである。「一枝は、自分のしたことで人が傷つくことがあつても、自分には責任がない、と思ふことに決めてゐた」。一枝が少女の頃求婚した男から久々の便りを貰い、その男がダイナマイト事故で両手両足を切断し、現在、朝夕、口で文字を書いて観音経《かんのんぎょう》を写していることが分るが、それは「一枝の心を通り過ぎる或る映像にしか過ぎなかつた。一枝はゆつくりとその手紙を裂いた」。私はこの個所を読んだ時、『蜻蛉《かげろう》日記《にっき》』の著者なら同様のことを書けただろうと思ったが、男性には書けそうもない。

しかし、宇野はもっと極端な自己分析を行なった。『刺す』の題は次の寓話から取ったものである。「或るとき海に出ようとする亀に、さそりが自分も一緒にその背中へ乗せてくれ、俺は泳げないんだと頼んだ。亀は断つた。海へ出てから俺を刺す気だらう、と言ふのである。するとさそりは、『何を言ふんだ。お前を刺したら、俺も一緒に海へ沈んで了《しま》ふぢやアないか……』と言つたので、亀はやつと納得して、その背中にさそりを乗せて一緒に海へ出た。……海の真中へ出ると、さそりはやはりその鋏《はさみ》で、亀の甲羅の上から、腹まで通れとばかりに刺したのである。や、刺したな、お前も一緒に溺れて死ぬんだよ、と言ふと、さそりは悲しい声で言つた。『分つてゐるよ。でも、刺すのは私の性質なんだ、刺さずにはゐられないんだ。堪忍《かんにん》しておくれ』」。宇野はこの昔噺《むかしばなし》が「私自身をわらふ喩《たと》へ話になる」と言っているが、男性の作家にこれほど自己反省できる人がいるだろうか。

『おはん』は以上の自伝的な小説とは違うが、語り手は上方《かみがた》の浄瑠璃《じょうるり》に登場するような二枚目であり、この気弱な男が二人の、全然性質の違った女性に左右される点で、共通性がある。その上、著者はおはんであり、また、恋敵《こいがたき》のおかよでもあると思われる。『刺す』の語り手は、「この新しい家が、ひとりで良人《をっと》の帰つて来るのを待つために」建てられたと言う。その言葉通り、おはんも待ったし、また、一枝も待ったが、これは「いまごろは半七《はんし》っつあん、どこにどうしてござらうぞ」という『艶容女舞衣《はですがたおんなまいぎぬ》』のお園《その》の独白《くどき》を思い出させる。日本の女性の強さと弱さをこの小説にみごとに織り込みながら、宇野は日本文学の永遠の女性像を生き存《なが》らえさせたのである。

現代の俳句

明治十五年頃に、坪内逍遙のような文学青年に、百年後の俳句はどんなものになるだろうか、と尋ねたとしたら、逍遙はそのような愚問を一笑に付してしまっただろう。百年後に俳句なんぞは存在しないはずだった。俳句を弄《もてあそ》ぶ日本人は何万人もいたし、彼らが相当数の師匠を養っていたとは言え、一流の俳人が一人もいなかったことに鑑《かんが》みて、逍遙が俳句はもう滅びてしまったと返事したとしても少しも無理はなかった。西洋文学の影響を受けた当時の文化人は文学が芸術的な思想の媒体だと思いこみ、遊戯的な味の濃い俳句を泰西の詩と同日に論じる気がしなかった。明治二十五年頃に正岡子規が「俳句は文学である」と声明したが、芭蕉の俳句を文学であると認めるような人がいても、当時の俳句を文学であると思う人は非常に少なかっただろう。

確かに、俳句は滅びるはずであった。自由ともっと豊かな生活を求めていた文明開化時代の日本の若者は『新体詩抄《しんたいししょう》』を読み、相当の影響を受けたので、老人の遊びとしか思えない窮屈な俳句の十七字の詩型に自分達の感情や理想を盛り込むはずはなかった。それにもかかわらず、俳句は滅びなかった。滅びるどころか、国内の人気は明治初期の十倍にもなっただけでなく、外国人でもそれぞれの国語で盛んに俳句を詠んでいる。

日本人が何故俳句にそれほど拘泥《こうでい》したのかは、多分素人《しろうと》芸術という観念と関係があるだろう。上手か下手かということとは別問題に現代詩を作る人は詩人であると思うが、俳句を作る人は必ずしも俳人であるとは言えない。宴会の余興として詩を作る場合、よっぽどの名人でない限り悲惨なものになりがちであるが、俳句を詠む場合、それほどの危険を伴わない。作者が生き血を俳句の中に注ぐ必要はなく、逆に、詩を作るにふさわしい態度で俳句を詠めば、失敗するに定《きま》っているのである。もっと静かな、もっと細かい心境が好ましいのであろう。素人くさい素朴さはむしろ長所に思われている位である。

明治二十三年に鈴木松江という評論家が発句《ほっく》と新体詩を対比し、発句は「言外に余情を含蓄するる」ので、新体詩よりも優れていると論じた。何故なら、新体詩は元来欧米の詩から生まれたものであり、日本人の伝統的な嗜好に適《かな》わないものであったからだ。「彼《か》の詩は哀《あは》れなれば哀《あはれ》なることを言葉持《も》て悉《ことごと》く尽し、楽しければ楽しきことを言詞《げんし》持て悉く尽し言詞が上に顕《あらは》れしのみにて、言詞に含蓄する意思のあらざるが故なり」「我邦土《わがはうど》の人は人造よりも、天然を好む者の如し。欧米人は円満なるを好み、我邦土の人は未だ円満に至らざるを好む者の如し」と述べた（松井利彦『近代俳論史』より引用）。

鈴木松江の日本人論は大体において当っていると思う。日本の芸術の中でも「哀れなることを尽す」歌舞伎もあるが、詩歌の場合は余情の役割が目立つ。何でもない表現の裏に深い感情が含蓄されることが常である。表面に現われていない意義をつかまえることはその道の人の芸当である。

俳句は詩と違い、述懐ではなく発見である。芭蕉の俳句は「世の人の見付ぬ花」であったように、俳句を詠むということは消えてゆく時間の一瞬を確実につかまえるということである。この点では、日本人の好きな写真芸術と共通している。写真も素人芸術である。誰でも写真を撮ることが出来るように、誰でも俳句を作れるが、鑑賞は専門家の仕事であって、一般の人にとっては無理だろう。

原石鼎《はらせきてい》にこういう句がある。

頂上や殊に野菊の吹かれ居り

これは「一躍作者の名を高からしめた句である」と述べた山本健吉は次のようにその人気の原因を分析している。「『頂上や』と無造作に置かれた初五は、その大胆な措辞《そじ》が俳諧者流を驚かすに足りたであろう……『殊に』というのも、いかにも素人くさい、物にこだわらない言い廻しである」(『現代俳句』)。正直に言うと、私にはこの句のすばらしさがよく分らない。山本の註釈を丁寧に読んでも、「頂上や」の「や」の無造作の魅力を感じない。そして石鼎がこの句を詠んだ時、果して中村草田男《なかむらくさたお》が指摘したように、「『や』の切字《きれじ》を添えて言いきったところ、山路をきわめ尽したときのホッとした安堵感がさながらに伝わってくる」ということを意識していたかどうか、疑問である。しかし、私は決してこの二人の専門家の解釈の正しさを疑っていない。要するに、現代俳句の場合、鑑賞することは作句《さっく》することと同様の芸術である。素人の俳人と玄人《くろうと》の評論家は良い取合わせである。素人の評論家なら、頂上にたどりついた石鼎がどんな思いを発したかということを知るはずがない。

終戦直後、桑原武夫が『第二芸術』という論文で現代俳句の盲点を突き、俳壇で非常なセンセーションを巻き起した。私は桑原の見解に大体賛成しているが、「第二芸術」が存在することを大変ありがたく思っている。カメラさえ持っていたら誰でも自己の中に隠されている芸術的要求を発揮できるように、小説や現代詩をどうしても書けない人でも俳句を作って楽しめるのである。素人の写真や俳句の中に玄人の舌を巻かせる良さがあることもあるし、また俳句は老人の芸術だという定評があるにもかかわらず、多くの俳人の若い時の作品が一番優れていることも事実である。

俳句には深い意味があり得る。芭蕉の傑作について何も疑う余地はないと思うが、現代俳句にも立派なものがある。が、それを誇張する必要はないと思う。私は山口誓子《やまぐちせいし》の俳句が大好きであるが、「夏の河《かは》赤き鉄鎖《てつさ》のはし浸《ひた》る」（昭和十二年）という著名な句について次のような鑑賞がある。「芭蕉の『行く春や鳥啼《な》き魚の目は泪《なみだ》』の一句が『暗夜行路』一篇の小説を以てしても語りつくすことが出来ぬ豊富で不可説《ふかせつ》な内容をもっているように、この誓子の夏の河十七字の小詩をいかなる他の文芸が云い尽すことが出来よう」。

言いつくすことはもともと俳句の役目ではないはずであるが、仮にそうだとしても、「行く春や」の一句が持っている意味を『暗夜行路』位の長さの小説の中で言いつくすことが不可能であるとは思わない。そういう大袈裟な褒め言葉を避け、俳句が現存していること自体を祝賀したい。第一芸術が一般民衆からもう遠いところへ行ってしまった今日、第二芸術はいかにもありがたいものである。

三島由紀夫

『三島由紀夫全集』の目録に眼を通すと、先ずおびただしい作品の数にびっくりする。四十五歳で死去したのに、信じられないほどの小説、戯曲、論文等を残した。その中には明らかに彼の贅沢な生活を支えるために書いたものもあるが、中間小説と称されるものの場合でも、誰でも書けたというわけには行かない。どんなに軽い気持で小説を書いたとしても、いつも何処《どこ》かに三島でなければありえないような場面があった。「小説が書けない」という小説家の伝統的な職業病は三島とは全く無縁であった。文学のジャンルやレベルを問わず、三島の創造力は言わば「豊饒《ほうじょう》の海」のようであった。

とは言え三島は才能に恵まれ過ぎていたのかも知れない。頭の中で小説の構造や人物の性質を一応描き、その骨組に肉をつけるというようなことは至って簡単のようだった。小説家にとって必要なあらゆる技巧を自分のものにするために、古今の東西文学を始終漁《あさ》っていたので、生まれつきの才能に努力の賜物であった名人芸が備わっていた。早熟の作家にふさわしく、若い頃から種々様々の作品を世に送り出した。が、三島文学の崇拝者の中でも、三島の労苦が少し足りなかったことを惜しく思う人はかなりいるだろう。

三島は『豊饒の海』が自己の文学の総決算だと思い込んでいたので、小説家として修得したものを全部この小説の中に注ぎ込んだ、と繰り返し言っていた。この小説については相当の自信があったが、「新潮」に永く連載されても誰も批評を書いてくれなかったので不満を感じ、四部作を本として同時に発表するという元の計画を変えて、『春《はる》の雪《ゆき》』と『奔馬《ほんば》』を早く出してしまった。この二つの小説は非常によく出来ていたので、連載した形のまま単行本として発表しても差し支えはなかったと思うが、自己の文学の総決算として書いた四部作をムラのないものにすべきだった。もっとすばらしい作品が出来たはずである。が、天才の三島はその必要を感じなかったため、完璧であるはずの四部作に瑕《きず》がついている。言うまでもなく第三部と第四部の「瑕」は刻々と迫って来る自決と関係があっただろう。

三島事件以来、私が何処で講演しても、また、その講演の内容がどのようなものであっても、講演が済んだ後、必ず三島の自決について聞く人がいる。質問する人は大概はっきりした原因を知りたいようだが、私にはそれが分らない。が、もしも三島が言った通り自分のすべてを『豊饒の海』の中に入れたということが事実だとすれば、それ以上小説などを何十冊書いても、自分の永遠の名声と何の関わりもなかろう。私がこのように答えると、定《きま》ったことのように、誰かが、「しかし、三島さんがもっと長生きしていたとしたら、もっと老熟した傑作を書いたかも知れません」と反論する。そういう意見に対して私はどう答えたらよいか分らない。

三島が書かなかった小説について論じるということには余り意味がないように思われる。シューベルトは三十一歳で死に、モーツァルトは三十五歳で死んだが、それぞれの短い一生の間に作曲すべき音楽を全部作曲したという人がいる。無論、それに対する反証がないので、そのように論じても勝手であるが、また、死んだ児の年を数える調子で、モーツァルトが夭折しなかったらどんなにすばらしい発展を遂げただろうと論じる人もいる。三島の場合、どちらかと言うと、書くべき作品を全部書いたのではないかと思われる。

三島自身は「老熟の域」に達することを楽しみにしていなかった。「私の癒やしがたい観念のなかでは、老年は永遠に醜く、青年は永遠に美しい。老年の知恵は永遠に迷蒙《めいもう》であり、青年の行動は永遠に透徹してゐる。だから、生きてゐればゐるほど悪くなるのであり、人生はつまり真逆《まつさか》様《さま》の頽落《たいらく》である」(「二・二六事件と私」)と論じた作家は明らかに「老年の知恵」を余り大切に思わなかった。

しかし、三島文学は決して青年文学ではない。『仮面《かめん》の告白《こくはく》』はともかくとして、その後の小説は過去に面していて、新しいものを作るというよりも、古典の復活や現代版に最も力を入れた。

三島の小説や戯曲には実験的な面がかなり際立って見られる。ミーちゃん、ハーちゃんが喜ぶ『潮騒《しおさい》』も、一種の実験であったが、その意外な成功は三島をうんざりさせるほどであった。三島自身にとってこの小説はギリシャに対する自己のあこがれの結晶でもあった。しかし、その「実験」は外国において作家たちが行なっている実験とは何も関係がないばかりでなく、日本の近代文学の主流からも遠いのである。三島の近代能も実験的だと言えば実験的なものに違いないが、ベケット、イヨネスコ、ピンターなどの実験と比較したら、共通面が一つもないだろうし、また日本の若い劇作家に何も影響を与えなかったようである。『豊饒の海』は輪廻転生《りんねてんしょう》の小説として現代文学の中では極めて珍しい例であるが、それは前衛的な小説だというよりも大昔の伝統の蘇生というべきものだろう。こういう「実験」は小説家の若さを裏書きするものではなく、むしろ若さの否定になる。時間が過ぎ去るに従って革新派の作家もおとなしくなって老練な作家にふさわしい作品を発表することもあるが、初めから古典の世界に惹かれた作家は老熟の域に達してから革新的な作品を書くことは少ないのである。『豊饒の海』が三島文学の総決算だとすれば、それを書いた後は沈黙だけしか残らなかっただろう。

ところが、三島に前衛的な小説が一つあった。『鏡子《きょうこ》の家《いえ》』の失敗は三島にとってどんなにひどい打撃だったか、という評論家がいるが、『美しい星』の失敗はもっと決定的だったかも知れない。科学小説というジャンルに属しているものであり、空飛ぶ円盤などの話を借りて自分の人生論を発展させた小説であるが、三島文学の中では全くユニークなものだと思う。それが期待したような成功を収めなかったためか、その後は、『午後《ごご》の曳航《えいこう》』等非前衛的な作品を続々発表して行った。三島文学の総決算に『美しい星』を思わせるような要素が全然入っていないということは示唆的である。

三島のような才能に恵まれていない作家だったら、仮に一つの挫折があっても、折角切り開いた道を更に前進したと思うが、三島は自己の無限の才能を別の方向へ向けた。現代作家としての名声よりも永遠の名声を目差すようになり、その過程における必然的な結果は御承知の通りである。

三島由紀夫の戯曲を小説よりも高く評価する評論家がいるが、私は同意できかねる。とは言え、三島の戯曲の芸術的価値を否定しているというわけではない。むしろ、自己についての三島のイメージを尊重するような気持でこう断言したいのである。三島は幼年の頃から演劇の世界の魅力を強く感じ、どうしてもその世界に参加してみたかったらしいが、彼自身にとっては、劇作家としての活躍は第二義的な仕事であって、小説こそ本職であった。自決する前の一、二年間は永年の習慣を捨て、新しい戯曲を書かなくなってしまったが、その理由は、自己の「総て」を最後の小説の中に注ぎ込んでみたいと思ったからであろう。そのために戯曲を犠牲にしてもいいと思ったようである。

ところが、劇作家としての三島はまぶしいほど輝かしい存在であった。無論、日本近代劇の先駆者は何人もいたが、近代の劇文学は三島から始まったと言ってもいいだろう。三島は舞台の奥義《おうぎ》を究めていたので、全然苦労しないで美しいセリフや舞台上の面白い動作や筋の意外な発展で観客を喜ばせるのは訳ないことだったが、彼はそういう成功に満足しないで、始終文学的な卓越を狙っていた。しかも、読んで味わうだけのレーゼドラマに全然関心を持たなかった彼にとっては、読者だけに訴えるような戯曲は問題外だった。三島の理想はどんな観客でも面白く見られるような大変複雑な、文学的な芝居であった。そして『近代能楽集《きんだいのうがくしゅう》』、『サド侯爵夫人《こうしゃくふじん》』等の場合、みごとに困難な理想を達したのである。

もともと、三島の戯曲の文学的な性質はその拠り所《よりどころ》によって大いに左右された。能の約束に従った『近代能楽集』、歌舞伎の伝統を踏まえた『地獄変《じごくへん》』等、浄瑠璃を復活させた『椿説弓張月《ちんせつゆみはりづき》』

等は、当然のこととして西洋から輸入した近代劇とは相当違っている。三島はあらゆる文体をこなし、馬琴の文章を浄瑠璃化するほどの自信があった。ラシーヌの傑作を英訳で上演する場合、失敗するに定《きま》っているが、三島は自己のすばらしい文体に頼って『ブリタニキュス』などの登場人物を日本の舞台で生かすことができた。

三島の小説よりも戯曲の方が国際的であると言えよう。小説の中にも外国人が時々登場することがあるが、外国を舞台にして外国人ばかり登場させる小説はない。『サド侯爵夫人』や『わが友ヒットラー』の人物のセリフは流暢《りゅうちょう》な日本語に違いないが、日本を思わせるような場面は一つもない。『鰯売恋曳網《いわしうりこいのひきあみ》』と『わが友ヒットラー』との間にはどんなに巨大な懸隔があることか。両方とも同じ人が書いたのかなあと疑ってみたいほどである。

三島の戯曲に一番大きな影響を与えたのは日本の古典劇とラシーヌだろう。歌舞伎のはげしい動作とラシーヌの動きのない場面には共通性が何もないように思われるが、三島は両者から長い「かたり」の伝統を借りた。英米の劇作家は独白を活用したが、特定の人物がある事情の由来を語るということは滅多にない。能も歌舞伎もラシーヌも舞台上の制約を重んじて、熊谷直実《くまがいなおざね》が妻に息子の戦死を語ったり、テラメーヌがイポリートの死を語ったりする。『サド侯爵夫人』のサン・フォンという人物もよく物語っている。「私は私の、今のところ一番正確で豊富な知識、この三月《みつき》がかりであらゆる手を尽して集めた知識を御披露いたします」というような出だしから長い「かたり」に入る。モントルイユ夫人も同じように、「私の放つた忠実な密偵が、四年前のクリスマスに、ラ・コストの城の窓から何を見たか？」と一応聞いてからサン・フォンに劣らないほど生々しい物語をする。英米人にとってはこういう方法はドラマの代りのものになりがちで、サド侯爵の残酷さよりも貴婦人たちの雄弁の方が頭に残る。が、ラシーヌも三島も言葉は行為と変らないものだと信じていて、行儀の良い貴婦人たちの周囲には黒い焰《ほのお》が絶えず燃えている。『サド侯爵夫人』は三島の戯曲の中では一番の傑作だろう。跋文《ばつぶん》で三島は戯曲を次のように分析した。「いはばこれは『女性によるサド論』であるから、サド夫人を中心に、各役が女だけで固められなければならぬ。サド夫人は貞淑を、夫人の母親モントルイユ夫人は法・社会・道徳を、シミアーヌ夫人は神を、サン・フォン夫人は肉欲を、サド夫人の妹アンヌは女の無邪気さと無節操を、召使シャルロットは民衆を代表して、これらが惑星の運行のやうに、交錯しつつ廻転してゆかねばならぬ」。それぞれの役目が余りにもはっきりし過ぎているので、十六、七世紀のヨーロッパの仮面劇を思わせるのだが、勿論、三島はそういうことをよく知った上で伝統に基づいた実験を行なった。

三島は書こうと思ったら誰よりも写実的で生き生きとしたセリフが書けたが、『サド』などの傑作では誰も言えそうもないような、極めて難解なセリフを書くこともあった。能や歌舞伎に馴れた日本人なら、言葉の文《あや》に魅せられて、「御先祖代々の血の錆《さ》びついた甲冑《かっちゅう》や剣《つるぎ》を磨き立て、まだ残る血の錆《さび》の枝葉《えだは》を透かして映る、裸の女たちの姿をおたのしみになつたにすぎない……」と聞いても、「あれは一体どういう意味か」というような心配は先ずしないだろう。

舞台上のあらわな動きを最小限度に食い止めた代りに、十八世紀の美しい衣裳や鬘《かつら》で観客の眼を喜ばせた。三年後の昭和四十三年に書いた『わが友ヒットラー』にはそういうような楽しみさえ見られない。『サド』は六人の女性で構成された世界であるが、『ヒットラー』には四人の男性しかいない。『サド』と同様にこれらの人物は行動、同志愛、財界、労働者革命等を代表しているが、芝居全体が『サド』よりもテンポが早く、舞台上に動きらしい動きがなくても、まっしぐらに結末に向って突進する。この女気の全然ない戯曲は『サド』と面白い対照になる。

三島ほど東西の伝統を尊重した劇作家は稀であるが、その代り、同時代の他国の戯曲にはほとんど興味がなかったようで、安部公房《あべこうぼう》等に期待できる新しさは何処にもない。それは三島の劇文学の限界であるかも知れないが、それと同時に永遠の生命を保証すると思う。東西の二つの大きな流れが三島の劇文学において合流し、過去にも未来にも出現しそうもない古典劇がみごとに完成したのである。


三島由紀夫は森鷗外の話をする時、手を合わせて拝む振りをする習慣があった。無論、ふざけている面もあったろうが、鷗外の文学を心から崇拝していたこともまた確かだろう。そして鷗外の影響を受けるに従って三島の文学が変ったことは間違いあるまい。

鷗外の影響がいつ頃から三島文学に現われたかというと、少なくとも昭和二十五年の『日曜日』という短編まで溯るだろう。三島は、『堂々めぐりの放浪』の中で、「大学時代に森鷗外を読んだのが、私の衛生学になつた」と語り、「戦後しばらく、一方では鷗外にあこがれながら、一方では今までの感覚的なものへの耽溺《たんでき》からぬけ切れない時期がつづいた」と述べた。自分の文体も他人の影響を蒙《こうむ》ったことを認め、特に『日曜日』は「はつきりと（！）森鷗外」によるものだったと言い、『禁色《きんじき》』（昭和二十六—八年）の文体は「スタンダールに鷗外風な荘重さを加味したもの」だ。また『沈める滝』（昭和三十年）の文体は「スタンダール、プラス鷗外」であり、さらに『金閣寺《きんかくじ》』（昭和三十一年）は「鷗外プラス、トオマス・マン」によるものだと説明した。

鷗外の文体から何を覚えたかと言うと、「主語の思ひ切つた省略、現在形の濫用、オノマトペ（擬音語・擬声語・擬態語）の極度の節約」等であったろう。現に、『日曜日』あたりから、これら鷗外の文体の特徴が三島文学にはっきり現われてきた。『海と夕焼』（昭和三十年）の冒頭は次の通りである。「文永《ぶんえい》九年の晩夏のことである。のちに必要になるので附加《つけくは》へると、文永九年は西暦千二百七十二年である」と。いかにも鷗外の衒学的な面と文体の特徴を合わせた表現であろう。

文体だけのことではなく、仮名遣いや字体や語彙も鷗外に負うところが多い。三島文学には古めかしい表現がかなり目立つが、多くは鷗外の作品から学んだものらしい。「衣囊《かくし》（ポケット）」や「厠《かわや》」や「燐寸《マッチ》」のような言葉を常用したのは三島の特徴であったと同時に、鷗外の真似ではなかったかと思う。

しかし、以上の言語的な問題よりも作家としての姿勢において、鷗外の影響は決定的であった。鷗外は自分のことをアポロ的と称したが、確かに鷗外にはそういう人格があったと思う。が、三島は極めてディオニュソス（酒と豊穣《ほうじょう》の神）的な人間であった。「ブラジルにおける一ケ月の滞在と、カーニバルの季節に、私は熱帯の光りに酔つた」と三島は書いたが、カーニバルに酔った鷗外はちょっと想像し得ない。ところが、三島は意識的に自分を鷗外化しようとした。「鷗外には感受性の一トかけらもなく、あるひはそれが完全に抑圧されてゐた。そこで私は鷗外の文体模写によつて自分を改造しようと試みた」と。

近年、二種類の三島由紀夫伝が英語で発表された。書きぶりや三島に対する態度は随分違うが、一つの点では一致している。つまり、三島の人格はどんなに祖母の影響によって作られたかというようなことに重点を置いている。祖母の影響を否定する必要もないが、三島自身は精神分析等を嫌悪し、人間は自己の意志で出来るものだと信じていた。ひ弱い三島少年が割腹を遂げた三島になり得た過程は、必ずしも祖母の影響に帰すべきことではなかろう。むしろ鷗外の文学に一種の理想像を見付けたためではなかったかと思う。三島は『花ざかりの森』や『中世』等を書いてから『仮面の告白』で少年時代を終わり、祖母の影響から自分を解放した代りに、鷗外を手本にして、もっと乾いた、知的な文学を書こうと努力した。それは果して三島文学のために良かったかどうか定《き》めがたいが、ともかく三島の意志の勝利であったに違いない。

『私《わたし》の遍歴時代《へんれきじだい》』の中で三島は「私は大体、銀行家タイプの小説家である」という意外な発言をし、「小説家は銀行家のやうな風体《ふうてい》をしてゐなくてはならぬ」というトーマス・マンの言を引用した。三島にとって鷗外は「銀行家のやうな風体」をしていた「ほがらかな」小説家に見え、自己憐憫に耽っている知識人たちとまるで違っていた。「知識人の顔といふのは何と醜いのだらう！　知的な人間といふのは、何と見た目に醜悪だらう！」と書いた三島自身紛れもない知識人であったが、鷗外という大変な知識人を手本にして自分の知識人らしさを根絶しようとした。武道や馬術に夢中になり、鷗外のように葉巻も吸うようになった。

武士道を唱えるようになったことも鷗外の影響の賜物であったろう。鷗外の『妄想』の主人公は西洋をよく知っているし、思想も決して反西洋的ではないが、自分は西洋人と違うと堅く信じていた。「西洋人は死を恐れないのは野蛮人の性質だと云つてゐる。自分は西洋人の謂《い》ふ野蛮人といふものかも知れないと思ふ。さう思ふと同時に、小さい時二親《ふたおや》が、侍《さむらひ》の家に生れたのだから、切腹といふことが出来なくてはならないと度々論《さと》したことを思ひ出す。その時も肉体の痛みがあるだらうと思つて、其《その》痛みを忍ばなくてはなるまいと思つたことを思ひ出す。そしていよいよ所謂《いはゆる》野蛮人かも知れないと思ふ。併《しか》しその西洋人の見解が尤《もっと》もだと承服することは出来ない」と主人公は言う。

三島は死を恐れていた。飛行機がよく落ちるものだという理由で飛行機になかなか乗りたがらなかった。そして彼の会話に「怖い」という言葉が実によく出た。が、周知の通りの死に方を選んだ。

鷗外も三島も稀な博学者であり、日本の伝統も、西洋の伝統もよく弁《わきま》えていた。弁える程度に止まらず、両方を愛していた。しかし二人とも年をとるに従って日本の方へ惹かれて行った。三島は晩年の論文の中でよく陽明学に言及し、また、小説の方では唯識論《ゆいしきろん》の哲学によって『豊饒の海』を統一した。ところで、明治三十四年に鷗外が小倉《こくら》から母親へ送った手紙の中に次の文章がある。「福岡にて買ひし本の内に伝習録といふものあり……これは王陽明の弟子が師の詞《ことば》を書き取りしものなるがなか〳〵おもしろき事有之候《これありさうらふ》中にも知行《ちかう》一致といふこと反復して説きあり……この王陽明が『行は智より出《い》づるにあらず行《おこな》はんと欲する心（意志）と行《オコナヒ》とが本《モト》なり』といふ説は最も新しき独逸《ドイツ》のヴントなどの心理学と一致するところありて実におもしろく存《ぞんじ》候。其外《そのほか》仏教の唯識論とハルトマンとの間などにも余程妙《たへ》なる関係あり」。三島がこの手紙を知っていたかどうか分らないが、影響がなかったとしても、二人が全く同じ哲学に惹かれたことは不思議な偶然の一致であったと言わねばなるまい。

鷗外の心境は自然にそうなったものであったが、三島は意志に頼ってそこまで辿《たど》ったという印象を受けやすい。三島は、陽明学と唯識論に、『かのやうに』という鷗外の短編に説かれている思想を合わせた結果、一命を捨てたと言っても過言ではないと思う。

安部公房

安部公房《あべこうぼう》の作品が国際的であることは間違いない。ところが、国際主義は、ある国やある時期では犯罪のように思われ、国際主義者として知られた作家が投獄されたことさえある。国際主義者は、自国の土に深く根を下ろした作家とよく対照されている。外つ国《とつくに》の文学を読む場合、外つ国の土の独特の匂いを読者は要求することが多い。

日本文学に要求されているものとして先ず繊細さや自然に対する敏感さなどがあげられるが、こういうものは文学そのものから生まれた要求というよりも恐らく絵画や映画を通じて生まれた

「日本」の観念に基づいたものだろう。

外国人が日本文学を読むということになると、自国の文学に無いものを欲しがることは当然だろう。外国語を自由に読めたら、自国語にない表現などに満足することがあるが、翻訳に頼って読む場合、そういう楽しみは消えてしまう。自国にない文学的な要素を発見するという希望をもって日本文学を読んでも差し支えないだろうが、苦労せずに日本の風俗や社会的な事情に精通しようという意思で日本文学を読むとしたら邪道だという他はない。ギリシャの悲劇や『源氏物語』やダンテやシェイクスピアを読む人は、過去の社会をよりよく理解するためではなくて、もっと複雑な、深遠なテーマのとりこになるからである。理解しようとするのは何かと言えば、特定の社会の宗教や政治観ではなく、人間であるという条件であろう。

人間であるという条件は正に安部公房の文学の中心的な問題である。彼は「壁」に取りつかれているようだが、彼の作品に出てくる壁は決して日本人ないし日本と外国との間に立っている言葉などの壁の象徴ではない。むしろ、日本人は他国人と違わないということは、一種の信条であろう。評論家たちがよく指摘することだが、安部の満州育ちは彼の文学に相当の影響を及ぼした。広々とした大陸的な風景に馴れているので、普通の日本文学と違い、日本ということをあまり意識しないで、国際主義的な小説を書くと言われる。そういう見解は誤りではなかろうが、また、全く逆のことが考えられる。つまり、満州育ちだったからこそ普通の日本人よりも日本人であるということを鋭く感じたのだ。安部から聞いた話だが、日本人の子供たちは中国人でないということを立証するために、中国人の子供がはめるような指の分れていない手袋を絶対にはめなかったという。指が凍りそうに冷たくなっていても日本人であるということを忘れなかった。だが、五本の指に分れた手袋をはめていても、手袋の中では、人が気がつかないように指をまげていたので、本当は中国人と何も変りなかったのである。

安部は日本に独特の何ものかがあるということも認めたがらない。戦時中、満州にあった日本人の学校の生徒たちの中に、天皇を神だと信じていた者は一人もいなかったとさえ言い張っている。それは私にとって非常に信じがたいことだが、やはり私はそれを信じたいのだ。要するに、日本国民でない者には日本の文化は不可解なものであるとするならば、私がやっている研究には何も意義がないことになる。安部が通っていた学校に天皇が神であると信じていた生徒も多少いたはずだと思うが、中国人と違っていることを教えこまれた安部がそれを拒絶したというのは立派なことだと思う。

日本文学に自然の美についての繊細な描写などを要求する外国人の読者は安部の文学に失望するだろうし、自国に対しても異国趣味を求めるような日本人も、曇りのない、あっさりした文章にがっかりするかも知れない。安部の小説に現われる風景が本物の砂漠でないとすれば、それはアスファルトやコンクリートで出来た人工の砂漠である。三島由紀夫は樹や花の名前を知らず、自然に対してそれほど関心がなかったのに、小説の中には適当に自然の美しい描写をちりばめたが、安部は科学者の冷たい眼で自然を見て、水、鉱物、砂、血液等を同一視する。三島の小説によく出るような日本語独特の表現や単語はほとんど出ない。カタカナで小説を書きたいのではないかと思わせるのである。

しかし、安部はもっと伝統的な、もっと日本的な文章を書けないから自己特有の文体で書かざるを得なかったのだと思うとしたら、それは大きな誤りである。安部の文体は小説の内的必要に応じて出来たものであるので、『榎本武揚《えのもとたけあき》』を書いた時は、明治初期の新聞の記事などを、誰も気がつかないほど上手に「偽造」したのである。安部に骨董《こっとう》趣味はあまりないようだが、平安朝の物語を偽造する必要があったら、きっと同じように上手に出来ることであろう。

安部は初期の作品から代表的な「世界」をつくり上げた。『S・カルマ氏の犯罪』の場合、名前をなくしてしまった主人公にカルマという非日本的な名前をつけたが、それについては何も説明してくれない。『魔法のチョーク』の主人公のアルゴン君も随分ハイカラな名前である。その「世界」は日本に違いないが、それは問題外のことである。地方性——いわゆる日本的なもの——を避けるため仏教の Karma（業《ごう》）などを思わせるような国籍不明の名前をつけたのだろう。

他の小説の場合は、人物に名前がないことが多い。名前や顔や国籍は、われわれが生まれた時に貰うもので、自分と他人を分離する「壁」である。その壁を頼りにして安心するよりも、壁の中にとじこもっている人間はどういう存在であるかというようなことを見極めるのが人間としての究極の義務であろう。『砂《すな》の女《おんな》』の主人公が、逃げることが出来ても、砂の家の中から逃げないと決心するのはそのためだろう。

安部の国際主義は異国趣味の反意語のようなものである。人物の名前はどうであっても、皆日本人であり、彼等が活躍している場所は、砂丘であっても、団地であっても、研究所であっても、日本以外の何処でもない。安部の文学の対象は日本人であるが、それよりも大事なことは人間である。テレンティウスは「人間のことなら私に無関係のものはない」と言ったが、恐らく安部も同じ心理だろうと思う。

二十世紀前半の日本文学を論じる場合、たとえ戯曲に言及しなくても余り文句は出ないだろうと思う。なるほど『修禅寺物語』(岡本綺堂)や『父帰る』(菊池寛)などは高校生の間でまだ人気があるようで、真山青果の戯曲などは歌舞伎や新派《しんぱ》の役者によって上演されることもあるが、それらはいわゆる現代文学に属していないし、同時代の小説や詩歌に比べると文学的な価値は非常に劣っている。

日本の劇作家が国際的な水準に達したのは戦後になってからである。三島由紀夫や安部公房等の戯曲が数ヵ国語に翻訳され、外国で上演されたばかりでなく、大学の演劇学部の講座で世界の現代劇文学の枠の中で研究されている程である。三島にも安部にも戦前の劇作家に全く望めなかったような知性や技巧があり、二人とも小説家でありながら演劇界の全然違う要求にうまく応じるのだが、お互いに類似点が案外少ないと思う。

三島はわずかの例を除いて悲劇しか書かなかった。われわれの時代には悲劇的な要素は十二分にあるが、アリストテレスの『詩学』に定義されたような悲劇はほとんどないのである。が、三島はあらゆる手段をつくしてアリストテレスの定義に叶《かな》うような戯曲を書こうとした。先ず、悲劇の主人公は観衆より地位の高い人物でなければならないという規則に従って、貴族階級の人間を度々登場させた。戯曲の構造も、『朱雀家《すざくけ》の滅亡《めつぼう》』のようにギリシャの悲劇の様式に叶うような戯曲もあれば、能の様式をそのまま借りた近代能もある。セリフも詩的であり、『サド侯爵夫人』などの場合は、独白の部分が多く、セリフの意味よりもそれが醸《かも》し出す雰囲気——一種の陶酔——が三島の狙いであったが、詩劇に近い効果をみごとに収めたのである。しかし、すぐれた芝居で観客または読者を喜ばせることは出来ても、アリストテレスが期待していた独特のカタルシスには成功しなかった。それは多分悲劇の効果よりも悲劇の美を探求していたからだろう。

安部の戯曲は三島の戯曲に対して正に反対の立場にあるようである。主人公たちの多くは、『棒になった男』に象徴されていて、われわれより高い地位を占めるどころか、自分の平凡な生活に「満足していたからこそ、棒になったんじゃないか」と言われる程である。主人公は悲劇を起すような人物ではなく、むしろあらゆる悲劇的なものを避けていても、予想できない、防ぎようのないような特殊な事情のとりこになってしまって逃げられなくなる。『おまえにも罪がある』の主人公は自分の過去の生活について次のように語る。「いくら頼まれても、組合活動は断わりつづけたし、いくら心の中では賛成でも、政治的な署名は一切しなかったし、やむを得ずデモに参加する時でも、なるべく後の方からついて行くように心掛けてきたんだ……べつに、そうすることが正しいと思ったからじゃない」。『友達』の主人公は、「吸取り紙みたいな存在」と見くびられている。

アリストテレスの『詩学』によれば、こういう人物は喜劇の主人公にしかなれない。安部自身は、『友達』に「黒い喜劇」という副題をつけたが、『友達』に限らず、安部の代表的な戯曲は全部そのように呼ばれるだろう。安部が描く世界は全く常識的なものであって、ギリシャの悲劇や能を思わせるような場面は一つもない。詩のような文章があるが、それは特別の高い次元を作り出すためではなく、むしろそれらしいものをこわすためだろうと思われる。「詩」の中の傑作は、『幽霊《ゆうれい》はここにいる』のモデル嬢の歌であろう。

「わたし／大好き／透明な人／わたし／結婚したい／透明な人／アイ　ラブ　ユウレイ／素敵だわ」

これらの戯曲の構造も一向にギリシャ悲劇に似ていないのである。事件の運びを左右するものは、避けられない運命ではなく、いかにも喜劇的な状況の設定なのである。ベッドの下で死体を探している警官たちが、ベッドの中にシュミーズ一枚の姿の女性を発見すると、どんなにびっくりするだろう。榎本武揚を殺そうとしている囚人たちが、役人の突然の出場によって威圧される。モリエールの喜劇のように、いつまでも続いていい芝居が劇作家の独断で切断される。

しかし、喜劇であっても、「黒い喜劇」だということを忘れてはならない。にこやかに退場する家族が、毒殺された「友達」の死体を残す。『棒になった男』の最後のセリフは、「しかし、いったい、棒以外の何になればいいって言うんだ。この世で、確実に拾ってもらえるものと言ゃぁ、けっきょく棒だけじゃないか！」というような絶望的な表現である。『ガイドブック』の最後では、三人の人物が猛獣になってしまって、原始的な恐ろしさを見せている。

そこまでいくと、喜劇はもう喜劇ではなくなってしまう。『未必《みひつ》の故意《こい》』の場合、私たちは笑いながら異様な緊張を感じ、喜劇的な要素はむしろ緊張感を高める。『棒になった男』の中にある「時の崖」には、言いようもない悲哀が、ありふれた、ふざけた独白を通して感じられる。結果としてアリストテレスが予想しなかったようなカタルシスが行われる。

われわれの時代は散文的であり、貴族の株も大分下がった。アリストテレスの主人公には悲劇的な欠点が一つあって、その欠点が彼の破滅をもたらすが、現代の主人公の破滅は自分の欠点によるものではなくなった。『友達』の主人公は、オイディプスよりも網の中でうごめいている魚に似ている。そのうごめき方がおかしいので、われわれを笑わせるが、だんだん気がつくことは、うごめいているのがわれわれ自身であるということである。

安部の戯曲の表面は面白くて、読んでいても度々吹き出さずにはいられない。その裏にはもっと暗い面があるが、安部は普段それを説明したがらない。私はいつか『未必の故意』は非常に写実的な芝居だと聞いて驚いたのだが、後で安部の発言は本気だったと思うようになった。今の時代を写実的に描こうと思えば、ギリシャの悲劇は勿論のこと、十九世紀の「よく出来た芝居」に合わせてもピントがずれてしまう。「黒い喜劇」は最も写実的な方法であるかも知れない。その喜劇の象徴は髑髏《どくろ》であって、ゲラゲラ笑いながら「ここにも幽霊がいる」と言う。

安部公房は自分のことを極めて常識的な人間のように思っているらしい。たしかに、科学に深い関心を持ち、機械をいじることが好きだが、文学に関しては、安部ほど非常識な想像力のある人間は少ないと思う。初期の短編から最近の作品にいたるまで、あらゆる常識に反する出来事が目立っている。昭和二十四年に書かれた『デンドロカカリヤ』は、「コモン君がデンドロカカリヤになった」という変形の話で結末がつくが、それ以後の小説や戯曲にも幻想的な要素が多く、日常茶飯事を取り扱う場合でも、何処か常識と相容れない面が必ず備わっているのである。

安部文学の特徴は、非常識なものの伝染力である。『飢《う》えた皮膚《ひふ》』（昭和二十六年）の主人公は、ある金持ちの婦人を誑《たぶら》かすために、彼女が一種の不思議な病気にかかり、カメレオンのように外界の色に応じて皮膚の色が変るようになったという手紙を彼女に出す。その手紙は効果を発揮し、彼女は主人公の思う壺にはまってしまうが、後に主人公は、「そしてある日、おれの皮膚は死の不安に似た冷たさを感じ、暗い緑色に変っていた」という運命に到達する。

『燃えつきた地図』の探偵は失踪した人を探しながら、自分も失踪してしまう。『箱男《はこおとこ》』のAは、アパートの窓のすぐ下に一人の箱男が住みついているのを不愉快に思い、空気銃で嚇《おど》すと、箱男は立ち退く。半月ばかりするとAの家に新しい冷蔵庫が届き、Aは何となくそのダンボールの箱の中に這入《はい》り込んでみたいという気持を起し、しまいに立派な箱男になってしまう。『ウエー新どれい狩り』では、ウエーに扮する人間たちは動物の真似を止めて楽しそうにサンドイッチを頬張りはじめるが、その時までウエーを観察していた人たちはみなウエーになってしまい、「ウェイ、ウェイ」と鳴きつづける。

短編集『笑う月』（昭和五十年）の中の『鞄』の主人公は、わけの分らない大きな鞄をいつもぶらさげている青年から鞄を預かり、「なんということもなしに、鞄を持上げてみた」。二、三歩歩くと、もう鞄が手放せなくなってしまい、「何処までもただ歩きつづけていればよかった」のだと思うようになる。同じ短編集の『空飛ぶ男』には非常識なものの伝染についてもっとも詳しい描写がある。空飛ぶ男は、「幻のような夢」または「夢のような幻」を見ていた「ぼく」に、かと思う。

「この浮游《ふゆう》現象は、どうも、伝染力を持っているらしい」と最後に言うが、たしかに小説の中の人物から読者に同様の病気が伝染していくように感じる。それが安部文学の魅力の源泉ではないかと思う。

以上に述べた意外な事件を合理的に説明しようと思ったら、出来ないことはない。人間が植物や動物になることや平凡な男が空を飛ぶようになることは何かの比喩として——例えば、安部がどんなに現在の世界を悩んでいるかということの——解釈できるだろうし、それは必ずしも誤っていないが、短編集の表題作『笑う月』の結論によると、「肝心なのは、笑う月の身元や正体などではなく、笑う月そのものなのである」。

安部は夢に非常な関心を持っており、数年来、枕元にテープレコーダーを常備しているそうだが、それはフロイトやユングの分析法によって自分の夢の意味を探ったり、過去において受けた「傷」を治したりするためではなく、意識の周辺で思考の飛躍がしばしば行われるからである。「夢は意識されない補助エンジンなのかもしれない。すくなくとも意識下で書きつづっている創作ノートなのだろう」と安部は述べているが、白昼の意識で夢の「材料」を練って芸術的な作品に仕上げる過程が行われても、潜在意識への手がかりとして夢を利用しようとはしない。「夢はやはり夢として、下手な解釈は加えず、ありのままに受取るべきなのだろう」と書いた安部は、夢を夢として尊重し、解剖する必要を感じていない。

短編集『笑う月』の三分の二ぐらいの作品は夢に当てられている。夢独特の意外さや展開の早さがたっぷりあるが、初期の短編と案外共通な面がある。『空中楼閣《くうちゅうろうかく》』(昭和二十六年)の「ぼく」

が空中楼閣建設事務所を探している時、「道路の真中をこちらに向ってやってくる一匹の三毛猫に出遇《であ》った。……ぼくが立止ると猫も立止った。充分の敬意をはらって手を差しのべると、猫はすでにぼくを見知っていて、いかにもなつかしげによってきた。近づきのしるしに、まず手際よく背中をなでてやると、パチパチと電気がおきて、再び期待がぼくの中に充電された。ぼくは猫をかかえ、確信をもって先に進んだ」。以上のくだりは夢として物語っていないが、夢の世界に近いように思われる。幻想的な場面には違いないが、どんな私小説よりも著者の内面生活を示唆していると思う。安部のユーモアも勿論見られるが、現実の周辺でありながら、同時に現実の核心である安部の意識と密接な関係がある。『空中楼閣』は当時の日本の暗さを反映しているが、自然主義文学者と違って安部は写実的な描写で自分の環境を呼び起そうとはしない。猫が突然現われて道案内してくれるというようなありそうもない場面を書き、日常的苦痛をはるかに越える暗い、絶望的な雰囲気がこの小説を取り巻いている。夢が意識を取り巻くように。

『発想《はっそう》の種子《しゅし》』の中では、安部は「書くという作業が作者の意識的操作を超えたものである」と断言し、創作の過程としては、「知らぬ間に種子を拾って、自分の内部に植え込み、無意識のうちに肥料をあたえ、水をやり、予期しなかった発芽にあわてて農夫の仕事へとわれとわが身を駆り立てる」と指摘している。種子が花となり、実となった後でも――つまり小説や戯曲に発展しても――まだ生き続けるようである。そのためか、安部は機会ある度に、旧作を変えている。ほとんどの場合、改作は原作より優れているが、原作も捨てがたいものである。改作する過程でだんだんもとの夢が遠ざかっていってしまうような気がする。そういう意味で最も夢に忠実である短編は安部にも最も近い筈である。夢か現《うつつ》かという伝統的な疑問はこの場合に限って余り有意義ではない。安部の短編は夢でもあって現でもある。

開高健

開高健《かいこうたけし》の『夏《なつ》の闇《やみ》』（昭和四十六年）という小説の中に次のようなくだりがある。

「釣りは最初の一匹さ。それにすべてがある。小説家とおなじでね。処女作ですよ」

『印象生活《いんしょうせいかつ》』（昭和二十五年）という開高の処女作を読みながら以上の一節を思い出した。「市大文芸」（開高は大阪市立大出身）という雑誌に発表されたこの未完の作品には確かに後年の開高の文学を思わせる面があり、首席の少年のさまざまの悩みを印象的に、しかもかなり高度の技倆で描いている。しかし、この処女作に開高のすべてがあるとは思わない。若い小説家らしく、むずかしい語彙（悒鬱《ゆううつ》、粘稠《ねんちゅう》、鴉群《あぐん》等）を駆使しており、一回だけ読んでも意味がなかなか摑《つか》めないような文脈がところどころにあり、七、八年後に書かれた文章に明らかに劣っている。が、小説家としての開高の「すべて」がこの処女作になくても、何か大切なものを予告するような要素が厳として存在している。

先ず、少年時代のことを描写する時の、極めて感覚的な書きぶりである。少年は「情人」という字を見て、「興奮にぽっと頰を火照《ほて》らせ」る。言葉に敏感である開高は、その少年とは外観が相当違うが、今でも言葉に対して頰を火照らせるようなことがあると思われる。

開高の場合、五感の中で一番発達しているのは嗅覚であろう。世界文学を広く読んでも視覚や聴覚よりも嗅覚が発達している作家はそう沢山いない。キーツはその一人だったが、多くの作家は花の美しい香りや泥水の悪臭についてはは述べていても、嗅覚に訴えるようなことは余りない。開高は、『印象生活』以後あらゆる経験の中心を嗅覚で感知しているが、これは開高文学の特徴の一つであると思う。例えば、初恋は匂いによって感じる。「孤《ひと》り教室に取り残された彼は身近かに漂っている微かに日なたくさい髪の匂いの中に肉親以外の異性から受けた最初の好意をぼんやり感じていた」と。総代として答辞を述べた時、講堂の中に入り、「ひえびえした空気の中に湿めった埃《ほこり》とまじってかすかに桜の匂いが漂っていた」と書いているが、嗅覚が全然発達していない私は桜の匂いを一度も嗅いだことがないので、どんな匂いだろうかとうらやましく思う。『印象生活』の語り手の父親が病院で死ぬ時、「石炭酸や梓柩《しきゅう》を埋める樒《しきみ》の重い香《にお》いにまじって何か甘酸《あまず》いような饐《す》えた匂いがあたりによどんでいた」と書いている。

開高のその後の小説で、嗅覚がどんなに大きな役割を果しているかということを体系的に証明しようとしたら多くの紙面を取ってしまうが、一つだけ非常に印象的な例を取り挙げてみよう。『輝《かがや》ける闇《やみ》』（昭和四十三年）のすばらしい結末に近いところに次のような描写がある。

「隊は木に梳《す》かれてばらばらになり、兵は一人、一人で歩いていった。正午すぎの白熱が葉と蔓《つる》にむらむらたちこめてジャングルはサウナ風呂となり、明るい木洩《こも》れ陽《び》の斑点が兵たちの顔でゆれ、すれちがうと塩辛い黄色人種の汗の匂いが眼を刺すようであり、私もおなじ匂いをたてて歩いていった」

開高の魚に対する関心は『印象生活』にすでに現われており、『夏の闇』のような小説や『フィッシュ・オン』のようなエッセイにも釣りの美学が詳しく述べられている。その他にも、その後の文学に大いに展開されるテーマが『印象生活』に初めて登場しているが、正直に言って『印象生活』は余り出来がよくない小説である。

普通、開高の文学論は『パニック』や『裸の王様』から始まる。『パニック』は『印象生活』と違って極めて出来が良く、上手すぎる感じもする。この小説を途中で読みさしにする読者は至って少ないだろうが、また、二度読む人も少ないのではないかと思う。ネズミの極度の繁殖に何か象徴的な意義があると推測できるが、別にそうする義務を感じないのである。むしろ、一種の奇談として読んだ方が妥当であろう。『裸の王様』(昭和三十二年)で第三十八回芥川賞を受賞したが、私は審査員の先見の明に驚く他はない。確かに上手な作品だが、開高の後の著作と比べると規模が小さく、登場人物が紋切り型の存在になっている。開高独特の力が余り感じられない。太郎という孤独の子供の殻を毀《こわ》そうと、若い絵の先生が太郎を川原へ連れて行き、「泥を知らせる」ことにみごとに成功する。

「彼の髪は藻と泥の匂いをたて、眼には熱い混乱がみなぎっていた。そのつよい輝きをみて、案外この子は内臓が丈夫なのではないかとぼくは思った。空気には甘くつよい汗の香りがあった」

太郎は一応解放されると、アンデルセンの『裸の王様』の絵を画くが、童話の本の挿絵を真似する他の子供と違って、「王様」を日本風の大名にし、越中《えっちゅう》フンドシとチョンマゲの姿を描く。「汗や足臭や塩豆の味やアセチレンガスの生臭い匂いなどが充満した鎮守《ちんじゅ》の境内」で見た村芝居の経験から生まれたものである。

上手なことは上手だが、開高の次の小説である『二重壁《にじゅうかべ》』にはもっと迫力があり、小説家としての自信が身についたことを物語っていると思う。翌年の『流亡記《りゅうぼうき》』（昭和三十四年）になると、いよいよ開高独自の領域が初めて定められた感があり、この作品を通して『輝ける闇』等の傑作への道が開けた。

評論家が開高のことを論じる場合、「関西の庶民のもつヴァイタリティに富んだエネルギー」をよく問題にする。私はそういう概括論に対して深い疑問を抱く。近松《ちかまつ》の戯曲に登場するような関西人はヴァイタリティに富んでいると言いがたいし、また、谷崎の『猫と庄造と二人のをんな』の庄造のエネルギーに驚くようなことはなかろう。開高は関西で生まれなくても同じ特徴の文学を創り上げたと思うが、開高の『日本三文《にほんさんもん》オペラ』は確かに大阪人でなければ書けない「匂い」が強い。ところが、現在まで発表された小説の中で最も優れていると言われるものはそういう郷土主義的なものではなく、『輝ける闇』、『夏の闇』といった普遍的な小説である。これらの作品の主人公は東京人か大阪人かというようなことは全然問題にならないだけでなく、日本人であることよりも二十世紀人であることの方が重大である。勿論、開高は主人公が日本人であることを隠していないし、また、すばらしい日本語でその人の経験を書いているが、数々の国で数々の経験を蓄積していくと、関東や関西はもはや問題でなくなってしまう。一人の人間が、不思議なほど発達した五感と知性によってすべての人間のために一種の世界を創っていく。開高のこのような世界の萌芽が処女作にあったかどうか分らないが、人物そのものにあったと思う他はない。

大江健三郎

大江健三郎《おおえけんざぶろう》が野間《のま》文芸賞を受賞した時、文壇の三人の大物が小説家としての大江の立派な発展を誉めつつも、自分たちより三、四十年も若い事実に触れざるを得なかった。確かに、大江の若さには特別の意味があろう。昭和三十三年に『飼育《しいく》』という中編小説で芥川賞を受けた時、まだ二十三歳であったが、それ以後大江よりも若く優れた小説家がなかなか現われない。場合によっては大江は最後の若い小説家になるかも知れない。

大江の若さと同時に問題になるのは文章の難解さである。『飼育』は次の文句で始まる。

「僕と弟は、谷底の仮設火葬場、灌木《かんぼく》の茂みを伐《き》り開いて浅く土を掘りおこしただけの簡潔な火葬場の、脂と灰の臭う柔らかい表面を木片でかきまわしていた」

言うまでもなく、「仮設火葬場」は「簡潔な火葬場」と同格である。こういう構文は西洋の諸国の国語にはあるが、日本語には珍しい。同じ冒頭の文章の中には次のような表現もある。「僕たちの住む、谷間へかたむいた山腹の、石を敷きつめた道を囲む小さい村には、葡萄色の光がなだれていた」。ドイツ語がよく分らない私は、ドイツ語を思わせるような従属節の多い文章を読むと、ひっかかってしまうことがある。志賀直哉の文章と比べると、大江の文章は確かに難解であるが、『飼育』の最初の一頁を読んで、難解さのために読書を止めてしまう読者は至って少ないと思う。文章は難解であるが、力強く、述べている事柄に不思議な位よく適合している。そして結局詩的である。

この出世作以来、大江の文章は何回も変って行ったが、どんなに変っても、いつも大江らしい独特なものがある。

『芽《め》むしり仔撃《こう》ち』、『個人的な体験』、『万延元年《まんえんがんねん》のフットボール』、『洪水《こうずい》はわが魂《たましい》に及《およ》び』等の傑作にはそれぞれ違う性質があるが、大体において言えることは、文章が分り易くなって行く傾向があるということである。別な言葉で言えば、非伝統的な文体や性的行為の露骨な描写で老人文学者たちに挑んだ大江は、自己の文学的な位置を持つようになり、自分流の古典を作り上げる時期になってきたと思われる。『洪水はわが魂に及び』は大江文学の「これまでの総決算だ」と著者は言っているが、以前の作品と比べると、透き通るような文体で書かれている。

「総決算」と言えば、三島由紀夫の『豊饒の海』もそうだった。三島文学をよく読んだ大江は『奔馬』からヒントを得たと考えられるが、『洪水はわが魂に及び』は案外『金閣寺』に似た面もあると思う。この二つの小説は有名な事件に基づいており、読者は最初から結末が予想できる。『金閣寺』に禅の公案《こうあん》が度々引用されているように、大江の小説にはドストエフスキーの文句がさまざまの意味で引用されている。類似点はこの他にもあるが、『金閣寺』の主なテーマが美の認識であったとすれば大江のテーマは純潔さであろう。この点では『奔馬』に共通している。金閣寺というお寺が三島の小説のテーマの象徴であるように、智恵の遅れた子供は『洪水はわが魂に及び』の象徴であろう。そしてその時まで無法な恐ろしい事件として報道されたものを読者に理解させるだけに止まらず、その必然性を認めさせるような小説である。

大江の小説には自伝的な要素がかなり多い。初期の作品の大部分は大江が育った四国の谷間の村が舞台になっている。智恵の遅れた子供のことは『個人的な体験』の中ですばらしくよく描かれているし、『洪水はわが魂に及び』にも登場する。が、政治活動に積極的に参加してきた大江は、小説の中で自分の政治観を直接に述べていない。「自由航海団」は政治的な組織ではなく、その立場は虚無主義に近い。政治的意義があるとすれば、自由が如何《いか》に大切であるかということだと思う。現在の世の中にはそういう自由はありえない。洪水が既成のいろいろの社会的な束縛や恐怖を流してくれなければ（誰かが金閣寺を焼かなければ）、自由が生まれて来ない。『洪水はわが魂に及び』の最後に主人公の勇魚《いさな》は「樹木の魂」や「鯨の魂」にむけて、「兇暴ナ抵抗ヲオコナウナカデ、最後ノ人類タルオレノ肉体＝意識ハ、宙ブラリンノママ爆発シ、ソシテ無ダ。ソノトキコソ、鯨ヨ、キミタチハ、樹木ヨ、ホカナラヌキミタチニムケテ、スベテヨシノ大合唱ヲオクルダロウ」と言うが、これは政治的な発言ではなく、宗教的な幻想であろう。大洪水があらゆる人工物を流してしまう時までわれらを慰めてくれるものは愛だけであろう。

大江の小説の特徴の一つは、女性がよく書かれているということである。『個人的な体験』の火見子《ひみこ》や『洪水はわが魂に及び』の伊奈子《いなこ》等は実によく出来ている。男性の小説家の立場から若い女性を描くことは特別にむずかしいことだと思う。本物の女性の性格や希望を書くよりも、著者が夢想している女性の方が書きやすい。が、大江の小説の中に登場する女性には実感がある。伊奈子には革命運動の女子学生のモデルがあったかどうか分らないが、残酷さはあっても（勇魚が自転車から落ちてあわや死なんとする時、彼女は彼の「滑稽」なひっくりかえり方を見て笑う）言いようもない女性的な印象を与える。また、日本文学において珍しく上手に書かれた性交の場面では愛の可能性を感じさせてくれる。

　われらを囲む世界は脅威に満ちている。『個人的な体験』の場合その脅威は自然そのものにあるが、放射能や薬品などによって人工的な障害児も生まれる。『万延元年のフットボール』の場合、過去からの脅威を感じる。『洪水はわが魂に及び』の場合、すべてが脅威でありながら結局、スベテヨシと言う。人類の悲惨な失敗の後に、樹木と鯨の世界になってしまう。しかし、結末を書いたのは人間であり、人間だけに破滅の認識ができるのである。

　小説はもう死んでしまった芸術だと悲観する評論家もいる。音楽を作曲する代りに楽譜にインキを投げつける作曲家もいる。玩具の車にペンキをつけてキャンバスの上を走らせる画家もいる。しかし、大洪水に流され、樹木や鯨の世界が実現する時まで、大江の小説はわれわれ罪の深い人間を教え、導くであろう。

あとがきにかえて

もう六年前になるが、或る日、新潮社の出版部長が私の東京の家を訪ね、雑誌「波」に連載を書いてくれないかと誘って下さった。当時の「波」は隔月雑誌だったので、毎号原稿を書いてもそれほどの重荷にならないだろうと思った。そして、日本文学史の近代篇を書き始めた頃だったので、その原稿の中から面白い見解ないし発見を選んで六枚の雑誌原稿にまとめることも割合に楽な仕事だろうとも思った。もう一つの良い条件は、英語で原稿を書いてもいいと言われたことであった。

その頃は、私は泉鏡花のことを調べていたため、「波」の連載第一回の対象として鏡花をあげることにした。ところが、編集部からまだ適当な訳者が見付からないからこの原稿を是非日本語で書いてくれという注文があったので、仕方がなく、日本語で書いてしまった。それが先例になったようであり、その後の原稿を全部日本語で書くようになった。

鏡花の原稿が無事に載った直後、もう一つの変化が行われた。「波」が月刊雑誌になった。この変化によって毎号原稿を書くことを約束した私はかなり忙しくなった。それにもかかわらず、予定通りに、樋口一葉や二葉亭四迷についてせっせと書いて行った。文学史の線に沿って明治文学の大家たちについて書き続けるつもりだったが、ちょうどその頃川端康成先生が死去され、編集者が是非川端文学のことを書いてくれと注文した。何にでも順応しがちである私はその注文に応じた。次の号から明治文学に戻るつもりだったが、今度はもっと新しい作家のことを書くように頼まれた。「否」と申したことがほとんどない私は、志賀直哉、安部公房、高村光太郎等のことを六枚から十八枚に書き上げた。もう私の日本文学史と訣別してしまったので、「波」の原稿を書くために、いろいろな新しい勉強をしなければならなくなった。

言うまでもなく、私がどんな勉強をやっても何かの形で私のためになるに決っていたが、例えば、自然主義文学を調べている最中、戦後の作品は読みたくない気がしないこともなかった。私はその頃から退屈しのぎには、または、暇つぶしには、本を読まなくなった。限られた時間をフルに利用しようと思い、目的なしに本を読む余裕がなくなった。折角友だちから本を貰っても、原稿のためになりそうもないものなら、本棚から降ろすことは先ずなかった。せいぜい飛行機に乗っている間——つまり、文学者としての眼が大分鈍っている間——勉強のためにならないような楽しい本を読むことを自分に許した。

私の担当の編集者は、親切に、「そんな苦労しないで、もっと気楽に書いたらいいのに」とすすめてくれた。読者たちも、もっとゆとりのある文章を望んだかも知れないが、私なりに全力をつくして書き続けた。

僅か六枚の原稿のためなら大袈裟に準備しなくてもいいと言う玄人が何人もいたが、私の場合、六枚という枠に馴れるまでかなりの時間がかかり、或る作家のどの作品を読めば面白い原稿が書けるか、なかなか予想できなかった。例えば、島木健作の『生活の探求』という長編小説を読んでも、それについて書くことは何もなかった。文学史の場合、その小説の粗筋や歴史的意義や思想的背景等を紹介できるが、六枚の原稿にはそういう役割がないと思う。何かの「発見」がなければ原稿にならない。私は困って、島木のもう一つの長編小説である『再建』を読むことにし、幸い、この小説について書く気になった。しかし、どう考えても、六枚の原稿を書くために二千頁位を読むのは余り能率的ではなかった。

原稿を書くに従ってもう一つの不愉快なことが分った。五、六年前に読んだ小説は勿論のことだったが、一年前に読んだ小説の場合でさえ、自分の記憶に頼ることが出来なかった。よく知っている筈であった作品のことを書いてから、もう一度原作と照らし合わせると、いつも何処か少し違っていて、赤面する他はなかった。記憶力を誇りにしていた私はだんだん自信をなくしてしまった。

それればかりではなかった。一年ほど前に読んだことのある作品は、どんなに私の頭の中に鮮やかに残っていても、新しい刺戟を与えてくれることはなかったので、それについて書いた原稿には新鮮さがあり得なかった。ずっと前に読んでいた『暗夜行路』を再び読んだのはそのためであったが、現在、志賀直哉について書いた原稿を読み直すと、果して私が希望したような新鮮さがあるかどうかよく分らない。勿論、『暗夜行路』を再読したことは決して損にならない。しかし、文学史の執筆が予定より大変遅れた原因の一つは、確かに足りない時間の割り当てが狂ってきたためであろう。

しかし、このような文句ばかりを書くと罰が当たるだろう。「波」の連載の喜びを書き落してはいけない。毎月の苦労の後に、完成した原稿を担当者に渡す時、または、ニューヨークの郵便局から送る時は、何とも言えない快感を覚えた。六枚（厳密に言えば、大抵六枚半だったが）の原稿を書くのに幾時間を費やしたか、もう私の頭にはなかった。そして「波」に二頁の見開きで私の原稿がぎっしり詰っていることを確かめると、サービス精神でいつも燃えている私は、よかったと喜ぶことが再三あった。毎号の目次に出ている著名な作家に私の連載が並んでいることを見た時にも一瞬の誇りを禁じ得なかったことも事実である。そして、もっとざっくばらんに言うと、私と同時に連載を発表していた執筆者が途中でくたびれて連載を中止しても、私はがんばって書き続けられたことに、決して悪い気持はしなかった。が、私もいよいよくたびれてきた。これ以上書き続けることは不可能ではない。書くべき作家は何人も残っているが、私はくたびれて仕様がない。「波」の締切りのない月を待ちかねているが、私の連載のない「波」を見ると、きっと淋しくなるだろう。

＊

「波」の連載を中止しようと決意した時には、肩から重荷を下ろしたような快感を覚えたが、それ以来再三再四、後悔した。最近、中村真一郎《なかむらしんいちろう》の『近代文学への疑問』を読みながら、私の連載に全然取り上げなかった重要な作家がかなりいるという実感に打たれ、連載を続けた方がよかったと思った。中村は、「豊島與志雄《とよしまよしお》は近代日本の最も重要な作家である、と私は思う」と書いたが、正直に言って私は豊島與志雄の文学を一行も読んだことがないので、連載で取り上げた作家の選択について当然のことながら不安を感じるのである。

佐藤春夫の文学のことも書き落したが、彼の文学を全然知らなかったというわけではない。代表作と評価されている『西班牙犬《スペインいぬ》の家』や『田園の憂鬱』や『都会の憂鬱』は読んだことがあるが、それほど優れた小説家だとは思わなかった。ところが、中村の本では、佐藤春夫は「多分、わが国の近代文学の歴史のなかで、最も鋭敏、かつ卓抜な批評家である」と断定し、「近代文学史上に数の少い長篇小説家」であると誉めている。「同時に、詩人でもあり、研究家であり、眺める角度により、あらゆるものに見える文学者である」と書いてあり、私は偉大な作家を無視してしまったと心配し、自分の怠慢を恥ずかしく思った。勿論、豊島與志雄や佐藤春夫の作品をこれから読んで行こうと思うが、私の連載には間に合わなかった。

もっと困ったことは、取り上げなければならない筈の何人もの友人を疎《おろそ》かにしたことである。日本で大勢の作家のお世話になり、恩返しに一回位、彼らの文学を書く義務を感じたこともあるが、場合によって親しい友達だからこそ書きにくいということもあるので、ここに疎かにされた友人のお許しを請うと同時に、別の形で恩返しすることを約束したい。

今まで取り上げた作家たちのリストを読み返すと、いろいろと意外な現象に気がつく。先ず、評論家が一人もその中に入っていない。これは決して何かの方針に基づいた結果ではなく、何となくそうなったと説明する他はない。多分、批評家の批評をするのは面倒だと無意識に決めたことだと思うが、六枚の原稿を以て評論家の特徴を充分指摘するのが不可能であることは言をまたない。

女流作家が不当に少ないことも認めざるを得ない。樋口一葉、与謝野晶子、宮本百合子、宇野千代の他にも書くべき女流作家が何人もいたに違いない。こういう不公平な待遇を私の男性としての偏見によるものだとは思いたくない。むしろ、私は文学に関しては性別を問題にしないので、わざわざ女流作家の数を殖やそうとしなかった。偏見のない人間はいない筈だが、この件に限っては私は無罪だと確信している。

取り上げた作家のリストをもう一度見直すと、劇作家が少ないことにも気がつく。これは私の嗜好を反映する選択であるというよりも、近代日本文学の状況を反映していると思う。というのは、近松、鶴屋南北、河竹黙阿彌のような純然たる劇作家は近代日本には不思議に少ないと言わなければならないからである。私は真山青果を取り上げ、代表的な劇作家として書いたが、出世作は『南小泉村《みなみこいずみむら》』という短編集であり、真山は西鶴や馬琴の研究家としても知られていた。私が取り上げなかった岸田国士《きしだくにお》は日本の新劇に大いに貢献した劇作家だが、生前でも彼の戯曲は余り上演されず、長編小説を書いたのは多分劇作家としての収入だけでは生活出来なかったためであろう。この点で近代の劇作家は黙阿彌等と随分違うと言わざるを得ない。三島由紀夫、安部公房等の小説家が戦後の日本演劇界に新しい生命を吹き込むのに成功したことは事実であるが、何と言っても小説が日本の近代文学の中心になっており、連載の中で劇作家や詩人を小説家と同等に扱おうとしたら反って不平等を生じただろう。戯曲が小説家の余技になったという傾向は必ずしも演劇の衰微を示す現象ではなく、むしろ日本の読書熱を間接的に表わしているものと思う。そして過去の文学は専門家や受験生の読みものになりがちであるが、過去の戯曲はどんな現代劇よりも人気があるということが、日本の劇作家の活動を制限する結果をもたらしているようである。

しかし、ジャンル等の問題は別として、日本の近代、現代文学の豊富さは驚くべきものである。毎年、ニューヨークで四、五カ月を過してから日本に帰り、最近良い文学が出たかどうか、友人に聞くと、「大した本は全くない」という返事が返ってくる。そのように返事する人は皮肉って言っているわけではない。また、東洋的な謙虚さを発揮しているとも思わない。多分、彼らは頭の中で或る黄金時代——例えば終戦直後——の文学と比較し、この一年間の文学に目覚しい作品が少なかったことをほのめかしているに過ぎないと思う。が、量的に言っても、質的に言っても、日本の近代文学が二十世紀の世界文学の中で重要な地位を占めていることは明らかである。日本人がこの事実を否定することもあるし、また、海外において日本の近代文学はヨーロッパ文学の猿真似に過ぎないと主張する評論家もまだ多少いることはいるが、徐々にその文学の価値が一般に認められて来て、分らず屋を説得する必要はいよいよなくなってきている。

それればかりではない。いよいよ外国人でも日本の文学を論じられるような時代になってきた。言うまでもなく、昔から日本には外国人に日本についての感想を丁寧に聞く習わしがあり、その新鮮な感想を誉めることになっているが、これは誰それという外国人の見解に耳を傾けるよりも、外国人全体の声を聞くような態度であったと思う。日本人は英文学をどう思うかという質問に返答しようがないと同様に、外国人の日本文学鑑賞はまちまちであり、一概に外国人らしい反応を求めることは無理である。

私の原稿には誤解や（無意識的なものにしろ）偏見があろう。不充分な知識による欠陥があるということは、中村の研究を読んで私にも分った。が、六年間という長期間にわたって、この「波」の連載は私にとって毎月の追っ手となり、また、伴侶ともなり、もう私自身と余り変らないような存在になってしまった。「日本文学を読む」という課題ではあったが、読み方が時々狂っていたとしても、この課題は良い道連れだったので、楽しい旅であった。

日本の面影

日本文学の楽しみ

私は日本の友人から、高等学校時代に学んだ課目で、いちばん面白くなかったのは、日本文学だったと聞かされることがある。彼らは、その授業は、文法的なことのみが強調されており、教師の目的は、日本文学への理解を伝えることにあるのではなく、大学入試に合格させることにあるのだと不平を言うのである。もちろん、これは国文学のすべての教師にあてはまることではない。また、かつての生徒たちの中にも、無事、入学試験に合格してから、日本文学を楽しんで読もうという気持を起こすものもいるだろう。

日本を母国としない私のほうが、日本人の教師よりも容易に日本文学を鑑賞し、また称賛することができるのかもしれない。私にとって、日本文学は必修課目ではなかった。ある作品を読んだときに、私が親しんできた文学と同じほど好きでなければ、試験のためだとか、あるいはある種の愛国心のために、研究を続けなければならないという義務はなかった。実際、古典文学に用いられているさまざまな日本語を習得することはむずかしいことであったし、また私が日本文学の研究を職業としようと決意したときに、この分野での仕事がほとんどなかったにもかかわらず、古典文学にしても、現代文学にしても、日本文学は私に研究を続けることに喜びを与えてきた。

私は、いかなる研究においても、新鮮な視点を持つことが、基本であると信じている。異なる文化から来ている自分にとっては、日本文学に浸ってきた日本の専門家よりも視点の新鮮さを保つことは容易であった。たとえば、『新古今集《しんこきんしゅう》』の和歌は、『古今集《こきんしゅう》』のものよりもいくらか改変されたものであるとか、『古今集』の和歌は漢詩に由来すると指摘することは、『古今集』の研究者にとって当たり前のことであろう。このような発見は決して新しいものとはいえないし、詩歌に正当な評価を与えるものではない。たとえ『古今集』の和歌が、究極的には漢詩にその源を認められるにしても、どのように『古今集』の和歌に、すなわち日本語という言語ばかりでなく、日本的美意識に整合してきたのか、また『新古今集』の和歌は、いかに『古今集』の個性とその時代精神に合致したのかということを評価すべきだろう。私たちは過去の研究者の成果に多大な恩恵を受けている。しかし私たちは、日本文学の普遍的かつ永続的な魅力を発見するという希望のうちに、つねにその偉大なる作品を研究しようとすべきであろう。

私がこの本のなかで書いたことに、読者は驚いていただきたい。そして、世界の偉大な文学の宝庫の一部を成す日本文学の楽しみを、うまく伝えることができれば幸いである。

一　日本と私

日本語と出会うまで

私は幼いころ日本について何も知りませんでした。そういう点で日本の現在の少年・少女とずいぶん違います。つまり、日本の子どもの場合、知りたくないと思ってもローマ字を覚えさせられ、野球を見にいけば、選手の胸にチームのニックネームが書いてあり、自然に西欧の文字に馴染んでしまいます。しかし、私は子ども時代、日本語はどういう字で書くかわかりませんでした。中国と同じものかそれとも違うものか、それも知りませんでした。切手を集める趣味があったので、いくぶんか、日本の文字というのはこういうものだと知っていた程度です。ほかには子ども向けの百科事典の別冊の一つが日本についてのものでしたが、そこに日本の民話や、よく見るような柳とか桜とか太鼓橋が紹介されていました。またその本には俳句も載っていたので、日本には非常に短い詩があることも知りました。

一方で、日本に関する悪い情報が入ってきていました。私がまだ小学生だった一九三三年。その年は非常に悪い年でした。ヒトラーが政権を取り、また日本軍が満州へ侵入していました。日本は非常に怖い国という印象でした。中国人は可哀相だと思ったのです。

大学一年生のときに、偶然、中国人の親しい友だちができました。そのときまで中国に全く興味がなく、中国に関しては孔子《こうし》さまがいた国ということくらいしか知りませんでした。

当時のほとんどの欧米人の若い人の常識では、文化あるいは文学はヨーロッパのものだったのです。しかし中国の友だちができて、私は違う文化の存在を知りました。私たちの授業にアジアのものは一つもありませんでした。中国には非常に長い伝統を持った文化があるというのに、なぜ人は無視するのか疑問に思いました。

その友だちの国を日本軍はいじめていました。それがたいへん不愉快に思われ、反日感情をもっていました。それが変わったのは一九四〇年です。あの年は一層悪い年でした。ドイツ軍がフランス、ベルギー、オランダを占領し、それを阻止することは不可能に思われました。私は熱心な反戦主義者でしたから武器を否定していましたが、武器を使わずにドイツ軍を阻止することはできないのだということで、非常に深く悩んでいました。

『源氏物語』との邂逅

そのとき、全く偶然に、本屋で特価品の英訳『源氏物語《げんじものがたり》』を見つけました。それまで『源氏物語』の存在を、私は全く知りませんでした。大きい本の割に安かったから買い得だと思ったのです。しかし思いがけないことに、この本は私を魅きつけました。私にとって現実はあまりにも恐ろしく、あまりにも絶望的だったので、私は光源氏の世界に逃避したのです。

『源氏物語』の一つの大きな特徴は、武器が出てこないことです。西洋の小説には必ず登場するような敵役や、憎しみがあるような人物もまずいません。強いていうと弘徽殿女御《こきでんのにょうご》という人物がいますが、しかし彼女もほんとうの悪女とはいえない。その『源氏物語』は一冊本でしたが、もっともっと読みたいと思って翻訳された六冊を買いました。もう新本はなくて古本でした。

私は、一九四〇年の秋から中国語の勉強をはじめました。毎日、中国人の友だちと一緒に昼食を食べて、その後、彼から漢字や中国に関することを教えてもらいました。ただ、彼は広東訛《カントンなまり》があったので、私に発音を教えようとはしませんでした。ただ漢字を見て、これはイヌとかネコとか英語の発音をするのです。

翌一九四一年、コロンビア大学の東洋図書館で勉強をしているとき、知らない人に声をかけられました。彼は、台湾で五年間英語を教えたことがある人でした。当時は台湾はもちろん日本の領土です。しかし彼は日本語を覚えなかった。たまたまアメリカ国籍のある台湾の教え子が、アメリカに戻ってきたので、その生徒を家庭教師として雇って、山のなかにある彼の別荘で日本語を勉強するつもりだというのです。それに私を誘ったのです。私はまだ日本語に対して抵抗がありましたが、涼しい山のほうへ行くことに魅かれてそこへ行くようになりました。

当時使っていた教科書は、「サイタ　サイタ　サクラガ　サイタ」という、日本の小学生たちが使うもので、おとなの私にはそれほど面白いものではありませんでした。しかし、私には、日本語には中国語と違って文法があると思え、文法がある言語ならば覚えやすいと思いました。それに今度の日本語の場合は発音もわかりました。はじめ三人で勉強をしたのですが、途中で二人はやめ、私だけが続けました。

そして一九四一年の秋、私はコロンビア大学の四年生に戻り、教室で日本語を勉強するようになりました。ちょうどその年に新しい日本語の教科書ができました。それはアメリカ人のおとなのために、ハーバード大学のエリセーエフ(★1)とライシャワー(★2)がつくった、よくない教科書でした。なぜなら日本語そのものを読むためではなくて、日本の学者たちが中国の歴史などについて書いた論文を読むためだったからです。漢字が非常に多く、中国語をよく知らない私は、第一課から毎日六十ないし七十の新しい言葉を覚えなければなりませんでした。文法も複雑で私にはほとんどわかりませんでした。

海軍日本語学校

その年の十二月、太平洋戦争が開戦。海軍に日本語学校があると聞き、私は早速応募し、翌年その学校に入学しました。十一ヵ月の集中授業でした。ひと組に多くて生徒六人という贅沢な授業でした。十一ヵ月で、私たちはみんな、一応会話ができるようになり、日本の新聞や雑誌をあまり字引を引かないで読めるようになりました。また必要ならば日本語で手紙を書くこともできました。

やがて私は海外に派遣されました。戦時中、私の仕事は三つありました。一つは日本軍が残した書類の翻訳でした。はじめは印刷されたものやきちんと楷書で書かれたものの翻訳をしていましたが、面白くありませんでした。しだいに、ちょっと読みにくい手書きの行書《ぎょうしょ》とか草書《そうしょ》のほうが面白いことに気づいて、しまいには日記を読むことが専門になりました。多くの場合、軍事的な意義はありませんでした。しかし人間味のあるものがたくさん含まれていて、日記を読みながら私は文学を読んでいるのと同じような気持で、書いた人に深く同情し、言ってみればあのとき初めて私は人間を知るようになったのです。その人たちはみんな死んでいましたが、彼らが家族にもなかなか言わなかったことを私が知ることになりました。

ほかに捕虜の尋問もしました。あのときの捕虜収容所の所長は私の友人で、現在、同志社大学で教えているオーティス・ケーリさんでした。彼は、捕虜にインテリがいるときに私を呼んでくれました。一応、形式的に地雷はあるかとか軍に関わることを聞き、あとから最近誰の作品に人気があるかというような文学の話をし、しまいには捕虜と友だちになりました。彼らははじめはものすごく緊張していましたが、私がこわくないことがわかると心を開いてくれました。

三番目の仕事は、これはそう度々ではありませんが、作戦に参加することでした。私が実際に参加した作戦は三つ。二つは北太平洋のアリューシャン列島——アッツ島とキスカ島でした。ここは日本軍が撤退したあとだったので戦闘はありませんでした。しかし最後の沖縄は、私の体験のなかでは一番悲劇的なものでした。そこで見たものはもう二度と見たくありません。

戦争が終わって、私は三カ月ほど中国の青島《チンタオ》にいましたが、帰りに日本に一週間滞在しました。そして日光《にっこう》を訪れました。日光へ行ったのは、日本語の教科書に「日光を見ないうちは結構と言うな」とあったからです。

日本文学専攻

その後、私はコロンビア大学に戻り、日本文学を専攻することにしました。ほかに日本思想史も勉強しました。先生は角田柳作《つのだりゅうさく》先生でした。私は、一九四一年に角田先生から日本思想史の教えを受けています。はじめのうち、学生は私一人でした。私は、一人ではもったいないと思って、授業を受けるのはやめるといったところ、先生は、一人で十分ですといって、私一人のためにいろいろ準備してくれました。自分の机の上には本を山ほど置いて、私が何か質問したときに正確に答えられるようにしていました。私は角田先生に大きな影響を受けました。

文学のほうでは、私と同じように戦時中に日本語を覚えた人が五、六人いましたが、私たちは、四年間、自分の好きな勉強ができなかったために非常に知識欲がありました。ある人たちはどうしても平安文学が読みたいといいます。先生は私たちと一緒に『源氏物語』と『枕草子《まくらのそうし》』の一部を読みました。また別の人は元禄文学がいいというので、私たちは西鶴《さいかく》の『好色五人女《こうしょくごにんおんな》』を初めから終わりまで読みました。外国の教室で『好色五人女』を全部読むなんて、おそらく歴史に残ることです。また、近松《ちかまつ》の『国性爺合戦《こくせんやかっせん》』、芭蕉《ばしょう》の『おくのほそ道』も読みました。仏教文学の授業では『徒然草《つれづれぐさ》』や『方丈記《ほうじょうき》』も読みました。

その後、私はアメリカではほとんど研究されていないアラビア語とペルシア語を勉強するという条件で奨学金をもらって、英国に留学することになりました。しかしケンブリッジ大学のアラビア語の教授に会ったところ、彼は、一年間でアラビア語を覚えるつもりかといって大いに笑いました。そのうえ私はペルシア語も勉強する。彼は私のことを問題にしませんでした。ちょうどそのとき日本語の先生が日本語の会話を教える人を探していました。そこで私はケンブリッジ大学で会話を教えるようになりました。

京都留学

五年間ケンブリッジに留学し、その後初めて夢がかなって日本に留学しました。英国にアーサー・ウエーリという偉い翻訳者がいました。彼は『源氏物語』の翻訳をした方で、私は彼からもいろいろと影響を受けました。彼は新しい日本には全然興味がなく、たとえ日本から招ばれても行きませんでした。見たいのは平安朝の日本だといっていましたが、私はそこまで極端ではありませんから、京都に留学することにしたのです。

当時は、留学といえば東京というのが一般的でしたが、私は京都を選びました。これがたいへんよかったと思います。きわめて大切な期間になりました。私は初めて現代の日本に興味をもちました。偶然、隣の下宿には親友になった永井道雄《ながいみちお》さんがいました。毎晩一緒にごはんを食べて、いろいろと刺激を受けて、たいへんな勉強になりました。また永井さんの紹介で私は日本の雑誌とか新聞に日本語で原稿を書くようになりました。日本の文化に参加しているという感じでした。また当時京都には谷崎潤一郎《たにざきじゅんいちろう》先生が住んでいて、数回お宅に招ばれました。谷崎先生は客嫌いで有名でしたが、日本語をしゃべる外国人は珍しい存在なので例外として私を招待して下さったのです。

また、私はこの京都留学時代に狂言《きょうげん》の稽古もはじめました。二年半ぐらい稽古に通いましたが、それもすばらしい体験でした。

『日本文学選集』という本の編集をしたのもこの京都にいるときでした。これはアメリカの出版社の本で、最終的に一〇〇〇ページぐらいのものを出すことになり、自分で翻訳したり、あるいは別の翻訳者に依頼したり、場合によってはそれを直したりという仕事をしました。

こうして私は、そのときから現在まで、ずっと日本文学研究を続けてきました。とりわけ二年間の京都の滞在は私にとって重大な意義があったと思います。

（★1）Sergei Grigorievich Eliseev（一八八九〜一九七五）　ロシア生まれの日本学者。一九〇八年から六年間東京帝国大学国文科で学び、帰国後日本語の講師となる。二〇年、ロシア革命の際に脱出し、二一年からパリに住み、さかんに日本紹介を行った。三二年にはアメリカに渡り、ハーバード大学で日本文学などを講じ、E・ライシャワーをはじめ多くの日本研究者を育成した。

（★2）Edwin Reischauer（一九一〇〜九〇）　アメリカの歴史学者、日本研究家。東京に生まれる。大学では日本歴史を専攻。一九五〇年にハーバード大学極東言語学部教授となる。第二次世界大戦中は国務省に勤め、戦後の対日占領政策の計画作成に従事。六一〜六六年、駐日アメリカ大使を務めた。

二　『徒然草』の世界──日本人の美意識

日本独自の文学──随筆

『徒然草』の作者兼好《けんこう》法師は、もともと神道（吉田神社）関係の公卿《くぎょう》の一人でした。彼は若いときは相当裕福に暮らしていましたが、何かの理由で出家しました。

兼好法師の時代は、とても生きにくい時代だったと思います。ちょうど鎌倉時代の最後にあたり、建武《けんむ》の中興《ちゅうこう》があり、足利幕府《あしかがばくふ》がはじまるという激しい変化のある時代でした。そのことと彼は無関係ではありませんでした。彼はかなり暴君的な人とのつき合いもあり、たとえば高師直《こうのもろなお》などにも和歌を教えていました。当時、兼好法師は歌人として知られていました。しかし現在の私たちにとって彼の歌はそれほど面白いものではありません。何といっても彼は『徒然草』の著者として広く知られています。

『徒然草』は随筆です。随筆というのは東洋的なもの、つまり西洋にない文学です。たしかに、西洋ではモンテーニュなどがエッセイを書きましたが、どんなに短いエッセイでもかなり長い。ところが、随筆の場合は二、三行のものもあるし、長いといってもそれほど長くない。ただ筆のおもむくままに好きなことを書きます。

『徒然草』は、平安朝に清少納言《せいしょうなごん》が書いた『枕草子』の流れを汲むものといわれますが、『枕草子』もきわめてすぐれた文学作品です。その裏にあるいは中国文学の影響があったかもしれませんが、私の知っている限りでは、現在読める中国の随筆で『枕草子』に直接の影響を与えたものはないと思います。『枕草子』は女性が書いたものであり、よく「おかし」の文学といわれますが、彼女の観察力は抜群で、何でもないような小さなものを見て、そこから面白いことを発見しています。『枕草子』の特徴の一つに「ものづくし」(★1)があります。このリストをつくることはきわめてむずかしく、私も一度試してみましたが、一つぐらいはできても、続けることができません。彼女にはどうしてできたのでしょうか。

一方、『徒然草』になるとユーモアがあります。兼好法師独特のユーモアです。彼は男性で、関心があるのは宮廷ではなくて自分の周囲の生活、あるいは、彼は僧侶でしたから仏教的なことでした。

『徒然草』は二百四十三段から成ります。これはある家の壁に貼ってあったと伝えられています。今川了俊《いまがわりょうしゅん》がそれを見つけて、それをいまの順序にまとめたといいます。もしほんとうだとすれば、いつ、どこの壁に貼ったかわからないわけですから、私たちがその順序を信用すべきかどうか疑問になります。

しかし、ある国文学者が指摘するように、一つの段から次の段にかけては何らかの関連性があります。全く関係のない随筆が続いていくわけではないのです。

暗示性——余情の文学

『徒然草』は、一つの作品として、はじめから意図的に考えられた作品ではありません。面白い段があれば、それほどでもない段もあり、ところどころにびっくりさせるほどすばらしい文章や意見が載っています。

たとえば、『徒然草』のテーマの一つとして暗示的なもの、あるいは余情というようなものが大きくでてきます。(★2) 兼好法師は、何かものに可能性があるとき、もっと成長していくときが面白いといいます。ところが、もう終わりかけたときにも、それ以前の様子が暗示されることがあります。誰も満月を見て三日月がどんなだったかとは思いませんが、三日月を見ると満月のことを考えます。そこに暗示的なものがあります。こうした暗示的なものについて『徒然草』は数回も語っています。それは欧米の考え方と全く異なるものです。

欧米の場合は、バラは満開がもっともいいのです。月の場合は満月がいい。クライマックスという考えが西洋の美学には非常に強くあります。しかし兼好法師の場合は、むしろそれを避けます。クライマックスは全部ですから、見る人は何もそれにつけ加えることができません。完全なものを見ることしかできない。そこには何も自分の想像力に訴えかけてくるものはないのです。

それは日本の美意識と関係があります。たとえば、日本人には「ぼかし」の趣味がある。はっきりしたものより、ちょっとあいまいなものを面白がります。はっきりしたものならば意味は一つしかありません。しかし、ぼかした意味や、二つの意味にとれるような文章には、より深みがあり、より楽しみがある。日本人は昔からそう思っていました。文章を書く場合でもあいまいさを嫌うことはありません。むしろそれを求めます。

西洋の言語ではあいまいさは避けるべきものです。たとえばフランス人は、フランス語ほどはっきりした言語はないといって誇ります。フランス語は日本語と全く逆なのです。

『徒然草』の美意識は、象徴主義ともいえるでしょう。象徴にはいろいろあります。たとえば、籠のなかの鳥を、一種の籠のなかにいる人間の象徴だとするようなものもありますが、これは面白くない。しかし、たとえば式子内親王《しょくしないしんのう》などといった歌人は、自分のいちばんいい時代は虚しく終わっていると感じて、これを桜で表現しています(★3)。日本人はもちろん桜そのものを愛していましたが、しかし単純な美意識ではない。もしそうだとすれば、桜よりも桃の花を喜んだはずです。あるいは梅も喜んだでしょう。日本人はたしかに梅は好きでしたが、いつも、梅の香とか、においが好きなんです。しかし、たたずまいは桜のほうがより暗示的、象徴的です。桜の花はすぐ散ります。梅のように、花がきたなくなるまで一ヵ月近くも枝についていることは、日本の美意識に反することだといえるでしょう。

だいたい日本の詩歌の伝統には、共通のものがあります。和歌が特にそうです。俳句もそうです。日本人は全部をいい尽くすことには馴染みませんでした。日本人の叙事詩みたいなもの、あるいは内心を書きたいと思った人もあまりいませんでした。むしろ非常に短い詩型で、自分の考えの中心にあるもの、その結晶したような観察を一つにまとめようとします。それに人びとが触発されて、さまざまな新しい考えが生まれてくると考えたのです。

不規則性——いびつへの嗜好

もう一つ『徒然草』にあらわれる美学の理想は、不規則、いびつなものへの嗜好です。ある僧侶は、本を集める場合、いままでいう全集本のようなものは好まなかったと書かれています。(★4)不揃《ふぞろ》いのほうがいいというのです。不規則であることは、日本の一つの理想です。書道においても、楷書の名人はいるでしょうが、しかし、草書あるいは行書を書くことのほうが得意です。仮名もそうです。仮名の美しさを見ようと思ったら、新聞で印刷されたものではなくて、個人がなるべくわかりにくく書いたような仮名がありがたいと思われています。このように日本人はいびつなもの、変わったもの、幾何学的ではないようなものを喜びます。

それと関連しますが、日本人は、偶数をあまり好みません。奇数のほうが好きです。日本人の好きな数字は、七・五・三です。八とか六のものもありますが、どちらかというと珍しい。そして、その伝統は非常に根強いものです。たとえば歌舞伎《かぶき》の外題《げだい》は必ず、三、五、七の文字になっています。

四を嫌うのは「死」と同音だからといわれていますが、私は必ずしもそればかりではないと思います。中国人は四をもっとも好みます。日本にも、四書《ししょ》とか四君子《しくんし》とかいう言葉が伝わってきていますが、日本はむしろ奇数への好みに傾いたといえるでしょう。

不規則性はもっと根強いものです。たとえば日本は中国の都市にならって条坊式の都市計画をしましたが、寺の場合、中国は東の塔に対して西の塔もある。また右側に金堂があると左側に講堂があって、全く対称的につくられた。しかし日本の場合はどうしてもそうならなかった。偶数を嫌ったためか偶然かわかりませんが、だいたい塔が一つしか残らない。建物は全部左のほうに偏っています。

日本ともっとも違うのは中近東です。ペルシアの美術では、だいたい真ん中に木があり、その下に描かれたライオンは、左右全く鏡に映ったように同じです。日本とは全く違っています。また日本人がたとえば中国の美術を求めた場合でも、対称性からほど遠い牧谿《もっけい》の絵などを喜びました。そして対称的なものは死んだものとして避けていました。

漢字を書く場合でも、たとえば「木」は、縦の棒が横棒の真ん中を通ったのではつまらない。全然味がないとか、死んだ字だということになります。日本人は完璧なものを嫌います。何らかの変化があるもののほうが日本人にとって親しみやすいのです。

簡素——白木の美

兼好法師の美学として、さらに簡潔を求めていたことが挙げられます(★5)。簡潔さは、日本の伝統的建築などに顕著に認められます。たとえば、日本人はペンキを塗ったような木よりも白木のほうが好きでした。白木はある意味ではいちばん簡単なものです。何もせずにそのまま使う。しかし、実はもっとも高価です。もし木そのものに何か欠点があれば、白木の場合はそれがすぐ目につきます。ペンキを塗ればすべて隠れて、仮に木そのものはいい木でなくても、一応立派に見えてしまうということになります。その意味で日本の代表的な建築の伊勢神宮《いせじんぐう》は、世界で最も贅沢な建築の一つといえるでしょう。自然の素材しか使っていませんが、しかし、ごまかすことができないのです。そして非常に質素です。このように日本人は伝統的に、ゴテゴテと飾りたてたものを嫌います。

どうして日本にそういう趣味ができたか、これは非常に大きな問題です。中国には全くありません。中国人は華やかな色彩を喜び、いまでも中国のお寺を訪ねると、仏像たちはみんな鮮やかな色で彩色され、いろいろな荘厳《しょうごん》が施されています。

さらに兼好法師は「家」について書いています。(★6)彼は、家を建てるときに夏のことを考えて建てたほうがいいといいます。冬は厚いものを着てなんとかがまんできるが、もちろん冷房のない時代だから、夏の暑い家にはがまんできない。そして、家のなかに家具などはほとんどないのです。

この点、ヨーロッパや中国と全然違います。ヨーロッパやアメリカの金持ちの応接間には動けないほど物が置いてありました。贅沢な家具や、絵、大きな絨毯《じゅうたん》などが所狭しと置かれていたのです。しかし兼好法師はそういう美をあきらかに嫌っていました。ヨーロッパ人にとって豊かに見える生活ぶりは、彼にとっては不愉快なものでした。家のなかにあまりにもモノが多すぎると、かえって何もない家よりも不愉快だといっています。そういう考え方はきわめて面白いもので、むしろ新しい考えだと思います。現代の人には理解できますが、おそらく八十年前のアメリカ人の金持ちにとっては全く理解できなかったでしょう。なぜなら、初めて銀閣寺《ぎんかくじ》を見た西欧人は、がっかりしています。その人は銀閣寺とは銀でできた建物だと思っていたのです。ところが小さくて銀メッキも何もない建物だったので不満に思ったのでした。

このように兼好法師は、日本人のために一種の理想をつくりました。そして『徒然草』は、江戸時代のはじめごろには、すべての教養ある日本人が読む本になったのです。というのも、一六〇二、三年ごろ、つまり徳川の最初期に、松永貞徳《まつながていとく》が一般の人のために『徒然草』の講義をし、それが何回も本になって広く読まれるようになったからです。『徒然草』の美学を知った日本人は、やがて兼好法師と同じような趣味で物を買い、家を建て、あるいは自分の生活をそれに調和させていったのだと思います。

（★1）『枕草子』には〝ものづくし〟とよばれる章段がある。すさまじきもの（二十五段）、たゆまるるもの（二十六段）、人にあなづらるるもの（二十七段）、にくきもの（二十八段）、心ときめきするもの（二十九段）といった事象を次から次へとあげていく。たとえば、八十八段はめでたきもの（すばらしいもの）について述べる。
「めでたきもの　唐錦。飾り太刀。作りぼとけのもくゐ。色合ひふかく、花房長く咲きたる藤の花の、松にかかりたる。……」

（★2）「花はさかりに、月はくまなきをのみ見るものかは。雨にむかひて月をこひ、たれこめて春の行衛知らぬも、なほ哀《あはれ》に情《なさけ》ふかし。咲きぬべきほどの梢《こずゑ》、散りしをれたる庭などこそ見所《みどころ》おほけれ」（第百三十七段）

（★3）「はかなくて過ぎにしかたをかぞふれば花に物思ふ春ぞへにける」（『新古今和歌集巻第二』）

（★4）「弘融僧都《こうゆうそうづ》が、『物を必ず一具《いちぐ》に調《とゝの》へんとするは、つたなきもののする事なり。不具なるこそよけれ』と言ひしも、いみじく覚えしなり」（第八十二段）

（★5）「今めかしくきららかならねど、木だちものふりて、わざとならぬ庭の草も心あるさまに、簀子・透垣のたよりをかしく、うちある調度も昔覚えてやすらかなるこそ、心にくしと見ゆれ。」（第十段）

「賤しげなる物、居たるあたりに調度の多き。硯に筆の多き。持仏堂に仏の多き。前栽に石・草木の多き。……」（第七十二段）

（★6）「家の作りやうは、夏をむねとすべし。冬はいかなる所にも住まる。暑き比わろき住居は、堪へがたき事なり」（第五十五段）

三　能と中世文学

観阿彌から世阿彌へ

日本の演劇の誕生はいつごろだったのでしょうか。伝統的には、『古事記《こじき》』に書かれているように、天照大神《あまてらすおおみかみ》が洞窟のなかに隠れたときに天鈿女命《あめのうずめのみこと》が舞を舞った。それが日本の演劇のはじめだといわれています。

しかし、歴史的にみてみると、奈良朝のころから、伎楽《ぎがく》や散楽《さんがく》などの簡単な芝居が中国から招かれています。それから、いまも残っている雅楽《ががく》というものがあります。雅楽の前には簡単な話のある舞楽《ぶがく》があります。しかし、まだほんとうの演劇とはいえません。

これとは全く異なる系統で、田楽《でんがく》というものがありました。これは農民が神々を喜ばせるために行うもので、似たものがタイに残っています。

はじめにこのような原始的な踊りがあり、それにだんだん言葉がついてきたのだと思われます。室町時代に入って初めて演劇らしい演劇ができました。それは田楽であり中楽《さるがく》でした。

十四世紀の半ばごろに中楽の名人が現れました。名前を観阿彌《かんあみ》といいます。観阿彌は、地方の寺社で簡単な芝居を上演していたようです。その寺社の仏さまや神さまの起こした奇跡などの話が題材になりました。それは観客のためではなく、神さまのために演じられました。神さまは自分の手柄を見て喜んで、きっと人間のためにいいことをしてくれる、そう考えたのでしょう。

いまでも、能《のう》舞台の前に三段の小さい階段があります。現在は全く使用されていません。能楽師に聞きますと、舞台から落ちた場合にその階段をのぼるといいますが、そんなことはめったにないと思います。もともとは意味が違ったはずです。おそらく当時の能楽師は神主だったのでしょう。神主が舞台の上で芝居をし、そこから拝殿のほうへ行って別の宗教的な意味のあるお祈りをあげたのではないかと思われます。

観阿彌は、そういう簡単な芝居に満足せずに、もっと深みのある面白い物語をつくりました。能全体の特徴として、対立は少ないか、あるいは全然ない。世界の演劇の歴史をみると、演劇というのは対立からはじまることになっています。ところが能には対立がなくても演劇があります。きわめて珍しい舞台芸術です。

ところで、息子の世阿彌《ぜあみ》は、父観阿彌のつくった能を改作することがありました。言葉を換えたり、はじめはなかったような言葉を付け加えたりしているようです。そうでなければ『松風《まつかぜ》』と（★1）いうようなすばらしい能はありえない。これがもし、観阿彌のころの観客である地方の教育のない人のために書かれたのなら、全く場違いなものだったというほかありません。おそらく、観阿彌は、一応簡単な『松風』という戯曲をつくり、あとで世阿彌がその可能性を見出して、将軍の前で上演する場合には過去の詩歌からの引用文や、複雑な二つ三つの意味のある言葉を重ねたのでしょう。いくら言葉がむずかしくても理解してくれる観衆であることがわかっていたので、世阿彌は思いきって父親の戯曲を変えたのだと思います。

能の歴史でもっとも決定的な事件は、当時十七歳だった将軍・足利義満《よしみつ》が、当時十二歳の世阿彌の能を見たことです。場所は京都の今熊野《いまくまの》神社です。その神社の境内に大きな楠《くすのき》があります。楠は世阿彌時代よりも古く、もし楠がものを言えたらどんなにすばらしいだろうと、私はその木を見るたびに思います。その楠は義満の表情や、世阿彌の美しさを知っているはずなのです。

そのとき、義満は能に惚《ほ》れこんでしまい、それ以来、能楽師たちは地方の寺や神社にいかなくなりました。都で能を上演するだけで十分生活できたのです。また世阿彌は義満に特別の待遇を受けていたので、自分の理想どおりに作品が書けました。少年の世阿彌は、非常に繊細な役者であり、また連歌《れんが》も上手で、彼の文学的な才能はすばらしいものでした。

世阿彌がつくった能は、昔とあまり変わらないような、固い質素な舞台のための能でした。舞台に、普通の劇場にあるような舞台装置はほとんど何もありません。あるのは、正面の壁に描かれた影向《ようごう》の松だけです。それはどんな能の場合にも唯一の背景として使われます。

能の象徴性

能の衣装は、日本の着物のなかでも最高のものだと私は思っています。しかし、松風や村雨《むらさめ》は、汐汲《しおく》み車を引っ張るような貧乏な生活をしている人です。その人たちが汐を汲むときに錦の着物を着ているのでは戯曲と矛盾するようです。しかし当時の人は何よりも「美」が大切であり、たとえ非写実的なものになってしまってもかまわなかったのです。何らかの方法によって美という最高の理想に到達できたらそれでよかったのです。

　面についても触れておかねばなりません。面は、日本ばかりでなくギリシア悲劇などをはじめ、世界中で面を使います。どうして面ができたのでしょう。一つには、神に扮する場合、人間の素顔では都合が悪いということがあります。ごく平凡な顔だと神に見えないから、神らしい面をつける。人間に扮する場合でも、実物の顔よりも自分の思い描いている顔、あるいは神に近いものになります。能楽師が女性に扮するとき、もし自分の顔のままだったらそれらしくない。仮にお化粧をしてもそう見えないと思います。しかし、能面をつけると最高にすばらしい美が得られます。能面自体が日本の美術の一つだと考えてもいいと思います。

　こうして舞台の上に、能面をつけ、すばらしい衣装を着た人たちが登場するわけですが、舞台には小道具が置かれています。しかし、その小道具は象徴的なものです。たとえば、二本の細い木だけで舟を表し、あるいは、狂言の場合には、腰掛けがそのまま酒の樽をはじめ、何にでもなる。象徴的なものとして捉えているので誰も写実的なものを望みません。『松風』の汐汲み車は子どものオモチャみたいなもので、実用的なものではないことが誰にでもわかります。

　能の人物はどういう人かというと、一つの規則によって、謡本《うたいぼん》というか謡曲集《ようきょく》に人物の名前は出ません。シテ、ワキ、ツレ、子方《こかた》という役になります。シテは中心人物です。おそらく、スルという動詞から来た語で、「ものをスル人」がシテです。多くの場合は唯一の人物です。たしかに、ワキがいます。ワキは脇にいる人です。多くの場合は僧侶とか神主のような人です。彼には個性がなく、自分の過去のことは全然話さない。どうしてお坊さんになったのか絶対に言いません。ただ質問をする人です。彼の役目は観衆のためにシテにものを尋ねるのです。

美しい若い女性がいて、彼女はいつもある場所に花を供えます。なぜ彼女はそうしているのか、誰に花を供えているのか、私たちも知りたいと思います。その私たちの代理人としてワキがシテに質問します。場合によってはシテあるいはワキにツレがいます。ツレは大抵あまり大きな役ではありません。また、子方がいます。子方は必ずしも子どもを演じるとは限りません。たとえば、義経《よしつね》と静《しずか》という恋人同士が舞台の上に出るとき、どちらか一人は子役がやります。能舞台の上では恋というようなこの世の臭みを避けて、象徴的なもので表さなければなりません。それで、おとなの義経と小さい静がいるか、それとも大きな静に子どもの義経というふうに登場します。

能楽師のほかに舞台の上には人がかなりいます。まず囃子方《はやしかた》。笛、小鼓《こつづみ》、大鼓、そして太鼓《たいこ》があります。多くて四人、場合によって太鼓がないこともあります。そのほかに地謡《じうたい》が舞台の上にいます。地謡はだいたい八人ですが、十人のこともあります。地謡の人たちは誰であるかということになりますが、誰でもありません。ギリシア悲劇の場合も合唱団がありますが、いつも名前があります。(★2) 商家の末亡人やどこそこの百姓というように。そして自分たちのほうからものをいいます。ところが、日本の地謡は名前もないし誰であるかわからないのです。しかし、決められた箇所で謡います。多くの場合はシテの代わりに、たとえばシテが舞を舞っているときに、地謡がシテの代わりに謡います。

能にはいろいろな規則があり、私たち外国人には、不慣れなことばかりです。まず音楽は西洋の音楽とずいぶん違います。とくに能管《のうかん》は西洋の笛と違って、甘い音ではなく深く身にしみるような音です。それは、能がはじまる直前か、もっとも緊張した瞬間に聞こえます。西洋の笛のフルートが、おもに美しい旋律を演奏するのとは違っています。

また、能のしぐさは全部決まっています。西洋の芝居や新劇のように自分の想像力で、人物をつくりだして動くのではないのです。日本には昔から、型にはまったとか、型を破るという言葉があるように、まずその型を覚えなくてはいけません。型は師匠から覚えるのです。謡本を読んで、もし私が十六世紀の日本人ならどのように行動するだろうと想像して演じることは絶対になく、ただ、師匠のとおりにやる。しかし、実際には師匠と違う人間ですから、しまいには型を破ることになります。こうしてその人なりの個性が出てきます。ことさら個性を発揮しようとしているわけではなく、その人はむしろ個性を殺しているつもりなのに、どこか深いところから個性が出てくる。それが名優です。しかし、まずはじめは型を覚えていなければどうにもならないのです。

文学としての能

さらに能は文学としてもすばらしいものです。現在のヨーロッパのオペラを、音楽を聴かずに台本だけ読んでも面白くありませんし、それほどすばらしいセリフもありませんが、能は違います。すばらしい文章です。その文章は、日本の伝統からいろんなものを汲みあげて綴られています。『古今集』や『新古今集』の歌の抜粋が登場人物の会話として出てきます。[★3]この会話が、もし写実的な会話だったら、たとえば『松風』が現実の汐汲み車を引くような女性の会話だったら、面白味のない話になったでしょう。彼女はべつに大学を出たわけではありません。しかし、お能の目的は美です。だから、汐汲みの女性の言葉も美しい言葉です。

ときどき、謡曲の文章は、つづれ織の錦みたいに、さまざまな歌を寄せ集めたようなもので、独特なものがあまりないといわれます。しかし私はそうは思いません。能のすばらしさは独特のものだと思います。おそらく、日本の文学のなかで一番翻訳しにくいものでしょう。しかし多くの人が翻訳を試みています。私も翻訳してみましたが、とてもむずかしい。能の場合には言葉にいつも二つ三つの意味があります。前の文章との関連、後の文章との関連を無視できません。よく知られていますが、能には掛詞《かけことば》がたくさん出てきます。掛詞の場合、前の文章と後の文章は全然異なるものです。

一例として、「せんかたなみだ」があります。これは、「せんかたない」――しかたがない、どうすることもできない。それに「なみだ」が掛けられています。何もできない状態だから涙が自然に出てくる。そういうふうに二つの意味を一つの言葉で表現するのが、能の文章の一つの特徴です。

しかし、もしそれだけのことだったら能は一種の言葉の遊びと思われるかもしれませんが、絶対そういうことはありません。能を見る人たちは深く感動すると私は思います。たしかに、能を見ながら居眠りをする人がいます。昔からそうでした。それに驚くことはないのです。つまり、一流の芸術の前では、ある人たちは居眠りするか、素通りするものです。それはしかたがありません。初めてお能が外国へ行ったときに、新聞に、観客の二割が途中で帰ったという記事が出ました。しかし、どこにも、八割が残ったとは書いてありません。残った八割のほうがはるかに大切なのです。

そして、日本のことを知らない人でも、美術に敏感な人だったら抽象的な能のよさを鑑賞できると思うのです。私は、何回もそれを自分の目で確かめてきました。

悲劇の能、喜劇の狂言

能はもともと中世のものです。世阿彌の時代にお能は簡潔なかたちになりました。能の話の筋は、当時すでに古典になっていた作品、なかでも『平家物語《へいけものがたり》』から多くとられています。そのため武士の悲劇がよく出てきます。武士が登場するといってもヨーロッパの場合とはずいぶん違います。

『平家物語』の中に「敦盛《あつもり》」の段があります。敦盛と熊谷次郎直実《くまがいじろうなおざね》が登場する場面です。熊谷が最終的に敦盛の首をとりますが、熊谷は全然嬉しくありません。まさに悲劇です。私は武家に生まれたばかりにこういう嫌なことをしなければならない、こういって彼は出家します。義務だからしたが、ほんとうはしたくなかった。能にはこうした悲劇を題材としたものがたくさんあります。

悲劇はどこから生まれるのでしょう。幽霊としてこの世に現れてくるような死者は、どうしてもこの世を忘れることができずにいます。失恋した人は、もう一度自分を捨てた人に会いたいのです。敦盛のように戦争に負けた人は、もう一度自分が負けた場所を見て、もう一度熊谷に会おうとする。どうしてもこの世を捨てられない、それが悲劇のもとです。もし忘れることができたら、もうこの世に現れなくてもいいのです。これが夢幻能《むげんのう》とよばれるものです。

もう一つの能は現在能《げんざいのう》です。現在能はこの世の中のできごとです。幽霊ではなく、現実の人間が登場します。夢幻能よりやや写実的な面もあります。また私たちの生活とつながりのあるような謡曲もあります。しかし、そうはいっても、この能もとても写実的だとはいえません。

ところで世阿彌の能がどういうものであったか、私たちにはよくわかりません。ただ、現在の能よりずいぶん速く上演されたことは事実です。記録があるので、一日に何番の能が上演されたかわかります。現在のテンポで同じ能を上演すると、倍ぐらいの時間がかかるのです。ではなぜゆっくり上演するようになったかというと、徳川時代に、能が幕府の式楽になったからです。ものものしいものでなければ幕府の権威にふさわしくないということでテンポが遅くなり、筋の面白さで観客の注意を引くことがあまりなくなりました。いま、能の観客は、直観的にお能がわかる人か、それとも、自分で謡の稽古をやったことがある人か、仕舞《しまい》の稽古をやったことがある人に限られるようになりました。

能と一緒に狂言が上演されます。狂言は喜劇です。能と違って、言葉自体は詩的でもなく、日常生活の言葉に近い。室町末期というよりは徳川初期の言葉そのままで上演されています。登場する人物は決まっています。太郎冠者《たろうかじゃ》が代表的な人物です。彼は頭のいい召使いです。場合によっては頭の悪い太郎冠者もいます。それに大名。大名はだいたい威張っている人物ですが、彼は最終的に失敗することになっています。女性も登場します。女性はほとんど全部悪い人です。夫にガミガミいうような人がほとんどです。それは一つの規則といえます。また僧侶も登場します。この僧侶はたいてい宗教に興味がありません。あるいは二人の僧侶がいると一人は浄土真宗の信者、もう一人は日蓮宗の信者で、南無阿弥陀仏と南無妙法蓮華経のケンカがはじまります。

狂言の面白さはどこにあるかというと、一つは筋にありますが、もう一つは狂言独特の発声法です。私は、京都にいたとき、何か日本の伝統芸術を一つ覚えたいと思いました。能はすばらしいと思っていましたが、それほど楽しくないと判断しましたので、実は私自身は狂言を選んだのです。外国人として狂言を習ったのはおそらく私が初めてではなかったかと思います。京都の狂言師茂山千之丞《しげやませんのじょう》という師匠について、ほぼ二年間稽古をしました。非常に楽しかった。あれほど楽しいことはありませんでした。何よりも狂言の発声法が好きでした。私は普段しゃべる声は小さいのですが、狂言のお陰でイザとなると大きな声が出ます。狂言の稽古のときには、目の前に何もありませんでした。だいたい、私が勉強する場合は本を読むなど、何かを目の前にして勉強しましたが、狂言の稽古の場合は、ただ耳で覚えたのです。つまり、お師匠さんの言葉を聞いて、私はオウム返しに繰り返します。彼と変わらないように言えるまで何回も同じ言葉を繰り返さなければなりませんでした。言葉を一応覚えたあと動作を覚えました。舞をはじめ、普通の歩き方まで、いろいろな動作がありましたが、全部決まりがありました。もしあなたは十六世紀の召使いならどういうふうに行動しますかというような発想は絶対にありません。

ところが、やはり、能と同じように、自分のなかにある何かが知らず知らずのうちに出てきます。東京の舞台で、私は『千鳥《ちどり》』の太郎冠者に扮したことがあります。終わってから楽屋に戻ると、そこに能の長老の喜多六平太《きたろっぺいた》さんがいて、私の狂言を褒《ほ》めて下さいましたが、褒めてから意外なことをおっしゃいました。まったくモリエールを見ているような気がしました、と。それを聞いて私はがっかりしました。私はモリエール的にやろうと思っていなかったのですが、しかし、なるほど私のなかには、殺すことができないような西洋的な要素があったのだろうと思います。

（★1）『松風』梗概　旅の僧が、須磨の浦で出会った二人の若い女の海人から、実は二人が在原行平《ありわらのゆきひら》の愛を受けた松風・村雨という姉妹であると明かされる。松風は行平の形見の装束を取り出して身に着け、恋慕の思いで物狂おしく舞い、やがて夜明けとともに消えていく。『古今和歌集』の在原行平の歌や、『源氏物語』須磨の巻などを背景にしている。

（★2）たとえば、ソフォクレス『オイディプス王』では、テバイに災厄がふりかかってきたとき、オイディプスはテバイの長老たちである合唱団（コロス）を召集する。登場したコロスは次のように歌う。

ピュトンなる黄金ゆたけき社より
うましくひびくゼウスのみ声よ、
うるわしのテバイの里のわれらがもとに
きたりて告げるは何の言葉ぞ　（藤沢令夫訳）

（★3）たとえば『松風』でシテが行平形見の狩衣を手にとって「宵々に、脱ぎてわが寝る狩衣」と謡うと地謡が「かけてぞ頼む同じ世に」とつける。これは「よひよひに脱ぎてわがぬる狩衣かけて思はぬ時の間もなし」（古今・恋二　紀友則《きのとものり》）により、その文句を「かけて」の序としている。

四　芭蕉と俳句

世界で最も短い詩型

日本には万葉《まんよう》の時代から優れた詩人が輩出していますが、そのなかでも芭蕉は、私にとって最高の詩人といえます。私は芭蕉をいままでよく読んできましたが、読むたびに私の身にしみるような感動を覚えます。ほかの歌人や俳人にも好きな人はいますが、それほど身近に感じることはあまりないのです。芭蕉には、できるものならばぜひ会いたいという気持があります。

また日本の詩歌の伝統のなかには、人麻呂《ひとまろ》の長歌をはじめ傑作がたくさんありますが、何といっても俳句はもっとも日本的だと私は思っています。

俳句の特徴としてまず挙げられるのは、俳句と自然との関係です。和歌の場合はもちろん四季を扱いますが、恋や旅などを扱うこともあり、必ずしも自然を扱わなければならないという規則はありません。しかし、俳句の場合は、季語がなければ俳句ではないのです。逆に、俳句は、恋とか、旅とかをほとんど扱いません。むしろ直観的に感じたものが俳句の真髄になります。

俳句は短さがその特徴の一つです。完成した詩型として世界でもっとも短いでしょう。少し話はそれますが、現在、アメリカあるいはヨーロッパの小学校で子どもたちに俳句を教えています。

ソネットなどを書くことはまだできないのですが、俳句風の三行詩ならできます。もちろんきわめて下手ですが、子どもの感性を育てるために役立つはずです。

俳句の短さには必ず余韻があります。余韻のない俳句は単なるコメントにすぎません。直観的に捉えた事実や、ほかの人があまり気がつかなかった花のよさなどがうたわれます。

欧米人がつくる俳句は、短詩ということになりますが、要素は一つしかありません。何かを見て自分の感想を述べることです。しかし、本来の俳句の場合はだいたい二つの要素をもっています。二つの要素に一種の不均衡があり、読者がそれを関連づけることになります。これが俳句のもう一つの特徴です。表面的に関連がなくても、読者が自分の感性によってその二つの違うものを関連づけることが俳句のいちばん大切なところだと思います。そうでなければ十七文字で一つの世界をつくることはできないのです。

たとえば、有名な俳句に、

夏草や兵《つはもの》どもが夢の跡

というのがあります。夏草はどこにでもあるようなもので、とりたてて特徴のある風景ではありません。しかし芭蕉の頭のなか、あるいは魂のなかでは、その夏草は、かつてそこで戦死した人たちの変形みたいなもの。彼らの亡骸《なきがら》がここに埋められ、そしてその体がこの夏草になった。このような散文的な解釈ができます。ほかにいくつもの解釈ができるでしょう。俳句の一つの特徴は、日本独特のあいまいさです。一つの象徴として、一つだけの意味しかなかったらつまらないと思います。

芭蕉の俳句を考える場合、もう一つ忘れてはいけないことがあります。それは、芭蕉は私たちがいま考えるような意味での俳句をつくってはいないということです。〝俳句〟という言葉は、もともと明治時代に正岡子規《まさおかしき》が発明した言葉ですから、それ以前の芭蕉には多少違うところがあります。

芭蕉がつくっていたのは発句《ほっく》だけです。発句と俳句はどこが違うかというと、発句は連句の最初の句です。つまり、芭蕉が発句をつくって、次の人はそれに脇句をつけ、また次の人は第三句をつける。そういうふうにしてだいたい三十六句まで続きました。これを〝座の文学〟といいます。芭蕉の死後も、弟子たちは芭蕉が遺した句を使って、そこから新しい連句をつくったことが何回もあります。発句は非常につくりにくいものです。発句は、季節、時間、場所を提出します。次の脇句の人は、そのなかから一つの可能性を見出して、そこに自分の小さい世界をつけたのです。こうして一種の鎖ができます。この鎖のように続く連句の端緒となることが芭蕉の発句の大きな役割でした。

俳文と俳句

さらに俳文のなかに出てくる俳句というものもあります。芭蕉は紀行文を五つ遺しました。最初に書かれたのは『野《の》ざらし紀行《きこう》』です。『野ざらし紀行』のなかに俳句がたくさん出てきますが、もし俳文がなければとても理解できない。俳文があるので私たちにもわかりやすくなっています。

たとえば、

手にとらば消《きえ》んなみだぞあつき秋の霜

という句だけを読んでもその意味はわかりません。どこかに霜が降りて、芭蕉は何かの理由で霜を自分の手にとったということまではわかります。そこで俳文を読むと、芭蕉は、お母さんが亡くなった一年後に伊賀《いが》上野《うえの》の故郷に帰っています。そのとき兄さんが守り袋を出して、なかに入っているお母さんの白髪を見せました。芭蕉がその白髪を手にとると、とけそうでした。髪の毛はどんなにあつい涙が落ちても絶対にとけないのですが、芭蕉の涙は、霜がとけるほどあついから、こういう霜（白髪）もとけるように思えた。しかし、一方で霜もありました。つまり実物もあって比喩もありました。複雑に重なる意味が一つの俳句になるのです。

三番目に書かれた紀行文『笈《おい》の小文《こぶみ》』には自伝的な記述があります。ここには、なぜ俳人になったか、なぜ俳句をつくるようになったかが述べられています。[★1]彼も、はじめは官吏として偉くなりたいという野心がありました。彼は、いまでいう水道局に働いたこともありますが、きっと芭蕉にとっては面白くない仕事だっただろうと思います。あるときはまた、僧侶になろうとして、仏教の禅を勉強しました。それもうまくいかず、最後に、ほかに何もできないから俳人になろうと思ったのです。謙遜したいい方ですが、しかしそれはたいへん面白いことです。

実際には、ただそれだけではなくて、芭蕉は、俳句も芸術だと認めてもらいたかったのです。[★2]彼は、西行《さいぎょう》の和歌にあるもの、宗祇《そうぎ》の連歌にあるもの、あるいは利休《りきゅう》のお茶にあるものが俳句にもある、といいます。当時の日本人、あるいは現代の日本人でも、すべての芸術が別個のもので、共通のものはあまりないと思っています。たとえば、お能をやっても書道はやらないとか、柔道をやる人は剣道をやらないとか、それぞれの道という考えがあります。しかし、芭蕉は、すべての道の底流に共通する美の世界があり、自分もそれに参加していると考えたのです。

また、芭蕉のもう一つの紀行文『更科紀行《さらしなきこう》』に面白い描写があります。芭蕉は一日歩いてやっとのことで宿に落ち着き、その日見たものを全部、俳句のかたちでまとめたいと思い、苦吟していたところ、同宿したお坊さんが芭蕉を見て、きっと何かひどい悩みがあるのだろうと勘違いして、阿弥陀さんを信じなさいといって、慰めてくれるのです。そのために芭蕉は俳句がつくれなくなるのです。

俳句の表現

俳句は非常に翻訳しにくいものです。まず、〝てにをは〟の活用の問題があります。〝この道は〟と〝この道や〟がどう違うか、なかなか説明できません。慣れている人や俳人にとっては、〝この道は〟と〝この道や〟はずいぶん違うのです。

それから芭蕉が唱えたことですが、俳句の場合、取り替えのできない言葉を用いなければならない。もし、ほかの似たような意味の言葉に取り替えられるなら本物の俳句ではないのです。『去来抄《きょらいしょう》』に有名な話があります。芭蕉の

行く春を近江《あふみ》の人と惜しみける

という句に対し、当時軋轢《あつれき》を生じていた門人の尚白《しょうはく》は、〝近江〟は〝丹波〟に、〝行く春〟は

〝行く歳〟にも取り替えられると非難したということです。これに対して、同じ門人の去来《きょらい》は「尚白が難あたらず。湖水朦朧として春をおしむに便有べし」と反論し、芭蕉も「古人も此国に春を愛する事、おさ〳〵都におとらざる物を」と応じています。このことから、俳句がいかに、取り替えることのできない絶対的な表現でなければならなかったかがわかります。(★3)

毎年俳句は、何百万あるいは何千万もつくられるでしょう。しかし、二、三年後まで記憶されるような俳句はおそらく年に一つか二つしかないと思います。もっともつくりやすい詩型であると同時に、もっともむずかしい詩型です。ほかの詩歌の場合は、美しければそれで十分でしょう。しかし、俳句の場合は絶対的なものを求めます。

さらに俳句には、感情移入の問題があります。俳人は自分の感じているものを読者に伝えようとしていますが、それは一つだけではないのです。二つ以上の可能性があります。

たとえば、

枯《かれ》朶《えだ》に烏のとまりけり秋の暮

の場合、まず、枯枝は何本ありますか。日本語の場合は一本でも百本でも同じ〝枯枝〟ですが、読者の頭のなかでは何か可能性を選ばなければならない。次は、カラスは何羽止まったか。一羽のカラスが止まったか。あるいはたくさんか。また〝秋の暮〟とは何を指すのか。二つの意味が考えられます。一つは、ある秋の日の夕暮れ。もう一つは晩秋という意味。どちらが正しいか。

これは実は、全部正しいのです。この句を題材に描かれた絵を見ると、ある絵では一羽のカラスが一本の枯枝に止まっていますが、別の絵では八羽ほどのカラスが何本かの枯枝に止まっています。一つだけにしぼる必要はないのです。また〝秋の暮〟にも両方の意味があります。晩秋ととると華やかなもみじにカラスの黒い点。しかし晩秋でも、晩秋の昼だとそれほど面白くないと思います。色のなくなる夕暮れでなければなりません。ほかにもいくつかの可能性があるだろうと思います。

ほかにも芭蕉には、同時に二つの感覚を活かした句がたくさんあります。

たとえば、

菊の香や奈良には古き仏たち

ここでは視覚と嗅覚が一緒になっています。菊という花の香はなんとなく古い、ちょっとホコリっぽいにおいです。芭蕉はそのにおいと、ホコリをかぶっているような仏像から、同じような印象を受けて、それを一つの俳句に表現しました。ヨーロッパでは、フランスの十九世紀の詩人ランボーなども同じようなイメージを表現しようとしましたが、芭蕉はランボーよりも二百年以上前に、表現しているのです。

もう一つ忘れてはいけないことは、ユーモアです。もともと俳諧というのは滑稽《こっけい》なものでした。『古今集』には俳諧の歌(★4)が出ています。それは全部ふざけたようなものです。芭蕉にもユーモアがあります。すべての句にあるわけではありませんが、それも俳句の要素の一つだと思います。たとえば、〝鳥の糞《ふん》〟などといった俗悪な言葉は和歌の場合には絶対に使ってはいけませんでした。和歌の詩的言語はだいたい『古今集』で決まりましたが、俳句の場合はもっと自由です。日常的な悪い言葉も使ってもいいのです。そこに俳句の楽しさもあります。

俳句第二芸術論

ところで、第二次大戦後、京都大学の桑原武夫《くわばらたけお》先生は俳句のことを「第二芸術」と呼びました。(★5) 俳句は誰にでもできます。そして素人《しろうと》でも、偶然にすばらしい俳句がつくれます。桑原先生は、俳人の名前を伏せ、たくさんの俳句を人に見せて意見を聞いたところ、場合によっては、全くの素人が書いた俳句が有名な高浜虚子《たかはまきょし》の俳句より高く評価されました。こんなに評価がまちまちの俳句を芸術と呼ぶことはできない、第二芸術にすぎないというのです。小説だったらそういうことは絶対にありえない。素人が書いた小説とトルストイの『戦争《せんそう》と平和《へいわ》』の区別ができない人はいないだろう。そういうふうにおっしゃったのです。そのとき俳句をやめる人や、また一方で俳句を弁護する人もたくさんいました。しかし私は、桑原先生のおっしゃったことには同感できません。私は玄人《くろうと》だけの芸術でないことはとてもいいことだと思います。日本人は自分の感情をまとめたいときに俳句をつくります。これが俳句のよさであり、人気の原因だと思います。

（★1）「ある時は倦《うみ》て放擲《ほうてき》せん事をおもひ、ある時はすゝむで人にかたむ（勝たむ）事をほこり、是非胸中にたゝかふて、是が為に身安からず。しばらく身を立《たて》む事をねがへども、これが為にさへられ（さえぎられ）、暫《しばら》ク学《まなん》で愚を暁《さとら》ン事をおもへども、是が為に破られ、つひに無能無芸にして、只此《ただこの》一筋に繋る」

（★2）「西行の和歌における、宗祇の連歌における、雪舟《せっしゅう》の絵における、利休が茶における、其貫道《そのくわんだう》する物は一《いつ》なり。しかも風雅におけるもの、造化《ざうくわ》にしたがひて四時《しいじ》（四季）を友とす。見る処、花にあらずといふ事なし。おもふ所、月にあらずといふ事なし。像《かたち》花にあらざる時は夷狄《いてき》（野蛮人）にひとし。心花にあらざる時は鳥獣に類ス。夷狄を出《いで》、鳥獣を離れて、造化にしたがひ造化にかへれとなり」

（★3）絶対的な表現を求めるときに、〝本歌取り〟がしばしば行われる。これは先行の歌や句を背景に元の作品の可能性を一層はっきりさせて、自分の作品に生かそうとする方法。たとえば芭蕉の「春なれや名もなき山の薄霞」（『野ざらし紀行』）は、『万葉集』巻十の「ひさかたの天《あま》の香具山《かぐやま》この夕べ霞たなびく春立つらしも　人麻呂」や、『新古今和歌集』春の「ほのぼのと春こそ空に来にけらし天の香具山霞たなびく　後鳥羽院」を本歌にしている。

（★4）たとえば「枕よりあとよりこひのせめくればせん方なみぞとこなかにをる　よみ人知らず」がある。

（★5）「第二芸術―現代俳句について」（『世界』昭和二十一年十一月号）の中で、桑原武夫は、十七字の短詩型は、近代社会の思想、感情、現実を盛り込めるものではなく、同好者のための特殊な世界である。また、ただ一句だけでは素人、玄人の区別がつかない。したがって小説や近代劇を芸術と呼ぶなら、俳句は第二芸術と呼ぶべきだと主張した。

五　西鶴の面白さ

憂き世と浮世

西鶴《さいかく》が書いた小説は浮世草子《うきよぞうし》として知られています。浮世は、もともと能楽によくでてくる〝憂き世〟でした。〝憂き〟というのは悲しいということで、この私たちが生きている暗い悲しい世という意味でした。しかし、西鶴の時代、つまり十七世紀の末から十八世紀のはじめごろの元禄時代の〝浮世〟は浮いている世でした。〝浮く〟というのは絶えず変化があるということで、その象徴として〝波〟がありました。当時は、波がよく描かれました。波は、絶えず形が変わる新しいものを象徴しています。

日本では、「昔はよかった」という考えが非常に根強くあります。これは日本だけの現象ではありませんが、昔のものはすべて現在よりもすぐれているという常識がありました。とくに中世の人たちは自分たちの周囲にあるものを見て、そう思ったにちがいありません。ある日記には、伊勢へ行くときに路傍に鳥居が倒れていて、それが鳥居だったかそれとも普通の木の幹だったかわからないくらいになっているとありました。絶えず戦争の行われていた時代でした。源氏と平氏の争いも続きました。こうした時代の人たちにとって過去は懐かしいものであり、現在とは違い何でも美しく思えたのです。

平安朝も、清少納言の書いたものには〝今めく〟という言葉がよく出てきます。彼女は新しいものが好きだったのです。しかしその後の時代は、新しいものはすべて昔のものの下手な真似にすぎないと考えるようになり、非常に暗い感じになりました。

元禄時代になると景気がよくなり、社会が豊かになりました。もっとも大切なことは戦争がなくなったことです。徳川時代に入って、戦国時代という長い苦しい時代のあとの平和を謳歌する気分がみなぎって、〝憂き世〟は〝浮世〟になったのです。浮世は、新しいものが魅力を持つ現代を表しています。

西鶴の最初の浮世物語は『好色一代男《こうしょくいちだいおとこ》』です。主人公は世之介《よのすけ》という名前です。しかし、彼の名前はほんとうは〝浮世之介〟ではないかと思われます。彼は象徴的な人物です。いまの時代の人物です。彼はいまの時代のよさ、面白さを歌いあげるような人物です。過去のことに全く興味がありません。昔はよかったとは全然思っていません。このように人生を肯定する時代だったことから、元禄時代は日本のルネサンスともいわれます。

好色物の喜劇性

西鶴の浮世草子にはいくつかの種類があります。もっとも有名なのはいわゆる好色物です。好色物は、恋愛とか男女関係のことを書いたものですが、その作品に西鶴が自分の名前を記したことは注意すべきことです。ほんとうのポルノ文学だったら名前を書かなかったでしょう。西鶴は、場合によっては自分の名前を冠した題名をつけていました。西鶴に相当人気があったからにちがいありません。たとえば『西鶴諸国《さいかくしょこく》はなし』あるいは『西鶴織留《さいかくおりどめ》』という題をつけています。彼は、好色物などを大坂で発行しましたが、間もなく江戸に海賊版ができました。もちろん、彼は、海賊版からは収入を得られませんでしたから、あまり快く思わなかったでしょうが、しかし、そのことから西鶴がいかに人気があったかがわかると思います。

好色物はだいたいにおいて非常に明るい。いちばんの傑作は『好色五人女《こうしょくごにんおんな》』です。この『好色五人女』のなかの五人のうち、三人までが最終的に死刑に処せられるといった悲しい運命をたどりますが、この小説でさえ明るい。これを読んで、笑うことはありませんが、たとえばおさんと茂右衛門のところを読みますと、おさんは最後のところで磔《はりつけ》にされてしまいます。不倫の関係をとがめられて、そのような罰が下されたのです。しかし、そこで彼女のことを気の毒に思って泣く読者はいないと思います。

なぜ私たちは、このような悲しい話を楽しい文学として評価できるのでしょうか。一つは、西鶴とその対象との距離の問題があります。西鶴はたいへん遠いところからそのできごとを見ています。その点ではほかの劇作家とかなり違うと思います。望遠鏡を持って見ていました。しかしその望遠鏡はさかさまです。すると人物が非常に遠いところに見えてきます。

あまりよくない比喩ですが、たとえば私たちは顕微鏡で黴菌《ばいきん》を見て、一匹の黴菌がもう一匹の黴菌を食べたとしても打撃を受けません。それは黴菌を嫌うからというより、あまりにも小さく、あまりにも遠いから、私たちは感情移入できないのです。

おさんの場合、彼女が最終的に町を引きまわされて処刑されたとき、彼女の着ている浅黄色の着物だけが印象に残ります。(★1)それほど遠い遠いところでこの悲劇が起こりました。なによりも、私たちは西鶴の文体を覚えています。それでなんとなく、これも人間の喜劇の一つだと思ってしまうのです。

〝人間喜劇〟は、バルザックの使った言葉ですが、この人間喜劇は、必ずしも、人を笑わせるものではなくて、人間そのものを表しています。私たちみんなの生活が喜劇です。悲劇だと思ったら誤りです。遠くから見る場合は喜劇です。全くアリの世界のようなものです。神が人間の世界を見てもそう思えるにちがいありません。

西鶴の写実主義

西鶴がより多く描いたのは町人階級です。町人階級が小説に登場するのはだいたい徳川初期からです。以前はもちろん御伽草子《おとぎぞうし》などには庶民が出ていましたが、町人、つまり町のなかで生活しているような人たちが大きく文学に登場したのはこれがはじまりではないかと思います。そして、彼の描く人物は、人間の欠点を全部持っています。

たとえば八百屋お七は、『好色五人女』の四番目の女性ですが、彼女は火事のときに家族と一緒にお寺に避難します。そのお寺でお坊さんと仲よくなります。火事が収まってから自分の家へ帰りますが、彼女はもう一度ぜひともそのお坊さんに会いたいと思って放火するのです。火災で家が焼かれれば、人も死んだでしょう。けれども、そこで私たちは、人が死んだとか、大事な資産がなくなったということはあまり考えません。彼女の純粋さにうたれ、彼女は愛人に会うために何をやってもいいと思うのです。私たちは彼女を遠くから見ています。そして八百屋お七は、忘れられない存在になります。

同じように、ほかの人物たちについても、西鶴は細かく描写します。たとえばおさんが茂右衛門と一緒に逃げるとき、女はもうこれ以上歩けなくなり、死にそうになります。茂右衛門は、もう少し辛抱して下さい、もう少し行けば私の知人の家がある。そこに着いたら一緒にものを食べ、愛し合おうというのです。彼女はそれを聞くと新しい力が湧いてきます。もちろんそれはありえないことで、ほんとうに彼女が死にそうだったら、ただ恋人と一緒に寝ると聞いただけで力が湧いてくることはないでしょう。しかし、これは人間喜劇の一つで、欲望があるから彼女はその言葉を聞くだけで元気になって次の町まで歩ける。そうした細部でも西鶴のうまさがわかります。

西鶴は、写実主義者だったといわれています。この写実主義というのは、現在、一般的にいわれる写実主義とは違います。つまり、西鶴は社会全体を描いたことはないし、自然主義文学のように語り手の秘密をばらすとかいったこともしません。この場合、写実主義というのは、人間そのままを出すということです。

たとえば二番目の話に樽屋《たるや》さんがいます。樽屋さんはあるお婆さんに会います。彼女は、あなたの好きな人と会わせてあげようといいます。彼は好きな人に会えることが嬉しくて、望みをかなえてくれたら私は木綿の着物と中位の奈良ざらしをあげるというのです。つまり、彼は無限に何でもあげるというのではない。絹の着物ではない、木綿や麻ですよ、と条件をつけているのです。

あるいは、樽屋が井戸さらいをする場面がありますが、そこにはいろいろなものが出てきます。それを一つずつ並べます。(★2)

語り手としての西鶴を面白いと思います。何かできごとがあったあと、彼は、複雑な人間の世界に対して何か皮肉をいうのです。つねに自分の書いているものと自分との距離を保っていて、それを忘れません。そして彼は決して調子にのって涙を流すようなことはありません。

さらに、彼の写実主義はそれにとどまりません。たとえば、『好色一代女』にはある女性の一生を書いていますが、同じ女性のことでも、もし近松ならば、彼女は貧乏な家庭で、親の食事とか薬代のために女郎になったとか、愛人がいてもほかの男と一緒に寝なければならないとか、そういうふうに書いたと思いますが、『一代女』は全然違います。彼女は、親たちのことを全然考えていません。結婚しても平気で夫を裏切っています。そして彼女はお婆さんになっても、なるべく男性に彼女の顔が見えないようにして、男性と関係を結びたいと考える。どちらが正しいということではないでしょう。遊女にはさまざまな女性がいたにちがいないと思います。

しかしどうしても、西鶴と近松を比較して、西鶴は写実主義的であり、近松はロマンティックに書いたという印象を受けます。おそらく当時、西鶴が出会ったような遊女は、多くはそういう生活に向いていたような人だったのでしょう。しかたがなく、あるいは強制的に身売りさせられた人もいたでしょうが、西鶴はそういう人たちのことは書きたくなかったのです。

西鶴の小説にはほかに町人物《ちょうにんもの》と呼ばれるものがあります。町人物の場合、最大のテーマは、どうしたら金持ちになれるかということです。町人物のなかでは『日本永代蔵《にほんえいたいぐら》』が一番有名です。その中に、町人としてどういう生活をすべきかが書いてあります。彼の英雄の一人は藤市という人です。彼はころんでも必ず石一つ拾って立つ。彼は決してムダなことはしないのです。そして彼は、西鶴にいわせると最高の町人です。もちろんそのなかには皮肉が混じっていると思いますが。

考えてみると、それ以前の日本の文学でお金が問題になることはなかったと思います。日本の文学ばかりではありません。西洋でも、お金は文学の種になりませんでした。しかし、西鶴にいわせると、お金は人間の生活の大きな要素です。人間の生活の万事は金だといいたかったのでしょう。ともかく町人の場合はそうです。お金を稼ぐことを自分の運命だと思わなければなりません。

『日本永代蔵』の中で、一生懸命にお金をつくろうと思って失敗した人はほとんどいません。みんな何らかのかたちで成功しました。いつもよく注意して、ほかの人が気がつかないような金儲けの機会を見つけたら、あとは簡単だというのです。何かほかのこと、たとえば茶の湯や、墨絵などをやっていたら、お金は全然貯められないというのです。『世間胸算用《せけんむなざんよう》』には、いくら一生懸命に働いても失敗に終わる話が含まれています。西鶴もいつも楽観的というわけではなかったのです。

西鶴は武家物《ぶけもの》も書いています。だいたい武家を美化するような小説でした。一説では、彼は自分の浮世物を江戸で売りたいと思い、江戸の人口の大半である侍の小説を書いたそうです。模範的な侍ばかりで、弱い侍とか刀を売るような侍は一人も登場しません。そういう意味では、武家物は成功しなかったといえます。西鶴の独特の写実主義が消えてしまっているので、私たちはちょっとがっかりします。

西鶴のいちばんのよさは好色物にあります。残念なことには、〝好色〟という言葉があるために、日本の義務教育ではあまり読まれておりませんが、文章のすばらしさとか、観察の鋭さ、あるいは独特のユーモアという点で、西鶴は、紫式部《むらさきしきぶ》の時代以後、消えていたような日本の小説の伝統を、みごとに甦らせたといっても過言ではないと思います。

（★1）「亭主聞ゝとがめて、人遣し見けるに、おさん茂右衛門なれば、身うち大勢もよふしてとらへに遣し、其科のがれず、様々のせんぎ極、中の使せし玉といへる女も、同じ道筋にひかれ、粟田口の露草とはなりぬ。九月廿二日の曙の夢さらさら最期いやしからず、世語《よがたり》とはなりぬ。今も浅黄の小袖の面影見るやうに名はのこりし」

（★2）「お家主殿の井戸替、けふことにめづらし。濁水《にごりみづ》大かたかすりて真砂のあがるにまじり、日外《いつぞや》見えぬとて人うたがひし薄刃も出、昆布に針さしたるもあらはれしが、是は何事にかいたしけるぞや。なをさがし見るに、駒引銭《こまひきぜに》、目鼻なしの裸人形、くだり手のかたし目貫《めぬき》、つぎつぎの涎掛《よだれかけ》、さまざまの物こそあがれ、蓋《ふた》なしの外井戸、こゝろもとなき事なり」

六　近松と人形浄瑠璃

人形浄瑠璃の誕生

近松門左衛門《ちかまつもんざえもん》は西鶴と同時代の劇作家です。近松と西鶴は同じテーマで人形浄瑠璃《にんぎょうじょうるり》をつくりましたが、西鶴のほうは失敗作に終わったので、浄瑠璃を諦めて近松に譲り、もっぱら小説を書きました。もともと近松は、西鶴とまるで違う人物で、彼が選んだ人形浄瑠璃という人形劇は、西鶴の浮世物語の世界と大きく異なっていました。

人形浄瑠璃を考えるとき、まず人形劇にはどういう意味があったか、という問題があります。一つには、人形はあらゆる人物になれるということがあります。神にもなります。人形ならば、神にも失礼にはなりませんでした。元来、世界中の人形劇にそういう意味があったのではないかと思います。

浄瑠璃は日本独特のもので、室町時代の末期あたりにできました。〝浄瑠璃〟は、源義経《みなもとのよしつね》の恋人の浄瑠璃姫《じょうるりひめ》からきています。はじめ、浄瑠璃姫の話は『十二段草子《じゅうにだんそうし》』といわれていました。十二段になっている彼女の話を、よく琵琶《びわ》法師などが語っていました。日本のあらゆる地方を回って、その話を聞かせていました。琵琶の伴奏で、浄瑠璃姫がどのようにして義経に会って、別れたかというような物語を語ったのです。

琵琶という楽器はやわらかい音です。あまり強い音にはなりません。そのため、語りに重ねるように琵琶を弾くことはないのです。だいたい、琵琶を弾き、人間の声が入り、また琵琶の音というふうに交互に演奏します。しかし十六世紀、室町末期に沖縄から新しい楽器が伝わりました。いま三味線《しゃみせん》、当時は蛇皮線《じゃびせん》と呼ばれていました。ジャビセンがシャビセン、しまいにシャミセンという発音になりました。三味線という楽器は、音が強く、特徴があるので、語りと一緒でも、声も音楽も聞こえます。こうして、まず浄瑠璃の物語と音楽が一緒になりました。そして、そこに人形がつきました。

人形劇は日本に昔からありました。平安末期にはたしかに人形を操る専門の人たちがいました。その人たちは、どうも日本人ではなかったようです。一説によると、西アジアの人たちで、ギリシア、トルコあたりからアジア全体を通って日本に入ってきたようです。一つの根拠として、当時、人形がクグツ（傀儡）と呼ばれていたことが挙げられます。クグツという言葉は、ギリシア語のクークラ、トルコ語のククラ、あるいはロシア語のククラという、それぞれ〝人形〟を意味する言葉と非常に近い。

また、平安末期に大江匡房《おおえのまさふさ》（★1）が書いた文章の中に、傀儡師は日本人と同じ神を拝まず、また徴税がないとありますから、どうも外国人であったようです。そして、だんだん外国人であることが忘れられ、日本に人形の伝統が残りました。人形はいまでも日本の地方のお祭りに使うことがあります。いまの文楽の人形とは全く違う簡単な人形ですが、そういう人形が昔からあったために、音楽と浄瑠璃物語と三つが一緒になって近松の時代の人形浄瑠璃ができたのです。

近松は武士階級出身で、生まれたのは福井県ですが、若いときに京都に出て、京都の貴族の小姓として仕えていました。彼は、貴族の言葉遣いや知識を学びとり、それを自分の作品に活かしています。

近松は二とおりの曲をつくりました。一つは時代物、もう一つは世話物です。

時代物は昔の話を題材にしたものです。近松の時代物は神代の時代のものもありますし、いちばん当たった作品『国性爺合戦』のように五十年ほど前のできごとを扱ったものもあります。『国性爺合戦』は、十七カ月続けて上演されました。当時にすればたいへんな記録で、その後の浄瑠璃とか歌舞伎にもそれほどの記録はありません。

『国性爺合戦』

国性爺は、父は中国人、母は日本人という明《みん》朝の遺臣、鄭成功《ていせいこう》がモデルです。国性爺は中国に渡り、虎と出くわしたり、東南アジアの人に会って自分の部下にしたりというような面白い冒険をします。当時、日本は鎖国時代でしたから、異国趣味が喜ばれたのだと思います。

しかし、単なる異国趣味だけではなく、『国性爺合戦』はたいへんよくできた芝居です。いまでも上演され、近松のほかの浄瑠璃の場合は音楽がなくなったために新しい音楽を作曲しなければなりませんでしたが、『国性爺合戦』は非常に人気があったので、忘れ去られて捨てられることはありませんでした。近松はさまざまな要素をうまく合わせて、この『国性爺合戦』という戯曲をつくっています。

世話物——『曽根崎心中』の世界

しかし、近松の場合、時代物よりは、なんといっても世話物のほうがだんぜん面白い。近松が世界的な劇作家になったのは世話物のお陰だと思います。世話物は近松にはじまったといってもいいでしょう。

最初の作品は『曽根崎心中《そねざきしんじゅう》』でした。『曽根崎心中』は短期間のうちにつくられた浄瑠璃です。一説によれば二週間以内にできたそうです。

大坂で心中があり、彼はそれを題材にさっそく浄瑠璃をつくりました。その浄瑠璃はほかの浄瑠璃に比べ短いものでした。たとえば、『国性爺合戦』は五段物です。全部上演すると十時間以上かかります。しかし、『曽根崎心中』は二時間しかかかりません。そのため、『曽根崎心中』を上演する場合は必ず時代物と一緒に上演します。これはたいへんな成功でした。そして、新しい浄瑠璃の時代がはじまりました。

当時、もっとも有名な太夫《たゆう》（語る人）は竹本義太夫《たけもとぎだゆう》（★2）という人で、いまでも義太夫というと浄瑠璃を指しますが、彼は声の大きな人でした。響くような声で時代物に向いていました。ところが、義太夫が亡くなって、その後任となった政太夫《まさたゆう》は繊細な声で、世話物に向いていました。世話物は、偉大な手柄話などではなくて、普通の庶民の悲劇の話です。

『曽根崎心中』の主人公徳兵衛《とくべえ》は醬油屋の手代です。それ以前の日本の演劇では主人公にならなかったような人です。日本だけではなく、世界の演劇の歴史をみても、そういう庶民的な人が悲劇の主人公になることはありませんでした。シェイクスピアの悲劇に庶民的な人物が登場する場合は、だいたい滑稽な役回りです。たとえば、『ハムレット』に墓掘人が登場しますが、彼は決して繊細な人物ではない。人を笑わせたり、あるいは門番をする役目があります。悲劇の激しさを際立たせるために喜劇的な要素を一つ加えたとも考えられます。しかし近松の場合の徳兵衛は間違いなく主人公です。

主人公はもう一人います。徳兵衛の相手のお初《はつ》という遊女です。彼が主人公で、彼女は単に添えものということではありません。むしろ、原動力は彼女にあって、彼にはないのです。そして彼女は遊女です。それ以前のほかの芝居では、たとえば『平家物語』などに登場する白拍子《しらびょうし》とか太夫は、同じ遊女でも身分の高い人でした。しかし、お初はどんないやな相手でも断ることができない身分なのです。二人とも社会のなかでいちばん下っ端のほうです。

そして、徳兵衛はお人好しです。そして、ちょっとばかです。彼はどうしても手放してはいけないようなお金を友だちに貸します。友だちを信用して貸すことはありうると思います。しかし、私たち観衆は、九平次を見ると、見た瞬間から、彼は悪い人だということがわかります。人形芝居の場合はカシラがあり、カシラの種類は限られていて、それによって役割がわかります。九平次のカシラは陀羅助《だらすけ》で、それは若くて悪い人です。それで私たちは陀羅助のカシラを見るとすぐに、信用に値しない存在だとわかりますから、どうして徳兵衛はああいう人を信用したのかふしぎに思います。その理由は簡単です。彼は非常に純粋だからです。純粋であるから、私たちは最後に彼が羨ましくなります。そして、決して侮るべき存在ではないと思います。

　徳兵衛は大事な金を九平次に貸します。九平次は偽って、徳兵衛からお金を借りた覚えがないといいます。徳兵衛には証拠がありません。たしかに九平次がハンコを押しましたが、九平次は頭のいい悪人なので、彼はまずそのハンコをなくしたと届け出ました。実はなくしていないのですが、きっと徳兵衛がハンコを拾って押したにちがいないといいます。そのとき、周囲に九平次の仲間がいて、徳兵衛は彼らと戦って負けます。芝居の場合は、たいてい一人が大勢と戦うと勝ちますが、徳兵衛の場合は、負けるのです。この点では、近松は写実的といってもいいでしょう。

　次の幕では、徳兵衛が外にいて、中にいるお初と九平次の会話を聞いています。そして彼女は徳兵衛が外で待っていることに気がつくのです。彼女は彼をなかに入れます。彼は、彼女の打掛けに隠れて這って登場します。そして縁側の下に隠れます。考えてみると、悲劇の主人公が這って登場するというのはヘンです。しかし、結果的にそれはすばらしい着想でした。彼は縁側の下にいて、お初と九平次が話しているのを聞いています。しまいにお初も我慢できずに足を出して、徳兵衛に死にたいかどうか確かめます。(★3) 徳兵衛からではなく、彼女のほうから彼に気持を聞こうとしているのです。

　一つつけ加えておきたいのは、人形浄瑠璃では、ふつう女性の人形には足がありません。しかしこの場合は、女性の人形に足がなければならない。縁側の下に隠れている徳兵衛が、お初の足を取って自分のノドにあてます。それで死にたいということを知らせます。恐ろしい瞬間です。エロチックな瞬間ではないのです。

同じ『曽根崎心中』の歌舞伎の場合は違います。徳兵衛に扮している歌舞伎の俳優は、お初の足をとってなでる。そして自分のノド元にあてます。エロチックな感じです。ここが人形浄瑠璃と歌舞伎では違っています。

そして、二人は決心して心中します。その心中の場面の前に〝道行《みちゆき》〟があります。道行は日本の演劇の特徴です。西洋の演劇の場合は、人物たちがある場所から次の場所に移るとき、まず幕が下ります。歩いているところは絶対に見せません。しかし、日本の場合は、とくにお能の伝統がありますが、道行が重要になります。途中でどんなものを見るか。地名も大切です。地名に因んで、歩いていくときにいろいろな感情が現れてきます。

〝道行〟の美学

『曽根崎心中』の道行は近松の文章として最高のものです。日本文学のもっともすばらしい箇所の一つです。

「この世の名ごり、夜《よ》も名ごり、死《しに》に行く身をたとふれば、あだしが原の道の霜、一足づゝに消えて行く、夢の夢こそあはれなれ」

オという音が多用されます。万国共通で、オというのは悲しい音です。イの逆です。イは高い音で、むしろ華やかです。「死ににゆく」のイ音で動作が速くなります。このように、言葉の意味だけではなく音も重要になります。つまり人形浄瑠璃は歌劇の一つといえるでしょう。

この道行で人物も変わってしまいます。道行の前の徳兵衛は弱い人間でした。しかし、いったん道行に出ると、太夫の語りにともなって、彼は背が高く立派になります。彼は主人公の資格を得るわけです。そして悲劇が完成します。

近松は劇作家として超一流でした。よく、義理と人情のことを書いた劇作家として紹介されます。たしかに義理人情の問題も出てきますが、しかし、何よりもまず近松は、人間のこころを書きました。私たちは元禄時代とは全く違う環境で暮らしていますが、人間のこころは変わりません。近松の世界にも私たちに訴えるものが残っているのです。

（★1）大江匡房　一〇四一～一一一一年（長久二～天永二）平安後期の学者、漢詩人、歌人。博学能文の院政期最大の文人政治家といわれ、広範囲にわたる著作を遺している。転換しようとする院政期の庶民生活にも興味を示し、『傀儡子記』『遊女記』などを著した。『傀儡子記』は芸能を記録した書で、傀儡師に関する以下の記述が見える。

（★2）竹本義太夫　一六五一～一七一四年（慶安四～正徳四）義太夫節の創始者。貞享一年（一六八四）道頓堀に竹本座を建て、旗揚げに成功した。元禄十六年（一七〇三）近松門左衛門の『曽根崎心中』上演で人気はいよいよ高まった。近松を座付作者に迎え、協力して近代的浄瑠璃を完成した。

（★3）「初は涙にくれながら、（中略）この上は徳様も、死なねばならぬしななるが、死ぬる覚悟が聞きたいと、独り言になぞらへて、足で問へば打ちうなづき、足首とって咽喉笛撫で、自害するとぞ知らせける」

七　近代の文学1――漱石と鷗外

小説の復活と翻訳文学の誕生

明治時代に入ると、小説が詩歌などの韻文文学よりも高く評価されるようになりました。『源氏物語』の時代でも、おそらく『源氏物語』よりも『古今集』のほうが高く評価されていたと思います。日本人も中国人も、物語あるいは小説をそれほど尊重していませんでした。〝小説〟という言葉自体が高級な文学とは思われていなかったことをよく表しています。とくに幕末の日本の小説は惨めなもので、小説家の数も非常に少なく、小説を書いて生活ができる人はせいぜい五、六人、彼らの書いているようなものはすぐ忘れられるようなものばかりでした。

ところが日本人が外国人とつき合うようになって、外国では小説が文学のなかで相当大きな地位を占めていることがわかってきました。当時、世界の最強国はイギリスでしたが、その首相ディズレーリ(★1)が小説家でもあるという事実も知りましたし、板垣退助《いたがきたいすけ》がフランスに渡った際に、新しい政治思想を伝えるには小説が最良の手段であるという話も聞き、小説を女子どものものと思っていた日本人は、大いに認識を新たにしました。もし明治初期の日本人が、以前の徳川末期の文学に少し手を加えて新しい文学をつくろうとしたならば、惨めな失敗に終わっていただろうと私は思います。しかし幸いそうはならず、外国文学を知る必要性を痛切に感じていたのでしょう、外国の文学を知るにはどうしても翻訳が必要だと考えたのでした。

江戸時代に日本人が学んだ外国語はオランダ語でした。たとえば福沢諭吉《ふくざわゆきち》は大坂でオランダ語を勉強したのですが、横浜の外国人にオランダ語を使ったところ誰にも通じませんでした。彼のオランダ語が下手だったからではなく、相手がオランダ語を知らなかったのです。鎖国政策のせいで、江戸時代の外国語教育が偏っていたわけですが、ここに至って日本人は、英語、フランス語、ドイツ語を知らなければヨーロッパの文学を知ることは不可能だと悟ったのでした。やがて日本人は一生懸命に外国語を勉強し、英独仏をはじめとするヨーロッパの小説を翻訳する力をつけていきました。

明治の翻訳者では、まず二葉亭《ふたば　てい》四迷《しめい》の名前を挙げなければなりません。彼の名前も面白いものです。「自分は小説家になりたい」といったら、父親が怒って〝くたばってしまえ〟と言い、それをそのまま筆名にしたというわけです。二葉亭四迷が学んだ外国語はロシア語でした。当時の日本には、ロシアの南下に脅威を感じている人びとがおり、そうした雰囲気のなかで、二葉亭四迷は東京外国語学校（現在の東京外国語大学）露語科に入学、ロシア文学に親しむようになりました。学校にはニコライ・グレイというロシア人教師がおり、四迷は先生の朗読する『戦争《せんそう》と平《へい》和《わ》』を聞いて全部理解できたそうです。それほどロシア語がよくできたので、二葉亭四迷のロシア文学の日本語訳はたいへん達者なものです。

〝言文一致〟

ロシア文学を読んで二葉亭四迷は非常に大事なことに気がつきました。ロシアの小説家は日常の言葉で小説を書いている。日本の文学は徳川末期まで、つまり誰もしゃべらないような言葉で書かれており、それが長い間の伝統になっていました。『古今集』ができて以来二十世紀まで、『古今集』の言葉や文法を使って和歌が詠まれてきたわけです。そうした古い言葉を知っていることが日本の作家に必要な条件でした。ちょうど画家が、筆法や、構図、色彩のつけかたなどをいちいち覚えたように、作家は文語体の使い方とか、過去の文学の用例とかを覚えました。

明治の小説家、尾崎紅葉《おざきこうよう》によれば、伝統的な日本の物語の書き方は絵を描くのと全く同じようなものだが、新しい小説はカメラみたいなもので、ボタンを押せば誰でも写真が撮れる。旧来の芸術家としての立場からすれば、新小説を書くのは我慢できなかったはずです。しかし二葉亭四迷は思い切って、口語つまり日常の言葉で小説を書くことにしました。それがいわゆる〝言文一致〟です。特別な文章語を使わずに、なるべく普通の言葉で小説を書くという理念を、二葉亭四迷は『浮雲《うきぐも》』（明治二十〜二十二年）という小説の中で実現しました。

幕末の小説・物語にも口語体はありましたが、それは会話の部分だけで、地の部分は文語体でした。小説全部を口語の日本語で書くという点で、二葉亭四迷は日本文学に大きな変革をもたらしたのでした。

鷗外と漱石にみる外国文学の影響

明治時代、日本人は外国に留学するようになりました。以前にも非合法的に外国に留学した日本人はいましたが、それはごく少数でした。

森鷗外《もりおうがい》の場合、軍医として衛生学を学ぶためにドイツへ派遣されたのですが、ドイツに留学中にドイツ文学に関心をもち、日本文学にない西洋文学の要素に気づいて、何らかのかたちで新しい文学を書こうという野心を持つに至ります。『舞姫《まいひめ》』と『文《ふみ》づかひ』といった短編小説がそれで、ドイツでの体験を色濃く反映しています。鷗外がドイツ文学から学んだものは、ひとことでいえばロマンティシズムでした。鷗外は、彼の小説、とくに『舞姫』をイッヒ・ロマン（私小説）と呼んでいます。私小説というのは、一人称で書くという意味もありますが、自分自身のことについて書くということです。それは以前の日本の小説には見られない態度です。作家は、話をつくる、自分とは別の人物を書くということになっていましたが、このときから作家は、小説の材料としてまず〝自分〟を使うようになりました。

漱石は、晩年には自分自身のことを直接に書くようになりますが、初めのころの小説はどちらかといえば明るいもので、後の漱石に親しんでいる読者には、初期のものはあまり漱石らしくないと見えるかもしれません。たとえば『吾輩《わがはい》は猫《ねこ》である』の場合、主人公は猫です。猫がいろんな人物を見て自分の印象を語るユーモアにみちた小説ですが、これはおそらく英国の伝統を受け継いだのではないかと思われます。英国の小説の大きな特徴はユーモアです。フランス、ロシアの小説には全くユーモアのないものもありますが、英国の小説にはどこかユーモアに富んだ部分があり、それがなければ完全な世界になっていないと英国人は思っていたのです。

次に挙げるべき漱石の作品は、もっとも親しまれている『坊《ぼ》つちやん』でしょう。『坊つちやん』は自叙伝ではありません。たしかに、漱石は東京から松山へ行き、松山中学で教えていたことがあり、それはこの小説の主人公と同じですが、〝坊っちゃん〟は漱石とは全く違って、頭もさほどよくなく短気で血の気の多い人でした。そういう日本人、単純かつ正直で、それほど複雑にものごとを考えない好人物が、一種の理想の人物像になって、現在に至るまで、とくに中高校生を中心に読み継がれてきました。

東京から地方へ下っていく〝坊っちゃん〟とは逆に、『三四郎《さんしろう》』は、熊本から東京へ行く青年の話です。明治時代の日本には、地方から東京に出る人が圧倒的に多かったのです。『三四郎』にもユーモラスな場面がたくさんあります。とくに、初めのほうで三四郎が列車のなかで会った女性と同じ旅館に泊まる場面は、誰が読んでも吹き出すところです。(★2) 私はかつてコロンビア大学で日本語を教えているとき、『三四郎』を教科書として使ったのですが、この部分で学生たちは大笑いしたものです。

鷗外は最初の小説のあと、翻訳を発表しました。デンマークのアンデルセンという小説家の作品で、日本語の題名は『即興詩人《そっきょうしじん》』です。今日、デンマークでアンデルセンの『即興詩人』の原作を読む人はきわめて少数です。私はいつかどこかのパーティーでデンマーク大使と一緒になって、共通の話題があまりないので、この小説の話をしたところ、大使は聞いたこともないといっていました。しかし日本ではたいへん有名で、文庫本としていまでも売れています。鷗外の文章は実にすばらしいもので、彼は原作を完全に消化し、原作よりもいいと思われる作品に仕立てあげました。

そのあと鷗外は、軍医として日露戦争にも参加しましたが、その間にも彼はさまざまな小説を書いていました。多くは哲学的な問題、思想的な問題を描いた小説です。

たとえば、短編ですが、『花子《はなこ》』というのがあります。『花子』というのはロダンの彫刻のモデルになった日本人の女性のことです。小説を読みますと、ある若い日本の留学生が花子を連れてロダンのアトリエへ行きます。彼は花子を紹介します。ロダンは若い日本の女性に相当関心を示して、ぜひ彼女の裸を描きたいというのです。日本人は非常に当惑します。ロダンが彼女に不道徳なことをしないとはわかっていますが、しかし、花子という日本人は全くきれいじゃない、どうせならもっときれいな日本人をロダンに紹介したかったと彼は思うのです。小説の最後で、ロダンが花子独特の美について話します。

ロダンは芸術家として、花子というごく普通の女性のなかに、何か貴重な燃えるようなものがあり、ほかの人にないような美しさがある、といいます。しかし同じ日本人の彼は常識的なことしか考えていませんでした。つまり、同じ国の人同士であっても理解できない場合があり、芸術家ならば、国境を越えてわかることもあるということです。その結論は私にとって非常に重要なことです。

鷗外、漱石の晩年の文学

鷗外が長編小説『雁《がん》』を書いている間に明治天皇が亡くなり、そのあと、乃木《のぎ》大将と夫人が自殺しました。鷗外は、殉死という日本の伝統的慣習がいまの時代にも残っていることに大きなショックを受け、なぜ日本にそういう伝統があるのか、ほかの国民とどこが違うのかといろいろ考えたすえ、史伝という新しいジャンルの文学をつくりました。

『澀江抽斎《しぶえちゅうさい》』という小説があります。その小説の中には虚構は一つもないと森鷗外が自分でいっています。全部史実だというのです。文体はすばらしいものですが、人を楽しませるような文体ではなく、簡潔で正確な言葉を使っています。これは小説にはちがいないのですが、どちらかというとフィクションよりも歴史に近いものです。そういう小説でなければ、日本人はなぜ他の国民と違うか、どうしてそういう特質ができたか理解できないと鷗外は思っていました。『澀江抽斎』などの史伝物は明治文学のなかでも特殊な存在で、当時もそれほど人気はなく、現在でもそれほど読まれていないのですが、読む人には鷗外の態度がよくわかります。

漱石の晩年の作品はそれまでのものとかなり違っています。私が漱石晩年の傑作だと思う『こころ』では、〝先生〟が自分の一生を若い人に手紙のかたちで語ります。自分にとって最大の悲劇は、青年時代に一緒に下宿していた友だちから、彼の愛する女性を奪って自分の妻にしたことだ、と。そして、どうしても自分を許せず、ついには深い罪悪感から自殺してしまいます。漱石の小説には三角関係がよく出てきます。これは漱石の基本的なテーマではないかと思います。ほかの小説、たとえば『それから』の場合は、男性が愛する人を別の男性に譲る。または『門《もん》』のように自分の妻にする。しかし、どちらにしても何か暗い感じがつきまとうのです。

なかでももっとも暗いのは『道草《みちくさ》』です。『道草』は漱石晩年の作品で、私小説といってもいいものです。自分の生活を小説のかたちで語ったものですが、『道草』を読むとほんとうに自分も暗くなりますし、漱石の生活がどんなに辛いものだったかということが実感としてわかってきます。

明治時代は、文学的には豊かな時代でした。文学復活といってもいいでしょう。元禄時代から明治に至るまでの二百年間にもすぐれた作家はときどき現れましたが、明治時代は、大勢のすぐれた小説家、詩人、劇作家が輩出し、日本の二度目のルネサンスといえるのではないかと私は思っています。

(★1) ディズレーリ　Benjamin Disraeli（一八〇四〜八一）　イギリスの政治家、小説家。二十代半ばに社交界を舞台にした小説を書いて世に出た。一方で政治家を志し、保守主義者として国会議員になる。やがて一八七〇年代以降の帝国主義時代に、活躍の機会が訪れる。保守党が七四年総選挙で圧勝し、ディズレーリ内閣を組織してから、歴史に残る足跡を残している。たとえば七五年にスエズ運河を領有し、また七七年にはインド帝国をつくった。ディズレーリの政治小説は明治の日本で広く読まれ、代表作『コニングズビー』は関直彦《せきなおひこ》訳『政党余談春鶯囀《せいとうよだんしゅんのうでん》』として出版された。

(★2) 三四郎は、たまたま列車で一緒になった女を宿屋へ案内することになったが、宿の者に二人連れではないと言いそびれ、一つの部屋に通される。一枚の布団に寝るはめになり、困った三四郎は一計を案ずる。「〝失礼ですが、私は疳症で他人の布団に寝るのが嫌だから……少し蚤除《のみよけ》の工夫を遣るから御免なさい〟

三四郎はこんな事を云つて、あらかじめ、敷いてある敷布《シート》の余つてゐる端《はじ》を女の寐てゐる方へ向けてぐる〳〵捲き出した。さうして布団の真中に白い長い仕切りを拵《こし》らへた。女は向へ寐返りを打つた。」

八　近代の文学2 ――谷崎と川端

初期の谷崎文学――悪魔主義と西洋崇拝

谷崎潤一郎《たにざきじゅんいちろう》は大谷崎といわれ、そういう名の全集もあるくらいです。どうして大谷崎で、大漱石ではないのか。敢えて説明すれば、谷崎文学はあらゆるものが入った宝庫みたいなものだからということになるでしょうか。

谷崎潤一郎は時代によってかなり傾向の違う作品を書いてきました。初期の作品に、出世作となった短編『刺青《しせい》』があります。長年にわたって完璧な肌を探していた刺青師（彫師）が、ある日ひとりの女性の足を見て、この肌なら最高の傑作が彫れると思い、彼女の背に大きな蜘蛛《くも》を彫らせてもらいます。彼女は入れ墨の痛みに耐え、終わると勝利の笑顔を見せます。彫師を含めすべての男性を奴隷のように支配する、そういう新しい力が自分についたというのです。

谷崎先生は女性崇拝家として知られていました。私は谷崎先生に親しくおつき合いいただき、京都や熱海、湯河原のお宅に何回も招ばれました。いつもていねいに応対して下さいましたが、部屋に女性が入ってくると、先生の顔つきが不思議なほどにまで変わり、輝きはじめるのです。彼は、むろん美しい女性が好きでしたが、意地の悪いサディスティックな女性にもっとも魅力を感じるようでした。そういうところから彼は悪魔主義者として知られていました。作品には怖い女性がよく登場します。

悪魔主義だけではなくヨーロッパ崇拝の時期もかなり長く続きました。日本に生まれたことは残念だ、できれば外国で暮らし骨を埋めたいといった極端なことも書きました。最大の不満は、日本に女性のサディストがいなかったことです。ヨーロッパには、男性に苦しみを与えることを無上の喜びとする女性がいるが、残念ながら日本にはいないというのが大きな不満でした。

谷崎文学は大正十二年の関東大震災のあと、ガラリと変わりました。大震災の瞬間、谷崎先生は箱根でバスに乗りあわせていましたが、バスが走れないほどの揺れでした。そのとき、彼はこの地震でたぶん東京が壊滅しただろうと思って喜びました。人が死ぬのを喜んだわけではなく、彼が生まれた古い東京がなくなり、もっと現代的で、西洋のように高いビルのある、自動車がたくさん走る、二十四時間遊べる新しい街が生まれることを期待したのです。

自分の横浜の家が焼けたので、やむなく関西に移り、徐々に関西の魅力を感じるようになりました。関西に疎開した東京人はやがて関東へ帰っていきましたが、谷崎先生はそのまま残り、最晩年まで神戸と京都で暮らしました。そのときから、以前の悪魔主義時代よりもはるかにすぐれた傑作が生まれました。『痴人《ちじん》の愛《あい》』『蓼喰《たでく》ふ虫《むし》』『卍《まんじ》』などです。

『痴人の愛』『蓼喰ふ虫』

『痴人の愛』は、西洋人のような顔つきの女性、ナオミについて書いた小説です。彼女は美人ですが意地の悪い人で、彼女にかしずく譲治という男に難題をぶつけていじめるのですが、彼はそれを喜びとします。そこが日本の伝統的な文学と違うところです。昔の小説ではこういう女は決して許されなかったでしょう。しかしマゾヒズムの傾向がある譲治は、横浜で彼女と一緒に暮らし、彼女にどんな男友だちができても文句をいわない、自由な生活を保証するという条件つきでナオミを妻にします。

小説では谷崎先生は譲治を非難していません。譲治という人物には、谷崎先生自身の影が見えるという感じもします。しかしここでは谷崎先生も、西洋崇拝は間違っているかもしれない、自身が崩壊することもありうると思ったでしょう。

『蓼喰ふ虫』は谷崎文学の大傑作の一つですが、そのなかに西洋にかぶれた人物が何人も出てきます。主人公の要《かなめ》は、最初の場面では『アラビアン・ナイト』の英訳を読んでいます。しかし最後の場面では、彼が蚊帳《かや》のなかで寝ているところへ義理の父の妾《めかけ》が入ってきて、持ってきた和綴じの本を彼に渡します。要はそういうふうに古い日本のよさが味わえるようになるのです。とくに義父が好きだった文楽を見にいってから、それまではヨーロッパのものにしか興味がなかったのですが、日本の伝統的なものに眼を開かれます。

『卍』という小説も谷崎先生の関西滞在のたまものでした。この小説は大阪弁で書かれています。谷崎先生は東京生まれで大阪弁が話せません。だからまず彼が標準語で書き、当時彼を手伝っていた女学生がそれを大阪弁に訳したということです。そのあと昭和五年ごろから、『吉野葛《よしのくず》』『蘆刈《あしかり》』『春琴抄《しゅんきんしょう》』など、さらに日本の歴史と伝統へ回帰する小説を書くようになりました。(★) この三つは完璧な中編小説で、驚嘆すべきすばらしい小説です。

この三つの傑作を書いてのち、谷崎先生は『源氏物語』の現代語訳に踏み切りました。いま私はそのことを思うと複雑な気持になります。谷崎先生は三回も『源氏』の現代語訳をやりました。もちろん非常によくできたもので、現代語訳として最高のものだと私も認めますが、もしそれに費した時間を自分の創作のために使っていたらどんな傑作が生まれたかと思うと、なんとなく残念です。『源氏物語』の現代語訳ならほかの人でもできますが、谷崎潤一郎以外に谷崎小説を書く人はいなかったからです。

『細雪』の世界

谷崎文学の最高峰とよくいわれている小説は『細雪《ささめゆき》』です。『細雪』は戦時中に一部が発表されました。まず昭和十八年に雑誌『中央公論』に一部発表されましたが、その時点で陸軍省に中断させられました。『細雪』が敵国のことを褒めたとか、大東亜戦争を非難したというわけではなくて、ただ非常にのんびりした船場の旧家の四人姉妹の生活を書いたので、時局に合わないと判断されたのです。谷崎先生は、上巻を疎開先で自費出版しましたが、あとの中・下巻は戦争が終わるまで待たねばなりませんでした。

『細雪』は谷崎潤一郎の『源氏物語』だとよくいわれています。『細雪』に出てくる四人姉妹はそれぞれ性質の違う女性で、『源氏物語』に登場する女性たちを思わせます。しかし二つの物語のもっとも大きな違いは、『源氏物語』の主人公は光源氏ですが、『細雪』の貞之助は決して主人公ではないのです。主人公を一人だけにしぼることはできません。四人姉妹、なかでも二人目と三人目の姉妹がもっとも多く登場します。

谷崎先生がこの小説で書こうとしたことは、おそらく、自分のよく知っている日本のある時代と場所――その場所は芦屋とか上流階級の住んでいる所ですが――の生活がどんなもので、どんな楽しみがあり、どんな苦しみがあったかということだったのでしょう。では、どうしてそれを書きたかったのか。私はこの質問を谷崎先生にしたことはないのですが、おそらく先生は、このような生活は今後二度とありえないだろう。誰かが書かなければ、こういう日本もあったということが忘れ去られてしまう。そう思われたにちがいありません。

戦争中、谷崎先生は軍部に全く協力しませんでした。幸いほかに収入がありましたから、新しいものを発表する必要がなかったのです。しかし、日本が戦争に負ければ、あるいは仮に勝ったとしても、もう二度とこのような生活はありえないだろうと考え、できるだけ細かなことまで描写しました。

谷崎先生のお葬式に参列したとき、『細雪』に書かれた四人の姉妹が次々にお焼香をしました。私は見ていて何ともいえない気持でした。小説の世界に自分も入っているような気持でした。生前、谷崎先生に「こういうことがほんとうにありましたか」と聞くと、谷崎先生はたいてい「ああ、あったあった」と簡単に答えました。この小説には自分と奥さんとの生活に直接基づいた部分があります。ですから、これもある意味では私小説ですが、小説を書く動機は、自分を語ることではありませんでした。小説のなかに谷崎潤一郎はどこにも出てきません。自分の愛している妻や家族はたしかに出ていますが、しかし谷崎文学は、森鷗外が言っているようなイッヒ・ロマン（私小説）ではないと思います。

『鍵』と『瘋癲老人日記』

戦後になって谷崎先生はいろんなものを書きましたが、まずセンセーションを巻き起こしたのは『鍵《かぎ》』という小説です。『鍵』は『中央公論』に連載され、雑誌がとぶように売れました。あるとき私が京都の本屋にいたところ、客が「『中央公論』を下さい」と言わずに「『鍵』を下さい」というのです。

私は正直いって、『鍵』という小説はあまり好きではないのですが、たいへんうまい小説であることは認めます。男がつけている日記と妻がつけている日記があります。男のほうは片仮名、妻はひら仮名のこの二つの日記。二人の違う心境や、自分の日記を盗み読みされているのではないかという疑念がきわめて上手に書かれています。後に私が国際文学会議に出席したとき、ヨーロッパの代表たちはみな『鍵』を最高に褒めていました。老人の恋愛生活はそれ以前に誰も書いたことがないのです。あの年になるともう恋愛生活はないとみんな思っていたのでしょう。しかし谷崎先生はそれをうまく書いています。ただ私は、あの小説を読むとなんとなく寒々しい感じがします。

最後の小説は『瘋癲老人日記《ふうてんろうじんにっき》』です。この主人公は『鍵』の老人よりさらに年をとっています。変もうたいへんな老人で、彼の最大の楽しみは息子の妻の足の指を自分の口に入れることです。変わった趣味だと思いますが、『鍵』と違って実に楽しい面白い本です。私は大好きです。

その主人公はいろんな面で谷崎先生に似ており、若いときからの谷崎先生のいろんな癖が出てきます。とくに女性についての嗜好、女性の足に魅かれる癖、そして女性崇拝。『富美子《ふみこ》の足《あし》』という小説もあります。この富美子という名前は動詞の〝踏む〟にかけてあり、それが足という言葉と組み合わせられているのですが、『瘋癲老人日記』はこの『富美子の足』の続きのように思えます。この老人は、死んだときに自分の墓石を嫁さんの足の形につくらせるとか、実に楽しくて面白い小説です。

谷崎先生はとうとうノーベル文学賞をもらいませんでした。あるとき、今年は谷崎先生の受賞だという噂があり、新聞記者たちは熱海まで行って感想を聞いたのですが、翌日ユーゴスラビアの人が受賞して、みんな非常にがっかりしました。谷崎先生は受賞すべき小説家だったと私は思います。

川端文学の世界

実際にノーベル文学賞を受賞したのは川端康成先生でした。川端先生も受賞すべき作家でした。川端先生は日本の古いものがとても好きでした。日本の美術とか日本の伝統的な景色とか、いろんな昔のものに魅かれ、とくに古美術は好きでしたが、不思議なことに一度も昔のことを書きませんでした。あれほど古代のことに魅かれても、一度も書いてないのは全く不思議です。谷崎先生は古美術などにそれほど興味がなかったのに、好んで平安朝や室町時代の物語を書いていました。川端先生はノーベル文学賞を受賞したあと、『源氏物語』の新しい現代語訳をやると話されていましたが、ついに実現しませんでした。
初期の川端先生は前衛文学者でした。当時、新感覚派という文学グループがあり、その中心人物の横光利一《よこみつりいち》は川端先生の無二の友だちでした。川端先生は新感覚派運動の理論家で、その運動の理念を紹介する役割を受け持つとともに、かなり前衛的な小説も書いていました。シュールレアリスムに近い小説でした。また、〝掌の小説〟という、一、二ページぐらいの非常に短い小説も書いています。みんな面白く、すばらしい小説で、小説家というのはどういう人間かを知るには、これを読むのがもっとも近道だと思います。

『雪国』

しかし何といってもいちばんの傑作は『雪国《ゆきぐに》』でしょう。これはすばらしい小説ですが、同時に川端先生の弱点も見せています。川端先生の小説は、いつ終わってもいいというような構成で、はじめのうちは短編小説を書くはずのところが、もう一度書くとか、十年たってもう少し書き足すとか、生きもののように成長していくのです。決定的な本はなかなか出ません。『雪国』の場合もそうだったようです。川端先生は亡くなる直前に『雪国』を〝掌の小説〟として書き替えています。
『雪国』のよさは、まず駒子という芸者の人物描写にあります。駒子は不可解なところがありますが、実に魅力的な存在です。また雪国のよく澄んだ空気とか、景色とか、寒さとか、小説に書かれていることはすべて美しく、葉子というもう一人の若い女性もみごとに描かれています。

もう一つ川端文学の欠点……欠点ばかりあげつらうのはたいへん失礼ですが、川端先生は男性をあまり書けませんでした。『雪国』の主人公の島村という男性は全く謎のような存在です。島村という人物の役目は女性たちを踊らせることだけです。川端先生自身それを認め、ほかに意味がないといっていました。しかしその島村には川端先生に通ずる面もあります。バレエとか日本舞踊に関心があるといった点でもそうでした。

川端先生は日本の伝統芸術に関心が深かったことは述べたとおりですが、ただ何もかもが好きだったわけではなく、たとえば『千羽鶴《せんばづる》』では茶の湯を相当批判的に書いています。

川端先生は自分の作品についてあまり話したがりませんでした。あるときこういうことがありました。先生の小説のなかに、半分まで言ってあとは「……」になっているところがあります。英語の場合は文の最後は目的語ですが、日本語の場合は動詞です。英訳するにはどうしても動詞を知らなければならない。もしこの文章を最後まで書いたとしたら、どんなことを書かれたでしょうかと聞くと、彼は笑って「よくわかりません」と言われました。

ほんとうに捉えにくい人物でした。私の聞いた話では、女性の新聞記者がインタビューにいったら、川端先生がひとこともしゃべらず、ただ大きな目をひからせているので、しまいに泣き出して逃げたといいます。しかし、私に対してはいつも親切にして下さり、そういうことはありませんでした。

川端先生がノーベル文学賞を受賞したのはたいへん嬉しいことです。自身では日本の昔のことを書きませんでしたが、失われていく伝統とか自然を〝日本の美〟と感じていました。彼は軍人ではなかったけれど、敗れた日本と一緒に死ぬはずだったと思っていました。しかし余生があったので、その歳月を〝日本の美〟を書くために過ごす決意でした。まさにそのとおりに、日本の美、日本の伝統の美、日本の女性の美をみごとに書きました。ノーベル文学賞に値する作家でした。

（★）谷崎は長編随想『陰翳礼讃《いんえいらいさん》』（昭和八年）で日本固有の美意識について詳しく語っている。〝かげ〟を、かげり、くもり、くらがりとして捉え直し、生活の場の伝統美を見出そうとした。

九　近代の文学3 ――太宰と三島

〝太宰文学の魅力〟

太宰治《だざいおさむ》はたいへん人気のある作家です。展覧会には大勢の人が詰めかけるし、太宰の命日六月十九日に催される桜桃忌《おうとうき》には、毎年三鷹の禅林寺の墓に人垣ができます。例のない現象です。どんなに谷崎文学を愛していても京都の墓まで参る人はほとんどいないと思います。

太宰治の文学の背景――彼がどういうところで育ったか、どういう事情のもとで育ったかに関心があり、ある年、私は彼の生まれ故郷、青森県の金木町を訪れました。彼の生まれ住んでいた家は、その時は〝斜陽館〟という名の旅館になって残っていました。大きな家で、蔵もあり、蔵のひとつがナイトクラブになっているほどです。要するに彼はたいへんな資産家の家に生まれたわけですが、おそらく大地主の家に生まれた罪悪感からでしょう、太宰は東大に入って共産主義者になりました。しかし後に彼は転向し、キリスト教を信じるようになります。彼の思想は何回も変わりましたが、根本的に彼は、自分は呪《のろ》われた人間だというふうに思っていたようです。そういう自分を誰も知らないという意識が強く、彼は何回も自殺を図っています。

彼は、大学の授業には全く出席せず、左翼運動に関係し、さらに小説を書きはじめました。そのころ、昭和十年前後に書いた初期の小説集に『晩年《ばんねん》』があります。彼の最初の小説集で、出来のいいものだと思いますが、太宰はそれだけではまだ安定した生活はできませんでした。酒に溺れたり、麻薬を打ったり、自堕落な生活が続いていましたが、自分は呪われた人間だという意識があるので、同情できる部分はあります。

戦争がはじまっても作家活動をやめませんでした。おそらく太平洋戦争中の四年間にもっともいい作品を書いた作家は太宰治だったでしょう。『右大臣実朝《うだいじんさねとも》』は『吾妻鏡《あづまかがみ》』に材をとったもので、太宰は、自分の性格を映し込んだような感じで実朝の人間像を描いています。また御伽草子の現代版も書きました。戦時中、防空壕のなかで娘を楽しませるつもりで書いたら、いままでなかったような新しい童話ができたという非常に面白い本です。

もう一つは『津軽《つがる》』です。戦時中に故郷へ帰ったときの話です。子どものころ母が病弱だったので、彼は女中に育てられたのですが、その女中〝たけ〟に再会して、本当の母の懐に帰ったような解放感を味わいます。ところが太宰治はここで小説家としてたいへんな嘘をついています。そもそも太宰は事実を何らかの形でフィクション化して書く作家でしたが、『津軽』の、〝たけ〟と彼が会う場面もそうです。実際彼は、六、七歳から四十歳まで一度も彼女に会ってないので、会ってすぐにわかるはずはなかったし、事実彼女は彼を見て誰であるか全くわからなかったのです。しかし、そう書いてしまっては小説として成り立たないので、とても感動的なシーンとして描いています。(★1) 似た例は彼の作品に多く、同じ自殺未遂事件を何回も書いていて、それが細かいところまですべて違っているのです。彼はいわば信用に値しない語り手です。私小説家のように見えますが、彼は随意に事実をデフォルメして書いたわけです。

『斜陽』と『人間失格』

戦時中ほかの作家が国家の宣伝用のつまらないものを書いているときに、太宰はいい作品を残しましたが、しかし彼がもっともすばらしいものを書いたのは終戦直後でした。あの時代の東京をいちばんみごとに描いたのも彼でした。まず昭和二十二年に書いた『ヴィヨンの妻《つま》』がそれです。その時代の風景、バーに勤めている女性の生活、堕落した夫の生活などがうまく描かれています。見たことのない終戦後の東京が目の前に生き生きと現れてきます。

当時の彼のもっとも有名な小説はもちろん『斜陽《しゃよう》』です。『斜陽』は実はある女性の日記に基づいたものです。太宰には夫人がいたのですが、その日記の持ち主は太田《おおた》静子《しずこ》という恋人でした。ある部分は言葉遣いまで日記そのままです。しかしその資料を全く自家薬籠中のものにしてしまいました。小説には、語り手のかず子、弟の直治、彼女の恋人の上原という三人の主人公がいますが、三人ともがなんとなく太宰の分身のような存在です。麻薬に手を出す直治、芸術家としての自分を裏切るような行為をするだらしのない上原……、もっとも太宰に似ているのは語り手のかず子です。彼女は古い道徳をくつがえしたいと思っていました。彼女は、夫ではない男との間にできた子どもを産みたいという強い意志を持っています。それは当時の日本では珍しいことだったと思いますが、太宰にもそういう面がありました。この小説は、時代の証言としてだけではなく、おそらく二十世紀の日本文学の最高傑作のひとつとして、永く人びとの記憶に残るのではないかと思います。

太宰にとっては『斜陽』よりもむしろ『人間失格《にんげんしっかく》』のほうが、どうしても書かねばならない小説でした。これは自分のなかにあった毒を全部吐いてしまうつもりで書いた小説だろうと思います。幼いときから、人びとにサービスをする道化のように振る舞っていました。実は自分はほかの人と全然違うという意識がありました。

小説はあきらかに彼の実生活に基づいていますが、しかし芸術作品としても成り立っています。初めに三枚の写真の話があります。(★2) 日本は、妙な言い方ですが写真の国です。何かあったら必ず記念写真を撮る、写真によって何かの儀式があったことが確かになります。そういう点で、彼が写真から物語りはじめたのは天才的な着想でした。太宰の全集にはそれらしい写真が出ていないのですが、いかにもありそうな写真です。

小説の最後がまたすばらしいのです。それまで彼は、自分がどんなにつまらない人間か、どんなに自堕落な人間かを詳しく書き、最後に彼をよく知るバーのかみさんの話になります。「私たちの知っている葉ちゃんは、とても素直で、よく気がきいて、あれでお酒さえ飲まなければ、いいえ、飲んでも、……神様みたいないい子でした」。ここで私たちがいままで信じてきたことが全部嘘だとわかります。

太宰の最後の作品は象徴的な題名をもつ『グッド・バイ』です。未完のままで彼は自殺しました。自殺未遂を繰り返し、ようやく成功して遺体が発見されたのが、ちょうど四十歳の誕生日でした。

太宰の対極、三島文学

もう一人、ほぼ時代は同じですが、全くタイプの違う作家に三島由紀夫《みしまゆきお》がいました。三島さんは一度だけ太宰に会ったことがあります。太宰の出版記念会で、三島さんが「あなたの文学は大嫌いです」と言ったところ、太宰は「それなのにどうして来たのか」と問いただしたという有名な話があります。三島さんは、太宰の文学は嫌いだ、自己憐憫の文学だと何度も私に言っていました。三島さんの立場はそうでしたが、もし彼が意識的に太宰とは別の文学を目指していなかったとすれば、太宰文学と同じようなものを書いただろうと思います。太宰治と自分は本質的に同じだ、自分の最大の敵は自分のなかにある、彼はいつもそう意識していたと思います。太宰治と違って自己憐憫は全くない、自分は森鷗外のような小説家でありたい、自分の職業にプライドを持って決して人の涙をもらうように書かない、三島さんはそうするように努め、その点で太宰とは非常に違っていました。

三島さんは小学校から高等学校まで学習院で教育を受けました。彼は後に貴族のことをよく書いたので、ある評論家が三島は貴族ぶっている、貴族的特権意識の持ち主だと書きましたが、それは全く正反対だと思います。三島さんは、学習院でずっといじめられてきました。だから貴族を非常に嫌っていました。ところが、自分にとっていちばん書きやすい対象なのです。貴族の社会を知り尽くしていたし、彼らの使う言葉なども全部わかっていました。太宰治の『斜陽』に出てくる貴婦人のお母さんの言葉遣いに対し、貴婦人は絶対にそういう言葉を使わないと三島さんは怒っていました。しかし、決して貴族ぶっていたわけではないと私は思っています。高校生のときから非凡な才能をみせていましたから、先生に可愛がられ、学習院の雑誌に文章を発表するようにもなりました。三島由紀夫というペンネームも学習院の先生がつけてくれました。とくに清水文雄《しみずふみお》先生を尊敬していました。

昭和十九年十月に三島さんの処女作『花《はな》ざかりの森《もり》』が世に出ました。戦争中のこととて紙がほとんどなく、そんな時期に高校生の小説が刊行されたのは不思議です。四千部印刷され、たちまち売りきれてしまいました。当時の日本人は文学に飢えていたのです。戦時中の文学は、太宰治のものを除いては、軍に迎合するようなものばかりだったからです。この作品は、文章は凝っているし想像力もうかがわれますが、特別いい作品ではありません。

その五年後の昭和二十四年に彼は代表作の一つ『仮面《かめん》の告白《こくはく》』を発表しました。これも私小説の一種ですが、主人公は愛している女性と結婚したくない、彼女の兄に結婚したいかといわれてハイといえないのです。刊行当時、食べ物が不足していた時代だから主人公はインポテンツだったとか、彼は同性愛者だったとか、いろいろな解釈がなされましたが、三島さんは何も説明してくれませんでした。ともかく繊細で非常に面白いよくできた小説で、少年が鮮やかに描かれています。この小説は、彼の作家としての将来を予見させてくれるものでした。

事実にこだわった三島

『仮面の告白』の翌年に三島さんは『愛《あい》の渇《かわ》き』を発表しました。そのとき三島さんは非常に大きな決断をしたと思います。私小説で成功すれば、それ以後も私小説を書き続ける作家が多いのですが、三島さんは自分自身とは関係のない人物を書こうと考えました。まず場所を大阪にしました。彼はそれまで大阪へ行ったことがありません。それに主人公は女性です。感性は自分に似ているとしても、事情は自分と全く違う主人公を描く。彼は自分の生活を素材にしない小説を書く、つまり〝本物の〟小説家になる決心をしたのです。その場合、他人の作品、自分の体験、あるいは新聞記事をヒントにしてものを書くなどということが一般にあるわけですが、『愛の渇き』の場合は、おそらく自分の想像力にすべてを頼って書いたのだろうと私は思います。

しかし三島文学の最高峰とされている昭和三十一年の作品『金閣寺《きんかくじ》』の場合は、明らかに新聞記事に登場した事実に基づいて書かれたものです。終戦直後、若い僧が京都の金閣寺に放火して世間を騒がせましたが、その人物のことを書いた小説です。三島さんは投獄中の彼にインタビューをしたのですが、「何か得るものがありましたか」と私が尋ねると、三島さんは「何もなかった」と言っていました。最近、同じ事件を主題にして水上勉《みずかみつとむ》さんが『金閣炎上《きんかくえんじょう》』を書きましたが、その主人公と『金閣寺』の主人公との間の類似点は非常に少ないのです。似ているのは、日本海の近くで生まれたこと、吃音《きつおん》であったこと、また若いときに金閣寺に入ったこと、それくらいのものです。あとは全部三島さんのフィクションです。

三島さんはこの小説を書くにあたって、狙いを哲学的なテーマにしようと考えました。モデルはドイツのトーマス・マンだったろうと思います。マンの作品をまねるという意味ではなく、マンの『魔《ま》の山《やま》』などと同じように、哲学的・思想的な面を小説に織り込むということです。それだけに『金閣寺』は読みにくい本だともいえます。公案とか禅の哲学が小説の至るところに出てきます。しかし、それが理解できなくても読者は引っ掛かることはありません。三島さんの小説家としての技量が、小説のテーマをうまく運んでしまうからです。実にすばらしい小説だと思います。

三島さんの小説には、ほかにも事実に基づいた小説がいくつかあります。『宴《うたげ》のあと』は有田《ありた》八郎《はちろう》という政治家のことを書いたものでしたが、三島さんはプライバシー問題で訴えられ敗訴します。あまりにも事実に密着していたのがいけなかったのですが、それほどまでに彼は事実を書きたかったのです。

いつか私に語ったことがあるのですが、自分は小説の舞台となる場所を見なければ何も書けない、と。伊豆を書こうと思ったら、現地へ行ってノートにいろいろ書き込む。一度、三島さんと一緒に取材に行ったこともあります。奈良の三輪《みわ》神社《じんじゃ》でした。三島さんはいたるところで立ち止まって神社の人に「昭和八年にこういう建物があったか」と聞くのです。デッサンを書いたり、滝の水に打たれたりしていました。彼には、自身の内面を吐露するだけの作家と違って、自分は本物の小説家だという意識があって、ほかの芸術家と同様にモノをつくっているのだから、しっかりしたものをつくらねばと考えていました。後に三島さんは軍のことに関心を持つようになり、私が満州のことを書いたらどうかと勧めたときも、満州には行けないから書けないと彼は答えました。それほど良心的でした。

彼の最大の作品は最後の四部作『豊饒《ほうじょう》の海《うみ》』です。昭和四十年から自決する四十五年にかけて書いた長編小説です。平安朝の『浜松中納言物語《はままつちゅうなごんものがたり》』からヒントを得ています。内容は違いますが、同じように転生の話があり、同じ人が何回も生まれ変わるという話です。

三島さんは、この小説のなかに自分のすべてを入れたと私に話したことがあります。最後の巻がまだ書き終わっていないときに、私は三島さんと一緒に二、三日下田《しもだ》で過ごしましたが、そのとき三島さんは、この四部作を完成しましたらあとは何も残らない、自分のすべてをそのなかに入れたら死ぬほかないといって笑い、私も笑ったのです。その話をしたのは八月ですが、そのとき彼は十一月二十五日に死ぬとわかっていたのです。三島さんが自決する徴候はあったはずだといまでこそ思いますが、しかしあのころは思いもよらないことでした。

三島さんはほんとうに何でも書ける人で、人気作家としても活躍しており、いわゆる中間小説もよく書いていました。当時の三島さんの言によれば、『豊饒の海』を書くのに月のうち二十日を使い、あとの十日間で中間小説を書く。その中間小説の原稿料で『豊饒の海』を書いているようなものだと言っていました。もちろん、中間小説にも三島さんらしい技術がありますが、『豊饒の海』のようなものとはずいぶん違います。

三島さんはまた、人気劇作家でもあったし、エッセイもずいぶん書いていました。四十五歳の若さで自殺したことは私にとって大きな打撃でした。私だけではなくて、世界の文学者にとってもたいへんな痛手でした。三島さんはおそらく、神武天皇《じんむてんのう》から現在に至るまでのすべての日本人のなかで、外国でもっとも知られている人だろうと思います。明治《めいじ》天皇や徳川家康《とくがわいえやす》の名を知らない人でも、三島由紀夫は知っています。そしてそれは必ずしも自決という事件によってだけではありません。亡くなる前から外国でよく知られていました。彼の作品はきっと時を経ても生き続けるだろうと思います。

（★1）『はい』と奥から返事があって、十四、五の水兵服を着た女の子が顔を出した。私は、その子の顔によって、たけの顔をはっきり思い出した。（中略）たけの頬は、やっぱり赤くて、そうして、右の眼蓋の上には、小さい罌粟粒《けしつぶ》ほどの赤いほくろが、ちゃんとある。髪には白髪もまじっているが、でも、いま私のわきにきちんと坐っているたけは、私の幼い頃の思い出のたけと、少しも変っていない。」

（★2）「私は、その男の写真を三葉、見たことがある。」と語り出す。その一葉は、猿のような笑顔の子供の、第二葉は、不思議な美貌の青年の、もう一葉は、表情のない顔の男の写真である。

十　日本人の日記から１――子規と一葉

日本の日記文学の伝統

日記文学が重要な位置を占めているのが日本文学のひとつの特徴です。外国の文学にも日記はあり、よく読まれる日記もないわけではありませんが、日記文学というジャンルができたのは日本だけではないかと思います。

日本の日記文学がいつから始まったかというのはむずかしい問題ですが、仮名書き和文の日記としては現存最古の『土佐日記《とさにっき》』の冒頭に、「男もすなる日記といふものを女もしてみむとてするなり」と書いてあります。これを書いているのは紀貫之《きのつらゆき》という男ですから、それは嘘になるわけですが、しかし〝男もすなる〟と言っているので、以前から男が日記をつける習慣があったにちがいありません。あるいはそれは、すべて漢文で書かれていたのかもしれません。しかし『土佐日記』は何らかの意図で仮名で書かれています。

当時は仮名は女文字だと思われていました。男文字は漢字でした。紀貫之は、仮名による和文でしか表現できないことをどうしても書きたかったのです。彼が国司、いまで言えば知事として土佐にいる間に最愛の娘を失い、その大きな心の痛手を書きたかったのですが、漢文ではよそよそしくなります。貫之は、娘とかわしていた日本の言葉を使う必要性があったのです。

それ以来、仮名書きの日記の伝統が生まれました。一方で同時に、男による漢文日記の伝統も続いており、藤原定家《ふじわらのていか》の『明月記《めいげつき》』のような面白いものも書かれていますが、所詮日本人だからどんなに漢文に精通していても、言いたいことのすべては書けなかったと思います。漢文で言えることを書いたにすぎません。痛いとか、うれしいとかいった何でもないことは、漢文で書いても実感が湧かず、自分の国の言葉で書くほかなかったのです。

個性的な女たちの日記

男が漢文で書く一方で、平安朝の女官たちは仮名で日記をつけていました。有名なのは『紫《むらさき》式部《しきぶ》日記《にっき》』です。この日記は、残念なことに私たちがもっとも知りたいことを教えてくれないのです。紫式部がどういうふうにして『源氏物語』を書いたか、毎日朝から書いていたのか、具体的に何を使って書いていたか、何を書こうと思っていたか、そんなことをぜひ知りたいのですが、皇子が生まれたこととか、誰それの衣装についての文句とか、そういうことしか書いていない。それも面白いのですが、もっと具体的な日記だったらどんなにありがたかったことかと思います。

私にとっていちばん興味深い平安朝の日記は、『更級日記《さらしなにっき》』、それとあまり知られていない『成《じょう》尋阿《じんあ》闍梨母《じゃりのはは》集《のしゅう》』です。

『更級日記』は、父の赴任先、上総《かずさ》に育った菅原孝標女《すがわらのたかすえのむすめ》が四十年間の自身のできごとを書き綴ったものです。『源氏物語』を全部読みたいのですが、東国にいてはままならず、どうしても都へ行きたいという話で始まります。そのあと彼女は念願かなって京に上り、十二、三歳から三十数歳まで『源氏物語』を耽読して過ごしました。彼女は周囲の人たちにあまり興味を示しません。恋人もいなかったし、宮廷に出仕することも二回ありましたが、何も起こりませんでした。彼女の生活は『源氏物語』のなか、つまり空想の世界のなかにだけありました。面白く、文学的にも最高の日記です。

『成尋阿闍梨母集』は全く違います。八十余歳の老女が、高僧となった息子が中国へ行くことになり、その別離の苦しみを語るのです(★1)。私ほどみじめな人間は世の中にいないとか、仏も私を嫌っているようだとか、愚痴ばかり書いているのですが、日本文学に特徴的な〝母と息子〟の密着した関係がよく表れており、個性的で面白い日記です。

ほかにも面白い日記はたくさんあります。鎌倉時代の初期に阿仏尼《あぶつに》の書いた『うたたね』という日記があります。彼女は『十六夜《いざよい》日記』で有名ですが、それよりもこちらのほうがはるかに興味深い日記です。彼女がまだ十七、八歳のときにある男と恋愛関係ができる。しかし彼には別に妻がいるし階級が上だから一緒になれない、彼女はついに寺へ逃げる。そういった内容ですが、彼女の感情生活が、なんの隠しだてもなく実に鮮やかに描かれています。

もう一つ挙げておきたい日記は、室町時代の初め、後深草院二条《ごふかくさいんにじょう》の日記『とはずがたり』です。これはひとりの女性の赤裸々な自叙伝といってもいいでしょう。彼女は二人の天皇や高僧の寵愛《ちょうあい》を受けたのをはじめ、多くの人と関係を持ったのですが、それを包み隠さずすべて語っています。最後は尼になって諸国の寺を巡っていくのですが、このような告白文学は西洋には見られません。

日本文学でしかありえない特殊な文学です。それは、近代の私小説に関連してくる問題です。ものの感じ方、書き方に、室町時代と昭和の日本人に共通するものがあったということです。

近世以前の日記で、最後に挙げておきたい日記は芭蕉の紀行文です。日記文学のひとつに紀行文があります。なぜ日本人はこれほどまで日記文学を好んだのか。日本人はものを書く場合、ひとつの文句から次の文句への〝渡り〟を非常に重要に考えました。その典型が連歌です。連歌は、発句があって、脇句、第三句と、鎖のように次から次へ続いていきます。しかし、一番目の句と四番目の句には何も関連がありません。むしろ季節を変え、事情を変えて関連を避けます。ひとつの句と句の間には繋がりがあるのですが、全体には構造と呼べるようなものがありません。ところが、紀行文の場合にはそれがあります。旅で最初に泊まったところ、次のところ……といったように空間が一種の構造になります。また日記の場合は日にちを追って記していくので、時間の構造が自然にできあがります。日本人は時間や空間を利用して、文学的構造を作っていったのだと私は考えています。

一葉の日記

芭蕉以後は、文学的にすぐれた日記文学が出ていません。しかし明治時代に入ると、また日記文学の伝統が復活します。また偶然かもしれませんが、同時に女流文学が復活しました。女流作家は平安期や鎌倉時代に大勢いましたが、室町時代以降は非常に少なくなりました。歌人や俳人に若干いた程度で、本格的な女流文学の復活は明治を待たなければならなかったのです。

明治の女流作家のなかでいちばん有名なのは樋口一葉《ひぐちいちよう》です。一葉は二十四歳で若くして亡くなりましたが、もし六、七十歳まで生きていたら、おそらく世界的にすごい作家になったにちがいないと思われるほど、すぐれた作品を書いています。とくに『たけくらべ』は傑作だと思います。小説以外に日記も残しています。その日記もすばらしいものです。

小説もそうでしたが、彼女の日記の文体はどちらかと言えば平安朝の文体です。(★2) そうした文体で当世風俗を書いていますから、違和感を感じさせる部分があります。平安朝の文章にならった理由はよくわかりませんが、おそらく、彼女はまだ古い考え方の持ち主で、そういう文章でなければ文学ではないと思っていたからではないかと思います。現代の誰でも話している言葉は文学にはならないと考えていたのでしょう。

若くして亡くなりましたから、彼女の人生にはそれほど事件はありませんでしたが、小説家半井桃水《なからいとうすい》に出会って、彼を通して文学の世界に出られるのではないかと期待していました。彼女が小説家になった大きな目的はお金を儲けることでした。父を亡くし、頼りにしていた長兄も早世し、母と妹のために一家の生計を支えなければならなかったのです。ところが当時の文芸雑誌などは、原稿料を払ってくれませんでした。通俗小説を書けばお金になりましたが、彼女はそれは書けなかったのです。

彼女がなぜ日記を書いたのか――。いま記したような事情から、彼女が何らかのかたちで日記を売りたいと思ったからかもしれません。以前は日記は売るものではありませんでした。紫式部や芭蕉もそんなことは考えたこともありません。芭蕉の紀行文はすべて、彼が亡くなってから上梓されたものです。しかし、近代になってから、書いたものは何でも売れるようになり、その後の作家に日記を商品として考えている人もいました。

一葉が日記を書いたもう一つの理由として、創作のための資料にするということも考えられます。吉原の門の外での生活、そこで毎日、男の人が人力車に乗って通ってくるのを見たし、吉原の女性たちやそこで育った子どもも見ました。それを自分の日記に書くことがメモの役目を果たします。つまり、これを使って小説をつくれるというふうに思ったかもしれません。

しかしやはり、彼女は自分のために日記を書いたのだと思います。とくに亡くなる前の数年は暗い生活でした。小さい雑貨屋を営みはしましたが、たいへん苦しい時代でしたから、文学の世界に逃避することが彼女の救いになったのかもしれません。

子規の日記『墨汁一滴』『病牀六尺』

もう一人、正岡《まさおか》子規《しき》のことを挙げたいと思います。正岡子規には有名な日記が三つあります。二つははっきりと売るためのものでした。「日本」新聞に随筆とも日記ともいえるものを連載していました。彼は、肺結核を長く患い苦しんでいたことは明らかですが、それでも彼は書き続けているのです。ほとんど動けないような状態で書いていたのですから、想像を絶します。

しかし不思議なことに、この二つの日記『墨汁一滴《ぼくじゅういってき》』『病牀六尺《びょうしょうろくしゃく》』は明るいのです。もしこの病室を出ることができたら女相撲を見たい、などと奇抜なことを書いています。毎日の生活はほんとうに辛かったはずです。皮肉なことに彼の歌や俳句は写生に頼っていたのです。つまり自然をそのまま写すということです。しかし彼の目にすることのできる自然は庭だけでした。ある時期以後、部屋から出ることもできなかったのです。自然をそのまま書くことができないにもかかわらず、彼は明るい生活を心がけていました。

子規のほんとうの悩みを知るには、もう一つの日記『仰臥漫録《ぎょうがまんろく》』を読まねばなりません。これは先の二つと違って出版するために書いたものではありませんでした。この日記によれば、彼はいつも母親とか妹に腹を立てています。(★3) 彼女たちがいなければ生きてゆけないのですが、いらだちを抑えることができなかったのです。そのはけ口は日記しかありませんでした。もし彼女たちがこの日記を読めば、どんなにかがっかりしただろうと思います。彼のいちばんの楽しみは食べることでした。彼女たちはそれだけを考えていたでしょう。彼がなるべく苦しみを感じないように工夫していましたが、彼は文句ばかり書いていました。妹は鈍感な人だとか、自分の苦しみを理解できないとか……。しかし、それが自分の本音ではないと彼も知っていました。

この『仰臥漫録』でいちばん印象的な箇所は、彼が自殺しようと思っているところです。彼は病床にあって動けません。そこにあるものは小さいナイフでした。手紙をあけるためのものです。どんなに力を入れても身体を切れるような代物ではありません。紙に穴をあけるような道具もありました。彼は、それで何回も何回も突けば死ねるだろうと思った。もし隣の部屋まで這うことができれば、そこにはホンモノのナイフがある。そしてあるとき、妹は風呂へ行き母は電話のところにいて、彼は一人になりました。いまが絶好の機会だと思うのですが、しかしできません。何もできないのです。

できることは書くことだけです。彼は、短歌、俳句、そして随筆や日記を書き続けました。たいへんなことです。どうして人間はそこまでできるのか。ついには何も食べられなくなり、ほんとうに絶望的な状態になっても最後まで彼は書き続け、自分の病気について皮肉な俳句を書いていました。ふざけているような俳句です。(★4) それほど彼は自分を見つめることができたのです。彼の短歌も面白いし、俳句の傑作もありますが、全体を眺めると最高にいいのは日記です。彼の日記のなかに子規という人間がまだ生きています。実際には若くして死んだし、普通の人と同じような生活ができず、恋人も一度も持てなかったし、ある意味でたいへんわびしい生活でしたが、日記のなかに子規はまだ生きていると私は思っています。

(★1)「心憂《こころう》く侍れど、つらしなど恨《うら》むる、かの人の御ため悪《あ》しと聞き侍るは。ただ身の苦しきに『とく死なましかばと思ふより外のこと思はじ』と思ひ侍るに、釈迦仏《さかぼとけ》のたとひには、これはまさりて侍ること。かれは位を譲りて、めでたくておはしまさせんと親の思《おぼ》す違《たが》ひたれ（釈迦の場合は、父王が位を譲って幸せに暮らさせようとされたその親のご意志に背かれただけのことでしたが）、みづから朝夕ゆかしう命をかけ聞え、何事か侍るを、打ち捨てておはするを（私は朝夕慕わしく思い、命をかけて頼りにしてきましたのに、それが何事でありましょう、その私を捨てて行ってしまったのです）、云う方なくぞ。身の命《いのち》（私の寿命の）長さを罪なれば、人（成尋）の御科《とが》とも覚え侍らず」

(★2) たとえば「春はあけぼのといふものから、夕べも猶《なほ》なつかしからぬかは。日ねもす遊びし花の木かげ、ややうやうくらく成《なる》ほど、かねのね、かすかにひゞきて、ねぐらにかへるからすのこゑなども、のどかに聞えて」というように『枕草子』から直接霊感を得たと思われる箇所がある。

（★3）「彼（律）は痼癪持《かんしゃくもち》ナリ。強情ナリ。気ガ利カヌナリ。人ニ物問フコトガ嫌ヒナリ。指サキノ仕事ハ極メテ不器用ナリ。一度キマツタ事ヲ改良スルコトガ出来ヌナリ。彼ノ欠点ハ枚挙ニ遑《いとま》アラズ。余ハ時トシテ彼ヲ殺サントト思フ程ニ腹立ツコトアリ」

（★4）「糸瓜《へちま》咲て痰《たん》のつまりし仏《ほとけ》かな」「痰一斗糸瓜の水も間に合はず」「をとゝひのへちまの水も取らざりき」が絶筆となった。

十一　日本人の日記から2――啄木、荷風、有島武郎

現代人、啄木

石川啄木《いしかわたくぼく》は、岩手県の田舎・渋民《しぶたみ》村で生まれました。父親は禅宗の僧侶でした。明治時代になって僧侶も結婚を許されていましたが、それでも僧侶の息子というのは世間体が悪かったので、彼は戸籍上では私生児となっています。私生児のほうが僧侶の息子よりはまだましだと思われていたようです。

彼は渋民の小学校で普通の教育を受けました。彼の十五歳当時のことを考えますと、私には彼が特別な教育を受けたとしか考えられません。明治時代以前は、寺子屋などの小規模の学校しかなく、教育は限られたものだったはずですが、明治政府がどんなに教育に力を注いだかがわかります。

啄木は十五、六歳のときにすでに、イプセンの戯曲の英訳本を翻訳しています。彼は西洋の文学に親しみ、オスカー・ワイルドの原書を買ったりもしました。彼の英語の文章が残っています。決して達者ではないのですが、語彙《ごい》が豊富です。文法的にはうまくないのですが、しかし英文としてはとても面白いものです。当時、彼ほど英文を書ける日本人はそうたくさんはいなかったと

思います。また彼は音楽もよく知っていました。十五、六歳のときにワーグナーについて書いています。当時、あの辺鄙《へんぴ》な田舎でワーグナーの音楽を知っていたこと自体が不思議です。地元の教会で西洋の音楽を聴いたり、練習したりもしており、世界的な教養を身につけていました。

啄木は十六歳あたりから日記をつけるようになりました。何年かたってからもう一度読むのを楽しみにというのが、その動機のようですが、ほかにも二つの意味がありました。ひとつは日記を小説の資料として使うため、もうひとつは日記そのものを売るためでした。彼は日記を出版社に持ち込みました。当時、日記は売るものだという発想が定着していたわけです。それだけに彼は日記を書くのに毎日何時間も費やしたことだろうと思います。そもそも啄木の場合は、日記を書くか、あるいは小説、短歌を書くか、いつも選択していました。歌人として活躍した時代、あるいは小説に力を注いでいた時代には、日記をあまりていねいに書いていません。

しかし、彼の日記は非常に面白いものです。日記を読んで啄木と正岡子規を比較すると、子規は近代人、啄木は現代人という像が浮かんできます。啄木は私たちの仲間の一人だと感じるのです。何かに対する反応、ふざけたところ、彼の冗談……すべて私たちに理解できるのです。

傑作、ローマ字日記

日記のなかでもっとも興味深いのは、ローマ字で書いた日記です。ローマ字で書いた理由を、彼ははっきり書いています。「予《よ》は妻《さい》を愛してる。愛してるからこそこの日記を読ませたくないのだ」。こんなことは誰も書いたことがありません。彼の妻は啄木とほぼ同じ程度の教育を受けた人なので、彼女もローマ字が読めたはずです。気やすめにすぎなかったような気がしますが、彼は本気でした。そして彼はこの日記にすべてをありのままに書いているように思えます。たとえば、私の非常に好きな箇所ですが、彼はあまり好きではない友だちと一緒に東京の電車に乗っています。そして大きな声で、東京のおばあさんはやさしくない、田舎のおばあさんは……などと東京のおばあさんの悪口を言い出します。向かい側におばあさんたちがいるのです。友だちは当惑しますが、彼はそういう瞬間をたいへん喜んでいました。

また、自分が考えたり感じているること、求めていることをそのまま書いています。時には午前中に日記をつけ、自然主義文学についてかなり長く書いたりもしました。そしてその晩彼はもう一度日記に戻って、「今朝書いておいたことは嘘だ」という。それを読むと彼はほんとうに偉い人だと思います。つまり彼は、今朝書いたものは一種の姿勢として正しいし、人に見せるものとしてはいいだろう。しかしそれは自分がほんとうに感じているものではない、と。また、人の悪口も平気で言っています。彼と同じ東京の下宿に金田《きんだ》一京助《いちきょうすけ》という言語学者がいました。金田一京助は非常に親切で彼を守ってくれていたのですが、彼はそれを知っていながら、「(情誼の)束縛を破らねばならぬ!……金田一と予との関係を、最も冷やかに、最も鋭利に書こう……」と書いています。私たちも同じようなことをやりそうです。私たちと啄木との間に垣根は何もない。過去の人物という感じが全くありません。

またあるときは、浅草で遊女たちと遊んで、それについて自分の気持を包み隠さず書いています。彼は死の直前に、人に見せたくないからぜひともローマ字日記を焼いてくれ、と友人に頼みます。しかし奥さんは、啄木の書いたものは捨てたくないと言って断りました。最後まで奥さんが焼くのに反対してくれたおかげで、現在ローマ字日記が残っているわけです。完全なかたちで発表されたのは昭和二十九年だと思います。私は、その直後に桑原武夫《くわばらたけお》先生からこの面白い日記の存在を教えられ、すぐに抜粋を英語に翻訳し、私の編集した『日本文学選集』下巻〈近代・現代文学〉に収めました。この選集のなかでは、ローマ字日記がもっとも反響がありました。鷗外、漱石などの作品よりも啄木の日記のほうがはるかに人に訴える力を持っています。

　啄木は天才でした。私は天才という言葉は嫌いですが、彼の場合はそう言うほかありません。まだ二十歳にもならないうちに、どこにでも短歌を発表できる立場になっていました。そんなあるとき、彼はためしに偽名で短歌を雑誌に投稿しました。それでも掲載されました。単に啄木の名が売れているから、すべての歌が発表されているわけではなかったのです。

　同時に彼は実にだらしのない人物でした。たとえば、田舎からお金が送られてくると、すぐに丸善へ行って本を買いました。読みたかったということはわかりますが、食うに困っていたので食べ物を買ってもよかったはずです。そして翌日にはそれを質入れしたのです。あるいは、まだ読まないうちにそれを売ることもありました。そんなこともありのまま書いてしまっているローマ字日記は面白い日記です。啄木という人間の魅力が横溢《おういつ》しています。

戦争非協力を貫いた荷風の日記

　啄木とほぼ同じ時代に永井《ながい》荷《か》風《ふう》も生きていました。啄木は二十六歳で病死し、荷風は戦後まで生きました。荷風にとっても日記は非常に大切なものでした。自分の持ち物のなかでもっとも大切なものだと思っていました。戦時中の空襲で防空壕に逃げるときにも、必ず日記を持って出ました。ほかのものはなくても日記だけはどうしても持っていきたかったのです。

荷風の日記もいろいろありますが、青年時代に外遊し、その帰国後に書いた『西遊日誌抄《さいゆうにっししょう》』というのがあります。自分のヨーロッパでの体験とか帰国してからのことを書いていますが、荷風はあきらかに、日記は売りものではなくて自分のためのものだと思っていました。

『新帰朝者日記《しんきちょうしゃにっき》』という作品があります。これは日記の体裁をとり、荷風自身の体験に基づいてはいますが、日記をつける人はピアノを弾く音楽家という設定になっています。想っている女性や、彼女の恋人など登場人物はすべてフィクションです。ここで荷風が意図したのは、自分のことを書くことではなく、ヨーロッパで得た知識とかヨーロッパ体験を何らかのかたちで文学作品のなかに織り込むことだったのです。その結果、実に面白い日記文学（フィクションも含めて）ができあがりました。

荷風の日記のなかで私にいちばん興味があるのは、『断腸亭日乗《だんちょうていにちじょう》』のなかの戦時中の部分です。荷風は戦争には全く非協力的でした。あれほど戦争に協力しなかった日本人はほかにいなかったと思います。戦争債券を義務として買わされたときには、朝買ってその午後には売ってしまいました。戦争に賛成したことは一度もありません。時にはきわめて批判的なことも書きました(★)。滑稽なものもあります。昭和十八年の末、自分の家にはもうリプトンの紅茶もなく、いい石けんもない、これで日本の文化はもうおしまいだ、と。それで日本文化が滅びるのはちょっと意外ですが。彼は当時の軍部のことも、非常に苦々しい調子でありのままに書いています。

もちろん、戦争反対の姿勢が貫けたのは、昔の作品の印税があったからです。戦時中は何ひとつ発表しませんでした。いや発表できなかったと言ったほうが適切です。政府は、彼を健全な文学を書く人ではない、腐敗した文学しか書けない人物とみなしていたので、彼に発表の場を与えなかったのです。そのかわり戦争が終わったときには、ストックが相当たまっていました。

有島武郎の英文日記

もうひとつ、有島武郎の日記の話をしたいと思います。『観想録《かんそうろく》』です。これは子ども時代から自殺するまで、生涯にわたってつけていた日記です。

彼は裕福な家に生まれ、学習院に学んで、当時の皇太子、つまり大正天皇のご学友に選ばれました。日記を読むと、全く模範的な少年だったというほかありません。その後、学習院の高等科を卒業したときに知人をあっと驚かせました。東京大学や京都大学、あるいは学習院大学に進まず、札幌農学校に入学したからです。何か自分の生活に不満を感じていたためだろうと思います。普通の学習院の卒業生のように軍人になろうと思わなかったし、財界の人になりたくもなかった。北海道は、日本の他の土地と違って、明るい、建設的な生活のできる場所だと思われていました。

しかし、彼は農学校に入っていながら、あまり農業に興味はありませんでした。当時の札幌農学校の学長は新渡戸稲造《にとべいなぞう》でしたが、実は好きなものは文学と歴史だと彼に正直に打ち明けたところ、君は間違った大学に入ったと言われました。農学校在学中に、森本というきわめて親しい友だちができました。森本は熱心なキリスト教の信者でした。彼の影響を受けて有島武郎も信者になりました。ただ日曜日に教会へ行くというだけではなく、ほんとうに自分のすべてを宗教のために捧げたいという気持もありました。

二人の青年は、この世に満足できないという結論に至り、札幌の近くの温泉へ行って自殺する決意を固めたのですが、それは果たせず、二人ともアメリカに留学することになりました。アメリカでは成績優秀で短期間のうちに卒業し、それ以来、有島武郎は英語で日記をつけるようになりました。日本人がわざわざ英語で日記を書くというのは、彼が初めてでしょう。ひとつには英語の練習になるということもありましたが、日本語で言いたくないようなこと、日本語で書くと少し具合が悪いことを書くのに都合がいいということだったろうと思います。

ともかく彼の日記は、読者を考えさせるような内容のある日記でした。彼はキリスト教の精神を信じていましたから、アメリカ留学中にアルバイトで精神病院に勤めました。給料はいたって少なかったし待遇も悪かったのですが、しかしそれはキリスト教徒のやるべきことだと判断したのです。そういうふうにいつも何かの理想を持っていました。ところが、次第にキリスト教から社会主義へと傾斜していきました。ハヴァフォードという小さい大学を卒業してからハーヴァード大学の大学院に入り、そこで日本人の社会主義者に会って彼の影響を受けたのです。やはり、人のために生きなければならないと考え、ついには、父から継いだ北海道の土地を全部小作人にあげました。これも自分の理想のためだと思ったのです。

彼は日記を売る気は毛頭なく、誰にも見せたくはありませんでした。弟の生馬《いくま》と一緒に旅行したときも、弟が日記を読むかもしれないと思い、自分の悩みなどは書きませんでした。それにもかかわらずその日記が日記文学の一つになりました。彼の情熱、理想主義がこの日記を貫いていて、そういう日本人があの時代にいたということで、人を深く感動させるのです。

啄木、荷風、有島の三人の日記はそれぞれ違った性格のものですが、しかしひとつだけ共通するのは、日本の日記文学の伝統を受け継いでいることです。似たような日記は外国には見あたりません。自分のすべてを日記のなかに入れる、それが外国にはない、日本固有の伝統です。

（★）「近年種々なる祭日増加したれば殆ど記憶するに遑《いとま》あらず。二月十一日は紀元節の外更に建国祭と称するもの出来たるが如き其一例なり。此等の新祭日はいづれも殊更に国家の権威を人民に示さんがために挙行せらるゝやの嫌《きらひ》あり」（昭和七年三月十日）

「近来種々なる右翼団体または新政府の官吏輩より活版摺の勧誘状を送り来ること甚頻々たり。このまゝになし置く時は余も遂には浪花節語と同席して演説せざる可らざる悲運に陥るやの虞《おそれ》あり。余はこれを避けんがため不名誉なる境遇に身をおとさんと思立ち去月半頃より折々玉の井の里に赴き、一昨々年頃より心安くなりし家二三軒あるを幸ひ、事情を聞き淫売屋を買取りこゝに身をかくさんと欲するなり」（昭和十五年七月二日）

十二　古典と現代――『源氏物語』を中心に

日本文学の継続性

外国の文学とくらべ、日本文学にはひとつの際だった特徴があります。それは、時間的継続性、つまり時代的に切れ目がない文学であるということです。イギリスの文学の場合は、古代の文学は私には読めません。古代に使われていた言葉は全くの外国語と同じです。あるいはノルウェーの言葉に近いかもしれないのですが、ともかく英語と全然違うので、特別にそれを勉強しなければ何ひとつわからないのです。中世にしても、後期のものなら字引を引きながらなんとか読めるという程度です。日本語の場合はそうではないのです。もちろん『源氏物語』は現在の日本語と違いますが、言葉自体、文法自体はそれほど変わっていないという印象を受けます。また、その伝統がずっと続いているから、私たちも苦労はしながらも読めます。苦労しなくても読める『竹取物語《たけとりものがたり》』のような例もあります。『源氏物語』は、同時代の人たちにとっても少し読みにくかったかもしれません。

『古今集』の歌も特別むずかしくはありません。『古今集』と同時期のイギリスに、つまり十世紀ごろの英詩があったとしても、いまでは全く読めないはずです。『古今集』の伝統はまだ生きています。紀貫之が定めた詩的言語が後々までも続いてきました。明治時代まで、日本の歌人は『古今集』の歌人と同じ言葉で歌を詠んでいたのです。歌に使われる語彙の数はほとんど変わっていません。江戸時代、十七世紀の日本人がタバコが大好きであっても、タバコという言葉は詩的言語には入っていないので、それを歌に詠むことはできません。江戸時代の町人の生活にはかつてなかったものがいろいろ登場しましたが、和歌に詠みこむことはできませんでした。江戸末期になると事情は少し変わってきますが、ともかく言葉自体は昔からほぼ変わらずに連綿と続いて、後々の時代までも『古今集』『新古今集』といったものがその種の教育の基本になっていたのです。

『源氏物語』は別格ですが、忘れ去られたような昔の作品ももちろんありました。そのひとつが『万葉集《まんようしゅう》』です。『万葉集』は、その一部分しか知られていませんでしたが、それでも十七、八世紀になって賀茂真淵《かものまぶち》や荷田春満《かだのあずままろ》たちの研究によって、徐々に一般に読まれるようになりました。古典が復活するという点でも、イギリスやフランス文学とずいぶん違います。

また、『百人一首《ひゃくにんいっしゅ》』のような存在があります。いまでも、日本人は正月になると歌留多《かるた》遊びをしますが、歌留多に勝つには『百人一首』を覚えねばなりません。最初の二、三の音節でわからなければ負けるに決まっています。遊びの面でも、古典の和歌を知っていなければなりませんでした。

俳人はもっと自由な立場で言葉を使いましたが、俳句にも俳句の言葉ができました。芭蕉が使ったような切れ字とか、季語がありました。〝月〟という言葉はそれだけで〝秋〟を意味します。

もちろん月は一年中見られますが、それは約束ごととして秋の季語になっています。そういう季語がいっぱいあり、俳句にも一種の詩的言語ができて、新しい言葉を使うと俳句としては具合が悪いと思われていた時期もまたありました。

『源氏物語』が日本文化に果たした役割

日本文学のもうひとつの特徴は、『源氏物語』の地位とその役割です。『源氏』は書かれた当初から非常にすぐれたものだと思われていました。時の天皇も読んでいたというのは、これは東洋では非常に珍しいことです。中国の小説が生まれたのは日本よりもずっとあとでしたが、それは一般の人の慰みとしか思われていませんでした。『源氏物語』の場合は違っていました。日本文学に詳しい人はその注釈を書きましたし、物語の意味などもよく研究されました。なかでも本居《もとおり》宣長《のりなが》の『玉《たま》の小櫛《おぐし》』がもっともすぐれていると思います。彼は『源氏』を深く理解していました。

現在でも、カルチャーセンターのような教室では必ず『源氏』の講座があります。私が講演し質疑応答の時間がくると、必ず誰かが「『源氏』のどこがいちばん好きですか」と尋ねます。その場合、質問者の好きなところをけなすと喧嘩になるので要注意です。この物語はそれほど人気があります。

人気があっただけではなく、後世の文学に大きな影響をおよぼしています。いわゆる擬古物語、『源氏』を少しアレンジしたような作品が生まれましたし、中世の人たちは『源氏物語』から学んだことを小説のなかに活かそうとしました。〝源氏絵〟もできました。『源氏』を題材に幻想的な世界を描いた絵画も生まれました。あらゆるところに『源氏物語』が登場します。衣装にも『源氏』の一節があしらわれるとか、また、古典文学の復活がみられた元禄時代のころには、遊廓の女たちに源氏名がつけられるようになりました。〝紫式部〟〝葵の上《あおいうえ》〟などは高級だから、とくにお金持ちが買うわけです。昔は貴族しか楽しめなかったような世界が町人の手近なものになりました。それほど『源氏物語』に対する憧れがあったのです。

そして、『源氏』に書かれているような趣味が、しだいに日本人全体の趣味に育っていったと考えてもいいのではないかと思います。日本人の趣味は、世界の奇跡のひとつだと私はつねづね思っています。日本人は否定するかもしれませんが、たとえば、日本料理の席は、部屋そのものも美しく、またさまざまな器、床の間の掛け軸、花など、ひとつの美的な宇宙が展開されます。日本がいろんな点でお手本とした中国には、そういう趣味はありません。中華料理屋では食べ物はおいしいのですが、器は小さい丸いお皿だけで全く面白くありません。日本の器にはいろんな形、いろんな色があります。そうした趣味は日本独特のものだと言えるでしょう。

外国人がみな悪趣味だというつもりはありません。もちろん趣味のいい人もいます。しかし、日本の場合は、いま言ったようなことは特別な趣味人に限られたことではないのです。誰でも日本料理屋へ行くときは、きれいなものを見ることを楽しみにしています。もし、平凡なもの、趣味の悪い器が出ると、食べ物自体がまずくなることはないのですが、その料理屋の評価が下がることになるのです。手紙についても同様です。『源氏物語』でも、光源氏《ひかるげんじ》が手紙を書く場合に、無造作にさっと書くということはないのです。料紙《りょうし》や墨の濃淡、あるいは字の形など、すべてに心を砕きます。女性から手紙をもらった場合も同じで、手紙の書き方が下手だと、会う気持が失せます。それは西洋ではありえないことです。手紙の文章については西洋でも問題にします。彼女は美人だが、こんなつまらないことしか書かないから会いたくない、そういうこともあるでしょう。しかし、彼女の筆跡があまりよくないとか、インクがちょっと濃過ぎるとかが問題になることはまず考えられません。

傑出した古典『源氏物語』

こうした日本人の趣味は、『源氏物語』あるいはその時代の産物だと考えていいと思います。『源氏物語』はそういう意味でもまだ生きており、日本文学を代表する古典です。どの国の文学にも一つだけ傑出した古典があります。英文学の場合はシェイクスピア、イタリア文学の場合はダンテ、スペイン文学の場合はセルバンテスの『ドン・キホーテ』です。セルバンテスのこの小説は十六、七世紀のスペインを風刺したもので、現在のスペインとは直接関係のない世界を描いていますが、しかしそれがいまでもスペインの古典です。同じように『源氏物語』は日本の古典です。もちろん現在の日本人は、貴族のような生活をしたくてもできないし、望んでもいないと思いますが、この物語が一種の理想をつくりました。日本の美、日本の美意識をつくったのは『源氏物語』とその時代だったと思います。

そういう意味で、昔と現在との間に繋がりがあります。一度も切れたことのない繋がりが日本にはあります。『源氏物語』には思想がない、統一性がない、小説ではなく物語にすぎないというような批判はありますが、それでも否定できない大きな存在です。後世の文学に多大な影響をおよぼした作品です。中世の謡曲にも、そしてまた西鶴にも影響をおよぼしています。

また、『源氏物語』の現代語訳を試みた人も数多くいます。与謝野晶子《よさのあきこ》、谷崎潤一郎、村山《むらやま》リウ、円地文子《えんちふみこ》などです。そして、日本の美、日本的な美を考えると『源氏物語』を思い出さざるをえません。川端康成先生がいつか書かれましたが、私たちの考える室町時代は、戦国の世だから武士の時代で、女性はあまり目立たない時代でしたが、しかしその時代でも、武士の〝ますらをぶり〟より〝たをやめぶり〟のほうが強かったのです。たしかに初めの戦乱のときは〝ますらをぶり〟が勝ちますが、少し時がたつと〝たをやめぶり〟が勝ちました。室町時代の将軍、足利《あしかが》尊氏《たかうじ》は恐ろしい人物でしたが、足利義満《よしみつ》の世になると〝たをやめぶり〟の時代になりました。彼は芸術が好きで、なかでも能を好みました。世を、人を、〝たをやめぶり〟にしてしまう力が『源氏物語』にはあるのです。それはいまでも同じです。

『平家物語』は『源氏』とはまた違った伝統です。それはまさに日本的な〝ますらをぶり〟にちがいありません。『平家物語』もたいへんな影響力を持っていました。『平家物語』はより現代人に親しい存在です。『源氏物語』の日本語を大和言葉《やまとことば》とすれば、『平家物語』は日本語です。比較的楽に読めると思います。そして、『平家物語』の英雄も今日まで生きています。

不変の日本語、日本文学

いずれにしても、日本の過去の文学と現代の文学、過去の文化と現代の文化との間に、密接な関係があると私は思っています。近現代の作家で、過去の文学に興味がない、過去の文学者に何も学んでいないという人はいるかもしれませんが、一つだけ否定できないことがあります。それは日本語でものを書いているということです。日本語はもちろん時代とともに変わりました。ある文章がはたしてその時代のものであるかどうか、後世の偽作かもしれないという場合、よくよく調べてみると、その時代にこういう表現はなかったというようなことがわかり、それがニセモノだとわかることがあります。その類の変化がたしかにあったけれども、基本的に日本語は昔からいまに至るまで同じ日本語だといえます。そしてまた、現代の日本語しか知らず、古文の知識がなくても、昔の日本語をおおよそ理解できます。

日本の文化とは何か、日本という国はどんな国かと問うときに、まず日本語を問題にしなければなりません。日本語がなかったとすれば、あるいはどこかの時代に日本語が完全に変わっていたとすれば、国文学というものは存在しえなかったでしょう。日本人であることのいちばんの証拠は、日本語を話すということではないかと思います。そういう意味で、日本の言語とか日本の文学はずっと切れ目なく続いてきたと思います。時代によって文学に盛衰がありました。ある時代に一つのジャンルの物語が栄え、別の時代には演劇に付随した文学や、俳句が栄えたこともあります。しかし変わっていないのは、日本的な感性や日本語の表現、『源氏物語』の時代に成立したものの見方、美学です。おそらくそれは今後も受け継がれていくだろうと思います。

いま外来語の氾濫《はんらん》を嘆く日本人が大勢います。新聞広告にこんなに外来語が多い、テレビ・コマーシャルにこんなに外来語がある、そう嘆く人がいます。嘆く意味はわかるし、私も同感ですが、しかし調査によれば、新聞に出てくる外来語の比率は、たかだか三パーセントです。それに外来語を廃止しようと思えばきわめて簡単です。外来語は全部カタカナで表記されていますので、カタカナの言葉をすべて排除すれば外来語は自然に消滅してしまいます。しかし日本語の使用をやめることはできません。日本語は非常に強靭で、抵抗力があり、日本文化の不動の中心です。その中心から芽生え、その中心を支えつつ育ってきたのが日本文学です。日本文学の最高傑作『源氏物語』、歌では『新古今集』、俳句の場合は芭蕉の俳句、近代・現代文学にもそれに類するものがあります。それは全部日本語に頼り、日本語から生まれた存在で、どんなに時間がたとうと不変の価値を持っていると思います。

十三　日本文学の特質

余情の文学

残念ながら私は日本文学すべてを読んだわけではありません。しかし私が読んだ限りで気がついた日本文学の特徴を、主観的になるかもしれませんが、いくつか挙げてみたいと思います。

まず第一に、日本文学は〝余情の文学〟だということです。つまり、すべてを言い尽くさないで、残りは読者の想像にまかせる。全部を言い切ってしまうと非常に散文的で魅力がないと思われています。しかし当然そこには、人に間違った印象を与えるとか、誤解されるといった危険性がありますから、西洋では曖昧《あいまい》というのはよくないことであり、そうした文章は悪い文章だと一般に考えられています。日本の場合はむしろ曖昧を評価する思想がありました。『徒然草』にも、それがひとつの理想として挙げられています。そのほうが詩的で示唆的である、というふうに吉田兼好も思っていました。

日本の詩歌の典型、和歌と俳句の場合は、短いだけにすべてを言うことはできません。たとえば、和歌のなかで物語を語り、あるいは自分の思想を言い尽くすのは不可能です。ただ、心にひそむ感情とか、美しい風景を見て自然に湧き起こる気分、それが言葉になって和歌の形をとる。

しかし、全部を言おうとするともっと長くなったはずだし、あるいは日本語以外の言葉で同じようなことを書けば、さらに長いものになるはずです。

能の場合もそうです。能には明らかでない部分が多くあります。たとえば、『松風』には、二人の姉妹、松風と村雨が登場します。二人とも行平という貴族に愛されています。これが西洋の話であれば、まず彼は二人の女性のどちらをより好きだったか、さらに二人の女性の間に嫉妬がなかったか、行平を独占したいと思っていなかったかということが問題になります。しかし、謡曲の場合はそれは不必要だし、問題になりません。問題は違うところにあります。そういう散文的なことは考えてはいけないのです。

西鶴の小説も同様です。西鶴の文体は俳諧的なものでしたが、彼も往々にして結論を言わず、その前に文章を切ってしまいます。あとは読者の判断にまかせる。芭蕉の俳句ももちろん同じです。近・現代文学の場合にも同じことがいえます。たとえば谷崎潤一郎に『春琴抄』(★)というすぐれた作品があります。この作品を読んだあと、春琴はあのとき何を考えていたのかという疑問が残ります。彼女の行動、行為は描かれていますが、彼女が何を考えていたか、佐助をいたぶるつもりだったのか、それとも自然にそういう振る舞いに出たのか、どこにも書いてないからです。そういう不満に対して、谷崎先生は返事を書いています。なぜそれを書かなければならないのか、十分書いたつもりだ、と。つまり余情として残したのであって、あなたに読者としての資質があればわかったはずだというわけです。

主観の文学

もう一つの日本文学の特徴は、概して主観的であるということです。作者が自分を主体にして、印象とか感情を書くのです。平安朝の宮廷の女官たちは、時に寺へ出かけたり、別の女官の部屋へ行くこともありましたが、ほとんどは自分の部屋のなかに閉じ籠もっていました。しかも彼女たちは教養があり、決して頭は悪くなかったので、いろんなことを考え、想像をめぐらしていたはずです。ひとりで詮索するのです。なぜ彼が来なかったか、彼はなぜこの歌を書いたか、何か裏に意味があるのではないか……。書く内容が主観的になるのは当時の女性にとっては当然でした。おそらく、彼女たちが自分の感情をあらわに口にすることができなかったせいもあるでしょう。

近松門左衛門の浄瑠璃の世界では別です。おさんとかおせんなどの女性は、もの言わぬ当時の女性とは違って自分の悩みを語ります。演劇の場合は例外的に女性が赤裸々に悩みを話すのです。それは非現実的です。写実的に描けば、黙っていて、ときどき涙を流すぐらいのものだったでしょう。『おくのほそ道』でも、芭蕉は自分のことを全く説明していません。つまり、私は芭蕉である、私はこういう人間であるとはどこにも書いてありません。周囲のことを書くことによって、おのずから自己が出てくるという考え方です。

現代文学における私小説の根幹も同じようなことだろうと思います。自分のなかにあるものが自身にとって一番大切なことです。全部書ききれないぐらいたくさんのものが自分のなかにあるので、外の世界を書く必要がない。これはきわめて主観的な考え方です。

私の大学で二人の学生がそれぞれ中国文学と日本文学の博士論文を書いていました。中国文学の論文の対象は明朝の小説で、主観性は全くなく事実だけを書いた小説でした。戦争、人びとの対立抗争といった話だけです。一方、日本文学のほうは『夜半《よわ》の寝覚《ねざめ》』という平安朝の物語で、そこには行為がほとんど描かれていないのです。主人公の女性が感じたこととか、相思の相手、内大臣をどういうふうに思ったとか、それだけです。彼女がどこを歩いたということすら書いていないのです。それほど日本文学と中国文学は対照的でした。そうした主観性は日本文学のあらゆる面に出てきます。もちろん、『平家物語』を代表例とする主観的でない文学もあります。『平家物語』には戦争があり、熊谷直実が平敦盛を殺すといったできごともあります。しかし『源氏物語』を普通の現代的な小説として読んだら非常にがっかりするだろうと思います。そこには事件らしい事件はほとんどないからです。

座の文学

日本文学には、数人あるいは大勢の人で、ひとつの作品をつくるという伝統があります。この〝座の文学〟が、日本文学のもうひとつの大きな特徴だと思います。そのもっともよく知られている例が連歌です。ひとりでつくる連歌もありましたが、多くの場合は三人以上が一緒になってつくります。同じ連歌のなかで、各人がそれぞれ違った個性を発揮するのがよしとされました。中国にもこれに似た連句がありましたが、連句の場合は、あるいは一人で全部を書いたかのようにみえるものです。連歌の場合は、宗祇《そうぎ》とか宗長《そうちょう》、肖柏《しょうはく》ら各人の表現、感じ方がそれぞれに違うところが面白いのです。

俳句も同じです。芭蕉は都会の生活をあまり好まず、自然を愛しましたが、しかし彼はおもに江戸で暮らしました。なぜ江戸に住んだのか。ひとつには、弟子たちから謝礼をもらっていたからでしょう。しかしそれよりも人と一緒に俳句をつくることのほうが大切でした。自分ひとりでつくった俳句もありますが、他人の刺激に応じて俳句をつくるとか、人の俳句を直すなどといったふうに、むしろグループとか仲間で書いたものです。

また、近・現代の日本の文学をみてみると、同人雑誌の役割があります。同人たちは、男女、年齢はさまざまでも、定期的に集まって原稿を書いたり、あるいは俳句の場合は、ひとりの先生のもとで俳句をつくって批評してもらったりして、グループとして雑誌をつくっています。たとえば、新感覚派と呼ばれる人たちがいました。新感覚派に属していた作家はみんな、過去の文学と決別して新しい文学をつくろうとして活動していました。プロレタリア文学の場合も、同じ仲間として連帯して作品を作っていました。そういう座の文学という特徴は古くから日本にあったのです。

文学と美術の関係

四番目に挙げたい日本文学の特徴は、美術との密接な関係です。紀貫之の時代から、詠んだ歌は自分で書いたり、時には別の人が書きましたが、その文字の美醜が大きな問題でした。今日でも同じようなことがいえると思います。たとえば、人の家に招ばれて、床の間に誰も読めないような字が掛かっています。読めなくても喜ばれます。もっと卑近な例では、大衆食堂の割箸《わりばし》の袋です。「お箸」、あるいはもっと上品になると万葉仮名とか誰も読めないような字で「おてもと」と書かれています。何が書いてあろうと箸は箸、どうでもいいようなものですが、箸袋の字の書き方にまで気を配ります。つまり、文字の美醜、書道的な面がとても重要視されているのです。

それは西洋の常識では全く考えられないことです。文字を書く場合はひとに伝えたいから書くのであって、読めるように書かなければなりません。しかし、日本の場合は、伝えるものは必ずしも言葉だけではないのです。美的なもの、目を楽しませるようなものが尊重されます。全部読めなくても、字の形とか、あるいは色紙の場合は模様とか背景の絵などが問題となります。つまり文学的な表現と美術とが密接に絡み合っているわけです。

同じようなことですが、日本では絵入り本が大きな役目を果たしています。古くから『源氏物語』を描いた絵巻物があります。現存する『宇津保物語《うつぼものがたり》』には挿絵がないのですが、写本には〝ここにこういう挿絵があった〟と書いてあり、平安朝の本には挿絵があったことがわかります。そういう伝統は長く続いています。江戸時代になると、木版刷りの黄表紙などの場合は、絵と文字のどちらが大事なのかわからないぐらいです。いまでも日本の新聞小説には必ず挿絵が入っています。毎日の挿絵を楽しみにしている読者もいるようです。そして挿絵画家の名が作家名とほぼ同じ大きさで書かれていることからもわかるように、絵と文学に同等の価値が置かれています。

谷崎潤一郎先生のように、自分の初版本の体裁を非常に気にする作家もいます。自分の考えが受け入れられず、のちに大作家になってから、百部限定版といったかたちで自分の好みどおりの装丁本を世に出したこともあります。それはすばらしい伝統です。西洋にも挿絵入りの本はありますが、さほど長い伝統はなく、日本ほど挿絵は重視されてはいません。

日本文学の普遍性

最後に挙げたい日本文学の特質は、これがもっとも証明しにくいのですが、日本文学の普遍性ということです。日本人は「この俳句の意味がわかりますか」といった質問をよく私にします。要するに、外国人には日本文学が理解できないはずだと思っているのですが、しかし私は日本文学の特殊性よりも普遍性のほうを問題にしたいと思います。

翻訳で日本文学を読む場合、もちろん原文の味わいは消えてしまいます。すべての翻訳に同じことがいえます。しかし、たとえば『源氏物語』に出てくる人物、自然の描写、その人物たちが考え感じていることは、私たちとほとんど変わらないのです。『蜻蛉日記《かげろうにっき》』の作者、藤原道綱母《ふじわらのみちつなのはは》は、自分は惨めだなどと始終不平を言っています。しかし、彼女の不平には普遍性があります。現代のアメリカやドイツの婦人も同じようなことを言いそうです。

つまり、日本の文学は主観的に書かれているので古びません。時代や場所が変わっても、人間の感情はあまり変わらないものです。たとえ平安朝の行政について詳しく書かれた小説があったとしても、いまや誰も読もうとはしないでしょう。しかし平安朝の人のこころを書いたものは読まれます。『新古今集』の歌を読む場合、その詠み人の感じていることは私たちにとって謎ではないのです。私たちにも実感できます。『方丈記』を読めば、仏教を全く信じない人でも、鴨長《かものちょう》明《めい》を理解できます。

それは当然だと言われるかもしれませんが、必ずしもすべての国の文学にあてはまるとは思えません。その国の人でなければ理解できない文学もあります。あるいは一部分しか外国人に理解できない、という文学もありますが、日本文学は不思議に理解しやすく、翻訳もしやすいと私は思っています。理解しにくい部分もないではありませんが、全体として理解しやすいので、外国人にとっては、たとえばインド文学を全く読めなくても、日本文学を読むことはそう難しいことではありません。

ともかく私自身は、日本文学を研究しはじめてもう五十年になりますが、まだまだ大いに興味が尽きません。日本文学研究を私の終生の仕事に選んでとてもよかったと思っています。

（★）大阪道修町の商家の娘春琴は幼くして失明したが、琴三絃の世界で才能を認められた。しかし性質が驕慢であったために、顔に熱湯を浴びせられ醜く変貌するという事件が引き起こされてしまった。女師匠に深い愛情を抱いていた門弟の佐助は、自らの手で眼を突き盲目の身となる。

解説

キーン誠己《せいき》

父ドナルド・キーンの最晩年、七年七ヵ月の歳月、寝食を共にし、私が言うのも妙だが、人並み以上に父と子の関係だったと思う。九十歳を過ぎても体力知力に際立って優れた父と一緒の時間を過ごし、いつか来るべき日は来るだろうと思いつつ、特に最期の半年、覚悟はしつつも、思えば父の死はやはり突然だった。父が、「僕は本を読めなくなったら、書けなくなったら、死んだ方がましです」と言ったことを思い出す。夏に体調を崩し、九月初めに入院したが、死は入院半年後に一度も家に帰ることなくやってきた。読むこと、書くことが命だった父にとって、それができなくなって半年後、九十六歳八ヵ月で鬼籍にはいった。二〇一九年二月二十四日朝六時二十一分だった。

その七ヵ月後、私はニューヨークで、父が生まれ育った、私が頼んでもなぜか連れて行ってもらえなかったブルックリンの家と、卒業したジェイムズ・マディソン高校を訪ねた。その時私は胸が熱くなり、思わず嗚咽を漏らし、同行の女性を驚かせてしまった。高校の玄関ロビーには、優れた卒業生を顕彰するパネルがあり、そこに父の写真もあった。卒業生には七人のノーベル賞受賞者がいた。

父は、「僕は、日本文学研究者です。学者です。教師です。そして日本文学の伝道師です」とよく言っていたが、父の遺した仕事の量や広さ、深さは計り知れない。日本についてだけでなく、基本には欧米の文化芸術や歴史に対する深い知識や理解があったが故に、父の理論や説明は、揺るぎない自信（その自信を決して外に表すことはなかった）から発せられた言葉であり、確かな説得力があった。

『日本文学を読む』は、一九七一年から一九七七年にかけて新潮社の雑誌「波」に六十七回連載された。父は四十九歳、それは『日本文学史：近世篇』に着手しはじめた頃で、五十四歳まで続いた。「あとがきにかえて」において、「文学者としての眼」という言葉を使っているが、近現代の作家四十九人の作品を読み込み、ひとりひとりを、高い見識と感受性豊かなその「文学者としての眼」によって記している。そこにはドナルド・キーンによる、従来の日本文学研究者とは一線を画する多くの新鮮な発見や発掘がみられる。たとえば、評価の低い詩人の西脇順三郎について、「欧米の詩人に劣らないほど大きな存在だと私は信ずる」と指摘し、「T・S・エリオットよりも国際的であって普遍性もある」と根拠を示して断じている。

父の本棚にある中央公論社版『日本の文学40：林房雄・武田麟太郎・島木健作』の巻を取り出し、武田麟太郎の小説のページをめくってみた。それは明らかにこの原稿を書くために読んだと思われる。ほとんどすべてのページに傍線と英語のメモが付されていて、克明に読んだことの証しだ。三島由紀夫が解説を書いているが、これも丹念に読んだことがはっきりと見て取れる。そしてこの原稿の最後を、「(武田麟太郎に)もう一度ゆるぎない地位を与えてもいいのではないか」と締めくくっている。

　また父の遺した『日本文学を読む』(一九七七年十一月刊)がやはり本棚にあり、手に取ると一枚の葉書が挟み込まれていた。萩原延壽《のぶとし》氏からで、

〝『日本文学を読む』、ありがたうございました。さつそく讀みはじめ、おもしろくて中途でやめることができず、とうとう終りまで讀み通しました。なによりも、じつに丹念に日本の文學作品を讀んでおられるのに驚倒しました。(中略)「中原(中也)の詩に一番欠けているものは恐らく『悲劇』そのものであろう」——たとえば、この御指摘は、中原ファンである(いや、あつた?)私には、じつにenlighteningでした。〟

とある。このように父の論考を読むことで、読者によってさまざまな啓発や発見があるに違いない。

『日本文学史』というライフワークと並行して、膨大な量の作家の作品を読破し、一回あたり見開き二頁の原稿に、しかも日本語でまとめあげた手腕と能力には〝驚倒〟してしまう。作家それぞれのエッセンスが見事なまでに凝縮され、実に分かりやすくまとめられた名文であり、入門書としても最適だと思う。この名著が、没後一年を経て復刊されたことを喜びたい。

　なお、『日本文学を読む』の枡目原稿用紙に正確な日本語で書かれた肉筆原稿は、幸い、当時の編集者によって大切に保存され、現在は東京都北区立中央図書館に収蔵されている。

『日本の面影』は、一九九二年春、教育テレビの「NHK人間大学」における十三回の講義録である。コロンビア大学を定年退官し、約二十五年の歳月を費やした『日本文学史』を書き終えたばかりの頃だった。「源氏物語」、「徒然草」をはじめ、能、浄瑠璃、芭蕉、谷崎と川端、太宰と三島など、独自の慧眼で丁寧に語られている。日本文学、日本文化について特色や歴史を広く俯瞰し、実に読みごたえがあることに驚かされた。

この放送に先立ち、十三回分の講座テキストが、日本放送出版協会（現在のNHK出版）から発行されている。これは日本放送出版協会の道川文夫氏が、北区の父のマンションに通い、音声録音したものをまとめられたと聞く。父は下書き原稿を用意することもなく、淀みなく語ったという。父の教え子たちから、「先生の授業はなにもご覧にならずになさいました」と聞いているが、まさにその通りだ。父の端倪すべからざる記憶力をここにも見ることができる。

『日本の面影』は、父の遺した多くの仕事の精髄を、自らが語る「ドナルド・キーン入門講座」と言ってよいのではないか。これまでどの単行本にも著作集にも収録されなかったもので、新潮選書に収録されることを、父は心から喜んでいると思う。

この講義によって、「視聴者に感動を与えた」として、NHK放送文化賞を受けている。日本文学・文化の海外への伝道者としての父の最大の業績とは、実は、日本人自身が、日本文学・文化を再認識し、また誇りに思い、勇気づけられたことではなかっただろうか。

著者名索引

（**太数字**は項目として取り上げているページを示す）

新潮選書

日本文学《にほんぶんがく》を読《よ》む・日本《にほん》の面影《おもかげ》

著　者……………ドナルド・キーン

発　行……………2020年２月24日
３　刷……………2020年10月20日

発行者……………佐藤隆信
発行所……………株式会社新潮社
〒162-8711 東京都新宿区矢来町71
電話　編集部03-3266-5411
読者係03-3266-5111
https://www.shinchosha.co.jp
印刷所……………大日本印刷株式会社
製本所……………株式会社大進堂

ISBN978-4-10-603851-8　C0395

ドナルド・キーン著作集　全十五巻・別巻の内容

第一巻　日本の文学　〈日本文学論〉日本文学散歩、古典の愉しみ　ほか
第二巻　百代の過客　〈日記文学論〉百代の過客―日記にみる日本人
第三巻　続 百代の過客　〈日記文学論〉続 百代の過客―日記にみる日本人・近代篇
第四巻　思い出の作家たち　〈近現代作家論〉日本の作家　ほか
第五巻　日本人の戦争　〈太平洋戦争と日本〉日本人の戦争―作家の日記を読む　ほか
第六巻　能・文楽・歌舞伎　〈古典芸能論〉能・文楽・歌舞伎　ほか
第七巻　足利義政と銀閣寺　〈文化・芸術論〉日本人の美意識　ほか
第八巻　碧い眼の太郎冠者　〈随筆・紀行・音楽論〉生きている日本、日本細見　ほか
第九巻　世界のなかの日本文化　〈講演・対談〉日本人と日本文化、反劇的人間　ほか
第十巻　自叙伝 決定版　〈自伝〉自叙伝 決定版、私の大事な場所
第十一巻　日本人の西洋発見　〈評伝〉渡辺崋山　ほか
第十二巻　明治天皇〔上〕　嘉永五年―明治七年　〈評伝〉
第十三巻　明治天皇〔中〕　明治八年―二十八年　〈評伝〉
第十四巻　明治天皇〔下〕　明治二十八年―大正元年　〈評伝〉
第十五巻　正岡子規　石川啄木　〈評伝〉
別　巻　日本を訳す　〈補遺／総目次・総索引・書誌・年譜〉